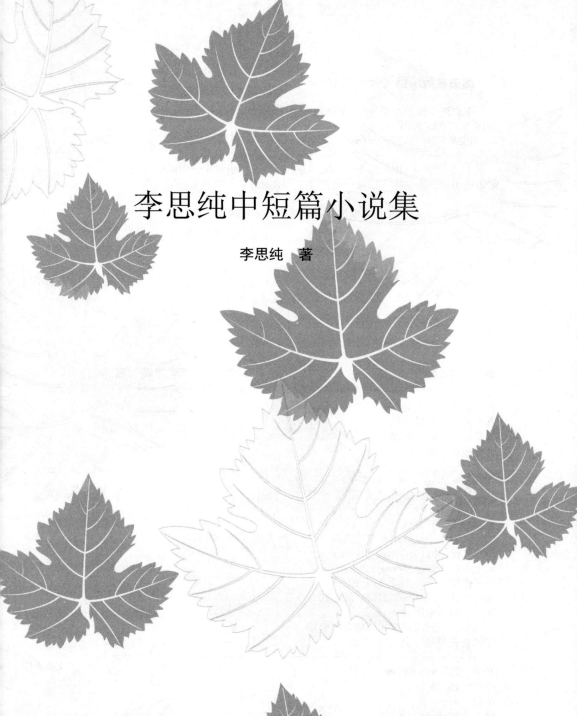

李思纯中短篇小说集

李思纯　著

黄河出版传媒集团
宁夏人民出版社

图书在版编目（CIP）数据

李思纯中短篇小说集 / 李思纯著. —银川 ：宁夏人民出版社，
2018.3（2023.8重印）
ISBN 978-7-227-06878-5

Ⅰ．①李… Ⅱ．①李… Ⅲ．①中篇小说—小说集—中国—当代
②短篇小说—小说集—中国—当代 Ⅳ．①I247.7

中国版本图书馆CIP数据核字（2018）第066794号

李思纯中短篇小说集　　　　　　　　　　　　　李思纯　著

责任编辑　姚小云
责任校对　管世献
封面设计　丽刊传媒
责任印制　侯　俊

黄河出版传媒集团
宁夏人民出版社　出版发行

出 版 人　薛文斌
地　　址　宁夏银川市北京东路139号出版大厦（750001）
网　　址　http://www.yrpubm.com
网上书店　http://www.hh-book.com
电子信箱　nxrmcbs@126.com
邮购电话　0951-5052104　5052106
经　　销　全国新华书店
印刷装订　三河市嵩川印刷有限公司
印刷委托书号（宁）0027082

开本　710 mm×980 mm　1/16
印张　18.25
字数　300千字
版次　2018年4月第1版
印次　2023年8月第2次印刷
书号　ISBN 978-7-227-06878-5
定价　58.00元

目　录

譬如朝露

一

潘达说，他只想一个人送我。

我问他为什么，他说，他看不惯那些对我不好的人。

车启动的时候，潘达从车窗外递过来一个滚烫的红薯，然后跟着车跑，拼命地挥手。

那是西部一个典型的小火车站，灰蒙蒙的平房建筑，灰蒙蒙的植被、灰蒙蒙的空气，无处不透着寂寥和沉闷。就连站台上为数不多的两三个工作人员也都一副麻木的表情，随着车轮轰隆轰隆的声音漠然离开。

潘达在这样的站台上奔跑的时候，活像个带着温情的异类。我将头抵在冰冷的玻璃窗上，双手捧着红薯，看着这个异类越来越远的身影泪流满面。

二

三十三天前，一个阴雨霏霏的傍晚，因为只想逃离一个让自己伤心的城市，登上了到库尔勒的列车。

那一夜，车厢里挤满了去摘棉花的打工者和做生意的新疆本地人，我和我的行李箱被挤在车厢门边的铁皮上寸步难行。车厢逼仄的空间里充斥着一阵一阵的膻味，硕大的行李、包裹在人的头顶上压着，我的脸贴在面前一个男人健硕的肩膀上，而后面，一个高出我一个脑袋的男人，他吐纳出来的浓浓烟味混合着口臭顺着我的发丝钻入鼻孔，令我作呕。长久保持一个姿势的站立让腿肿胀、僵硬、麻木，即便如此，我还要一次又一次地忍住无法如厕的尴尬，艰难的境地使得本来已经心力交瘁的我几乎晕厥。

1

我没能一动不动的坚持站到库尔勒，天亮之后，当火车在一个站台停下，我拼尽所有力气挤出了车厢。

站稳的一瞬间，我看清站台上的三个字：金昌站。

金昌，中国的镍都，我上中学时因为酷爱地理所以对它印象深刻。一个印象深刻的城市对于陌生的我来说，好似有见到故人的亲切与温暖。我在一个靠近居民区的巷道内找了家便宜的小旅店，一觉昏睡过去。第二天，依着街心广告栏上的招聘信息，我很顺利地找到一份制衣厂统计的工作，把自己安顿下来。

潘达不是制衣厂的人，他是我到制衣厂一个星期之后在工厂的周末联谊会上认识的隔壁小学教师。他跟我一样，都是被工友拖来凑热闹的，只是他还会跳舞，我啥也不会。

举行联谊会的场子布置在工厂食堂，平常就餐的餐桌和长条椅被齐整地沿墙摆开，工会非常大方地给每张桌子上放了一打啤酒、两碟小吃。一大群人在音乐的支配下亢奋地蹦迪或者号叫，我看着他们的热闹，一个人坐在角落里大杯大杯的喝酒。潘达发现我的时候，我正被几个不认识的男工友推来搡去，那时我已经烂醉，睁不开眼睛，只知道拼命甩着头，肆无忌惮地尖叫。他把我从人群中拖出来，问了许久，才打听到我的宿舍。后来潘达说，那晚的我一袭黑裙，眉眼里跟刚死了亲人似的浓得化不开的悲伤，小小的身子蜷缩成一团，只知道哭。他就一直坐在床边守着我，看着同宿舍的女孩当着他的面在我肝肠寸断的嚎哭声中跟一个男孩子调情。

三

来自五湖四海的人因为镍矿留在了这座城市，街道上处处听到的是被同化了的透着本地方言的普通话，还有被同化了的带着地方特色的小麦色皮肤。长年累月的矿业开发生产给这座黄土高原上的城市带来严重的粉尘污染，所有建筑因为粉尘的覆盖像是经过了影像中做旧的处理。受污染和地域性气候条件的限制，就连建筑物上的玻璃窗都开得很小，整个风格以及街道布局都给人以僵硬和保守的质感。区别于我所生长的南方，这里整日干涩。没有一推门就晃眼的青山绿水，没有润湿、通透的空气，除去刚来的新鲜感和对一个幻想中城市的亲切感，我这条本来就飘在半空中缺少滋润的鱼像是被扼住了喉咙。

一个分明不喜欢的城市却又要拿它做避风港——或许正是因为有这样不堪的私念，以至于这个城市分外排斥我的融入。从认识潘达那一周开始，我就出现水土不服的征兆，经常性的反胃、呕吐、拉肚子。

头两天我以为自己怀孕了。

当时的恐惧真的用寝食难安四个字来形容——我是一气之下离开了那个爱了两年宁愿为他粉身碎骨也要与他进入爱情坟墓的男人。总不能因为怀孕再回去找他吧！而"怀孕"这两个字，有时候在一个狗血剧情里倒是能充当重要道具，真是讽刺呀！

两年前，我与那个男人在一场大型学习活动中相识，那时，我是一家服装厂的经理助理，他是一家贸易公司的经理。做野外拓展训练的一夜，我和他一组。经历了暴风雨袭击的我偃旗息鼓，不愿意将游戏继续进行下去的时候，是同组这个斯斯文文的男人感染我并带我走到终点。

后来，我笑着打趣："看不出来呀，哥们！外表柔弱，内心强大！"

他也笑："你想说我是披着羊皮的狼吗？"

我一本正经地说："我是说，你外表斯文而精致……这大概就是你的生活状态！"他脸一红，顿了一下，说了句让我不怎么懂的话："你是一个譬如朝露的女子！"

譬如朝露，我第一次听到有人用这种形象的比喻来形容一个人。我被这个比喻打动了，他在我眼中越发的像星星，温和、遥远而闪耀着迷人之光，我不由自主地想向他靠近。

生活中本没有交集的两个人的邂逅，一定是具有某种意义的存在，这就是所谓的缘分。而我和他这段说短不短的缘分却没有顺理成章的水到渠成。一个即将走入婚姻的男人让准新娘之外的另一个"譬如朝露"的女子怀了孕，还让你原谅他——换了别人会怎么做？我不知道，所以，我只有逃了。

经过测试我发现自己是虚惊一场。可是，没有怀孕的我即使吃药也仍然止不住的反胃和腹泻，我想起老人常说的"水土不服"。

四

潘达一定要说我是畏寒。

3

他趁周末固执地拖着我去吃本地特色羊肉，说是要给我驱寒。

就在金昌的城郊，有专门做羊肉的夜店。店也不似店，就是类似四合院一样的人家，整洁而幽静的院子，低低的平房。房内有喝茶的茶几，两把形似古旧太师椅的笨重木椅，吃饭的方桌放置在土炕上，一如老家的简陋。有一扇小小的木格子窗撑起来，你要什么，在屋里一喊，声音就传到院子了。

店家来问要什么的时候，和潘达点点头，很熟的样子。我问他："你经常来吧？"他笑笑说："也不是，一个月能来一次就不错了！一个人吃半盆羊肉，喝二两小酒。"

对于潘达自己的事，他不愿意多说。我知道他有一个六七岁的女儿，正上一年级，美丽而瘦弱的一个小丫头。那是有一天我利用傍晚的闲暇时间转到旁边小学侦查到的结果，那时，潘达穿着背心裤衩正在操场上和一帮附近的年轻人打篮球，我躲在一丛灌木后面，看着他健硕的身影，看着他大汗淋漓地奔跑、跳跃、欢呼，说不出的羡慕。他的女儿，在操场边的台阶上坐着，小手做成喇叭，不停地喊："爸爸，加油！爸爸，加油！"他每投一个球，就跑到女儿身边，跟女儿击一次掌。

一盆按顾客需要称斤煮出来的羊肉，很快端出来放到土炕的方桌上，配着一壶自酿的青稞酒，没有其他菜肴。这种纯正的煮羊肉，味道不是一般的好，我大快朵颐，第一次真正体会到大块吃肉大碗喝酒的豪爽。

回去之后，第二天便开始发烧。工友替我请了假，捎回主任的话说，如果我再请一次，这一个月做完就不要做了。潘达一下课就跑来照顾我，给我买饭，打水，然后盯着我把药吃下去。工友们都说我是他挂的"马子"，那个地方把女朋友都叫"马子"，听起来人都跟动物似的！我哂笑着，挑着眼问潘达："我是你的马子吗？是吗？"我想我仰着脸这样问他的时候，眼神多半是妩媚而挑逗的，害得潘达脸唰的就红了，急忙躲闪开。当然，我也懒得辩解，甚至还很贪心地享受着他的照顾，直到三四天后我方才下床。

潘达说，可能我的胃没有习惯吃这么多羊肉，体内接受不了。习惯也是一种瘾，譬如天天喝酒的人突然停了酒，又不加以调养，身体器官反而会发生各种各样的病变。我说，要是我习惯了你的照顾怎么办？一个人习惯了被人宠着，习惯了在某个城市待着，忽然地改变这种依赖性，会比失去更难以从心底接受。

他听了一愣，半晌没说话。

在金昌待到二十天的时候，我瘦得只剩下七十多斤。看着镜子里日渐憔悴的面容，我以为自己会死。我跟潘达求情，请他周末带我去附近好看的地方，我知道这附近有巴丹吉林沙漠，还有丹霞地貌的张掖。潘达不高兴，他说，你再请假就要被开除了。我说，就是不开除我也会离开的，你看我的样子在这里还能待得下去吗？再待下去，我会死的。但他仍然摇头，他说，那样荒凉的地方不适合你，你的眼睛里有太多太沉的忧郁，我怕你一到那种地方，不经一碰，那些隐忍的东西就会碎掉。

我明白了，他是怕我自杀。

有三四天，潘达没有来。那个傍晚，我坐在宿舍同事的破电脑上上QQ，心里想着要不要去寻他。QQ企鹅忽然跳起来，一看是前些天才加的潘达，他问：你在吗？我打了一个问号过去，然后，QQ对话框跳出一大段骂人的话。我扫了一眼，便明白了，那一端一定是潘达的妻子。那一大段令人心惊肉跳的话我没怎么记住，只记住了频率最高的一个称谓，婊子。

我想起另一个男人对我的比喻，他说我"譬如朝露"。可是，现在有个陌生的女人，她称我为"婊子"。我在想，如果活下去，还有多少角色等着我？比较起来，我还是宁愿自己是朝露，哪怕太阳一出来就悄然消逝。那一夜，我坐在工友的电脑前发呆到夜半，想那个说我是譬如朝露的男人，想潘达，如同卖火柴的小女孩，怀念这两个截然不同的人所带给我身体与精神的丁点温暖。

最终，我删掉了潘达的QQ。对于那个陌生的女人，我还是有点心虚，又或者说，我是真的对她的潘达存着一份妄念呢！

五

巴丹吉林的沙漠和张掖的丹霞地貌我终究没有能去，弱不禁风的身体让我的思想都抱着病态。那两个心驰神往的地方也成了我的心病。

一个月满，我没有再上班。恰好那天潘达来找我，我想他大概已经料到我会在这两天离开。我跟潘达说，我要去另一个适合我的南方城市去谋生。因为我的心病太多，存有念想的人、存有念想的地方，我必须努力勤奋、健健康康地活着了却这些念想，哪怕最后健健康康死去。

我说："潘达，我好想拥抱你，你能抱抱我吗？"

我看到潘达金川河一样透亮的眸子突然就红了。他低着头，把我拥在怀里。他的胳膊真结实啊，我像倚着一堵温暖厚实的墙，无比的安慰。他附在我耳边问："健健康康的还会死吗？"我说："会的，比如说，飞来横祸。"他身子抖了一下，然后把手臂收紧了些。

最后，可爱的潘达说，他只想一个人送我。

那天，天空似乎被一场即将临盆的大雨压着，阴沉得可怕。我在瑟瑟的秋风中发抖，潘达替我拖着拉杆箱，可怜地看着我。他说，开车时间还早，要不我们找个饭馆坐一下吧！我摇摇头，劝他回去。本也不是周末，他这是请假出来送我的。

对于我的固执，他很是无可奈何。

其实，他又哪里能懂，我只有这样虐着自己才能让自己保持清醒和冷静。

他把行李箱交给我，说是去买包烟。二十分钟后，他气喘吁吁地跑回来，递给我一件牛仔衣。我眼泪一下子就忍不住了，气得骂他："你吃饱了撑的是不是？很能跑是不是？我冷我不会上车喝点热水、吃点热东西！"

这时，车站的高音喇叭响起通知火车即将进站的消息。潘达猛然想起什么，从他随身的挎包里摸出一个鼓囊囊的纸袋来递给我。我不接，抹了一把眼泪就往站台走。

车启动的时候，他从车窗外递过来一个滚烫的红薯，然后跟着车跑，拼命地挥手。

牛二告状

一

牛二耷拉着脑袋从村口走过来的时候，村长陆大龙的媳妇大翠和隔壁王矮子家的胖丫正各自端着饭碗站在墙角的阴影里说话。

火辣辣的太阳将牛二电灯泡一样的光脑门照得更加铮亮，当他下意识地用一只手遮住眼帘抬起头望向墙角那两个人，立马意识到自己犯了一个严重的错误——就在刚刚过去的二十分钟前，罗家那个去年才死了男人的漂亮小寡妇玉儿喊他到屋喝水，他硬是给拒绝了，弄得临走还被玉儿指着后背骂他"假正经"。而现在他多想不正经一回，再回去喝口水，哪怕耽误半晌工夫，也比遇到这两个女人强。

"哎哟！'牛青天'回来了！咋的，这次还没带上检察院啦还有哪个县上的大官来？我们家大龙可天天在家等着呢！"牛二正想闷着头悄没声息地躲过去，冷不丁大翠鸭子一样聒噪的尖嗓门迎面扑过来，边说，边端着碗到了牛二面前。

牛二本来就黑红的一张猪肝脸，受了作践，一下子红到脖子根儿。

"啧啧啧！牛二，你也不嫌丢人！人家当官的都忙抓钱，你以为你是哪个人物呀，人家来理你这陈芝麻烂谷子的事？"胖丫端着碗也走到太阳底下来逗弄牛二。

自打村长陆大龙吸收了她男人在村里的移民安置房建筑工地上做大工，她俨然成了大翠的跟班，大翠去打猪草她也去打猪草，大翠上街买衣服，她也上街买衣服。现在，看大翠作践牛二，她当仁不让地凑了过来。

"啥子'陈芝麻烂谷子'！这才过去半年的事，房还没修好呢！"牛二不想也不屑跟大翠吵，大翠说啥他不想理，但是轮到胖丫过来说他，他就不服了。嘴上这样狡辩着，其实心里又是另一番意思："你个猪一样的胖女人，你个马屁精、狗腿子，也配来作弄我？"

现在被两个女人挡着，牛二走不了。走不了的牛二没迷糊两分钟就立马清醒了——我牛二好歹在这个村上也算个人物，何时怕起女人来了？！

牛二扯着已经看不清颜色的衣角抹了一把汗，再抬起头来，摆出一副死猪不怕开水烫的架势。"你以为大龙就能称霸！他称霸也就是在这官田村！我就不信，这天下是你们家的？"牛二死盯着大翠那张肥嘟嘟的脸，似是而非的冷笑。

大翠一听牛二的话，心里的火炉子一下子被点爆了。她把手上的碗筷一下子塞到胖丫怀里，撸了袖子指着牛二鼻尖就骂："我就是要在官田称霸哪！不服气吧？不服气你狗日的牛二赶紧告！不是才过去半年嘛，要是告不倒你就是畜生！"

"就是！有种你告！砍脑壳死的，哪一天腿打断看你还牛！"胖丫把怀里的碗筷往地上一搁，也撸了撸袖子，冲牛二脑门前扬起她粗壮的胳膊。

牛二一看形势不妙，气咻咻地拨开大翠和胖丫就跑。跑出两丈远，大翠和胖丫两个还站在路中间望着他的背影大声寡气地咒骂。

"哼！就是要告，有种你们来打，只要腿不断，我还去告！"牛二愤愤不平地边跑边说。不过，他的声音不大，他的铮铮誓言仿佛只是给自己听的。

二

说起和村长陆大龙结怨和告状这事，牛二就气不打一处来。

半年前，那时的牛二还是官田村一组的组长。有一天，陆大龙来跟他商量，说村里批下来在村口建的移民安置房大翠想弄一套，就是不住，将来开个商店或者麻将馆啥的。可依着政策，他家算是住在路边的有钱人家。有钱人家怎么能享受国家补助呢？何况还是干部家属！所以，大龙的意思跟牛二说得很明确，就是想请牛二在他们组上借一户顶个名，而借的那一户一定是买不起房也从没想过要买房的人户。大龙还千叮咛万嘱咐，这事要办得神不知鬼不觉，即便借户口的那家人也要瞒着。事情要是办成了，村上监委会主任的位子就是牛二的。

牛二当时脑子还蒙着。

瞒着人家怎么拿得出人家的户口本和身份证呢？他问大龙。大龙说："要不怎么说你猪脑子！简单得跟个一一一样，你就说村上要重新登记贫困户家庭成员信息不就完了！"

在大龙眼里，借个户口顶个名儿不过是芝麻绿豆大的小事，若不是要把自己撇清，他也用不着来找牛二。就因为牛二管辖的一组村民都在官田高山洼地里住着，单家独户的多，穷得叮当响的多，甚至连大龙都认为，没有哪个组能比他们这个组上人户更穷的了。家里有人在外打工的人户尚能拿出些钱来，再享受国家三四万的移民安置补贴，也就能搬出大山住上新房了。那些穷得叮当响的人户，一年吃穿、零花、用度只靠卖几个鸡蛋换钱的人家，又哪能一下子掏得起几万出来买房呢！

可就这么个"芝麻绿豆大的小事"牛二想了几个晚上，还是不敢应承。这移民安置房可是国家为照顾高山上的穷人家才建的，你大龙家里大院的房装修得不比人家别墅差，且还有自己的施工队到处包着活干，如今为了住国家有补助的房子竟要占穷老百姓的名额，若是将来上头查下来，岂不是要将自己也牵连进去？！

又过了几天，牛二找到大龙说自己没借到。牛二的话，大龙压根儿没信，不过他还是轻描淡写地对牛二说："没借到就不买了，反正不缺房住。借户口这事就当我没说，你也莫对外人讲。"

大龙无所谓的态度让牛二以为，大龙家对这事并没放在心上，占名额买安置房也许就是一时兴起的念头罢了。

可没出三个月，牛二就认识到了自己和村长之间的差距到底有多大！

那天，牛二上街遇到组上的毛家阿婆。阿婆告诉他，自己腰疼病犯了，女儿女婿不放心自己一个人住在山上，接她在城里住方便治病。"组上要是再要登记啥的，我的户口本在大翠那搁着。"临走，阿婆跟牛二交代。

阿婆的话突然让牛二打了个激灵。

阿婆的女婿是外地人，在城里买了房，和媳妇一起经营小买卖。阿婆为啥把户口本放大翠家呢？牛二追上去问阿婆，是不是大龙让她把户口本放她家的。阿婆说，那倒没有。是自己女儿担心走得时间长，怕村上万一有啥事，提醒她把户口本和身份证放村长家的。

听阿婆这样说，牛二心里没底。回去之后他不敢贸然去问大龙，晚上去村支书家里打听村上有哪些个农户订了搬迁房，村支书想必已经知道其中原委，支支吾吾就是不跟牛二说实话。半道上遇着村支书的媳妇，那婆娘是个直性子，经不住牛二套近乎，三言两语便抖了实话，说出了陆大龙到他家商量毛家阿婆订房的事。给谁订的，她倒并不晓得。

牛二心里有了谱，可也不敢当面得罪陆大龙。毕竟陆大龙在官田当了三四届的村长，说是上头有人护着，也不知道是真是假，反正偌大个官田村也没有村民敢大声在他跟前说个"不"字。

得着空，牛二到城里找到毛家阿婆，把顶名申报搬迁安置房的事跟她说了。阿婆一着急赶紧就要回官田找陆大龙说理，

谁知，人正说走呢，被她女儿火急火燎的给拦了下来。原来这事，陆大龙早已跟毛阿婆女儿说好。刻意瞒了老人，也是嫌老人思想固执，怕说不通。"人家是村长，我们也就是给人替个名而已，钱是国家的，我们又损失不了啥！"她女儿劝阿婆。

阿婆想了一阵子，还是坚持要去找陆大龙问个清楚。她女儿一生气，赶走了多管闲事的牛二，一把锁把毛阿婆锁在了屋里。

那天牛二还没回村，半道上就被陆大龙截住。结果可想而知，要不是旁边有路过的人劝架，用陆大龙的话说，那就是非把牛二给废了不可！

一个多月以后，村委换届选举，牛二不但没当上监委会主任，连个小组长的职务都让人给抹了。还有更让他难堪的是，三十四五还没娶媳妇的他好不容易托人给介绍了一个对象，结果相亲的路上被陆大龙一恐吓，女方第二天就让媒人给退了信。

本来，撤了职的牛二已经有了偃旗息鼓的打算，不承想，陆大龙半路阻拦他相亲这件事把他给惹急了。俗话说，兔子急了还咬人呢！何况牛二再不济也是血气方刚的汉子。

"你这是下硬茬把我往死里整呢！"惹急了的牛二黑红臊脸的，一脸戾气。他哪忍得住一而再再而三的受这窝囊气！那些天，他脑子里就一件事，告倒陆大龙。

第一次他是到乡镇司法所反映了问题，眼看着人家细细记录了才走的。回来之后，又听人说他找错了地方，陆大龙是村干部，应该找纪委告才对。第二天，他又跑到乡镇纪委办公室，细细把陆大龙如何借户口顶替

买搬迁房的事说了一遍。

可镇上那些办公的干部并没有像他想的那样，立马跟他一道威风凛凛地杀到陆大龙家，给陆大龙戴上手铐。人家只让他先回来，他们要调查调查。

"调查什么呢？明摆着的事嘛！"牛二想不通，这些个一本正经的干部又是让他签字又是按手印，怎么就不能立马把陆大龙的官给抹了？

告陆大龙的话说出去之后，全村人哪个不晓得？眼看着三层楼的房子盖了两层了上头还不见动静，牛二如坐针毡。

这不，牛二今天又去上次反映问题的办公室找那个当时接待他的干部。谁知他去的时候，恰好那个干部去开会了，另外接待他的一个姑娘告诉他，他反映的事证据不足，还在调查核实中。

"核实？蒙谁呢！官官相护，我算是看白了！要是真在调查核实，陆大龙咋还那么嚣张！"憋了一肚子火的牛二忍不住气愤地说。那位姑娘听了一笑，见牛二沮丧地往外走似乎很是不忍，柔声提醒他说，你要想我们这边尽快查清楚，可以想一想，你自己能不能举证。

"举证？啥意思？"牛二问。牛二心里突然升腾起炙热的火焰，这火焰就像他常喝的烈酒，令他振奋。

"举证就是自己提供相关证据、证人、证言的意思。"姑娘说。

证据？证人？

牛二心里的火瞬间熄灭了。证据肯定没有，证人就是毛阿婆和她女儿，可人家摆明了嫌他牛二多事儿，又咋会和他联合告陆大龙的状！

三

牛二当然也不知道，因为毛阿婆的女儿不愿意惹事，阿婆无奈，也答应帮陆大龙替名。一家人早已在陆大龙的授意下统一了口径，在上面来人调查时，一口咬定房子就是毛阿婆订的。

这样一来，牛二不仅告不倒陆大龙，弄不好陆大龙还可以告他诬陷。

陆大龙当了多年的包工头，也当了多年的村干部，这里头的道道他摸得清清楚楚，也因此才会在牛二面前肆无忌惮。

老实巴交的牛二何曾遇到过这么费脑子的事？从镇上回来一连好几天也没理出个头绪，除了闷头鼓捣庄稼活，他也不敢再在村上胡晃悠，生害怕再遇到陆大龙两口子遭他们奚落，白捡不畅快。但他也没有无精打采——他牛二本就是个没心没肺的庄稼汉，只是见着村长欺瞒乡邻、中饱私囊，喉咙里像哽了个苍蝇，不舒服而已！

这一日晚间，牛二洗完脚，正准备关门，罗家寡妇玉儿一闪身笑盈盈地进了他的屋子。

"牛二哥，我预备明儿割菜籽呢，请你给我帮一天忙咋样？"玉儿笑嘻嘻地说。

玉儿比牛二小四五岁，她那短命的男人罗壮壮可比牛二还大四五岁。那年，罗壮壮在矿上挣了钱回村，十里八村想出门的劳力都提着好烟好酒和熏好的腊肉拥到他家，求他给带到矿上去。牛二也去了，可牛二没钱，别人都整条整条的"555"，他只买得起一包。当他讨好地递过一支烟想巴结一下这位壮壮哥的时候，罗壮壮一把挡开他的胳膊，只用眼角稍稍斜了他一眼，说："去！去！去！你凑啥热闹呢……我跟你们说，下矿井也不是谁都能下的，像他这种没个眼力见儿的人，我可不带啊！"众人一阵哄笑，牛二红着脸争辩说："我咋就没眼力见儿了……下矿嘛，有力气就行了。"罗壮壮不屑跟他争辩，罗壮壮笑着说："好！你有力气，你有力气自己找去，找我干啥！"众人便又一阵哄笑。

被冷落的牛二走出罗家，怔怔地望着身后烟雾缭绕中的笑闹，竟好似电视里面的画面一样，生出一些虚无缥缈的感觉。

"呸！有什么了不起！"他落寞地退出罗家院子时，还是忍不住狠狠地往地上啐了一口。

后来罗壮壮不知怎么就死了，他刚娶过门没两年的后山老丫头玉儿和他老巴巴的爹从矿上抱回一个黑黢黢的木盒盒。据说，那个木盒盒装着罗壮壮的骨灰，那把骨灰换的钱罗家只怕三代都花不完！

牛二曾想，那矿井可真是杀人的黑洞呢，连罗壮壮那么精明的人命都没保住，幸亏自己没去，自己这没眼力见儿的只怕一进去就出不来了！罗壮壮死了换的钱有玉儿、有他爹，而自己一个吃百家饭长大的孤儿，要是死了，换的钱想给个人都没有，可不更没想头！

牛二这时用罗壮壮曾经看他的那副德性——眼角不屑地瞟了一眼这个小个子年轻女人，闷声说："我……没空！"

牛二这样随口一说的时候，并没经过思考。了解牛二的人都知道，他的脑子总比嘴要慢一拍，就好比现在，直到他一屁股坐到竹椅上，才在心里打鼓：我去还是不去呢？你们都嫌我穷，嫌我老实，咋每次出蛮力的时候就想到叫我？村上壮劳力多的是……当年你男人横竖瞧不上我，可看你人这么水灵又这么年轻当了寡妇的份上，我这把力气应该帮呢！

"你！"玉儿气得要发火。她哪知道牛二还在琢磨呢！

玉儿忽然想起村里这几日传的牛二告状的事，缓了口气，说："我晓得你为啥烦心。牛二哥，我跟你做个交易，你帮我把一年的庄稼收回来，开春的犁田打耙你包了，你想的事我帮你。"

牛二心里一惊，却也嘴硬。

"我没啥烦心事，我有啥烦心的，一个人吃饱全家不饿！"

玉儿冷笑着："切！谁都晓得你到镇上去告陆村长，没告响！对吧？这个世道不是黑是黑、白是白，像你牛二哥想得那么简单。人家不承认，你拿人家没办法，对吧？"

牛二脸上又是一阵红一阵白。他嗫嚅着，半晌，说："其实告不告跟我也没啥关系！告倒了，那房子也不是我的。告不倒，那房子……我晓得你们看我笑话呢，笑就笑去，我就是见不得贪官样子。"

玉儿扯过一个小凳子，在牛二身旁坐下来。

玉儿说："咱这一沟里的人都老实呢！陆村长人精得跟猴一样，凭咱这沟里的老实人谁都搬不动他。"

牛二说："那你刚才还说你帮我，人家不承认，你能怎么弄？"

玉儿红了脸，狡黠地一笑："我……当然有我的办法嘛！你倒是说，你帮不帮我？"

牛二说："我可没少给你帮忙。村里男劳力多的是，你咋不找人家，总是找我？"

玉儿没再说什么。此时，从敞开的门口看出去，层层山峦已经黯淡成一道灰色淡影，偶尔一束亮光和一阵犬吠从灰暗中跳出来，从无数虫鸣鸟叫中跳出来，让静谧的山村滋生出几分让人感念的人间情愫。玉儿的一张脸就在这样渐淡的天光里显出瓷白的光晕，特别是那双亮晶晶的眸子因为装了心事儿而更加生动起来。

良久，玉儿起身，倚着门望着门外混沌的天空，说："牛二哥，我打小家里穷，没享过福。嫁给壮壮图他挣了点钱，谁知道两年安生日子都没过，他就死了。这一年多，你是没少帮我们家，村上男劳力也多……我找别个也不是不行，想帮我做活路的人不是没有。可他们有几个不想占我便宜的，哪怕摸一把——有几个顾及我的脸面？有几个想过我多作难？我想男人，但我不愿意想那些乌七八糟的男人！我还年轻，也有一张脸呢！我若离了罗家，咋都好说，可壮壮他爹剩一个人恓惶。我若不离开罗家，将来总要招一个男人上门，这个人要跟我一起给壮壮他爹养老送终，要不看重那点钱的。你穷也好，丑也好，我没想过将来咋样……可你给我家干活，壮壮他爹眼明着呢，说你从来没偷奸耍滑过。你在我跟前，也从来不油腔滑调，我喊你喝杯水呢都害怕。就凭这，我来喊你，不！是请你！天气热，就那一块菜籽，我和壮壮他爹都心焦。到明年，我说啥也不种那么宽的庄稼了！"

玉儿说到最后哽咽了，悲悲切切的，两滴泪珠挂在长长的睫毛上，欲滴不滴。

牛二的眼睛也潮湿了，从来没有一个人像玉儿这样相信过他，对他这样掏心掏肺地说过话。玉儿的话是那样温柔，又是那样亲近。这感觉如同清甜的泉水将牛二一颗粗鄙的心完全浸透了，令他在那一刻沦陷在巨大的无与伦比的幸福之中不能自持。

牛二结结巴巴地说："我……我刚才是跟你开玩笑呢！我去，那么一块菜籽，我半天就把它割完了。"

玉儿微笑地看着他点点头，然后麻利地跨出门外。边走边说："你放心，我说了，你帮我忙，我也帮你。你想要的证据，我会让姓陆的亲口说出来！"

"不用！"牛二愣了半天，才冲着她跑远的背影说。

四

第二天干完活等着吃饭的间隙，牛二瞅了个空跟玉儿说："你昨天说让姓陆的亲口说出来，他猴精猴精的，不会轻易说。若是把他得罪了，他会拼命整你。我就是下场，你晓得的，不让我当组长了，人家介绍个媳妇，走到半路都让他给堵着胡说了一通……算了，你莫要管了。"

牛二说这话的时候，玉儿正在剁一只烤鸭。听着他的话，心下添了几分恶气，使劲一刀下去，鸭头一下子从案子上飞起来，滚到牛二脚边。

牛二讨好地"嘿嘿"笑着，捡起来一下丢进嘴里。

玉儿问："你晓不晓得手机可以录音的？"

牛二嘴里含着鸭头愣了片刻，茫然地摇了摇头。牛二用的手机是三四年前花了一百元买下的，录音，他连听都没听说过。

玉儿不高兴地说："你就那埋汰样，说啥都听不懂，跟你说也是对牛弹琴！"回头看牛二一脸发蒙地杵在门口，又禁不住好笑，自己附耳过去，如此这般对牛二耳语一通。

"啊！你这……你这是勾引人，不行！不行！"牛二臊红了脸，慌乱地摆手。

玉儿瞪了他一眼，说："什么勾引？这是'美人计'，懂不懂？"

"美人计？"牛二把头摇得跟拨浪鼓似的，"弄不好把自己搭进去，不划算！不划算！"

"牛二，过来喝酒！"这时，罗家老爹在外面叫。牛二没奈何，使劲冲玉儿摆了摆手，一撩门帘，钻了出去。

玉儿气得一把撕下围裙拍在案子上，不知道说什么好。"这个呆子，真是烂泥扶不上墙！"她心里怨着，脑海中突然闪现出陆大龙一双手向她伸过来，她吓得浑身一激灵。

五

这天中午，牛二趁着太阳大，顶着日头薅了一晌午苞谷草，直把自己饿得咽长气短才扛着锄头往回走。还没出林子，牛二猛然听到林下水田坪的田埂上两个女人的声音。

"唉，姐，你也想开点！现在有点身份的男人哪个不是家里红旗不倒外头彩旗飘飘！"

"呸！他陆大龙还不是靠我舅舅跟镇上干部的关系才稳稳当当在这个村长位子上坐这么多年的！现在嫌我丑、嫌我唠叨，要是让我抓住了，非把他那东西割下来不可！"

"啊哟，我的姐耶！你这样说，我可是不敢跟你说实话了，要是你今天真抓到了，再弄出个人命官司，那不是连我都跑不脱了！"

15

"死胖女子，你敢不跟我说……我也就是说说狠话！大不了让他和那小婊子出出丑，哪还能毁了自己男人！我可没那么蠢……你快说！"

是大翠和胖丫哪，背地里都不干好事的！牛二在心里嘀咕。他既紧张又兴奋，猫下腰，在路边蹲了下来。路旁一丛八角枫刚好挡住他的身影。

但这时，那两个声音却陡然小了下去，牛二费力地只听到些断断续续的话。

"玉儿……那个克夫的婊子，我要让她……什么？今晚……从小路，好，我们一起……"

"哎呀姐，我也说不清他们这是第几次呢！你放宽心，说不定这是第一次约呢……我敢保证是真的，大龙哥和她通电话的时候，你没见那高兴样儿！我就在他后头不到两米，大龙哥愣是连头也没回一下……"

"胖丫，你说我家这挨刀的，好了伤疤忘了疼哪！老娘刚给他摆平告状的那件事，他又开始在女人上头骚情了！要不是想着这么大岁数了，我……唉！看老娘回去咋收拾他！"

"姐……她斗不过你……"

牛二刚开始蹲着，后来干脆趴在路旁，汗珠子从他黝黑的额头上一颗颗滚卜来落进泥里。一直等两个人的声音彻底消失了许久，他才哆哆嗦嗦站起来。

昏昏沉沉走到家，牛二把适才听到的话在脑海里捋了两三遍，总算捋明白了一点，那就是玉儿跟陆大龙搅和上了，今晚……天哪！这今晚要出事儿呢！要是大翠和胖丫一起上，玉儿可不是对手……

捋明白事儿的牛二把自己吓了一大跳。

"不自重哪！你说你个水灵灵的女子咋这么作践自己！啥样精明好看的小伙没有啊，羞先人哪，为啥要这样作践自己啊！"牛二跺着脚，心里窝了一肚子火，在自家堂屋里转来转去。既替玉儿担心，又恨不得当面把她给狠狠臭骂一顿。

口干舌燥的牛二终于想起自个儿还没吃饭的，他捞起水缸里一只葫芦瓢先给自己灌了一大瓢井水，随着一阵沁凉，神游许久的"魂"像是再次回到自己身上，头脑冷静下来。

牛二决定先生火做饭，填饱肚子再说。

六

是夜，一轮弯月挂在官田村高高的山岭上。

通往罗家院子的山路上急匆匆走过三个人。不，应该是四个。

先是牛二，性急的牛二当然知道陆大龙要等夜深人静才会去私会玉儿，可他等不住，心里"呼呼"蹿起的英雄气概让他无法安静的多在家里待哪怕半刻钟。他想赶在陆大龙之前到罗家，这样能瞅空制止玉儿的荒唐行径。

再说说陆大龙。老实说，陆大龙先前并没有对玉儿有过非分之想，对陆大龙这种近五十岁的壮年男人来说，要说垂涎玉儿的美貌倒不如说对她年轻的身体感兴趣。罗壮壮死的时候，壮壮爹来家里求着他和壮壮媳妇玉儿一起到矿上谈判，他们三人同吃同住同搭车半个月，每次看着壮壮媳妇哀怨地哭，他也只是同情，说些安慰的言语。一天，他们跟矿老板交涉到很晚，路上遭遇一场特大暴雨，出租车陷在距离酒店一百多米的路坑里熄了火，等他们三个冒雨跑回酒店，衣服全湿透了。壮壮媳妇玉儿一身衣裤紧贴在身上，丰满的胸脯随着急促的喘息一起一伏，当时看得他眼睛就直了。那一夜，他硬是憋得洗了几次凉水澡。后来他常想，要不是壮壮爹跟自己在一个屋，自己说不定当晚就成事了。他坚信，没了男人的女人是经不起几次撩拨的，就像这一次一样，他只不过趁媳妇睡着给玉儿发了四五次亲亲爱爱的短信和几张那种图片，没想到玉儿竟然很爽快地答应他来"看"她。

猴精猴精的陆大龙在这夜来临之际还是格外小心，为了稳住大翠尽快脱身，他甚至吃完晚饭不等天黑就拉大翠匆匆"活动"了一回。他心里头称这为"快餐"，令他感到意外的是，以往的"快餐"同样只是安稳大翠，从来没有感觉到丝毫兴奋可言。没想到这一次的"快餐"因为脑海里老闪出玉儿的酥胸蜂腰，竟然无比的兴奋。这不，已经走到半道上的他还依然抑制不住那股子热血奔涌的情绪，恨不能立即把这即将到手的小女人压在身下好好享受一番。

陆大龙刚走不到五分钟，大翠就一骨碌爬起来了。按照约定，躲在附近的胖丫及时赶到，她俩牵着手，沿着通往罗家院子的山路深一脚浅一脚地追去。

七

牛二在罗家屋后的柴垛上趴了近一个钟头。柴垛和屋檐下的后窗户隔了不到两米，从隐约透出的人影和说话声，牛二知道，罗家老爹在准备铺床睡觉了。而寡妇玉儿，似乎还在走来走去地收拾屋子。

"你倒是赶紧睡呀！这老东西……"看着罗家老爹房屋依旧亮着的灯光，牛二不停地嘀咕。他有些后悔自己来早了，这样一动不动趴着，他担心自己坚持不了多久。罗家虽然没养狗，但一个院子还有其他养狗的人户，若是让狗引发了动静，人家会以为自己对小玉有啥企图呢！

又等了半个钟头，罗家老爹窗户的灯一闪，终于灭了。牛二硬撑着脑袋，一分一秒地数着，也不知数了多少遍一到一千，才等到罗家老爹房中传出呼噜声。他轻手轻脚从柴垛上下来，踮着脚尖正准备往玉儿窗户跟上去，却猛然瞧见玉儿从里屋出来，往院子一侧独独修着的一间洗澡房走去。

牛二心里一喜，这样更好，免得担心吵醒罗家老爹了。他小声叫了一声："玉儿！"

玉儿吓得一哆嗦，猛然将手电筒扫到牛二脸上。看清是牛二，松了一口气，问："你夜黑不睡觉，在这里做啥？"牛二一把扯着玉儿，指指洗澡房，玉儿会意，两人闪身进去。不等玉儿拉亮灯，牛二着急忙慌地问："你是不是跟陆大龙好上了？"玉儿没回答，只问："你听谁说的？"牛二说："听他媳妇讲的。玉儿，陆大龙鬼着呢，你不能跟他把名声毁了！"玉儿拉亮灯，急切地问："他媳妇也晓得了？"牛二看着玉儿的表情，还以为她是担心和陆大龙的约会被大翠搅和，不禁有些失望。他悻悻地说："你不担心自己的名声还担心陆大龙？玉儿，你这样做要不得，人家说寡妇门前是非多，你那么年轻，要自重呢！他媳妇知道你们晚上约会，和胖丫商量要闹你，我担心你吃亏，才来提醒你躲一下。你要不听劝，将来莫后悔！"

没想到玉儿听牛二这样说，竟扑哧一声笑出来。

牛二疑惑地看着玉儿。玉儿悄声说："我哪是担心他呀，我是担心我的计划被他媳妇一搅和弄不成了，以后要找机会就难了……"

"计划？"

牛二一愣，这才记起那天玉儿附在他耳边说的"美人计"。

"不行！我牛二再尿，不能让一个女人替自己扛事儿！"牛二一着急拽住了玉儿的胳膊。

"啰唆！"玉儿打掉牛二的手，从裤兜里掏出手机，在牛二面前晃了晃，说："我开着录音呢，他整不了我。"

这时，院子里一阵疯狂的狗叫。

"你就躲在这，千万莫出来。"玉儿把手机装进兜，示意牛二别出声，自己一闪身鱼一样溜到屋后屋檐下。

牛二吓出一身冷汗，原来玉儿和陆大龙约的就是在屋后柴垛底下见呢，亏得自己刚出来了。

八

陆大龙猫腰一钻到后檐下，就看到了玉儿。那个欣喜若狂啊，抱住就要亲！

玉儿使劲把他胳膊撑开，说："你别急，我同意咱俩好，可说白了还是有条件的！这事你若不答应，我也不同意。我还要嫁人呢！这年头，谁不想要点实际的呀！"

陆大龙着急地说："哎呀，我的小祖宗，你说我答应你，是买新衣服还是买项链？"

"呸！"玉儿眼睛一瞪，"你也太小看我了！我是缺那些小东西的人吗？"

陆大龙想了想，"哦，也对，你有钱！那你要啥？哎，我可告诉你，你不能叫我离婚啊，我是干部！不能违反纪律……"

玉儿说："叫你离婚？不会，我咋能做那种事呢！我问你，你是不是用毛家阿婆的名义弄了套房？"

陆大龙盯着玉儿的眼睛，警觉起来，"你问这干啥？"

玉儿扭了扭身子，撒娇地往陆大龙怀里靠了靠，头抵着陆大龙的下巴，柔声问："哎呀，好龙哥，是不是嘛？"

陆大龙被她这么一叫一揉一靠哪还把持得住，不免得意起来："是，是哪！要不是狗日的牛二，弄一套房算啥，弄两套也没问题！狗日的硬害我多花了五千给领导送礼……好我的乖，让我亲下！"

"呜……别急，你放开！"玉儿一下子被陆大龙环抱着抵在墙壁上，正要挣扎，忽然牛二从洗澡房里冲出来，一下子把两人撞倒在地上。牛二毕竟清醒着，陆大龙还没看清是怎么回事，就被牛二骑在了身上，左右开弓一阵猛打。

玉儿尖叫着把牛二往开了拽，却被打红了眼的牛二一下撂倒在地上。此时，罗家老爹听到屋外响动，打着手电出来，一看两个男人扭打在一块儿，吓得不轻，大声嚷嚷着喊起来。

"快来人哪，出事了！出事了！"

他这一喊，引得邻居都起来了，以为招了贼，有人还顺手拖着扁担和木棍。等到大翠和胖丫赶到的时候，罗家院子已经是骂声、吼叫声、狗吠鸡鸣声，嘈杂一片。

"挨天杀的，狗日的牛二，你吃了熊心豹子胆了！"大翠哭叫着扑向已经满脸是血的丈夫。

牛二也被陆大龙在腰背上使劲踹了几脚，此时头拱在地上半天爬不起来。

大翠和胖丫把陆大龙扶了起来，有人见是村长受伤，立马自告奋勇主动要背他上医院。大翠此时也顾不得找牛二和玉儿算账，一边哭一边骂骂咧咧在胖丫搀扶下走远。

玉儿不顾一脸灰土，赶忙扶起牛二。还有看热闹的人不肯散去，玉儿也不好说什么，催着公公赶紧搀扶着将牛二送回家。

牛二走的时候，看着玉儿装腔作势地笑了一下，咧着满是血的嘴说了句只有玉儿能懂又脸红的话："为了那屁不相干的事让猪拱，不值！你的美人计，不值！"

等众人都散尽，玉儿才猛然想起录音的事，一摸口袋，哪里还有手机！连忙在自己跌倒的地上找，最后从地上的砖头缝里抠出来，手机屏裂开跟一张网似的。玉儿忍不住，哇的一声号哭起来。

九

第三天下午，牛二被派出所警车带走了。支书随后一打听，说是拘留十天。

据说，是大翠报的警。大翠本来犹豫不决，不想报警，嫌丢人。但是，一听医生说她丈夫胳膊脱臼，而且接好之后至少要住院七八天，当即对牛二生出许多怨恨来。女人一旦被怨恨主宰，也就顾不得颜面了。

从第二天到第三天，在牛二没有被拘留之前，整个官田村的人都在谈论牛二和陆大龙打架的事情。其实除了罗家寡妇玉儿知道事情的原委，其他又有谁看到呢？偏偏这事经众口一传，就多了一些香艳的色彩。一种版本说，牛二和村长陆大龙争风吃醋，陆大龙早就和玉儿勾搭上了，牛二不服气，抓了玉儿和陆大龙在床上的现行之后把村长和玉儿暴打了一顿；另一种版本说，玉儿想和牛二好呢，村长陆大龙从中作梗，硬是要破坏人家关系长期霸占玉儿。

奇怪的是，牛二被拘留的消息被证实之后，这两个版本夹杂着污言秽语的传言很快销声匿迹。

就连官田村几个专爱搬弄是非以口舌为乐的娘儿们也不再去议论玉儿和牛二之间是否真有什么风流韵事。相反，他们开始一遍一遍议起牛二的好，议起牛二一年到头没穿过一件像样的衣裳，议起牛二无论谁家有重活累活都随叫随到的爽快，议起牛二当组长为老百姓说话的仗义，议起牛二没有说成的媳妇……

议起牛二的同时，自然少不得掩着嘴悄悄骂一通还在医院住院的那位村长。说他吃着碗里的霸着锅里的，说他用着公家的占着公家的……他们甚至连毛家阿婆和她女儿也骂了一通，说她们不晓得收了村长多少恩惠呢，竟帮着村长欺上瞒下。

说归说，骂归骂，到最后，大家发现，他们能给予牛二支持的，不过就一声叹息而已。

牛二大概也没想到，他这一拘留倒因祸得福，不仅仅是寡妇玉儿，在官田村很多人心目中，牛二成了仗义执言、敢作敢当的爷们。

十

牛二回村这一天，真是一个好日子。

村口安置点的三层楼房建成了，官田村支书骑着摩托拉回五六桶烟花爆竹，在还未修建齐整的院坝边一字排开，招呼人准备点火！

牛二走到那些爆竹跟前，摸摸眼前一溜喜庆的红，望望近在咫尺的一溜崭新的白楼，眼睛里有些潮湿。此时，他不由自主地体会到一种回家的激动，虽然这爆竹、楼房以及即将到来的庆贺跟他没有一丁点关系。

　　"其实大白天也看不见花花，咱就图个喜庆！"支书兴高采烈地跟一帮围观的村民说。回头看到牛二发呆，笑着招呼他："牛二回来了！你娃子今天回来得好哇！你看，这炮仗一响，也等于是把你欢迎了！咦，刚才还看到玉儿在这呢，人呢？玉儿！玉儿——"

　　不晓得是巧合还是大翠算好了日子要作践牛二，陆大龙也在这一天出院。当陆大龙的小车刺溜一声停在牛二身旁，牛二下意识地往旁边闪躲了一下。

　　"牛二，回来了？坐班房的滋味咋样？要是不好受，一会儿到我屋里喝两盅？你孤家寡人回去冰锅冷灶，多可怜哪！我屋里可备好了鸡鸭鱼肉，哈哈哈哈！"陆大龙从车窗探出头，自上而下把牛二打量了一番，大声寡气地招呼牛二。

　　牛二脸涨得通红，他闪躲着陆大龙的目光。

　　"大龙啊，人家可是有小寡妇候着，哪用得着你闲吃萝卜淡操心呢！"大翠从后车窗探出头，哂笑道，"都说我们官田村山高皇帝远，可就是有些人脑壳被驴踢了，偏要自不量力！现在社会变了，想当包青天查案的人把自己查到班房里头去了，笑死个人哪！哎哟喂，我差点忘了正事，大龙快看，安置房修得多漂亮啊！我们还住不住？怕有些人吃不着葡萄嫌葡萄酸，看着眼红又不明说……"她可没打算就这么放过牛二，就如同此时，她瞅着牛二，牛二在她眼中就成了巴望喂食的一条狗——如果那条狗摇摇尾巴，她或许会可怜他。偏偏牛二是不知好歹的。

　　陆大龙一边朝牛二脸上看，一边嘲笑着，说："住啥哟，有人不是还要告嘛，我好怕哟！等他告消停了再说！"说完摇起玻璃窗，将车一股烟似的开走了。

　　脑子总是慢一拍的牛二涨红了脸，憋了老半天，一直憋到车屁股的烟尘都望不见了，才终于骂出一句："我，我——操！老子就要告，告不倒你，老子就不是人！"

深夜来客

一

　　拉上浅咖色的窗帘，柳意抬头看了看窗帘上面的玫瑰花，无声地笑了。

　　对柳意来说，刚搬进来的新家陌生得令她有客居之感。但是也不对，似乎还有一种尘埃落定的兴奋，让她毫无睡意。

　　时针指向午夜十二点。

　　给出差在外的未婚夫道了晚安，柳意将手机顺手搁在床头柜上。

　　该不会择床失眠吧？母亲也真是的，非说有什么新屋搬家人必须要睡一晚的讲究，早知道这么冷寂，就该拉她一起住。柳意郁闷地叹了口气，慢吞吞钻进冰冷的被窝。枕边的小说刚翻到三毛的一篇故事《老兄，我醒着》。

　　故事很吸引人，柳意一翻就读了进去。

　　……

　　我以为，是哪一个同住的女学生突然回来了，并不在意。可是我在听。

　　进来的人，站在楼下好一会儿，不动。

　　然后，轻轻的脚步声上了二楼，我再听，上了三楼，我再听，脚步声向我的房门走来，我再听——有人站在我的门口。

　　大概一分钟那么久，房门没有动静，我没有动静——我躺着，等。

　　我听见有钥匙插进我那简单的门锁里，我盯住把手看，幽暗的光线里，那个门柄慢慢地正在被人由外面转开。

　　不肯相信自己的眼睛，可是那门柄千真万确的在转动。

　　有人正在进来。

　　一个影子，黑人，高大，粗壮，戴一顶鸭舌帽，穿橘红夹克、黑裤子、

23

球鞋，双手空着，在朦胧中站了几秒，等他找到我的床，便向我走来。

他的手举着，我猜他要捂我的嘴，如果我醒着、如果我开始尖叫。

当他把脸凑到我仰卧的脸上来时，透过窗外的光，我们眼睛对眼睛，僵住了。

……

才读到第二页纸，一种从心底升起的莫可名状的恐慌，令柳意万分紧张和不安。屋里虽然亮着灯，但四下里静悄悄的，她不时抬起头看看紧紧关闭的门窗，看看纹丝不动的窗帘，想着黑成一片的窗外。

就在这时，手机在床头柜上疯狂地振动起来。

柳意吓了一大跳。

直到手机抖动着啪的一声掉到地板上，她才镇静下来。拾起一看，却是一个陌生的号码，犹疑片刻，还是按下了接听键。

"喂——"

"喂！我是江林。听说你今天搬进了水立方小区呀？住几单元几号房？我现在就在水立方小区！"

江林？

柳意脑子里飞快地闪出一个矮墩墩胖乎乎的男人形象。他是柳意的远亲，十几年前又在一个相当尴尬的场所见过，柳意当然印象深刻。

只是，这么晚了，他——

"江林啊！呵呵，多年不见了！你怎么知道我在水立方小区？"柳意顿了顿，将自己的声音频道调到最愉悦的状态。

"你别管我怎么知道的？我还知道你今天才搬的家，你说你在几单元哪一层吧！我现在可就在你楼下，你不请我上来坐坐，我可按喇叭了啊！"电话那头，刺耳地响起嗒嗒——两声，那个男人得意又霸道，简直不容反驳。

柳意跑到窗前一看，楼下果真闪着车灯。

"我在三单元502！"柳意迅速套上毛衫长裤。

夜半的脚步在寂静的楼道里显得动静特别大。

柳意听着越来越近的声音，抑制不住内心的忐忑，后悔自己接电话，后悔刚刚怎么就没撒个谎，要是未婚夫知道了会不会有事？

可是，怎么骂自己都没用，人家已经到了门口。

柳意打开门，让进一个满嘴酒气的男人。

二

柳意随意穿了条带着破洞的牛仔裤，朝后拢着头发，宽大的粗毛线外套丝毫没有掩住曲线玲珑的身材，反而更衬托出她的娇小雅致。她一边给刚进门的江林沏茶，一边偷偷打量着他。许是刚刚上楼梯蹭到了墙上，他衣裤上沾满了水泥灰。

看着这个狼狈的酒鬼，柳意嘟囔着又把自己给骂了一遍，并再一次很确定的继续后悔着。

江林自打一进门就一屁股窝进沙发，一边吞云吐雾，一边嬉皮笑脸地盯着柳意看。

"这么多年没见，你还那么年轻！前些天听人说你考上教师教书了，我还不信，硬是跟教育局的一位朋友打听了一下，人家说你是真的在教书呢，我这才信！"江林说起话来很流畅，一点不像是喝醉酒的样子。

"你打听我的事干什么！真是……你怎么知道我今天搬家，而且是这栋楼？"

听到江林的话，柳意很是不快。而且，她隐隐开始觉得不安。

江林意味深长地笑着。

"刚刚在这个小区的另一栋楼上喝酒，听一个熟人说的。"

末了，他又补充了一句："当然，那个熟人认识你，刚好你往上搬东西的时候他路过，看到了。"

看着江林故作神秘的样子，柳意不好再问了。

"比较偏僻的地方小学嘛，没啥好说的，就是混碗饭吃！"她随意又接上江林起先的话茬。

江林摇摇头："哪是混饭吃呀！教书好职业，我可是最佩服像你一样有文化的女人呢！"说罢，他弹弹烟灰，深深地吸了一口，抬头望着柳意喷出来一连串的烟圈。

柳意隔着烟雾就已经看到了江林似笑非笑的表情里藏着的暧昧，心下一阵慌张，不知道该怎么应对。

果然，江林按捺不住了。

"你坐离我那么远干啥呀？怕我吃了你！"说着，随即就站起来拽住柳意胳膊，硬拉到沙发上坐下。

柳意脸腾地就红了。她一边使劲挣脱江林的手，一边退回来坐到刚才的藤条椅上。

江林皮笑肉不笑的一步跨过来，弯下腰站到柳意对面，直愣愣地把手伸到柳意下巴底下。

"你是运气好呢！我正走背字，今年又是本命年，握一下手总可以吧？让我沾沾你的好运。"

柳意不愿伸手，勉强笑着："江林，你喝多了，还是多喝点茶，坐一会儿我送你下楼搭车。"

江林假装没听见，摊开双手，却趁柳意马虎一把抓住了她的两只胳膊，紧紧握住，将柳意硬是从椅子上提了起来。柳意无可奈何的随他并肩坐到沙发上，不时瞄一眼墙上的大钟，心里巴望他能早点离开。江林看出来柳意的不悦，不过，他毫不介意，脸上依然掩饰不住几分得意，甚至捏着柳意的手往怀里拉了拉。

"你把我手放开，我给你添点茶！"柳意强忍着心里的厌恶。

江林还真的就放开了。

他随即俯身过来，几乎贴着柳意的脸："人家都以为我那年和你有过啥，我却和你手都没拉过，岂不亏得慌！"

柳意一时怔在那儿，竟不知道说什么才好。

三

八年前的柳意。武汉，刚刚大学毕业，迟迟找不到合适工作。要说她的自身条件真是没得说，二十一岁，青春貌美，娇小可人，可她偏偏学了个工业企业管理。应聘了几家管理岗位职员，都嫌她没有经验。还有的干脆告诉她，就她那样子，顶多做个小文员，搞搞接待什么的。

那时候的柳意，正是心高气傲的时候，哪里愿意甘心做小文员。

"做文员的话高中毕业就做了，花家里那么多钱上大学，出来做个文员还不够丢人的！"柳意从不刻意掩饰自己的观点。

出校门晃荡了大半年，花光了最后的积蓄。面对远在江城父母的追问，柳意只能编出各种理由搪塞。

如果那年父亲不出事，自己可能一直还浑浑噩噩，也不会有后来的经历——柳意想起这个就常常叹气，她觉得那真是命呢！

就在她每天跟着同学混吃混喝逍遥闲逛的时候，父亲被查出淋巴癌，而且已经到了晚期。对一个普通工人家庭来说，这无疑是晴天霹雳。母亲仿佛一下子失去了主张，哭天抹泪地给她打电话，问她怎么办。

她哪里知道该怎么办？只觉着天塌下来了，自己从此没依靠了。末了，还是母亲在电话那头说，还是把你爸送最好的医院化疗吧！延长一天是一天，总不能让你爸在家里等死啊！

"只是这样的病，一旦住进医院，就好比烧钱，一个星期都好几万呢！"母亲哽咽着，仿佛连声音也要瘫倒下去了。

柳意知道，家里这些年的积蓄都供自己上大学，哪里还有什么存款。

她听完母亲的哭诉好半天才缓过神，转而又陷入深深的绝望。

同学看她着急，替她出主意，怂恿她找个挣钱多又容易的活，先支应父亲的医药费。

挣钱多又快的活——柳意不是不知道啥含义。这年头，无数女孩子涌入城市街头灯红酒绿的世界，以青春靓丽为资本吸金。柳意以前从来都不正眼待见那类拼了命挣钱的女同学，如今，自己竟然也要落到这地步，无论如何思想上的坎一下子是迈不过去的。

但犹豫了几天，终还是憋着自个儿满肚子委屈找了家市里人气最旺的江浙KTV会所。

来这里捞钱的女孩子也分三六九等，只陪酒陪唱陪聊天的姑娘，一般不仅要靓丽貌美，而且得有点学问和见识的，当然，这类姑娘当中也不乏和姿色平平的姑娘一起"出台"的，但自然她们要价要高一些。柳意不会跳舞，因为出众的相貌和大学生的身份，自然不等同于一般姑娘，受了半个月的调教，柳意逐渐适应了这个纸醉金迷的欢场。

柳意每隔两三天就到街边的公用电话亭给母亲打个电话，知道父亲已经入院开始接受化疗了，她心里充满了希望。一个月下来，她变得特别"敬业"，倚仗着自己是大学生和较好的煽情技巧，她很快成为这家KTV会所的"头牌"小姐。

正是在柳意拼命和各种男人推杯换盏喝酒赚钱的某个夜晚，她遇到了江林。

四

江林那时候在武汉某建筑工地当小包工头。那晚，他请一个建筑老板唱歌，这老板是会所的VIP会员，找小姐的常客。当着江林和另外一个兄弟的面，他跟服务生点了一个叫毛毛的女孩。

"你们不知道啊，我点的这个妞可是个正经的名牌大学生哦！相当正点的！"建筑老板色眯眯地跟江林介绍。

"大学生也来这种地方？那我们这泥腿子跟着老板可饱眼福了！"江林跟老板哈哈大笑。

毛毛是柳意随便取的名字，叫着顺口。她推开包间，看到是经常来的熟客就直接坐到了浙江老板的身边，甜甜地打了声招呼。这种场合，柳意已经学会了如何取悦客人。她一边挽着这个男人胳膊，一边拿起酒杯。

就在她进来的一瞬间，她不知道，坐在昏暗灯光里的另外两个人认出了她。不仅仅是江林，还有和江林一起来的同乡顺子。江林是柳意表姐夫叔伯兄弟的儿子，以前柳意上中学随父母走亲戚去表姐家，和江林同桌子吃过饭，因为柳意和他年龄相仿，是江林羡慕的城里文化人，所以当时印象特别深。

趁着柳意唱歌的当儿，江林拿了酒杯去跟她碰酒，悄悄地在她耳边说："你是江城的柳意嘛，在你表姐家，我见过你的，你咋跑到这来了？"

柳意如遭雷击，她万万没想到，偌大一个武汉市会这么巧能碰到熟人。慌慌张张歌也不唱了，也不知道怎么说，赶紧和江林碰杯喝酒。一边喝酒，一边悄悄解释家里的事，恳求江林不要回老家声张。

在这灯红酒绿的世界，柳意刻意地学会适应，学会忘记真实的自己。但她没曾料到，突然偶遇的熟人，让层层包裹的自卑和羞辱一下子揭开在众人眼皮底下，她感到要彻底崩溃了。

借故不舒服，柳意勉强支应了一个小时就要求换人退场。

江林当然不相信她的话，按他的想法，能到这来的女孩子，只要给钱多就一定能带走。如若在家乡，柳意大概对他这种泥腿子看都不看一眼的，如今形势不同，江林无比满足，他为自己腰包里的钱充满骄傲和自豪，当然这种骄傲和自豪也需要宣泄，需要有人欣赏。

因此，柳意前脚出包间，江林后脚就追到服务台要求"毛毛"出台陪他过夜。

服务生打她电话，她已经关机。

柳意匆匆逃离这家KTV，而且之后的日子，再也没有来过。她的父亲半年之后死在了医院。

半年后，江林回江城老家，得知柳意父亲是真的死于癌症。也许是突然滋生出来的同情心作怪，反正，他那一阵子还真有点佩服柳意。后来的那些年，他也没有跟任何人提起遇到柳意的事。

直到这一天，江林到顺子家喝酒。

五

酒桌上，顺子兴冲冲地跟江林说："你猜我今天看到谁了？"

"遇到谁？"江林问。

"柳意，那个毛毛！你还记得有一年我们在卡拉OK唱歌，你说那个是你亲戚的？"

江林愣了好半天。

顺子摸着一嘴的油，兴奋地说："她今天搬家，我见了，就是她。在我们这小区路边那栋的！"

你八成是看错了。江林摇摇头，他不相信就这么巧。

"她那妖精一样，化成灰我都认识。还听人说，她是磨盘山沟里面的小学老师呢！她找的男人是教育局哪个头头的儿子。可攀上高枝了！这年头，婊子也为人师表了，呸！"顺子说完，愤愤不平地往地上使劲吐了一口。

"你听谁说的？"

——江林半信半疑。

搬家公司有个人认识她，在楼底下摆龙门阵，我站道边听来的，对了，我还问搬家的那些人要了那妖精的电话。

江林信了。但江林和顺子一样马上就感到了内心的不平衡，凭什么在那种地方混过的女人现在居然有了体面的工作？

江林喝了一口酒，不由得生出感叹："这社会乱套了！不行，这得让那妖精知道，我们可是还替她守了这么多年的'秘密'呢！"

　　"不过你值了！"顺子酸溜溜地瞥了江林一眼，"你那一年怕是都得手了吧？"

　　江林一仰脖子把酒喝掉，打着酒嗝跟顺子赌咒，"老子他妈的没吃到羊肉还惹一身骚啊……老子真连她手都没摸一下。"

　　"真没摸？那你亏了。如今，我敢说，你想摸她没门，她连正眼都不会瞧你！看你那年还他妈的假仗义，让我不要回来跟别人说。我还以为你吃到嘴里了呢！"

　　听着顺子的奚落，酒越喝，江林心里越堵得慌。

　　有调笑的女人做下酒菜，两人不知不觉就灌下两瓶北京二锅头。

　　喝了酒的江林胆儿也肥了，拍着胸脯说："那种女人，老子现在想拉她手，她就得让老子拉。老子想要睡她，她就得脱衣服！"

　　"哥，别说你睡她，人家如今可是人民教师了。咱打赌，今晚按照咱这地方搬家的习俗，她肯定在新屋住。我给你她的电话号，你要是今晚能摸了她，我这两千块钱就归你。"顺子得着酒劲儿也开始耍浑，从钱包里取出一沓红票子一把甩在桌子上。

　　"说话算数！你给老子等着，老子等会回来拿钱。"江林要了号码，将筷子、酒杯往桌子上一拍，扭身就往外走。

　　"路边那一栋啊！"顺子在屋里喊叫。

六

　　一只胳膊搭过来搂住柳意的肩，柳意从恍惚中惊醒。

　　她急忙站起来，想甩掉江林的胳膊，被江林死死地按住。

　　"你想干啥嘛！"柳意愠怒。

　　"我能干啥？我们是亲戚，那一年你也是为你爸，我可没说你啥！"江林轻佻地将嘴凑到柳意脖子上。

　　柳意此刻肠子都悔青了，后悔不该接电话，后悔不该开门，后悔怎么没留男朋友在这里过夜，后悔当年……

　　柳意使劲地扭开头。

"你莫要躲。我跟你说过，我最佩服你们文化人，我是大字不识一个，所以到现在也没混出名堂。这样，你今天让我抱一下，满足一下我这么多年的一个心愿嘛！"江林涎着脸说。

柳意宽大的毛衣被江林拉扯着露出了半个肩膀。江林看着眼睛都直了。腾出一只手忽然从柳意的脖颈下伸进去。

柳意猝不及防，愤怒地挣脱，打开门，站到门外边捂着脸哭了起来。

江林看着柳意，讪笑道："我说了，你当年确实是为了你爸，我服你。但我也给你保守了这么多年的秘密，又没拿你怎么样，你哭什么！"

柳意转身，趴在墙上哭得更厉害了。

对柳意的反应，江林不屑一顾。

"你装啥纯洁哟！那一年人家都以为我睡了你，我可是连你手都没拉过。不就摸了一下嘛，又少不了啥！今天我就是跟他们应了个赌而已。"他一边走到门边，一边拍了拍身上的水泥灰。

临走，他掏出手机关掉了录音键。

咚咚咚的脚步声渐行渐远，楼梯仿佛在黑暗中随着脚步一震一颤。

柳意脸色苍白地望着江林消失在楼梯下面的黑暗里，那下面就像有一个深不见底的旋涡，她看着自己的灵魂一不小心卷了进去，在巨大的黑暗和恐惧中迅速地坠落，坠落。

暗夜沉入一片死寂。

半开的门射出一束光直直地打到楼梯的墙壁上，阴冷而又神秘。

过了许久，柳意停止了抽泣。她突然想起了三毛那篇还没看完的小说，她看见墙壁上自己披头散发的影子一直抖，一直抖。

竹子开花

我说我看到竹子上有麦穗穗花呢，外婆不信。外婆瞪着眼呵斥，小娃娃家家的竟胡说！

我说是真的，我在后院跟隔壁的狗蛋玩躲猫猫的时候，一仰头就看到了，竹子上真的有麦穗穗花呢！外婆信了，外婆阴沉着脸不吱声，我就知道外婆信了。

外婆拿着大瓷碗一边往嘴里扒饭一边就踱到后院去看。后院坎子下的一坡竹林，叶梢之间零零星星缀着一穗一穗婆娑的花，那些花影影绰绰，随风起舞。可是，竹叶却少了以前葱郁的生机，打着卷，显出干枯的迹象。

外婆看了半晌不说话，也不理我。外公也去看了，看了回来就说，那一坡竹子可惜了。

我不懂，反正我一看到开花就欢喜，就像看到春天漫山的野桃花、房前屋后的梨花杏花，那些花瓣捻在指尖比我的任何一件衣服都要柔软，颜色也漂亮极了。妈妈在的时候，总是会摘上两朵放到我的掌心，问我好看不好看。我会跟妈妈说，好看好看！

我不懂为什么外公外婆不喜欢竹子开花，提起竹子开花这事儿他们的表情就像吃东西被噎住了。我拿这个问题去问隔壁的狗蛋——我五岁，他八岁，他每天放学之后找我玩耍，他最喜欢假扮我的老师。狗蛋问过他妈妈然后再告诉我说，竹子一开花，满坡竹子就会死，弄不好还会死人哪，大人说竹子开花不吉利。"听到了没？竹子要死了，说不定还会死人，你以后不敢说了。你再说'竹子开花'你外婆就会打你！"狗蛋很神气很威风地警告我，我就真不敢说了。

外婆不喜欢我。如果我再说，我相信我会挨打的。

妈妈和爸爸去很远的地方挣钱去了，有时候过年回来，有时候过年也不回来。因为他们好久好久都不寄钱回来，外婆就不喜欢我了。她一直骂我是吃白食的，就像骂她猪圈里的猪一样骂我。有时候外公外婆都下地干活去，让我坐在门墩上看家。我一个人看着天，看着麻雀在院子里蹦蹦跳跳的时候，我就想爸爸妈妈，他们也会像麻雀妈妈给小麻雀找食一样的疼我吗？他们会不会像我想他们那样想我？我想他们的时候，想着想着就睡着了，然后就会梦到自己迷路，找不到家了。爸爸妈妈会不会因为想我迷路了，找不着家了？

有时候我半夜醒来，外婆在打着呼噜，我就趴在窗子边看月亮、看星星。它们那么高那么亮，它们一定看得见我爸爸妈妈在哪；如果我长大了的话，它们会带我去找爸爸妈妈吗？我天天看着它们，跟它们在心里讲话，如果它们听见了，一定会带我去的吧？安静的夜晚，我美滋滋地想着。我的话都跟月亮星星说了，白天就越发的不想跟大人们讲话了。

大人讲话常常骗人。比如外公，他答应满五岁就送我到山脚下的小学去报名上学前班，结果今年狗蛋报名的时候，外公就忘了这回事。比如外婆说，我只要乖乖看门不乱跑，下次上街就给我买馍吃，但是每次上街都没给我买。比如姑姑上次来看我临走的时候说还会再来看我，我每天望得太阳都没了，也看不到姑姑。再比如爸爸妈妈，他们偶尔打电话打到村口商店，他们总是跟我说只要我乖他们就很快回来，可是他们总也不回来。现在，我知道这就叫骗人，狗蛋说骗人是为了不挨打，可我不知道大人为啥要骗人，谁敢打大人呢？

我不爱讲话，外公说我越来越傻了，他张口闭口都叫我"傻子娃娃"。外婆也一脸嫌弃地说："自打那园竹子开花，他就不好好说话了，怕是中邪哪！没用的东西！"

就只有狗蛋还和我玩，我们背过大人的面，在竹林里玩"过家家""碰腿腿"。狗蛋说，老师刚刚教了一首竹子开花的歌，老师说竹子开花熊猫咪咪就没竹叶吃了，熊猫咪咪很可怜。我缠着狗蛋教我，狗蛋就把他会的两句教给我了。"竹子开花啰喂，咪咪躺在妈妈的怀里数星星，星星呀星星多美丽，明天的早餐在哪里？"

我们两个唱着笑着跳着，把一根根竹子摇得哗啦啦响，发黄的竹叶飘飘扬扬落得我们满头满脸满衣衫。

但是白天狗蛋要上学。

这天早晨，狗蛋走得很早。

我坐在门墩上吃早饭。外公外婆要去很远的坡地除草，外公说我傻了吧唧的不说话怕我看不住家，外婆厌恶地看了我一眼，就像看雨天蹦到门槛上的癞蛤蟆。然后，她一声不响毫不犹豫的用一把大铁锁把门锁上了。

于是，我只能继续坐在门墩上。尽管这个院子房前屋后就剩下我一个了，但我不害怕。猪圈里的猪不停地哼哼，一大群鸡在院子边转来转去。

院子里晒着麦子，外婆走的时候叮嘱我过一阵了用脚丫子翻翻。我的任务就是坐在门墩上守着太阳，守着麦子。

太阳从对面山上一点一点地移过来，那光亮漫过山腰，渐渐移到院子边香椿和泡桐树的枝丫上，那些树叶立即就有了影子，影子在地面上左摇右摆地跳舞。我好像忽然又有了伙伴，这实在是让我顿时感到特别高兴的事。我在院子边和影子一起摇晃，我想用脚踩住它们让它们别动，它们总能神奇地躲到我的左边，或者右边。

我喜欢太阳，虽然我仰望它的时候会刺得睁不开眼，但我真的喜欢阳光的味道。妈妈去年回来的时候，把我盖的被子拿到太阳底下晒，那天晚上睡觉的时候，我就闻到了太阳的味道，暖暖的香甜的味道——妈妈抱着我的时候也是这样的味道吧？我站在太阳下咂巴着嘴，努力地回忆和辨别，我总是把水果糖的味道同我吃过的乳汁的味道混淆在一起。

麦子晒得发烫。我脱掉鞋，光着脚丫子在麦子里贴着地面来回地走，麦子滑溜溜地从我脚背上穿过，在我身后变成一行一行的。过上一阵子，我再换个方向这样走一遍，院子里的麦子又变成了另一种图案。有时候，有麻雀或者其他我不认识的鸟跳到麦子上来，我不想赶它们，外婆没在，我想让它们吃个够，反正它们那么小，吃几粒就饱了，飞走之前还看着我喳喳地叫，好像在跟我说，走啦！走啦！我很羡慕它们——外公老说我肚子大吃得多，他一瞪我我就不敢再吃了，我怕他到电话里告诉我妈妈说我不乖不听话。可我总觉得饿。比如现在，我就很饿，太阳越大我越觉得渴，觉得饿。

我到后院里去看竹子。竹子花没了，竹子死了——叶子变得枯黄，连竹梢都在阳光下萎缩了。我很沮丧地看着它们，不知它们什么时候还能再变成绿绿的呢？

猪圈里的猪扯着嗓子喊，还不时地用嘴使劲地拱着猪栏。它们真是又烦人又很笨呢，那样嘶叫着不是更饿得快吗？但是我真怕它们跑出来，它们跑出来祸害菜园子，外婆回来会打我的。外婆怎么还不回来？我听到肚子叫了，肚子叫了我就想哭，我哭什么呢？

我看到外婆的后窗台上放着一个饮料瓶。这样的饮料瓶我认识，以前妈妈回来的时候给我带过一瓶，妈妈说那叫可乐。可乐喝完了瓶子就成透明的了。我一踮脚尖，就将窗台上的瓶子拿了下来，在手里摇摇，眯眼一看，居然里面还有很少很浅一丁点饮料！我兴奋得蹦了起来。

盖子真紧。我用了全身的劲儿才将瓶盖拧下来，原来是里面垫着一层纸。

我一仰头，将瓶子倒立在嘴上，这样，瓶子里一滴都不会剩下。我一定是渴极了，直到瓶子最后一滴滚进我的喉咙，我才觉得不甜，那是苦苦的很怪很浓的味道。那种味道满嘴都是，令我很不舒服。我坐回门墩上，懒懒地靠着墙，等外婆外公回来。

肚子响得更厉害了，不但响我还感觉到肚子一阵一阵的收紧，像一只手在肚子里抓呢，抓一下我就痛得哭喊一声。越抓越厉害，我喊也没有力气了，只有哭。我害怕了，我怕我会跟竹子一样死了。因为害怕我感到全身发冷，冷得直打哆嗦。我想我的哭声没人听到，实际上我真的都听不到自己的声音了。我滚到地上，我的肚皮就贴着院子晒热的地面，这样好像能稍微好点，甚至不是很痛了。我感觉到太阳直直地照着我的背，也就不那么冷了。我看到自己嘴角有洗衣粉泡沫一样的东西流出来，打湿了我半天脸贴着的地面。几只蚂蚁爬过来，钻进泡沫里停在了我的嘴边，它们该不会爬到我嘴里去吧？！但是，我不想动了，真的不想动了。

又闻到了太阳的味道。

啊，我觉得就跟躺进了妈妈怀里一样的，那味道真好！"竹子开花啰喂，咪咪躺在妈妈的怀里数星……"我突然很想把狗蛋教的歌大声唱出来。

可我真的，连张嘴的气力都没有了。

海棠与贝儿

一

小城中学的放学铃声刚过，早早等候在校门口的一大堆家长都伸长了脖颈，稳坐在小车里的家长摇下了车窗，骑着摩托的家长干脆跨上车座，一副蓄势待发的样子。海棠自从女儿上了初中就从来没接送过，这是第一次，她见人家拥挤着都往门口凑，干脆自己退了几步，一直退到公路的花坛边，却也忍不住伸长了脖颈，从别人的肩头使劲往里瞅。

海棠知道，女儿性子慢，怎么也要等到最后。

果然，十几分钟过去，女儿贾贝儿才从一幢楼后面闪出来，一边和同学漫不经心地说话，一边往门口走。贾贝儿不知道，自己的身影刚一出现便从人堆里跳出来，像装进母亲海棠视线里的准星，一下子被母亲瞄准。

海棠一脸的焦虑，下意识拉紧风衣，把肩上装满工作资料的包使劲往后挪了一下。女儿在她的视线里准确无误地重叠着一个人的影子，连走路的姿势都是他的，背微微扛着，细长的腿跟没劲似的拖着步子，一副吊儿郎当的样子——这种略带消极慵懒的形象，实在和她的年龄极不协调，也和海棠一直所期盼的淑女范儿偏差太大。海棠觉得，有个网络流行词特别符合女儿的形象，一个字，"丧"。而她曾以为一两年会打磨掉的"丧"劲儿，现在分毫没有改观地呈现在她面前，仿佛就是要告诉她，这不仅仅是她一个人的女儿。

海棠想起那个影子，贾贝儿刚满月的时候，他找人来劝她把孩子送人；满百天的时候，他找朋友带口信问孩子身体好不好，还用信封装了五百块钱给她们母女。她把五百块塞回带信那个人怀里说，孩子生下不到二十天他就走了，五百块钱就想换心安理得吗？贾贝儿三岁，他托熟人又带来五百块钱，说是让孩子上托儿所，给孩子买些衣服。"他以为五百块能让孩子上托儿所？还是能买几件衣服？"海棠冷笑，她一分钱也没有要，硬是让她姑姑又带了回去。贾贝儿八岁，略微懂一些事情，她便告诉贾贝儿："他不要我们，是因为你奶奶嫌弃女孩，他们一家人都因为这个不高兴。可是，你看，妈妈会养你，我们依然能够过得挺好，而且还会越来越好！"贾贝儿当时还特别困惑地问她："为什么他们不喜欢女孩呢？"她想解释给贝儿听，是因为他们家"三代单传"，所以特别想要一个男孙传宗接代。可是，想了想还是作罢，屁大点的孩子又怎么会理解大人那么复杂的理由呢？

"贝儿！"海棠叫了一声。已经走到门口却依然自顾自和同学眉飞色舞的贾贝儿这才循着声飞奔过来，冲海棠嬉皮笑脸地扮个鬼脸，然后径直往回家的方向走。

贾贝儿的五官除了那双大大的丹凤眼之外，也有着和海棠十几岁时一样白瓷般的肌肤，一样挺直的鼻梁和俏皮的兔子牙。海棠不止一次的动了要给贾贝儿割双眼皮的念头。

"那是他们家的标志！你要是双眼皮才算是我们张家女子。"她曾愤慨地对贾贝儿说。贾贝儿总是眉心往额头一拧，不置可否。

贾贝儿的腿有点罗圈。虽然海棠屡屡告诫她要穿腿脚宽一些的裤子，但她和很多同学一样都喜爱铅笔裤，再将裤腿卷着，故意把脚踝裸露出来。就连上身肥肥长长的卫衣，也都是和众多孩子一个德行。

海棠不紧不慢地跟在贾贝儿的后面，贾贝儿低着头兀自地走，偶尔转过头来和海棠对视一下，不满地说："你能不能不盯着我看！"说完，紧走几步，故意和海棠拉开距离。好像身后长了眼睛似的，母女俩唯一的这点默契让海棠心里每每泛起波澜——她们是如此相像的两个人，却又如此倔强地排斥着对方的潜移默化，谁都想坚守着自己的堡垒。

过了厂区的一段路，终于可以看到自己家的小区了。当贾贝儿再回过身，万般嫌弃地对海棠嘟囔："你看你头发毛得跟草一样！也不去收拾一下！"

海棠斜着目光扫了贾贝儿一眼，并不理会她。她太清楚，女儿对她的服饰装扮向来挑剔和不屑，而大多这样蔑视的口吻也通常代表她主动对母亲表示的亲近。不过现在，海棠不想跟她亲近，她心里憋着事儿，很害怕忍不住就要在路上爆发，那样在大路上暴露自己身为母亲的无能或者无可奈何，更会让贾贝儿看轻母亲的涵养。无论如何，她想，还有几步到家了，等到家了再说吧！

二

中学离家也就十五分钟的路，这么近的距离，海棠觉得完全没有什么可担忧的，孩子又上了一个年龄段，更没有接送的必要。

贾贝儿也到底还是个思想简单的孩子，并没有想到母亲突然到学校去接她有什么不妥。

但进了家门，等两个人都坐在沙发平息地歇下来。贾贝儿便从母亲的脸色里看出了异常，等了几分钟，见她迟迟不说话，便拎起书包低着头准备躲进卧室。

"贝儿！"海棠任由贾贝儿从眼前走过，头也没抬，等那脚步声到了卧室门边，她才以尽量压制的声音开口叫贾贝儿，"你测试成绩出来三天了为什么不告诉我？"

"成绩不代表一切！"贾贝儿停了有那么几十秒，也尽量以无所谓的态度低声做了回答。然后，她进卧室，把自己和沉甸甸的书包一起扔到床上。母亲从不称呼她的大名，她把贝儿两个字叫得亲昵又顺口，似乎很痛恨那个姓氏，但也不强迫贾贝儿更改姓名，这让贾贝儿很不能理解。她试着在母亲高兴的时候提过几回改母姓的事，但都被母亲给呛回去了："你跟着我本来就该改姓的，我没有改已经是对他家的恩赐了。你非常喜欢跟他姓是吗？那你改天让他接你回去好了！"

"贝儿！"海棠在客厅声色俱厉地叫了一声。

贾贝儿懒懒地出来，一脸无辜地看着母亲。

"你考了全年级多少名？"海棠冷冷地问。

"两百多名！"贾贝儿小心翼翼地说。

"贝儿！"海棠一巴掌拍在茶几上。贾贝儿有些慌乱，抬起头，眼睛忽闪着。

海棠叹了一口气："你知道我最讨厌撒谎的人，你爸就是那样的人。我养了你上十年，你竟然还是跟你爸一样！明明你考到了三百多名，明明你上课时间看玄幻小说甚至让老师没收了几本，你还要跟我撒谎！"

"少提我爸！你提我爸干啥？这跟他没关系！上课看的小说都被老师收走了，我也知道错了，可成绩已经考成那样了，我能怎样？"贾贝儿忽然很生气，几乎是在冲母亲喊，眼泪夹杂着她的委屈和不满。

"你能怎样？你是学生，你的任务就是学习，你还不知道自己该做什么不该做什么吗？"贾贝儿的眼泪忽然激怒了海棠。海棠站起身来，一步跨到女儿的面前，毫不留情地看着那一双泪眼，恨恨地说，"同样是单亲家庭，你怎么不学学吴兰兰？她母亲做零工，那样的条件她都知道自觉学习，每次考试人家都在前几十名。而你呢？我尽可能给你提供最好的条件，你却拿这样的学习态度回报我！"

海棠的话，直直地戳进了女儿那颗敏感的心。她看海棠的眼神完全变得陌生而充满恨意。

"你知不知道我为什么讨厌你，因为你眼里就是成绩！成绩！不要拿我跟吴兰兰比！你看她成绩好，认她当女儿好了！"贾贝儿冲海棠喊。

"啪！"

屋顶的灯骤然闪了一下。

海棠怔怔地看着自己刚刚扬起又落下的手掌，仿佛心上绷住的什么东西突然就断了。贾贝儿哇的一声，折身扑进卧室，砰地关上了门。

海棠静静地站在灯下，听着女儿撕心裂肺地哭，自己眼泪也唰的就下来了。

过了一会儿，她想起，自己和女儿都不曾吃晚饭呢。

三

周六中午十点钟，贾贝儿上完古筝课，海棠在教室的楼下花园等她。

贾贝儿小学五年级，也就是从十岁的时候开始学古筝的。海棠很喜欢古乐，无奈自己在单位管的事情太多，根本无暇再去理会自己的喜好。但她思想却还是比较开明的，也并非要女儿按自己的喜好去发展她的业余爱好，要贾贝儿学古筝，主要是基于她太好动、心气浮躁，想借助培养些爱好来促使孩子改变一些性情。海棠列出书法、绘画、古筝三样让贾贝儿自己挑，贾贝儿想都没想便挑中了古筝，她说，因为感觉古筝太"高大上"

了，这种新奇的感觉很美妙。本来，海棠的意思也就是让她学点皮毛，能练好"坐"功，能平心静心就成，哪曾想，贾贝儿还真就着这股子新奇劲儿，坚持学了下来。

"你想买什么？我们逛街去！逛完再带你去吃东西。"看贾贝儿一蹦一跳从高高的石阶上下来，海棠慈祥地侧目递过一个讨好的笑。自从上次打了她一巴掌，两人关系一直冷冷淡淡。在屋里的时候，除了招呼吃饭，两人几乎都不愿开口。

"好吧！"贾贝儿应了一声，冲海棠咧嘴一笑。这一笑，就等于两人和解了。

海棠一只手便伸过来揽过女儿的肩膀。她心里明白，小家伙心里一定还"恨"着，自己也就给她一个和解之后例行"敲竹杠"的机会。

位于城市正中心的森达购物广场是县城最豪华的购物中心，对于一个单亲妈妈来讲，海棠每月三千的工资根本容不得她进这种消费场所。但她知道，这里有女儿特别想要的东西，比如说时尚又可爱的毛线帽子、学院风的毛呢大衣……她想着，不如投其所好索性也就奢侈一回，也难得女儿跟着自己过这般不咸不淡的日子，哪个青春期的女孩子没做过公主梦呢？

贾贝儿看上一款阿依莲的大衣，却不喜欢主打品牌的粉色系，只要黑色的那一件。海棠试着劝贾贝儿再试试其他，因为她衣柜里的衣服几乎都是黑和灰的格调，在海棠看来，女儿现在的穿衣风格完全是"为赋新词强说愁"的味道，实在不甘心用不菲的价就添置这么一件黑衣。贾贝儿固执地抿着嘴，一副心不在焉、六神无主的样子，海棠多说了两句，贾贝儿就生气了。却也不争辩，只把手中的衣服往售货小姐手上一塞，头也不回地往楼梯口走。

海棠只好妥协，示意售货小姐追出去硬把贾贝儿拽了回来。

等贾贝儿试穿大小的时候，海棠又耐着性子跟售货员讨价还价。"你看，这到'十一'节庆也不远了，你们总归有点折扣吧？！你们广告上不都是说全场7折起的嘛！再说，这个布料只是因为时尚但它是很容易起褶皱的，怎会要那么贵的价？"她好像很内行地说。售货员柔声解释说："您没看货架上的POP吗？您女儿选的这款已经是特价的！"海棠抬头去看贾贝儿，贾贝儿白得泛蓝的脸上一阵红晕，却轻蔑地回望了母亲一眼。

海棠知道女儿鄙视她跟人家讨价还价，心里满是懊恼，捏着售货员开好的收据，仍然不甘心："这么不起眼的衣服还用这么贵，简直是讹人呢！"旁边的一个售货员听到了，走过来从她手里拿过收据，不客气地说："这位女士还是先看好了再付款，我们可担不起讹人的名呢！"突然被售货员抢白，海棠也红了脸。售货员讪讪地跟贾贝儿说："这件衣服原价是一千两百块，现在五折已经是亏了本在甩货，若是还低，只怕我们工资都要贴进去呢！再说，这样的品牌款式两年穿下来也不会过时，你想想有多划算！"

贾贝儿一把抓起柜面上的收据走到海棠面前，赌气地看着她。海棠苦笑着接过收据，其实她老早就明白，自己什么都拗不过。但也不知怎的，偏要习惯性地挣扎一下。

两人再逛到顶层，是男士饰品专区。钱花出去效果是看得见的，此时，贾贝儿得了衣服就跟打了胜仗似的，她好像完全忘记了刚才对母亲的鄙视和无理，东张西望，完全是一副十几岁孩子烂漫无邪的样子，精神满满地拽着海棠胳膊径直往里走。当然，她还不忘继续打击海棠："高兴点！是你要带我来购物的，花了钱又不高兴！下次不要叫我好啦！"

贾贝儿她拿起一顶灰黑的手织毛线帽，反复在自己头顶上试了又试。

"咱们家哪来的男人，你发什么疯呀，快给人放下！"海棠没好气地说。

"康伯不是男人吗？"贾贝儿轻哼。

康伯叫康鑫，是海棠交往了近一年的男朋友，但两人都顾忌自家孩子，所以不冷不热不远不近的交往着，放不下却又像总也走不到结婚那一步。

"你要说给他看的，打死我也不信！"海棠当然明白贾贝儿对康鑫的排斥，没好气地说。她偷偷瞟了一眼价格牌，四百八十元。

还好贾贝儿也没有再纠缠下去，看着海棠一脸懊丧，故作轻松地哼着歌兴冲冲往回走。

四

国庆节快到了，海棠负责的部门恰巧被单位安排值班。

"贝儿，长假我要值班，成都欢乐谷的计划看来又泡汤了，等明年公休假我们再去？"晚上，她跟正在写作业的贾贝儿商量。

"无所谓呀，反正我最想去的又不是欢乐谷！"贾贝儿头也没抬地说。

海棠知道，欢乐谷是退而求其次，女儿最想去的是海边。可是……她默不作声。从带着女儿走出那个家开始，她就打定主意一切困难自己扛，但即使再坚强，有时候为钱的事情，她难免还是会心里抓狂，这样的抓狂同时又让她体会到更深的孤独和无助。

颓废的情绪一滋生，令海棠对整个生活感到无比厌倦。

"如果你要值班，我一个人在家多无聊啊，你要给我精神补偿！"贾贝儿冲她说，"一百块！"

"还有，只要每天听话不犯错你每天奖励一元，现在怎么也有二三十元了吧！"

"嗯。但你要在家乖乖写作业，作业写完了才能看电视。要不你就到我单位，同我一起上下班。"海棠说。她对女儿偶尔的"敲诈"懒得计较，装作很配合的样子。毕竟，她理解女儿的孤单，也希望女儿能得到些许的满足和快乐。

"我才不去你们单位呢！"贾贝儿说。海棠单位她也去过不止一次，但对她这么大的孩子来说，没有玩伴，走到哪里都不好玩。

放假的第二天，海棠因为临时有事到其他县，回来的时候已近黄昏。因为担心孩子饿坏了，电话也不通，她下了车几乎是一路小跑爬到七楼。贾贝儿果然不在，客厅茶几上有一个吃了一半的苹果，中午用过的碗筷和剩菜都摆在厨房的灶台上。海棠打开阳台的窗户朝外看了看，天幕渐渐隐入黑暗，远山只剩下凝重的一个轮廓，伴随着一阵阴冷的风扑面，眼前星星点点的灯火忽然像交织的幻网。海棠有些焦躁，继续拨打贾贝儿的电话，依然是呼叫转移状态，她不安地坐在贾贝儿床上。

贾贝儿的卧室很小，不过装饰得精致。典雅的淡绿墙面，乳白色的衣橱和书桌，床内墙上窄窄的两排木架摆满了贝儿喜欢的书籍和一些可人的小玩偶。屋角绿色的小盆栽刚吐出新梗，根部的土湿湿的，一看就是才浇过水的样子。海棠不得不承认，女儿学习成绩虽没有自己预想的那么出色，但是在某些生活细节上还是显出了她聪颖的天资。

就在这时，她发现枕头边有一个撕碎的小纸片，仔细一看，却是照片的一角。掀开枕头，果然又发现一堆撕得粉碎的照片。海棠把碎片随便拼接了几块，就发现是自己曾经和贾贝儿父亲的结婚照，还有她父亲和奶奶一家人的合影。这些照片原来被藏在厚厚的一本张爱玲文集里，不知怎么却被贾贝儿翻出来。

这些碎照片让海棠心惊肉跳。再查看其他物品，并没有什么特别的迹象，翻开桌上的一本练习册，海棠发现一幅还没有完成涂色的彩色铅笔画，画上是一个少女的侧影，拖着小小的旅行箱，像是远行的模样。

海棠看着看着心就慌了。再查看衣柜，衣服和日用的物品都在，并没有一丝凌乱的痕迹。但是，手机为什么打不通呢？此时，时针已经指向八点半。

海棠在打完班主任和同学电话，确定都不知道贝儿消息之后，决计到街上去找。虽然并不知道孩子能在哪儿，但除此之外，她不知道自己能做什么。眼泪在她眼眶里打转，心里被一团乱麻堵着，她后悔不该给孩子留钱、不该相信她会乖乖听话、不该中午打电话的时候没有再给她念念紧箍咒……她甚至有些恨，恨这孩子太不懂事，太不了解她当娘的苦处，为了早些赶回家她甚至推掉了饭局，到现在水都没顾上喝，可是又能怎样！

街上人很多。这个城市一到假期满大街都是从外地涌来的游客，他们白天去几十里外的景区，晚上在这里停车住宿、享受小城的美食和悠闲的情调。但是现在，海棠很烦乱，这么多人干扰了她的视线，紧绷的神经和伤心的情绪让她无助到极点。她不停地行走，不停地张望，甚至很想遇到一个熟人，即使不是贾贝儿，哪怕是一个只是认识她的人也好。

一个半小时之后，海棠从城关走到城西，又绕着环城道走了一整圈，甚至回来的时候还特地绕去了车站。当她费力地爬上自己家楼梯，满怀希望地打开门，整个人几近瘫倒。但是，她还是失望了。

原本她不想惊动康鑫，不想让康鑫误以为自家女儿多么没教养而被轻视。可是眼下，她觉得无路可走了。

康鑫在海棠的哭诉中，很快判断孩子并没有离家出走。"也许是在同学家玩忘了，也许是去了网吧！"他说。他让海棠哪儿都别去，他去网吧一家家地找。她觉得自己已经很没用了。此时，除了能跟着康鑫一起挨家找之外，也再没有别的可以做了。

"有时候，我真怀疑你不食人间烟火呢！"康鑫这样说她。她压根儿不知道这个城市的背街小巷和地下到底藏了多少个大大小小的网吧。

康鑫领着她一家家地找，每当看到那些专注于游戏的少年，她都忍不住多看两眼。

第五家是全城最大的网吧，坐落在大型商场的地下，宽阔的大厅充斥着敲击键盘的声音和主机的嗡鸣声，不时有网管和他俩擦身而过，奇怪地扭过头来看他俩。一排排座位找到尽头，她失望极了，无助地问康鑫："要不问问网管？"

康鑫看着海棠憔悴的样子，叹了口气："你想问什么？这个大厅少说也有近两百人，有一少半都是未成年人，网管能记得住那么多人吗？走吧！"

第八家是在商场的地下室。海棠近乎崩溃，全凭康鑫扶着她。就在他们搜寻到中间的时候，在昏暗的灯光下，海棠一下子看到了角落最里面的贾贝儿。她居然披着一件男孩子衣服，陪着旁边一位女孩子聊天。另外一个玩游戏的男孩子不时回过头来，跟她们讨论着什么。海棠的眼泪突然夺眶而出，却是无比的愤怒，她挣脱康鑫的手，一下子冲到贾贝儿跟前，拽着她就往外走。到楼下，海棠放开贾贝儿，先是恨恨地盯着她，举起的手却又放下，倒是捂着自己的脸蹲在地上哭起来。贾贝儿此时却不看她，侧头漠然地望着其他地方。康鑫欲言又止，终归不是自己的女儿，也不好说什么，只扶起海棠，招手叫了出租将两母女送了回去。

海棠一声不吭匆匆往楼上走，康鑫犹豫了一下，叫住贾贝儿说："别惹你妈生气，她今天太累了！"

贾贝儿突然红了眼圈，轻声道谢，走了两步，又回过头来对康鑫说："康伯，今天我也不是有意的。和同学在体育场玩到九点多，一看太晚了，我们都害怕回去被家长骂，站在外面又冷得很，所以就去了网吧……"

"你刚才为什么不对你妈说？"康鑫问。

"我怕她吵……"贾贝儿说。

康鑫叹了口气："赶紧上楼跟你妈妈道歉，好好的说！今晚太晚，我就不上去了。"

看着贾贝儿的背影，康鑫突然想起自己的儿子，有那么一次，也曾让他草木皆兵，满城找寻。

五

接下来的两天，海棠跟自己个儿赌气，做什么都提不起精神。刚开始，贾贝儿心存愧疚，处处主动找海棠说话，坚持了一天，见海棠还是爱理不理的，便又端起了架子。

海棠做饭的时候贾贝儿就在客厅候着。饭吃完，贾贝儿自己洗了碗筷，也不吭声，径直回她卧室里窝着。

原本想冷战几日的海棠反倒被女儿占了上风，这样一来，心里不免憋了一肚子的火。再一想到自己这样累死累活到头来却要低声下气败给这不懂事的"白眼狼"，海棠就感到从未有过的挫败。

虽是不停地做着家务，两汪泪水憋在眼眶里，仿佛谁一碰都要掉下来。

那天下午吃过饭，贾贝儿一边穿鞋出门，一边若无其事地告知她："我出去买点东西。"她正在厨房收拾碗筷，女儿的话让她愣了有半分钟，就听到外面重重的关门声。

女儿走了，屋里安静极了。窗外的余晖在萧瑟的远山阴影中正一点点的黯淡，那些鳞次栉比的建筑像蒙了薄薄一层纱，在低沉的天幕下都显得那么的不清晰，整个季节都跟人似的，染上了一种颓废的情绪。海棠洗完手，沉沉地在沙发上靠下来，柔软的条绒布温暖地包裹着她的身子，这让她清冷寂寥的内心世界突然像落进了一个港湾。她闭上眼，蜷缩了双腿，试着把那点情绪里的慵懒完全释放出来，放逐自己到一个无须担负的世界。

"嘟嘟——"突然传来一阵震颤，什么东西就在腰身底下压着。海棠迷迷糊糊用手摸了出来，却是贾贝儿的手机。

这个马大哈！海棠猛地坐起来，来电却断了。正迟疑间，丁零两声，发过来一条信息："老天爷真是惩罚我呢，好不容易来了又联系不上你！贝儿，速回电话好吗？"海棠不看还好，这一看，倒惊吓出一身冷汗。

居然亲切地叫她贝儿！从内容上看一定不是同学，也不会是本地人，可是外地什么人会联系她呢？莫非这鬼丫头背着自己网恋？海棠忽然就蒙了，拿着这个手机看了又放下，放下又翻开，不知怎么办才好。

在屋里转了老半天，才想起来去上网查贝儿的通话记录。这张手机卡是她在五一搞活动的时候帮贾贝儿买的，还好当时自己就改了卡的开机密码，若非贾贝儿还没想到，否则要让那个鬼精灵知道的话，估计现在想查都没办法。

通话记录的网页打开了，海棠越看越来气，和那个号码居然还有晚上近十一点的短信记录，最频繁的一天打了三次电话。

这时，外面的敲门声打断了海棠的思绪。

莫非是贝儿回来了？她好像突然清醒了似的，刚刚憋在嗓子眼的一腔怒气硬生生憋了回去。本来关系都没有缓和，她不想这时候再激化矛盾，若是贝儿真动了"背叛"她的心，只怕她这养育之恩也拉不回她，倒会越吵越要遭嫌弃了。

海棠三步并作两步，把手机重新放回沙发。然后，打开门。

来的却是康鑫。

这两天，海棠因为贝儿的事怄气，几乎都没有跟他联系。康鑫倒是知道她的脾气，从超市给她带来了两大兜新鲜的蔬菜和水果，又一一给她放进冰箱去。

"不能久放的菜我给你放外面点，这两天要先吃。排骨也不要冻了，搁在保鲜里，你明天中午就烧了它！"他细细叮咛她。

海棠倚着厨房门默默看康鑫整理冰箱，不知怎的，突然眼泪就下来了。

"你每次都这样！"海棠说。

"哪样？"康鑫奇怪地回头看她，见她的样子就笑了，"感动了？这么好哄！"

海棠不作声，跟着康鑫到客厅，便一下子依偎过去，紧紧抱住他。"怎么了？还在怄气呀，你可真是的！哪有当妈还跟女儿怄气的道理。"康鑫笑着说。

海棠摇摇头，眼泪蹭湿了康鑫的脖颈。

"青春期的孩子都这样，过了这一段自然就懂事了。我那儿子以前跟我仇人似的，现在上了高中，突然就不一样了。你要忍耐！"康鑫柔声劝慰。

海棠把自己捂在他胸口上闷了好久，才满脸狼藉起身，在镜子前重新梳理好。她对康鑫说："她现在可不就是当我仇人吗？我就不知道怎么跟这白眼狼沟通！把她养这么大，现在好像在她心里根本没有分量！我说左，她要说右，这且不算！还跟我撒谎……"

"海棠，你对她要求太高了。孩子都会撒谎，就因为她还是孩子！"康鑫打断她。他有些不耐烦，很想让她安静下来，想想自己的问题。对于带孩子，他自认为是过来之人，如果海棠不那么倔强的话，他倒真想帮帮她。因为他喜欢海棠骨子里的朴实，也希望儿子考大学之后，他们能最终住到一起。

海棠听了康鑫的话，觉得有几分道理。她重新坐到康鑫身旁，给他沏了一杯上好的清茶，一副要继续洗耳恭听的样子。

康鑫叹了口气，笑道：孺子可教也！

六

贾贝儿回来的时候，康鑫和海棠窝在沙发上看电视。她冲康鑫嘴角一咧，算是打过招呼，径直回了自己房间。过一会儿，又跑出来问："妈，可见了我手机？"

海棠不声不响，从身后的沙发角拿出手机递过去。

贾贝儿接过手机，眼睛直直盯着海棠看了半秒钟才转身进屋。她把对海棠的怀疑都锁在那眼神上了，海棠岂能看不出来。若无外人，贾贝儿一定会大肆冷嘲热讽一番，揭露她偷窥别人隐私，侵犯儿童权益什么的。不过康鑫在，她俩谁有话都不会说，贾贝儿倒还是顾及着海棠的面子。

第二天中午，康鑫有事，吃完海棠做的爱心早餐就匆匆走了。

不过康鑫这么来了一趟，母女俩僵持的关系倒起了微妙的变化。

因为考虑到是假期最后一天，海棠决计带贾贝儿回老家看望外公外婆，顺便也想探探她的口风，搞明白关于那个陌生的电话号码的事。还有那条该死的短信，海棠一想起来，就像一根针戳在心上。

老家离城不过十几里路，可是有一半是山路，返回的交通工具很不好找。海棠担心回来搭不上车，所以选择骑摩托。她跟贾贝儿把头盔、长袄、棉靴、围巾、口罩、手套全部家当都穿在了身上，包裹得跟个粽子似的。

这天在父母那里吃了下午饭，已是四点钟光景。海棠太忙，平日也不常回来，每次回来总有说不完的话。她陪老人围着火炉唠嗑，贾贝儿显得心神不宁的样子，想催母亲走却也不好，百无聊赖地躺到外婆床上一个人玩手机。

过了好一阵子，海棠过来叫她。两人重新包裹严实，慢慢往回返。

出沟是毛坯的土路，车抖得厉害。贾贝儿大声叫嚷着不舒服，海棠干脆靠边把车停下来。

"贾贝儿，我看了你手机。"她像下了很大决心，单刀直入地说。

"我就知道！哼！"贾贝儿鄙视地看了她一眼。

山路上没有一个人，这样很好。海棠望着路两边的衰草和一些依旧绿着叶子的灌木，心里百转千回。虽然铁定了要跟女儿谈，可是，自己内心除了沮丧还是沮丧，找不到任何自信。

　　"你是不是在外面交了朋友，早恋？那条短信是什么意思？"

　　贾贝儿一听，显得很激动："你凭什么这样说！我没有！"她的倔强劲儿又出来了。那样昂着脸，侧目盯着自己的母亲。

　　"你少胡说，我没有早恋！"她的声音很大，眼泪也随之迸出来。

　　这还怎么谈！才一句，就让海棠气馁了！

　　而此时，面对这样一头发怒的小狮子，她根本没办法克制。"我查了你们的通信记录！"她说。贝儿的眼泪同样挑起了她的愤怒，为什么还在撒谎？为什么每次明明做错却好像受了委屈似的那么爱哭？海棠心里很冷，面对这个不让自己省心的女儿，只想尽快戳穿她伪装的可怜样儿。"你们晚上还在发短信聊天，甚至到十一点。贝儿，我希望你说实话，他到底是谁？"

　　听她这样说，贝儿低下头，望着自己的脚尖开始抽泣。

　　海棠心里也在疼，每回审犯人似的质问女儿的时候，她的心口都会疼。但是她没有选择，很显然，女儿没有继承她的勤奋和诚实。而她憎恶的贝儿父亲的恶习，仿佛完全在贝儿身上显现出来。那个嫌弃她生了女儿的男人，竟然不费吹灰之力将不良的习惯遗传给了这个与她朝夕相处的女儿。

　　而这时，她听见贾贝儿说："他不是别人，他是我爸爸！他是贾立夫。"

　　"你爸爸？"这回，海棠以为听错了，"你们什么时候联系上的？他来找过你？"

　　"他来学校找到我的。我们只见过一次！她说要给我买衣服，又给我钱，我没有要。本来他说昨天会来看我，我们约到见一面的，结果……"贾贝儿说。

　　海棠泪如雨下，感到自己所有的努力都付之东流。而刚刚，她还在心里骂那个人，没想到，人家背着自己竟然早已经在笼络女儿了。自己费了九牛二虎之力设的防线，人家不费吹灰之力就给土崩瓦解掉了。

　　"真是可笑啊！"她冷笑着，"我这么辛苦养你，竟然抵不过你父亲说几句好听的话。他是你的亲生父亲，可他养过你没有？你要是想跟他，我就当没有养过你！"

贾贝儿愣了。老实说，她并没有想过要跟父亲走，也没有想过父亲突然来亲近自己会是这样一个结果。而现在，自己对父亲欲拒却迎的态度也不知跟母亲如何解释。

　　海棠脸上的泪水被风一吹，刺得生疼。她稍稍冷静了一些，再看着蹲在地上默默抽泣的女儿，忽然觉得她们一样的可怜。

　　"他说他后悔了！他跟我道过歉了！"贾贝儿哽咽着说。

　　海棠抹了一把泪，又问："你们这次见面准备干什么？"

　　"干什么呀？我们能干什么呀？他说他四十五岁生日要和我一起过，我昨天给他买了一顶帽子……"贾贝儿跺着脚。她并不想母亲对她有过多的怀疑，好像自己多么忘恩负义似的。

　　海棠记起来，昨天贾贝儿出去那么久，想必是去给父亲买帽子去了。四百八十块钱的帽子，她想不出贾贝儿省了多久。

　　海棠突然过去扯贝儿后背上的背包。贾贝儿没有防备，一下子就被她扯了下来，然后，那顶灰黑的手织毛线帽子瞬间就到了海棠手上，贾贝儿伸过来撕扯的手还没有碰到，她使劲一扬，帽子飞了出去。

　　"你给我，我的帽子，我的帽子！"贾贝儿愤怒地叫着，猛地推开她。

　　海棠一个趔趄撞到了旁边的摩托，本能地想抓住点什么，可是只空扯了一把枯草，身子随着摩托顺着路边的沟坡一路滑下去。

　　贾贝儿也摔倒了，不过只是在路边。她爬起来，甩了甩手上的血，哭着往帽子飞走的方向跑去。

　　海棠满脸黑泥躺在坡下的杂草中，听着扑哧扑哧跑远的脚步声和隐约被风吹乱的呜咽，一动也不想动。

短期租客

一

郁飞说要看房的时候，我刚送走一个叫水半夏的女租客。那时，我一边在脑海里琢磨一个稀缺的姓氏与一味带毒的中药，一边以极快的速度把自己从上到下拾掇了一番，准备出门去赴一场浪漫约会。

郁飞在电话里大概听出我的不耐烦，很急切地说：请您等我半个小时，半个小时我一定到！允许短期租房的房东不多，我好不容易才打听到您这儿，而且我想如果能谈妥的话今晚就入住……我保证只要房子符合我干净整洁的要求，房价由您开！

我愣了一下，瞬间被他最后一句话吸引。我说，那你快点来，我等你。

于是，这个晚上我狠而绝地推掉了约会，迎来了我的第三位房客。当然，在他还没有到来之前，我坐在公共客厅的沙发上已经酝酿好一整套说辞，发誓要发挥我无敌"太上老君"的魅力将最后一间三十平方米的房以五十平方米的价租出去！

严子鱼转动着嘴里的棒棒糖，一身睡衣倚在门口，以她一贯鄙视的神情似笑非笑地望着我。

不就是招个房客嘛，至于穿得这么隆重？不知道的还以为你相亲呢！想当初，我来看房的时候，某些人穿得就跟我妈似的不修边幅……哎，我说，一会儿来的八成是个男的吧？

滚你个"淹死鱼"！我骂道。

一个抱枕砸过去，她嘭地关上了房门，留下一连串戏谑的笑声。

这套位于十八层半空中的一百六十平方米复式楼是我那当包工头的父亲当年给我的陪嫁，虽然是近些年才装修的房，但因为小区地段偏远，既不靠近学区又不靠近闹市，所以要找长期稳定的租房客并不好找。可自从我的第二任丈夫命归黄泉之后，被众人认定"克夫"命的我既不愿意再嫁人，也不愿一个人守着个空荡荡的屋子当怨妇，索性贴了广告，一个月起租，面向短期租房客。当然，考虑到短期房客多半着急入住，所以，我要的房价可不低。

严子鱼是自打这房子对外出租就搬进来的唯一一个既不嫌贵又不多事、租期已经超过一年还没打算搬走的老房客。老房客不老，今年也就二十有七，恰好小我十岁，可她怎么看起来都像是刚满二十的小青年，一副慵懒垮垮的少女派头。她的职业比较前卫，收入跟我类似，我们两个都是靠手艺吃饭的人，较之朝九晚五的上班族来说更有相对的自由，想挣钱的时候只要肯动手，钱就会源源不断，懒散的时候你耍上十天半个月也无人催你。不同的是，她是文身店的高级画师，我是大型广告公司的签约文案。我们不用每天去规规矩矩坐班，领任务都从邮箱收件，遇到需要在单位完成的事可以一连几天忙他个昏天黑地。而大多时候，我和她一样都宅在自己房子里，一个画自己的画，一个写自己的字。

二

确切地说，见到郁飞，有一刹那的恍惚。

他的嗓音似乎与他的人完全不搭界。那种醇厚磁性的嗓音，我原以为只有儒雅平和的男士才会有，现在，这声音放在一个身材过于魁梧、面容粗犷且一笑眼睛就是一条缝的男人身上，一下子令我产生一种移花接木的不违和感，醇厚磁性在清清朗朗那张脸上竟显得阴郁而压抑。对于我这种大不咧咧的女子来说，我当然更希望能跟性格清朗的男士相处，因此，不免有点失望。

请问您是尚君？他问。

人已经进屋了，我还扶着门，或者刚才是想拒绝让他进来的。脑子迟缓了一步，只好作罢。我点点头，我是尚君。

他赶紧从包里摸出身份证来递给我，抿嘴一笑，那……请问哪间房可以推荐给我看？

很有礼貌的一个青年，这让我心里勉强舒服了一点。

给我复印件就好！我接过身份证看了看，还给他，一边领他上楼一边介绍。只剩一间了！不过，房间宽敞，采光最好，有独立的浴室不说，又有飘窗和一个大阳台。要用的家具也都是齐的，只有厨房和客厅是共用的。

这间房装修简约又雅致，原本预备着留给自己做爱巢的，独居久了不免灰心，也觉着没有继续留着的必要了。本来，我是想将这间房推荐给那个叫水半夏的姑娘。我觉得这间房特别适合女孩子住，最好是带点小资情调、懂生活情趣的女孩子，可惜来找房的女租客显然没有那种类型，所以我推荐水半夏住这间的时候，心里还想着是退而求其次。可没想到水半夏并不领情，她左看看右看看，完了一脸嫌弃。太奢侈！不要！贵！

是吗？不至于是富二代出来体验受虐的吧？

我当时望望水半夏脚上那双巴宝莉最新限量款凉鞋，对她的话完全不信。

哈哈哈！姐姐，你太高看我了！其实，我就是要简单点的一间房，晚上回来能清清静静睡个觉就行。水半夏笑起来肆无忌惮，这一点跟楼下的严子鱼很像。后来，她选择了紧挨着严子鱼的一个小房间。

郁飞站在阳台上，从落地窗俯身朝下看了看，然后回身进卧室在那张铺得整整齐齐的床上使劲用屁股弹了弹。抬头看我倚在门上笑，不好意思地说，我试试这床会不会被我压塌！

不会！我摇摇头。

我可能只住两个月，行吗？他再次显得很不好意思，好像让我吃了多大亏似的。

行！我说：一个月起租，房租一次付清一个月，住不满一个月也不会退。

那……我现在跟你签合同的话，是不是今晚我就可以住这儿了？

我点点头。

那好，我们下去谈吧！他如释重负地吐了一口气，站起身。刚要下楼，又疑惑地望了一眼隔壁紧闭的房门。我说，放心吧！我的房间。

三

我将一张配着手绘的合租条约贴到客厅衣帽架旁。

严子鱼端着一杯米稀走过来瞟了一眼，鄙夷地瘪瘪嘴，回到餐桌。

有必要吗？就两三个人，晚上说一声不就完了！

怕有些人记性不好！我说。

看着她邋里邋遢的样子，忍不住又说，严子鱼，你以后要再到客厅来要注意形象了，以前只有我也就罢了，现在可是一下子多了两个，而且还有位男士！

怕什么？我又没有裸着！她若无其事地仰起头，将米稀杯子倒过来扣在嘴上，翻着白眼看我。

早上好！

郁飞噔噔噔地从楼上跑下来，一边往外走，一边冲我和严子鱼打招呼。严子鱼瞪着眼睛一脸惊恐地看着郁飞匆忙出门的背影，问我：这就是你招来的新房客？

我点点头。

你怎么什么人都招？跟个"李鬼"似的，看样子都不像是好人！严子鱼不满地说。

你怕什么！"坏人"两个字写人家脸上的吗？再说，人家就是生得魁梧了一点，从事体力劳动的人而已！我怼她道。

体力劳动？做什么的？严子鱼警惕地问：你问清楚了吗？身份证看了吗？

你说呢？我气恼地白了严子鱼一眼：你不要这么戴着有色眼镜看人，人家是做重机械维修的，在等驾坡开了一个门店。你要是哪天心闲了，可以转过去看看。

切！我看看？他要是个杀人放火的罪犯，窝藏罪犯的人可是你！严子鱼冷笑道。

随着她那扭动的腰肢闪进一道门，我竟有些莫名的心虚，赶紧回屋从抽屉里拿出昨晚郁飞给我的身份证复印件来细看。可是，这能看出来什么呢？姓名？没错，是郁飞！照片？比现在看着瘦很多，发型也不一样，但若说不是一个人吧，眉眼间的神态又有几分神似……

看不出来什么，心里有些沮丧，一会儿骂自己一会儿又自我安慰。尚君呀尚君，不就是两千块钱嘛，非要把房子都租出去干什么？可是，若一个不租，两个不租，那房子一年到头不就这么空下去了吗？凡事总有个开头，房东与房客之间的信任不就是这么开始的吗？

下午，严子鱼去了店里的文绣图样工作室。我在家等到两点，水半夏才把她的行李搬过来。一个帮忙拎包的中年男人大概是她比较亲密的朋友，一面帮她把东西整理好，一面叮咛她这个那个，普通话不时夹杂着几句你侬我侬的上海话，温软得发腻。

等他走了，水半夏才出来客厅跟我说话。我泡了一杯最新的绿茶给水半夏，并把一把拴着五彩丝线穗子的钥匙交给她。

这么老土！她笑。

老土？我布达拉宫跟高僧求来的！我白了她一眼。

她好奇地看了看我，食指缠绕着穗子把钥匙放到唇边亲吻了一下，说：谢谢！

刚才那个是你亲戚？我问。不是，床伴！她很随意地回答，好像是在说一件跟她完全无关的事儿一样丝毫不惧。

我一下子呛住了，差点将一口茶喷出来。我说：你就不能含蓄点？！

她笑得前俯后仰。

我说：既然是床伴，也不找个年轻、帅气点的？自己看着也舒服啊！

她不置可否地摇摇头，故意嗲着声音说：相貌好和性格好各有千秋呢，姐姐！我和他算是各取所需罢了！但姐姐你放心，我不会留他在这里过夜的！

我大方地说：过夜也没关系，那是你的自由，关上门就好！

哈哈！你真是个开明的房东！水半夏夸张地做了一个拥抱的架势。

水半夏是个完全看不出年龄的娇俏女人，典型的瓜子脸，大眼睛，高鼻梁。当然，这样的五官跟所有大街上的美人并没有本质的区别，好像只是标准南方秀丽女子的标配。而作为水半夏本身，真正有灵气的神韵在于她眉间有一颗朱砂痣，我们平常只在电视、电影、画报上见过的美人痣。不过，以我近四十年阅人的慧眼，我总在她睫毛闪动的瞬间看见她眼波深处若隐若现浮着的一层薄雾样的东西，我不知道那种东西该不该叫哀愁什么的。

而现在，那种水汽一样刹那间闪现的东西隐没了，剩下的尽是俏皮。她并没有真的过来抱我，只是爽朗地笑着，甩甩一头长发风一样卷进她自己的小屋。

真是个漂亮又可爱的女人！这样的女人应该有很多人爱她吧！就连我看着她凹凸有致的背影也忍不住沉浸在对自己完全陌生的另一种生活场景的遐想中，像一个怜香惜玉的男人一样叹息着。

四

郁飞住进房子近一个月，我、严子鱼，还有水半夏却很少见到他。偶尔一两次回来得早一些，也在九十点光景了，他几乎不在客厅逗留，见我们在客厅看电视，他也都是眯缝着眼不吭不哈地跟每个人点点头，直接上楼去了。

相比于水半夏的率直，郁飞成了我们简单生活中的一个谜。也许走在大街上，我面前的这两个，或者也包括我，都不会把这个小眼睛的普通男人放在眼里。可是一想到在一个屋檐下居住，彼此就好像有了某种关联。

这个谜不算啥！你们直接去他店里看看或者直接把他灌醉，保准啥都清楚了！三个女人一台戏。水半夏有一晚这样怂恿我和严子鱼，就像我当初怼严子鱼的话一样。

我笑着看了严子鱼一眼。

别看我，我不去，你自己去！严子鱼一脸恨铁不成钢的样子。

这件事吧，对你和我都不重要，只对包租婆重要！

水半夏看严子鱼对她挤眉弄眼也笑起来，水半夏说：尚君姐姐去看看也好，对房客表示一个包租婆最为诚挚的关怀体贴也不是不可以哟！假如身份没问题，君未嫁来飞未娶，也未尝不可以试试。对吧，小鱼儿？

严子鱼笑得肚子一抽一抽的。对！对！对！包租婆负责打探实情，我们负责陪酒，只要他端杯，我保证让他从实招来，咋样？

郁飞某个中午满身油污地从挖掘机底部钻出来诧异地看着我的时候，绝对没想到这是三个无聊女人有预谋的游戏。他听完我对他晚上一起吃饭的邀请，礼貌地答应了。

修配店只有一间店面，顺着墙壁码满了一个一个大大小小的配件纸箱，中间窄窄的通道上，还放着一些沾满机油的零部件。店前修车的空地上，也到处滴满了油污，空气中充满了柴油、汽油混合的臭味。我本来对汽油过敏，所以站了一小会儿就开始作呕，还没等郁飞搓着手把店里的情况介绍完，我就落荒而逃了。

晚上八点半，水半夏打来电话，说临时有事要很晚才会回家，没办法参加我们的聚餐了。那时，郁飞还没有回来，我拿手的荤素都已经端上桌，严子鱼一听水半夏不参加了，很是气馁。我安慰她说：没事，我一个老女人百炼成钢，酒量也不会太差！严子鱼不相信地看着我，她说越看越心虚，趁我炒菜的时候，自己先去喝了一大杯纯牛奶和一颗克感敏，也不知听谁说的，说是克感敏可以减轻醉酒症状。

郁飞进门的时候吓我一跳。他抱着一束旧皱纹纸包着的蓝色雏菊，有些拘谨地看着我和严子鱼。我说，你这是干吗呢？郁飞客气地说，就是感谢尚君姐请吃饭，不知道买啥好，空手也不好意思！

严子鱼最见不得这种酸溜溜的话。郁飞刚一说完，严子鱼一把抢过花束，说：不好意思白吃就得了！哎，我说郁飞，你说话我怎么老感觉你是压着嗓门的，是不是？

我……我说话声音就这样啊！

郁飞有点尴尬，他一尴尬就习惯性搓手。

我说：咱们年龄差不多，就叫我尚君好了！你们一叫我姐，我就感觉又老了好多！

本来就老了嘛，还怕人说？严子鱼嗤之以鼻：怕人说你是老巫婆就趁早赶紧找个人下手啊！人生苦短，要及时行乐！我要是你，死的心都有了，你说一个女人……

胡扯什么！你有完没完？

我气愤地从案板上抓了一个小西红柿塞到她嘴里。一抬头，看到郁飞还定定地站在厨房外边，表情怪异地看着我们。

五

我心情好的时候经常下厨，特别喜欢做川菜，比如辣子鸡、姜辣鸡胗、干煸肥肠、水煮肉片、毛血旺、麻婆豆腐……

对此，严子鱼俨然像一个哲学家，她先一眼洞穿我的企图，再深入骨髓，一点点抽丝剥茧。她说：其一，你那些菜感觉都是给男人做的下酒菜，对于我们单着的小女人来说，口味太重，太烈。其二，你用这么浓烈的东西去刺激味蕾，只说明一点，说明你太缺乏爱了，你内心淤积着的火焰需要迸发，需要无所顾忌地发泄和放纵。其三，你不是在做菜，是在玩你的文艺情怀。因为你的文艺情怀与你的身体紧密相连，它们都太寂寞了，需要这种形式表达出来以获取存在感，然后我们分享它怜悯它，把自己感动之后，再……吃掉它。

我发现人心也好，人性也罢，真的经不起细细推敲。我说，"淹死鱼"，你看，简简单单做个菜享受一下生活，被你这么一说，就变得毛骨悚然——每道菜都历经九曲回肠似的！

每当我想掩盖严子鱼扒拉出来的真相的时候，我就叫她外号。严子鱼是个小人精，通透得要命，她说：你在咬牙切齿说爱我呢！

我虽然极力挣扎想证明自己仅仅只是做菜，只是有点认真而已，并非如她口中那么复杂。可是越辩解越苍白，越辩解越心虚。严子鱼说，你不用否认什么，每个人心里都隐藏着一个别人看不到的黑洞，想象力和情怀是好东西，是有温度的，可以让你心里的黑洞少一些阴暗，多些对生活的热爱。

我说，那是因为你是画画的，你有艺术气质和艺术色彩的心理暗示。若是一个普通的人，他们不会这样去思考问题。

严子鱼听了我的话重重地叹了一口气，她说：所以，人家头脑简单的人才活得轻松啊！人家炒一个空心菜，顶多用点辣椒和大蒜煸炒。你呢，要用水焯一下，要新鲜朝天椒和大蒜剁成碎末，还要加生抽、香油、醋、料酒、热油去调制。你说，做个菜而已，为什么要这么麻烦？

我说：那样随意煸炒的有一股土腥味。再说，色香味俱全不是更有食欲嘛！

她说：所以呢……其实，我们都想要追求一种极致，取悦自己而已！

我笑：我们取悦了自己的味蕾。

哈哈哈哈！严子鱼大笑，说：因为我们目前没有其他的可以取悦，只能从取悦自己的味蕾！

我和她讨论这些乱七八糟的东西的时候，通常只有我们两个在。我做好了菜端放在客厅茶几，然后两个人窝在茶几两边的绒毯上，一人一瓶红酒，就着重口味的辣和麻自斟自饮。有时候她先醉，有时候我先醉，我醉的时候居多，她状态好的时候一个人喝两瓶顶多也就是微醺。

严子鱼见过我最糗的时候，她说我酒醉了又哭又笑像个疯子。所以我们这次设计郁飞，严子鱼提前不止一次警告我，不准我先喝。要等到她差不多的时候再上，负责做替补，然后可以奢望水半夏在夜半归来做后援。

六

郁飞看到满桌的菜眼睛都绿了。他说，他许多天都没认认真真吃过一顿饭了。做菜的人当然都希望自己做的菜被吃光光，我在桌子底下踢了严子鱼一脚，提醒她少安毋躁。自己很有爱心地先给郁飞盛来一碗米饭。

严子鱼咬牙切齿地说：没事！没事！咱们边吃边喝。

其实，两个小时之后我才知道，我和严子鱼把自己埋坑里了。先前我们并不知道郁飞的酒量，所以这一夜，与其说我们想灌醉郁飞，不如说是郁飞在陪我们。无论我们三个谁劝谁的酒，总之，两个小时过去，郁飞面不改色盘腿端坐在绒毯上，反倒是严子鱼的伶牙俐齿锐利顿减。

严子鱼这一晚不知哪根筋不对，从一开始就要硬撑着和郁飞喝白酒。结果，眼睁睁看着郁飞一下一下喝白开水似的。

我决计不让严子鱼喝了。我跟郁飞说，我们能聚到一个屋檐下住就是缘分。你看，我们三个女人天天碰面，而你呢，早出晚归的，人影都见不着！今天去你店里看了，你比我们都辛苦，我陪你喝两杯。郁飞清清淡淡地笑了一下，说，那倒没什么，你看水半夏不是还在工作吗？大家各有各的辛苦。生活其实就是这个样子……没什么特别的！说完一连自斟着饮了三杯。

严子鱼还清醒着。这女子一年来跟我住出了感情，见我拿白酒跟郁飞喝，瞪着眼睛唬我，第三杯酒刚倒上便伸手跟我抢了，一口气喝干。郁飞笑着给她给我都斟满，说：既然放开喝，那就都一起喝吧，反正喝醉了在自己家，而且，你们要相信我是好人！

好人？！哼，鬼才相信！

郁飞话音刚落，严子鱼拖着腔调笑起来。

我说，严子鱼，你醉了，别再喝了！

严子鱼看了我一眼，不屑地摇摇头。

也没多久，她便真的语无伦次了，闭着眼睛，大滴大滴的眼泪顺着脸颊往下淌，跟玻璃窗外的大雨似的。我没好气地说：不是每次笑我酒醉了哭嘛，其实都一个德行，你说你流的那不叫泪？！严子鱼听懂了我的话，傻呵呵地笑着，把眼泪左一下右一下往衣袖上抹。

郁飞帮我将她扶回房间，我又取来温水给她擦了脸。

可是，那眼泪就跟没完没了的大雨一样，怎么也止不住。我想她应该跟我说点什么，这样也许就没那么多眼泪了。

我说，严子鱼，你是不是有什么心事？你怎么那么难过呢？

她转过身将头抵着墙壁，挥了挥手，示意我出去。

我出来的时候，郁飞仍在自斟自饮。见我坐下，又给我倒上一杯。我笑，你不怕醉了跟她一样？他说，不会。我问，那你醉了什么样？他坏笑。那你陪我喝，等我醉了你就知道了！

郁飞说，喝吧，醉了才能撕下伪装——这未必不是好事！什么都郁结在心，搞不好会得病！

我把一口火辣辣的酒吞进喉咙，盯着郁飞那眯缝着的眼睛，试图从那里审视他说的每一句没有抑扬顿挫的话，我想看看哪一句是他的心里话。

盯着盯着自己就笑了，我说：郁飞，你知道我在想什么，你太善解人意了，有点不像男人。只有女人的心思才能那么细腻。

他又喝了一杯，笑，谁规定的？

我的意识也开始模糊。我看着墙上的挂钟已经指向零点，半眯着眼问郁飞，你说水半夏在干什么呢？水半夏怎么还不回来？郁飞说，尚君，你非要等她回来做什么？我说，我不是非要等她，但她说了她也要回来陪你喝酒的！郁飞就自己又饮了一杯，说：你们真好，其实你们不用陪我，你看我自斟自饮，挺好！

我使劲甩甩头，想让自己清醒一下。我说：你不懂我们，我们也不懂你！唯有喝酒，不需要谁懂谁，好比自己干了自己酿的人生苦酒。就想着，干完最后一杯，苦就没了，那该多好！

说完，我闭着眼睛又喝了一杯。那酒就跟听懂了人话似的，感觉顺着喉咙一直苦到了心肺，我倔强地屏住了呼吸。

见我半天不作声，郁飞问，你醉了吗？还喝不喝？

我摇摇头，絮絮叨叨地说：我头重脚轻，眼睛都花了，你说我醉没醉？我只是心里还没醉呢，清醒得不得了，可是，郁飞你别让我说话，我不想说话，我一说话就会莫名其妙难过。我只想听别人说话，就像每天晚上听着"夜听"睡觉一样，被温暖的声音包围着。那种声音叫治愈系，你懂吗郁飞？就像唱歌的那个霍尊，那个声音……郁飞，要不，你说吧！讲讲你的故事。你的声音也很好听，虽然那声音不像你本人的，但还是很好听！

郁飞说，好啊，刚好我也有点醉了，我醉了只想找个人说说话，不像你们女人，醉了就哭。可是，说点什么好呢？

七

好吧！我告诉你一个秘密，这个秘密我从来没有当着第二个人说过。

郁飞说。他把酒瓶子倒立起来，喝干最后一滴酒。

先说这声音吧！你和严子鱼不是说我的声音不像是我本人的吗？其实，你们说的对，那不是我的声音！

我吓了一跳，意识从酒精里跳出来。

郁飞笑了笑，平静得像是在讲一个完全与自己无干的人。我父母离异，我跟着我妈。十八岁高中毕业后，我妈又嫁了一家。从那时开始，我就离开家倒腾各种生意，推销手机、奶粉、水果、建材……你没有做过生意你不明白，跟人谈生意很累，相互之间斗智斗勇、察言观色。有一年，我突发奇想，开始琢磨怎么才能不喜形于色。我开始发狠练习控制自己的语速、声音，强迫自己把每句话控制在一个平调上，就好比没有抑扬顿挫，听不出喜也听不出悲。这样，当我的眼睛与我的竞争对手或者某个顾客对视，他们无法质疑我说出的每一句话，因为他们无法从我的某句话来判断我的真实想法。

尚君，你知道我多久练成的？半年，半年我就做到了。我可以完全掌控自己的喜怒哀乐不被任何人看穿，包括我妈。

我惊讶地看着他。他面孔沉静，目光坚定，并不是开玩笑。

我以为郁飞说这句话应该很得意才对，但其实并没有。

就这样本翻本的做了许多年……郁飞深深地吐出一口气继续说道。

但是，无论我的收入增加了多少，我的女朋友还是劈腿……我猛然觉得自己做什么都没有意义了。等我想正常说话的时候，我的语调、语速却回不到正常的轨道上来，常常不由自主地跑偏。连自己都搞不清哪个才是我真实的声音？

郁飞苦笑了一下，眼里的凄楚一闪而过。

那一会儿我没有说话，我就像他说的那些无法质疑他的人一样。但仅仅是质疑，并没有相信他，甚至突然觉得，曾经的他真是挺可怕。想想看，你眼前的那个人，明明看见他跟你说话的时候在笑着，其实他心里并没有笑，或者你明明感觉他的压抑、忧郁，其实他内心兴奋快乐得要死……天哪，这样刻意隐藏自己的喜怒哀乐，为自己造一个假面具该需要多大的毅力才能做到！

郁飞的讲述像不断堆砌又不平整的积木，令我焦灼不安。

郁飞端正了一下身子，继续讲述。

去年的这个时候，我把宝鸡的生意全转了出去，赚下的钱全部存银行，三年定期，我想从零开始。放下老家的这些，同时也是为了做一件特没出息的事儿。我女朋友的老家在这儿，她不声不响地走了，我是追她才追到这里。可是，我来了才听说她跟着一个浙江老板走了。

讲到这儿，郁飞似陷入了回忆的痛苦中，他埋着头，连饮数杯。

后来呢？我问。

郁飞红着眼看了我一眼，苦笑着，眼里闪过一丝邪魅。

后来——

后来，我就留在这儿。当时，身上只剩下八十块钱了，也不知怎么那么执拗，就想待在这儿，不求任何人，哪儿都不愿去。是赌一口气，还是为争一口气？说不清楚。

可是，你想，八十块钱吃两顿饭就没了怎么待下去呢？我攥着这八十块钱不敢吃也不敢喝，我就沿街找门店，因为我会修挖掘机、潜孔钻，还有什么空压机、铲车，只要在城边附近有工地，就一定会有生意。这样的门店不用太当道，门口地方宽就行，最后我就找到了现在那个地方。去年那个时候，那儿还没有现在那么多房子和门店，看起来很冷清，所以当我跟房东谈要租下他店面一个月之后付房租的时候，他二话不说就答应了。然后，我给一位在三桥做配件批发的熟人打电话，让他把我需要的零部件空纸箱用胶带整齐地封好打包寄给我。买那些纸箱，我花了二十块，货运费我花了十五块。而后我又在附近的废品收购站花三十块买下来两个长长的简易货架，花了十块钱雇用废品收购站的三轮把货架拉回来。就在我租下店面的第三天，我开门营业了，我的店面货架上摆满了货。当然，不是真的货，而是空纸箱。头一天没有生意……第二天，房东带过来他的朋友，一个铲车司机，那个司机进店里朝货架看了看，丝毫没有怀疑我的实力，他当时要了一个小配件，一百八十多块钱，进价也就是六十。我跟那个司机说，店里货压得太多，我得翻翻，你要是真要，就先给我八十块定金，我找出来一会儿给你送工地去。那个司机掏了一百给我就和房东走了。我的朋友从三桥发货给我，我带运费付给他七十，就这样，我成功做完第一单生意，挣了一百。而过去的那五天，我每天只吃一块钱，两个馒头。渴了，就喝水管的自来水……

那短短几天的经历，我刻骨铭心。我用了半年时间，把店里所有的空纸箱全部换成了零部件，又用了半年时间，买下了我需要的设备、工具，当然，也有了存款。这期间，我差点有了一个新的女朋友，我说的是差点。她是被我吓跑的，最近两个月，她一直拒绝跟我见面。我想，我们可能真的完了！

我和这个女孩的认识是房东介绍的，可能是他某个老伙计的女儿。他在一次酒喝得差不多有点醉的时候把那个姑娘的微信号给了我。他说，我是看着那姑娘长大的，如今三十，成了大龄剩女，家里急得火烧眉毛。虽说这姑娘在私企干，性格有些内向，可性情温良贤惠，做一手好菜。谁娶了她都享福——你加了她，就说是我介绍的。

后来，我真加了她。我告诉她我的情况，因为说是房东介绍的，她果然很爽快地答应了见面。

她看不出有三十岁，那天，她穿一件无袖碎花粉紫的裙子，像一株村野草地上的紫地丁，真美！

应该说，是跟我以前的女朋友完全不同的类型，我以前的女朋友是妖艳的，她是淡雅的。我对她一见钟情，而她看到我，好像有一些失望，应该是我的外形总是不能给人好感吧！她没有太多话，一直听我在介绍自己的家庭和工作情况。

我以为她不会再见我了，所以，第二次打电话约她的时候，惴惴不安，生怕她会拒绝。没想到，这一次她主动提出来让我去她家，她说，父母出门旅游了，家里安静。

就凭这一点，我觉得她挺胆大的，或者说，有点野气。

那天我去的时候是傍晚，她化了淡妆，一身吊带亚麻的居家裙子，婉约又有风情。她比见第一面随和了很多，我们聊到她的爱好，她以前谈过的对象，还有未来的打算。她给我的感觉是若即若离，我猜想，她应该有过深爱的对象，所以旁人不容易走进她心里去。

我当时有点急了。

那天聊了一个多小时，我慢慢挪到她旁边，后来，一冲动就抱住了她。我把她压在身下的沙发上，拼命地吻她，她使劲推我，用脚踹。但是你知道，我那会儿哪舍得放手。我跟她说：我不能放，我一放你就不会再见我了。我喜欢你，很喜欢！

她一直在那里挣扎，我堵着她的嘴，直到我……她的身体其实并没有拒绝我，这是我完全能感受到的！这也让我感到我还有一丝希望。等我放开，她流着泪对我说，你怎么那么不自信，我没有拒绝见面的，你却要这样！

尚君，你说我多混账！我是不是很卑鄙？对，这应该算强奸吧？见她第二次，我就强奸了她。

郁飞讲到这儿，摇了摇头。

而后，他抬起头，长时间凝视着头上的水晶灯。

很后怕！郁飞说。如果她当时一冲动选择报警的话……都是自卑造成的。现在，我才认识到，其实我们活得都不容易，我们内心都充满孤独、恐惧、自卑，还有渴望。

因为孤独了太久，所以有时候渴望放纵。

这话是那个女孩说的。她比我们任何一个人都孤独，她习惯了把自己封闭在自己世界里来来去去，独立思考……那次之后，我们又频繁地见了几次，她没有了矜持，变得跟我一样疯狂。我的冲动、蛮横，呵呵，有时候我感觉自己他妈的就不是人，还有，她骨子里的叛逆——你说哪一个才是真正的我们？

都是！

我望着郁飞有些迷蒙的眼神。

每个人性格不同，人格修养不同，我们有时候不可能完完全全以本真的性格面对工作和社会交际，或者人格本身具有两面性。

那以后呢？你们为什么又分开？

此时，我已完全沦陷在郁飞的故事里。

后来，她父母回来了。她开始回避我，她说她怕了，她怕是因为性而依赖上我……她不爱我，却迷恋上隐秘地同男人做爱！

这一点，的确和我迷恋她不一样。

我那么急切地想要同她结婚，是想完全拥有她，并不仅仅是身体的需要，我看准她是一个死心眼的人——这种女人一旦肯接受一个男人，就会对这个男人死心塌地。那一段时间，我每天下班了都去她家楼下等，刚开始她接电话，说我们不合适。后来，电话也不接了。我发许多微信留言给她，她有时候回我一两句，都是劝我好好生活的话。

　　我很沮丧。有一次，我说，那你删掉我吧！她许久只回了一句，我当你是朋友。你说，她是不是还有点舍不得我？可是，我跟她说，我不要。要么做我媳妇儿，要么做我恋人。

　　再后来，我被自己疯狂想占有她的念头折磨得不行，便删掉了她的微信和电话……这事儿我想了许久，可能是我太想证明什么了。是想证明有媳妇、有家，不孤单？还是想证明自己能像个爷们一样，堂堂正正地活着？还是想证明我要的不仅仅是上床？

　　郁飞一口气说完，苦笑着长长地叹了一口气，然后陷入一种缅怀般的肃穆里。我不想打搅他的突然安静，我想，那样沉重的一年光阴，背负着生存、生活、情感枷锁的八千七百多个小时，换了我，回忆起来也会一样的苦涩艰难。

　　许久，我起身，倒了一杯白开水轻轻放到他面前。

八

　　第二天醒来，已是中午。头痛欲裂，浑身也都跟散了架似的。

　　下楼意外发现客厅和厨房已经收拾得干干净净。

　　不觉欣喜。

　　以为是严子鱼良心发现，敲门叫了两声，却没听见应声。这时，严子鱼旁边的门却意外地开了，水半夏打着哈欠问：尚君姐，一大早敲什么呀？

　　我惊奇地问：你啥时候回来的？我凌晨两点睡觉都没见你回来！

　　水半夏说：那有什么奇怪的，我三点半回屋的时候，人家郁飞还在洗碗啊！你叫严子鱼干什么，我听郁飞说她醉得厉害？水半夏说着说着又打了一个哈欠。我不好意思地摇了摇头，笑着说：我还以为严子鱼良心发现一大早起来洗了碗呢！算了，你赶紧继续睡吧，我不吵你了！水半夏也笑，边掩门边说：你和严子鱼可真厉害，玩鹰的让鹰给啄了眼呢！

我想起郁飞昨晚讲述的故事，不免有几分得意。至少我还是听到了某些人的故事，怎么算被啄呢？这样一想，又不禁害臊！好像自己有预谋地窃取了人家的秘密似的。

　　转回屋补觉。下午两点，严子鱼把我从昏睡中叫醒。

　　我一打开门，她却直接走进来钻进我的被窝。

　　我奇怪地看着她，不知她这唱的哪一出。这一年来，她从未上楼叫过我，即使有什么事，她总是在楼下大声寡气地喊我这个"包租婆"。

　　我说：喂！你怎么了？"淹死鱼"，那是我的床！

　　你的床，我睡一下不行吗？我就睡一下！

　　严子鱼把头卧在被子下面，轻声说。

　　我索性也上床，正要与她并肩躺下，猛然感觉她有些异样，扳过肩膀一看，她眼睛紧闭着，却泪流满面。我心里一紧，急忙拥着她，很是自责。昨天她喝酒的异样就应该猜着她心里有事的，却也没多给她半句关心。

　　你怎么了？

　　我揽过她的肩膀问。

　　我想我妈了。她哽咽着说。

　　想她就回老家去看她呀！我说。我记得她跟我说过，她是铜川耀州人，离西安不过两个小时的路程。

　　看不到她了……昨天是她去世五周年的日子……我现在好害怕，我怕自己时间一长就忘了她长啥样……五年，五年我没在任何人面前提起……

　　我在惊诧和疼惜中看着这个平时有点痞的女孩，第一次见她如此脆弱，她使劲压抑着自己的悲伤，以至于每一次肩膀的抽动都像连着一声从胸腔骨头缝里憋出来的呜呜声。

　　她断断续续地说着话，我则在她百转千回的情感世界里被带入一个九曲回廊的秘密花园。

九

　　她是我害死的。

　　严子鱼一开口，就把我吓得猛然坐起来。但这话被严子鱼重复了十遍之后，我就认定她是在自说自话了。

我说：好吧，就算你妈是你害死的，那么你讲讲，你是怎么害死她的？我们每个人年少时期都做过莽撞的事，也许有些事是对不住父母的，可大多父母都不会因为儿女的莽撞而记恨，或许，你根本没必要自己背上包袱！

　　她把头抵在枕头上使劲摇了摇。

　　那时我十五岁，上初三。我爸已经死了四年了，他活着的时候，我妈就一家庭妇女，除了买菜洗衣做饭就是照顾我爸和我。我爸一走，我妈慌了呀，啥都不会。为了照顾我，她选择在一家商场上班，两班倒，相当于只上半天的那种，这样，下午就可以给我做饭。初一、初二，我学习成绩算是中上的，可是初三因为跟老师发生了一些事，我开始不学习了。现在看，那是多么小的事啊，比如查纪律的时候冤枉了我，还有测验的时候怀疑我照抄……就这么些小事，可当时就是过不去，恨那个冤枉我的班主任。他教的英语课，我几乎不听，其他课也是，趴在桌子上也不睡觉，睁着眼不知道想些什么。期中考试很多课不及格，我妈被班主任叫到学校里。后来，我妈给我找了周末补习老师……那时候哪里还听得进去！每隔两天问我妈要几十块，请同学帮我抄作业。后来，我借了钱买手机，吃完晚饭就把自己卧室门一锁，整晚整晚玩手机，跟网友聊天，感觉只有那些人才理解我。我从不让我妈进我房间，她敲门苦苦哀求我都不行。后来，补习老师催我妈要补课费，我妈才知道我在外面欠账的事。

　　可能老师跟她谈过，说我是青春期的叛逆孩子，让她不要吵也不要打，要做思想工作。

　　她开始紧张和害怕，我看得出……她时常瞅机会，一旦我没进卧室她就开始跟我讲道理，每次她一开头我就冒火，冲进屋子不理她。有时候，她拉住我胳膊，求我坐下来听她说，我就吼她，砸东西，屋里的玻璃杯、花盆，能砸的都砸了。

　　她怕我，但她做梦都想让我自觉把手机交给她，乖乖像其他同学那样听话，可她不敢。每次我一骂她，她眼泪就下来了……她一哭我就更讨厌她，反过来觉得她没用……那时，心里很脆弱，就认为自己很委屈，很不幸福，没有爸爸，妈妈她根本不理解我，没有父爱和母爱。最难过和愤怒的时候，我用圆规把手腕划了一道又一道血口子，甚至还想到过死。我说，我在学校受欺负你保护不了我，我要的爱你没有给我，把我生下来干啥？一天就知道叨叨，你知不知道我压力有多大！

我那时候压力是什么呢？我妈不知道，但看到我手腕上的伤痕吓得脸都白了。

其实连我自己也不知道。就是胡思乱想，整天想着，完了，指望自己上学改变命运是不可能了，我将来怎么办呢？不想受我妈管教，就想走得远远的。

我有一个网友是我同桌她爸，在北京，开着什么公司。他说话很温和，不像我妈总是讲一些大道理。我妈说的那些道理，我懂，可就是不愿意照着做，烦她！同学她爸在网上有时候陪我聊到十一二点，我把家里的事、我的想法都说给他听，说我不想上学了，想找工作，想要离开家……他最后答应说，让我去北京找他，去了就签合同，五千块一个月，他说我有灵气有文采，让我去写策划文案。我哪晓得怎么写策划文案啊，格式都不知道！他说，等我去了专门有老师带。

总之，我相信了他。一个周六下午，补课老师有事，那天的课不用去了。我说要去找同学玩，我妈一点都没怀疑什么，说，你去吧，玩一会儿就回来。我真去了同学家，那个同学有红斑狼疮，很严重的病。病情稳定的时候去上学，严重的时候，因为不能晒太阳，所以就只能待在家，哪儿也不能去。很多同学都歧视她，只有我愿意跟她玩，所以我们关系很好。我跟她说我要离家出走，她很好奇，也很佩服，但她没钱借我。那是五月的天气，还不算太热，我从家里出来的时候穿了一件衬衫和一条牛仔裤。同学借给我一件黑色T恤和一个布背包。出了她家，我在大街上漫无目的地走，不知道到哪里去弄路费。就在那时，碰到我妈的同学，我妈同学聚会的时候我见过那位叔叔，我跟他说，我碰到个特别想买的东西，刚出来没带钱，请他先借给我，等我回去了让我妈还他。那个叔叔也没多问，便给我掏了两百块钱。

我拿着这两百块钱直奔汽车站，上车前，我给同桌她爸打了电话，我说我要去北京找他了。后来，我到了西安，他打电话说，帮我定好了第二天下午的机票。

那晚，我一个人睡在一个小旅店里，身上没钱了，睁着眼一直饿到第二天下午。

我妈是那天晚上七八点才确定我已经离家出走的，那之前，她满大街找我，问遍了所有认识我的人，唯独没想到我会向她同学借钱。后来报了警，因为我超过十四岁，不算幼女，也没有被拐骗证据，不能立案，警察帮不上任何忙。只有立了案，报到市局，才有权用技术追踪。帮不上忙的派出所反倒让她一遍又一遍陈述我出走经过，这让她几近崩溃。就在这时，我借钱的那个叔叔打了电话给她，说是忙忘了，本来早该跟她说一声。

我妈直到这时才断定我离开了县城，连夜雇车，求她两个要好的同学陪着，一路赶到西安车站、火车站、飞机场找我。最后在机场通过身份证号查到了我的航班，第二天，我妈一个人一直守在候机室的角落，盯着验票的入口，直到看着我出现。

她将我截住的时候，我依然不肯跟她回去。那晚我们俩在酒店住下来之后，她不敢睡，我却一直等她睡着。我知道她能睡着，追了我一夜一天，我不相信她能熬得住。果然，凌晨一点多，我听到她轻微的呼噜声，我不敢犹豫，我的身份证被她藏起来了，我只好迅速地拿了她的身份证和三百元钱。我也不敢在候车室，只能躲在厕所，想等发车的时候再出来……但是，我最终还是被我妈从火车站的厕所里给揪了出来。那会，开往北京的那趟车正在播报准备上车……

我妈要是那会死心了多好，后面也不会怄气了。

我回去之后马上面临中考，可是，我每天只想睡觉。而且开始厌食，或者说根本感觉不到饥饿，不知道自己身体哪里出了问题。我妈快被我逼疯了，她带我去看西医、中医……大热天的，每天中午跑回家一趟，给我做一顿稀饭，看着我把药喝下去，又赶着车去上班。

我每天只喝一丁点稀饭，其他菜和汤一吃下去就反胃，她就换着花样熬各种稀饭给我喝，有上十天时间，她几乎花尽了所有心思。

我自己上网查了我的症状，我跟她说我得了抑郁症。她刚开始惊恐、不说话，后来又说不相信。我也懒得理她，反正日子就这么不死不活的将就。她依然带我去开中药，一包包的熬……再后来，我砸了药罐子和厨房里所有的碗。

那年，我参加了中考，但是有两门课我交了白卷，故意的。

不知道自己为什么那么做。我妈说，我是拿对别人的怨气毁自己。

现在我依然只能解释，那时候真病了！考完试我开始吃饭了，但味觉丧失，什么都觉着没味，我就故意去吃很辣很辣的东西，找感觉……我妈怕我吃坏了胃，只得答应在家给我做。她那时心里一定比我更痛苦。我没有听见她哭，有时候早上起床，看见她眼睛肿得跟鸡蛋似的。

漫长的两个月假期，我和我妈是在怄气和打骂中数着每一天度过的，她痛苦，我也痛苦。我天天晚上睡不着，早上不想起床，大把大把的掉头发。

她托人提前打听了成绩，果然连最次的高中都没考上，失望可想而知。我不愿意复读，她花钱让我进高中我也不去。僵持到快开学了，我自己也不知道怎么办，后来，我选择上五年制的大专。她依着我在市里一所学校报了名。

再后来，我坚持上到第三年，尽管我妈一直由着我，可劲儿地对我好，但我还是上不下去了，心里总是燥热的，看见我妈说不到几句话就会吵。老是想跑……

那次走，我妈没有找到我，我也没有再回学校去。我在西安一家文身店跟一个师傅学画图……我妈要是知道我在那种店子肯定会疯掉，所以，即使我一年之后告诉了她我在西安，依然没敢说我在干什么。事实上，她那时候已经心灰意冷了……我妈去世之后，我翻我妈的日记才知道，她其实知道我中考那年得了抑郁症，甚至偷偷去咨询过医生，还带回一盒药藏在她床头柜抽屉里，因为她知道这些药有一定的副作用，所以，不到万不得已，她不想我依赖药物，希望我慢慢能感受到她的爱而走出来。当我再次出走之后，她的日记也中断了好几个月。

那几个月，她去了哪里呢？为何没记日记？没有人知道。

我从她床头柜抽屉里找到了那盒药，同时，也看到了她的病历——就在我跟她恢复联系之前的一周，她查出的肝癌。难怪，在接到我电话的那些天，她并没有心急火燎地催我回家。最初她一定哭过，我隐约记得，在电话里听到她压抑地抽泣，可当时，怎么压根就没往她身上想呢？

后来，她跟我说话，语气总是清清淡淡的。她说，你什么时候想回来就回来看看；若是不想回来，想吃什么的话就告诉妈，给你寄过去。

那时候还没到晚期，如果选择治疗的话会不会依旧活着？许多年后我一直在想，但是，没有人给我答案。我妈依靠药物进行保守治疗，独自承受着病痛折磨。而那个病，你能说跟我的叛逆不孝没有关系吗？跟我的出走没有关系吗？

很多认识我妈的街坊邻居，都说我妈是怄气怄死的。

想想也是啊，即便在我与她恢复联系后，也只在过年那几天回家。如果我的目光多停留在我妈身上一会儿，说不定会发现蛛丝马迹！她那时不过是一个坚强隐忍的癌症病人，她的脸上、身上不可能没有病态……

　　可惜呀，这个世界没有如果，"如果"是人们缔造的对过去的臆想。

　　五年之后的一天，我接到医院大夫的电话，他说，你母亲在医院，已经病危！我当时就蒙了！其实，我多么希望那个电话是我妈她打的呀，至少证明，她的意识还很清醒……我赶到医院，她那时时断时续的陷入昏迷，清醒的时候很少，可能一直在等我出现吧！好像在她的潜意识里，仍倔强地希望我是主动出现而不是被她强迫回来的。

　　"一个母亲做的何等失败才令儿女厌倦？如果对这个家有丝毫的依恋和对母亲的爱戴，也不至于杳无音信。"这是后来我在她日记中看到的话。那时候，她已经妥当地处理好一切——除了将房产过继到我的名下，还留给我一笔省吃俭用攒下的钱，嘱咐我不到万不得已不要卖房子，至少走投无路时有个安身之所。她叮咛说，鱼儿，你要去学一门傍身的手艺，把脾气改一改。将来你到婆家，脾气大了人家容不下你，而你唯一的娘家人也将不可能再保护你了……

　　我妈死了，我又重新活过来了。

　　我用她留给我的钱到北京拜了很有名的原画设计师为师，白天黑夜的画呀画——其实，是想让我妈九泉之下感受到我在听她的话。

　　现在我看不惯那些混社会的年轻人。可是，当年的我是多么混蛋！我用我的青春和任性赌上了我妈一条命啊！

　　尚君姐，你不知道，我妈刚过世那一年，我经常在半夜醒来，眼睛一睁开就好像看到我妈欲言又止的样子，经常陷在自责里头，恨不得一头撞死。那时候一回忆，也总是我和我妈吵架、打架的事。可是，这一年里头，我一次都没梦到我妈。你说，是不是我太犯浑了，她在梦里都不肯要我了？

　　严子鱼讲完这许多话，眼泪也流干了。她倚着我的肩，在近似呢喃的迷惑中倦怠地闭上了眼睛。

十

我下楼准备做点吃的，看到水半夏正将开水注入一桶面中。我笑，你这样的时尚女人怎么吃泡面呢？快别吃了，我熬点粥，再弄两个小菜，等会儿和我们一起吃。

水半夏白了我一眼，问，"我们"是指谁？

我说，我，还有严子鱼呀！

水半夏说，她人呢？我刚看她门开着，房间没人。

我指了指楼上。水半夏奇怪地说，她怎么跑楼上睡去了？

酒醒了，找伴呗！我笑着说。水半夏也笑，找伴应该找我才对呀，找你她不觉得跟你有代沟吗？

我也这么认为！我敷衍地笑道。

说实话，刚刚内心被唤起的温情是多么美好，可偏偏这样的美好却因为无法圆满而摆脱不了伤感，似站在泥沼里望着岸边的绿树红花，百感交集。

你让我想起一个人。水半夏说。

我说，谁呢？

我在内蒙古认识的一个旅店老板娘，也是人特别好！水半夏说。她眼神从窗户上飘出去，飞向远方。以前，那个老板娘一看到我吃泡面，就赶紧让我在她家的炉子上去煮饭煮菜……往事如云烟啊！也不知她家的店还开着没有。

你好像去过很多地方！做生意吗？我羡慕地看了看她，问道。

算是吧！可惜不是那块料，也没挣到什么钱！她苦笑了一下，站起身将泡得太久的桶装面小心翼翼的装进塑料袋，给我示意了一下，然后窝到客厅沙发上，安心等我的米粥和小菜。

没挣到钱最起码长了见识！也不算亏！我说。

那倒是！她打了一个大大的哈欠，懒洋洋地说道。什么事都经历过，什么人都见过，然后就觉得，咋活都是一辈子……

此时，水半夏一头打着卷儿的乌发衬着脸上的慵懒和几分颓废，说不出来的娇媚。

我说，水半夏，什么叫"咋活都是一辈子"？你知足吧！还嫌活得不美呀？你不是在装修开店吗？你看，年纪轻轻的美女，有父亲兄弟，

71

有自己的存款，有独立的事业，有那么多围在你身边爱你爱得死去活来的人，又去过许多地儿。你再看看人家严子鱼，父母老早就去世了，一个人孤苦无依的，得亏有个手艺！再看看那郁飞，钻到车底下一天累死累活……

你那叫一叶障目！什么爱得死去活来，你看围着我的那些，都是苍蝇！

水半夏冷笑着打断我的话。

你只看到郁飞，看到严子鱼，她们过得不好吗？很难说，也许她们的不好在有些人眼里就是理想中的样子。你想想看，近三十年的成长经历，其实，每个人都可能有自己不为人知的经历，不足为人道的秘密，伤痛也罢，苦酒也罢，仇怨也罢，悔恨也罢，自己闷在心里慢慢消化。而局外人，能看到什么呢？就如同你，尚君姐，还有我，我们谁也不知道对方经历了些什么。所以，我不敢说你是幸福的或者是不幸的，同样，你也不能判定我过得好与不好。鞋穿得舒不舒服，只有穿鞋的人自己知道。

有道理！没想到你年纪不大，看问题倒是深刻，跟哲学家似的！我打趣道。顺手压了一杯果汁递给她作为奖赏。

她夸张地拥抱了我一下，脸色却不大自如。我说，饭好了，要不，你帮我上楼叫下严子鱼吧！

她说，等等！我想问你个私事。

我说，什么？

你知不知道郁飞有没有女朋友？

我一下子豁然，笑着说，你俩还真有缘分呢，一天来租的房子。

突然想起那晚郁飞跟我讲的事。我不知道，郁飞对家庭对爱欲火山岩浆似的强烈渴望与水半夏的心思是否能融合。

我说，郁飞能吃苦，至于女朋友，我也不是特别清楚，可以帮你问问。不过，你这么漂亮，能看上他？

水半夏摇摇头，坏笑着说，连你都知道，我不缺男人。可能现在厌倦了吧，厌倦了老男人软不沓沓的腐朽味道！我是说，我再不找个年轻的认真谈一场恋爱，自己就会跟那些老头一样麻木！

见我只笑不作答，沉吟良久，又解释说，我不是寻求刺激，是真的想找个成家正经八百过日子的人……我知道很多人骨子里都瞧不起我，骂我是烂女人！所以，郁飞他不嫌弃我就行了！那天半夜回来，见他在厨房洗碗收拾，一个瞬间就把我打动了。我觉得他是粗中有细的男人，或者说，他那一瞬间让我看到了家的温暖。

老天，你们怎么都在找家的温暖？我叹了一口气。

水半夏警觉地盯着我，问：你们？你是说，郁飞？他跟你说过什么成家的事吗？

没有。我是说你，还有严子鱼。我迟疑了瞬间，缓缓答道。

<h1 style="text-align:center">十一</h1>

隔了三四天才见着郁飞。

他意外地在一个下午出现。那天我去了趟单位，回来在门口换鞋，一抬头便看到他闭着眼靠在沙发上打呼噜。

我叫醒他，我说，你怎么不到楼上房间里去睡？他双手抱着脸搓了搓，说，我等你呢！

你等我干什么？要搬走了吗？我奇怪地问道。

郁飞皱了皱眉头，问我，是你把我的电话给水半夏的吗？

我笑着说，怎么了？有美女想约你不好吗？

不好！他苦笑了一下，说，我这样的，守不住她！

我说，郁飞，你该不是专门回来就为这事吧？你今天不用做生意吗？

今天那边停电！我也想休息一下，顺便给两个徒弟放一天假！郁飞说。

我松了一口气，在郁飞对面坐了下来，顺便给他倒了杯茶。我说，水半夏对你动了真心，不是闹着玩的。而且，她也想收心，找个人认认真真成家，你们俩的年龄以及家庭状况都比较合适，你可以考虑一下！

郁飞很认真地听我说完，点了点头，说，你说的，我就考虑一下。

我上楼休息了十几分钟，郁飞又来敲门。他双手抱着怀靠在楼梯上问我，尚君，你对所有的租房客都这样关心吗？

我一愣，看着他突然变得痞痞的表情，不知道什么意思。我说，好歹现在只有你们三个，年龄也都相差不多，所以，我把你们都当朋友了！

他一笑，闪身从我身旁径直挤进我屋里。我一阵慌乱，脸霎时就红了。我说，你看什么？我屋里乱七八糟的！

他不置可否地笑了笑，一转身把我搂在怀里。

那一瞬，我脑海里陡然出现他将另一个女孩压在沙发上强吻的画面，本能的恐惧让我迅速反应过来，像个小鹿似的从他胳膊底下钻出来站到了门外，红着脸说，郁飞，你干什么？发疯了吗，不要开这样的玩笑！

　　呵呵，我又不是要追你，你紧张啥？

　　郁飞耸耸肩，无所谓地看着我。

　　我瞬间脸红。气急败坏地说，郁飞，你哪根神经不对？你以前不这样的！好好一个人，学得跟痞子一样！

　　郁飞奇怪地看了我一眼，说，以前？哼！连我自己都不记得我以前啥样了，你能知道？！我是看你一天孤单的，想安慰你，陪陪你，没想到你这么大惊小怪……

　　你找错人了，我不是那种人！我打断他。

　　你是哪种女人？不要告诉我你没出去约会过，呵呵！再说，我知道你对我有好感的，对不对？郁飞忽然跟变了个人似的，他压低了嗓门，说着，身子又向我靠过来。

　　我不相信你不想……告诉我，你想男人的时候会怎样？

　　他轻佻的声音近乎呢喃。我窘迫极了，一脸防备地看着他，不知如何躲开这种难堪。

　　我承认，我不是什么感情专一的好女人，偶尔也会跟别的男人约会，碰到有风度又彼此吸引的男士，久缺甘霖的身体还是会不由自主地受荷尔蒙支配。注意，是彼此吸引，也就是说，上床归上床，却不彼此纠缠，所有默契均来自对这种简单的游戏规则的认可，然后才是身体的契合。这一切当然不需要太多言语，压抑、欲望、发泄、获取，彼此只通过眼神和身体表达。就是郁飞，打一开始我也是真的被他男中音所吸引，甚至在那夜喝酒谈心之后好感更进了一步，有点喜欢上他的真实和坦率。我比他年长几岁，这也没妨碍我靠近他的心思，也没妨碍我对他有一些暧昧的期许。如果那一晚，他也情不自禁，说不定我就顺理成章地会和他发生点什么。那时我并不确定我们是否能进入同一磁场，可酒精是色之媚药，它会发酵很多东西，包括暧昧和肉欲。后来，即使我知道他的声音经过伪装，但我一直以来都自以为是的误以为，自己看到他的诸多表情都是真实的，他的苦笑，他的疲惫和无奈，他的聪明，勤劳，他的彬彬有礼……可是，现在当他的不屑、他的无礼强迫、他突然变化的一个形象，那么真实地立在我面前……我现在根本看不透，哪个才是真正的郁飞！

但我可以确定的是，此时此刻，无论如何我都不会跟他发生关系，这是内心突然滋生出来的厌恶告诉我的——我一向讨厌别人强迫我做任何事，包括做爱。

所以，在他脸上出现对男女性事无所谓的表情又极力展示他雄性荷尔蒙的时候我对他已经没有丝毫想法了。

我多么希望没心没肺的严子鱼这会赶紧摘掉她该死的耳机，她只要走到客厅，或者只要走出屋子就一定能听见我说话。只要严子鱼出现，他才能快点从我眼前消失。

你知道吗？我是属猫的，女人紧张的表情更能刺激我的征服欲！我不相信你不想男人，看你第一眼都知道！许是我一直紧绷的神情让他感到滑稽可笑，他低沉的声音越发让人感到不安。

如果不是手里紧攥的铁栏杆渗透着冰冷和坚硬，我甚至有种被恐怖片里"坏叔叔"带入的错觉。就在我愣神之际，他再次揽住了我的肩。他胳膊禁锢着我的力量和浓烈的雄性荷尔蒙气息，令我有一刹那短暂的晕眩。

很多次我都发现自己有一种特质，别看平常脑子有些短路，逼到紧急关头反倒会镇定下来并快速做出反应，就像我刹那晕眩之后，脑子突然灵光一闪，思维异常清晰。我在用了一分钟搞清自己的状况后，故意侧了一下头向后扫了一眼，大声喊道：水半夏！水半夏你回来啦！

郁飞下意识地松开胳膊，我扭头飞也似的朝楼下跑。这时，客厅门打开，水半夏应声出现在门口。

尚君姐，刚才是你在叫我吗？我在门外正掏钥匙呢，怎么听到屋里有人在叫！

水半夏一边换拖鞋，一边说。

那会儿我一只脚在楼梯最后一个台阶，一只脚刚刚绵软地落在客厅的地砖上，我惊愕地望着水半夏，感觉比电视里的悬疑镜头还要出乎意料。

水半夏并没有注意到我飘忽的眼神和惊讶、尴尬的表情，踮着脚喜滋滋地跑过来拥住我。尚君姐，你也太神了吧，没开门你都知道是我？！

我说，你今天怎么这么早回来？

快完工了，也不需要我再操那么多心！而且，郁飞答应今晚一起去游泳馆教我游泳，第一次约会，人家总得准备一下嘛！

水半夏嗲着甜得发腻的声音在我耳边说。

我的视线从水半夏的肩头望向楼上，那儿现在空无一人。我松了一口气，很庆幸水半夏晚来一步，若是让她看到郁飞刚才搂着我的样子，自己怕是跳到黄河都洗不清了。庆幸的同时，又多了几分自责，真不该在没有充分了解郁飞为人的情形下冒冒失失将她介绍给郁飞。

因为心有余悸，我望着水半夏的时候有了一些担忧。

是呀！有什么问题吗？水半夏奇怪地看着我。

没问题！我是想结婚对象嘛，了解清楚了再约比较好一点，要是遇人不淑，将来受欺负！我说。

本想提醒水半夏注意安全，却又觉得太直白了，终究说不出口。

哈哈哈哈！水半夏大笑。我是毒药，只有我欺负别人的份，没可能让别人得了空来欺负我！

十二

接下来近十天，我都没有看到水半夏和郁飞，但我知道他们住到了一起。有几次凌晨迷迷糊糊的时候听到隔壁开门声，还有水半夏忽高忽低的叫床声。

这样的声音起初令我面红耳赤，搅得我无法入眠，后来索性任由感官去探索墙那边的云去雨来。

但，每每清晨都有一种偷窥者的罪恶感，因此很害怕会在开门的刹那碰到他们。

还好，他俩总是趁我在厨房做早餐的时候悄悄离开。倒是严子鱼，偶尔一次在客厅碰着他俩手牵手离开，愣是半天没回过神来，大惊小怪地跑来问我，快说，他俩啥时候好上的？

其实这时，我已经暗暗在为他们的离开计算倒计时了。

这样的忐忑中，又过去了四五日。

一个清晨，我和严子鱼碰巧都要去单位。两人约好了一起出门，正在换鞋，水半夏打着哈欠从屋里出来。

我说，水半夏，你怎么还在家？厨房有粥呢，你自己吃去。我和严子鱼要去单位了！

好！她懒洋洋地躺倒在沙发上。

郁飞呢？我问。

他昨天就走了，说是回宝鸡处理点事情。

我打开门走到门外。

严子鱼一脚迈出，又倒退回去，一本正经地叮嘱水半夏：你和郁飞可不准在客厅上那啥啊，我对那气味特过敏！

那啥？水半夏还迷糊着呢，并没有怎么清醒。

你说那啥？交配！严子鱼瘪瘪嘴，没好气地说。顺手嘭的一声用力带上了门。

我说，严子鱼你不能这样，太粗鲁了，若是面对面这样说人家，不是吵架就是打架。

严子鱼不高兴地说，你就怕人家搬出去就不怕我搬走？热恋中的人，哪哪都能腻在一起，谁知道我们都走了他们会不会……

电梯到了一楼。

我说，我开车送你！

严子鱼冷冷地从鼻孔里哼了一声，蹬着高跟鞋噔噔噔的往外走，头也不回。我看着她背上的背包也像她一样生气，在她窄窄的背上一跳一跳的，很快消失在车流中。

这时，从大厅外进来一瘦一胖两个警察，腋下都夹着公文包。他们奇怪地看了一眼站在那里发怔的我，径直上了电梯。

我开着车刚驶出车库正要拐上路，水半夏的电话进来了。

她说，尚君姐，你在哪？

我说我刚把车开出来还没走到道上呢！

她说，那你赶紧回来吧，警察找房东，正等着呢！

我心里一紧，眼前闪出刚刚那两人的样子，突然有种很不好的预感。

坦白来说，我异常排斥跟警察打交道。对于我，警察就像是麻烦和灾难的象征。

十五岁生日那天，两个警察骑着"偏三斗"来家里报信，我那个做养路工的父亲被一辆醉酒驾驶的小车撞翻，当即丧命。奶奶在那两个警察走了之后就昏倒了，后来一病不起，没两个月便跟随父亲而去。二十六岁那年，新婚不到一个月的暴发户丈夫同我做爱时突发心脏病死在了我的身上，我的婆婆和小姑不相信他是突发疾病而亡，她们断定我是谋财害命，叫了警察来将我从丈夫尸体旁拖走，关了一天一夜，直到鉴定结果出来。三十五岁那年，一个为我离婚却跟我在一起不到一年的老男人因为脑梗再一次死在了我的床上，这个大我十五岁将我宠上天的老男人一定想不到他的死所带给我的无尽灾难。他的前妻、儿子冲到我家里，将我的腿打断、肋骨打折了两根、脾脏打破，差一点一命呜呼，他们还搬走了我家里所有值钱的家具。最可恨的是，因为他儿子的舅舅在某市局工作，所以，即使我在医院躺了整整两个月，事情最终也仍然没能得到公平公正的解决。打人者在片区警察的见证下给了我一个象征性的道歉，似乎于我这种平民百姓，他们的道歉就是高高在上的恩赐。我厌倦了每次到派出所的申诉、陈述和冷遇，厌倦了他们脸上的麻木和无动于衷。所以，再次听人提到警察，我总会先入为主的产生逆反情绪。

我没有立即上楼，将车倒回停车场在车里足足发了十几分钟呆，直到水半夏的电话再次响起。

那十几分钟里，我的脑海像过电影似的，将这几年的寡居生活和散淡的工作捋了捋，实在找不出自己有什么违法行为。但心里仍然很慌乱，后来，猛然想起严子鱼曾在郁飞入住之后抱怨我的话。她说，他要是个杀人放火的罪犯，窝藏罪犯的人可是你！

莫非是郁飞有什么事？真的会牵扯到我吗？

我内心的慌乱更甚了几分。

急急开门闯进屋，就看到一向嘻嘻哈哈的水半夏此时像霜打蔫了的花，蜷缩在沙发角上埋着头。两个警察坐在她对面，一人在打电话，一人在本子上记着什么。

抬头见是我，水半夏眼中闪过一丝惊喜。记笔记的瘦个儿抬了抬眼帘，点点头，示意我坐下。

胖警察打完电话，问，你就是尚君？这儿的房东？

我点点头。

这个人是在你这儿住吧？他递给我一张照片。

果然是郁飞。我说，他叫郁飞，是我这儿的房客，住了一个多月。请问他怎么了？

郁飞？

胖警察疑惑的目光与瘦警察对视了一眼，又问，你看过他的证件吗？

看过。我上楼取来郁飞的身份证复印件和租房合同。

这不是他的身份证。瘦警察接过身份证复印件看了没两分钟断言，他将身份证复印件再次递到胖警察手上。

胖警察将那几张纸放到茶几上，严肃地对我和水半夏说，据我们了解到的情况，此人不叫郁飞，而叫上官仪，仪式的仪。宝鸡市人，一年前流窜到此地开了家重机械修理铺，涉嫌一桩杀人案。现在，请你们俩跟我们到局里，把你们知道的情况如实讲给我们，协助我们抓捕他归案。你这里还有其他住户的话，也叫上一起。

我脑袋轰的一下，随之一阵耳鸣。

水半夏大概也和我一样震惊，惊讶得张开嘴半天合不拢。

等脑子恢复意识，我赶忙侧过头看了一眼水半夏，她眼里闪过一丝慌乱。也许，刚刚她已预感到是郁飞有问题，只是在这一刻之前，谁也没想到这么严重。她大概是担心警察一旦知道她和郁飞这些天都在一起，会带给她麻烦。

临出门，我握住水半夏的手，让她跟我一起走，也默默鼓励她，让她镇定。

至于严子鱼，是我们到公安局做完笔录之后才看到她匆匆进来。她恨恨地使劲瞪了我和水半夏一眼，却也无可奈何。

十三

两天之后，从宝鸡回来的上官仪被早已守候在机械修理铺的警察带走了。

郁飞他把我们都骗了！

一日晚间，我、严子鱼和水半夏一起窝在沙发上追剧，水半夏终于忍不住这几天我们都在刻意回避的话题，愤恨地说。

你醒醒好不？人家压根儿就不叫郁飞！

严子鱼嘲笑地看着水半夏。自打做完笔录出来，她就很为自己的先见之明而沾沾自喜，甚至有点幸灾乐祸的意思。

我跟水半夏、严子鱼坦白说，其实，郁飞只是将杀人的那一段隐瞒了，其他的事，早在我请他喝酒那夜悉数说出来了。

因为那晚严子鱼喝醉，水半夏没回来，所以我又将郁飞的故事串起来跟她们讲了一遍。

郁飞，也就是上官仪，本是普通人家的孩子，正如他自己所说，十几岁就开始推销手机、奶粉、水果，什么赚钱干什么，换过很多行，也存了一些钱。他自身懂得上进，为了把生意做大，想方设法的研究顾客心理，学着控制自己的表情和声音。生活稍微稳定之后，他又去学了氩弧焊、学开挖机、学修理。用他的话说，就是技多不压身，多个技术多条道。如果照他立志的目标这么一直走下去，也许，勤奋努力的他说不定真的会成为一个成功的商人。

可惜，造化弄人！好青年郁飞的命运随着一个姑娘的出现急转直下。

据说，郁飞是在一次宴请上碰到了那位叫玉儿的姑娘。只是，这位玉儿姑娘并非如郁飞眼中那般清纯可人，她原本是KTV会所的陪酒女郎，后被一个港商包养了一段时间。随后人家离开，她开始周旋于各个商贾之间，从中物色愿意花钱上床的男人。久经风月场的玉儿哪里能定下心性来，可偏偏郁飞一根筋，对玉儿展开疯狂的追求，为了讨她欢心，他一次一次花重金给她买首饰、买衣服、买包包。那位玉儿姑娘见有利可图，便答应暂时跟他住在一起，自然也回报他一些甜头，对外亲切地称他为老公，偶尔心情好还给他做几个菜，甚至洗洗衣服什么的。

但是，在他忙碌的时候，玉儿忍不住偷偷出去跟其他男人约会。刚开始玉儿还瞒着他，后来被他撞见一次，便也无所谓了，跟不同的男人说离开便离开。郁飞认为玉儿是嫌他钱少，拼命挣钱，为了挽回她的心，将全部积蓄都交给了她保管。

事情可想而知，玉儿拿着他三四十万的存款跑了，他连夜追到西安找到玉儿的老家。但是，玉儿并没有回家，而是直接跟一个浙江老板走了。他便在玉儿家附近隐名埋姓开了个店把自己安顿下来，每天下了班在玉儿家门口守株待兔。也就在他跟房东介绍的那位女子约会的某个日子，他意外地看到玉儿回家了。接下来，顺理成章的，他在玉儿家门口截住了她，她当然不愿拱手将钱拿出来还他，却答应愿意继续做他女朋友以睡觉来"抵债"。郁飞没将开店的事告诉那位玉儿，而是带她回了一次宝鸡的家，在那里，他在跟她疯狂的时候，异常冷静地使劲扼住她的喉咙。然后异常冷静地回到西安继续开他的店。

　　也就那么两天时间，他了断了与玉儿的瓜葛。之后他甚至渐渐忘了自己杀过人这回事。

　　那玉儿的尸体呢？水半夏问。

　　扔在了某条河里。

　　瞎扯！严子鱼说，怎么听怎么都像是你瞎掰的！

　　我信！水半夏说。

　　就因为你跟他睡过？女人呀，真是感官动物！

　　严子鱼鄙夷地瞅了水半夏一眼，一副老气横秋的样子。

　　水半夏并不理严子鱼的冷嘲热讽。她说，郁飞跟女人睡觉有一种狠劲儿，半点怜悯都没有，好像压在身下的女人不是女人，而是仇人！

　　严子鱼听不下去，叹了口气，转身回了她自己房间。

　　水半夏看着严子鱼紧闭的房门陷入回忆。

　　她想起第一次跟郁飞上床的情景。

　　那天晚上，她依着郁飞去夜市陪他喝了许多白酒，他用摩托车把她载到修理车间休息室，把她按在那满是油污、臭气烘烘的烂沙发上，整整折腾了近一个多小时，直到她身上出血方才罢休。他的力气大得惊人，当她的双手被他举到头顶用一只手掌死死压住，她就完全动弹不得，任由他在她身上不停地变化姿势横冲直撞。后来，他还觉得不过瘾，把沙发垫子铺在地上，将她双手直接捆在一张工作台上。她曾那么强烈地感受到他身上飓风一样可怕的戾气，也有过一丝恐惧，担心自己真的会死在他的身下。

　　可他每每缓过神来，又绅士得完全像另一个人。

　　而自那一次之后，同郁飞的性爱便如蛊毒让她又爱又恨，欲罢不能，甚至，她总能在高潮来临之际闻到那种臭烘烘的令她作呕的柴油味道。

　　许久，水半夏睁开微闭的双眼，认真地看着我说：一个人也不是一直就坏，我总觉得，做天使和做魔鬼或许只在一念之差……你说呢，尚君姐？

　　我深深地叹了一口气。

　　郁飞的事情告一段落。但是，眼看着我们仨被一种无形的东西阻隔，似乎已失去了轻松、快乐和一种默契。我的这个家也像是因为此事染上了瘟疫，被沉闷而又压抑的空气笼罩着。

我知道，水半夏肯定会很快离开这里，至于严子鱼，我拿不准她还会不会留下。

我说，水半夏，你说得很对！这世上没有绝对的好人，也没有绝对的坏人！很多人被毁掉的一生都源于一时冲动……

是啊！一时冲动。也许很多人都在愤怒时都有杀人的冲动，有人修养好克制住了，有人没克制住，有人是运气不好。比如说我，你看我整天嘻嘻哈哈的，你能说我就是好人吗？不能！你能说你自己是百分之百的好人吗？也不能。每个人都有不为人知的秘密，说不定在某个秘密里，我们都是坏人！所以，我挺理解郁飞的。

水半夏幽幽地说。

我望着她，再次从她长长的睫毛下看到一层水雾。望久了，那水雾中隐约出现一条白茫茫的路，通向看不到尽头的隐秘和未知。

十四

五年前，在内蒙古的阿拉善左旗，我也差点杀死一个人。

水半夏说。

说完又看了我一眼。

"差点杀死"也就是没杀死，那就是有惊无险，我当然波澜不惊了！不过，好奇心还是有的。

水半夏见我淡定而专注地看着她，便有了继续讲下去的兴致。

她的视线从窗户上飘出去，又似乎在酝酿某种情绪，有那么一会儿，我相信她的思绪一定飘得很远，远到她所说的那个遥远而荒凉的地方。

这时，她的喉咙不由自主地吞咽了一下。

我骗人说我是南方人，其实不是！水半夏说。

我是怕别人瞧不起。

我家在甘肃灵台一个小庄子。我妈在我七八岁的时候病死了，我爸放羊，带我和我弟弟长大。我们那里也只能放羊，干旱、缺水，打一口井少说要四五千，穷人家打不起井的，就要跑好远的路背水。能洗一次脸真的很不容易，洗脸的水洗脚，然后给牲口喝。庄子里像我一样的女孩子上不进学的到了十四五岁就出门找钱了，我出来算是晚的，那年我十七。

我爸说，半夏，你要再不出去给你弟攒钱，你弟拿啥娶媳妇去呀？后来，我就跟同村的小姐妹到了兰州。我是第一次走那么远，什么都不懂，刚开始到餐馆里打工，做了三个月，除去押金和自身用掉的，只给我爸寄了一千块钱。我爸在电话里骂我没用，他说，你这么没出息啥时候才能攒够十万块钱呢！

那时候我从未怨过我爸，在我们庄子，人家娶媳妇彩礼最少也得七八万。我爸挣不来钱，我又是家里的老大，家里穷得连一口井都打不起，要是我不攒这个钱，靠我弟自己怕是等到猴年马月也说不上个媳妇。

我问餐馆里一起打工的服务员，做啥赚钱快？人家就说，你当"婊子"去，来钱快！我傻傻地问，啥是"婊子"？她们都笑得前俯后仰的。

有一天，我给客人端菜，一个经常到饭馆吃饭的老板跟我说，丫头，你长那么乖，干脆到我那去做服务员，我保证一个月的工资相当于你在这里干半年！

在我们老家，乖，就是长得好看的意思。

我问老板，你那里是做什么的，咋给那么高的工钱呢？我可没文化！

这个老板和跟他一起吃饭的两个人都乐得哈哈大笑，其中一个人就对我说，他那里是卖肉的地方，价钱高着呢！我没听懂他的话，我说，菜市场吗？卖肉能有多高的价？你要高了没人买！那几个人又是一阵哄笑。

他们说，这丫头看着灵性，瓜着呢！还没开窍，怕是个处！

后来，那老板吃完饭，工资都不让我结了，怕我改变主意，直接给我掏了两千块钱，说是让我抽时间去买几身好衣服，当天带着我就去了他店里。

那是一家桑拿按摩店。

我不知道老板把我的第一次卖了多少钱，反正第二天他给了我一个红包，里面装了一千五。我捏着那个钱，知道了什么叫"卖肉"，什么是"婊子"。可我还是高兴着，因为我一下子可以给我爸打那么多钱，他再也不会骂我没出息了。

我爸大概原计划让我五年存够十万。我不到三年就给家里汇了八九万，我们那里的彩礼也就这个数。我弟那一年满十八，他自己也出门挣钱了，我感觉压力小了一点，就不太往家里打钱了，想给自己存点。

那时候，我谈了一个男朋友，叫亚明，是桑拿店里的领班。亚明家也是灵台的，不过人家是城里人，家里父母都是工人。长期在这种地方耳濡目染，他对我们跟男人上床司空见惯，甚至有时候遵从老板的旨意还会在我们接待客人的时候躲在门外偷听，以防有人私自问客人索要小费。

后来，他一个在内蒙古阿拉善盟左旗开洗煤厂的朋友让他过去帮忙，他便带着我一起离开了桑拿按摩店。

那是一个初冬季节，若是在家乡，还不到下霜时节，可是，在阿拉善盟贺兰山一带，已经是风雪肆虐。贺兰山好高好尖的山啊，光秃秃的巉崖，一个山谷连着一个，让人害怕。

我和亚明坐着颠簸的大巴，经银川进山走了大半天时间才到他朋友说的那个小镇，找到唯一一家旅店住下来等他。小镇从头到尾不过五百米，东头是汽车站，西头是一家邮政银行，中间是一个大的农贸市场，沿路两边都是挂着沉重的棉门帘的低矮砖房，有烟酒商店、有饭馆、有杂货铺、有彩票销售站、桌球室，还有汽车修理厂，总之，虽然这里每家房顶烟囱都冒着浓黑的人间烟火，却少了本地居民聚集区的闲适和温馨，更像是一个专为挖煤工开辟的地盘。

站到镇子的唯一一条街道上，可以望见一些山顶正在运渣的汽车，也可以望见没有开采的半山腰上一群群的山羊。乌鸦一群群的从街后的煤场飞起来，聒噪地叫着，黑压压的一片，扑腾着翅膀落到另一处山野。

我一直跟亚明抱怨，不该来这鸟不拉屎的地方。亚明说，咱是挣钱来了，又不是来这享福的，挑什么地方呢！

还好旅店装的有暖气片，虽然简陋，却也不冷。等到晚上八九点光景，才将亚明的朋友等来，他朋友一见我就笑，说，在这镇子上，女孩子可不敢乱走，这种旅店也少住，山上狼多肉少，来一个年轻漂亮的女人在街道上一走，不出半小时，满条街的男人都开始叫春啦！

我说，我就不信，那些挖煤的、那些司机，他们的媳妇都不来这探亲？他说，来呀，人家来可都跟随男人在远离矿区的宿舍住几天。我说，那亚明将来在你场子里，我就不住这儿了！亚明的朋友一听，似乎被难为住了，很尴尬地对亚明笑了笑。亚明给我使了个眼色，免得我再说下去。

后来，亚明的朋友走了，亚明才告诉我，矿上讨生活危险系数大，但凡在山上开矿、山下开场的人都很迷信，对女人进工地特别忌讳，怕女人的污秽之气带来厄运。

我当时听了特别不开心，跟亚明说，那你把我带来做什么呀？我还是回兰州去算了。

亚明当然不乐意我走。他说，大不了在这里长期租房，你就住在这儿，我下班了就过来陪你。

那天晚上，因为坐了一天车，我和亚明也没有注意旅店动静，草草就睡熟了。

第二天一大早，就听人在院子里嚷着什么。起床一看，院子里已积了厚厚一层雪，一个胖成圆球的四十多岁的女人和一个大高个男人正在扫雪，女人一边扫一边大声寡气抱怨着什么，看样子，应该就是旅店的老板和老板娘。

后来，看到两个年轻女孩子头发散乱着分别从其他客房走出来，又一起提了扫帚和铲子到客房打扫卫生。一个大概只有十七八岁，一个是昨天来给我们开房的姑娘，看起来同我差不多大，也就二十来岁的样子。她们穿着紧身又廉价的低领衫和小短裙，脸上化了很浓的妆还没来得及卸掉，大概是在枕头上蹭过的缘故，假睫毛掉了一半，眼影擦得整个眼圈都乌七八糟了。

我当然一看就清楚她们是做什么的。

不大一会儿，又听见老板娘在院子里大声唤她们的名字，欢欢和丽丽。

她们看到我的时候，很敌意。干这一行也有竞争，她俩一开始就担心我来抢她们生意。

刚开始，亚明去上班，我整日在镇子上游荡，晚上陪亚明喝酒、吃饭、睡觉。镇子上的人都知道旅店住了一个陪男朋友来上班的女子，那时，我没想在这儿待，所以也很少和陌生人搭讪，对谁都冷冷的。那些来院子里找欢欢和丽丽的矿工每次看到我都要从上到下打量一番。他们那些人，有的能稍微干净点，有些人脸上的煤灰都不洗，就有两只眼睛和嘴巴能看清颜色。那样肮脏的身子与浓妆艳抹的小姑娘站在一起，有些滑稽……

有一次，我站在客房门口的走廊上，从那里的大玻璃窗可以看到整个院子，当然也包括她们做生意的两个房间。那个叫丽丽的女孩子走过来恶狠狠地教训我，她说，你要不在房间里待着！要不街上逛去。你又不做生意站在这里干吗？影响我们做生意！

客人们总是喜新厌旧。我理解，所以很听话地进屋躺在床上看电视。

偶尔遇到收拾房间的老板娘，也跟她唠唠家常，她倒是希望我多在街上走走，这样让人家看到她这儿住了新姑娘，就会吸引更多的矿工光顾。

老板两口子是阿拉善左旗本地人，来这开旅店五六年了，她养了一只浅褐色的吉娃娃，能听懂话，会作揖打滚，看我一个人闷在房间，老板娘允许我把吉娃娃抱在房间玩耍。

后来……或许像人家说的，入鲍鱼之肆久不闻其臭吧！我厌倦了等亚明的那些孤寂时光，竟听从了老板娘的建议，加入了欢欢和丽丽的行列。

你说，尚君姐，我贱不贱？呵呵，我当时咋就那么爱作践自己呢？

我说我不喜欢跟宠物狗一样的名字，老板娘说，那你自己说个名字，我们叫着顺口就行。我就给自己取了个名字叫阿水！在这里有个好处，那就是没有人处处问你要身份证，没有人追问你的真实姓名。当时，我还想，难怪人家说矿上有很多身上背着案子的人呢！

但是，这里的矿一个挨着一个，来自五湖四海的人都汇聚到这儿，别说你老家是哪个犄角旮旯的别人不知道！我刚开始就是这想法，我想着，灵台那消息闭塞着呢……我和丽丽的矛盾就是因为来了灵台的两个老乡引起的。有一天晚上，来了两个年轻的货车司机留宿，老板娘说，你们仨都过去，人家要挑哪！

欢欢顺口问了一句，哪儿的人呀？

甘肃灵台的！老板娘说。

我一个激灵，本能地往后站了站。虽然那些年并没有生活在灵台，但还是担心碰到熟人。呵呵！都说我们这种人不要脸，其实，脸是要的，只是日子长了，就把自个儿不当人了，习惯了……

我跟欢欢和丽丽说，你俩去吧！我不喜欢甘肃人！

过了一会儿，丽丽垂头丧气地出来，她说人家看不上她，要求换一个。我说，为什么呀？

阿水，你去应付一下！老板娘说。

我当时特别不情愿，心里总有一种不好的预感。但是，又不想惹老板娘不高兴。犹豫了一阵子，还是去了。

我一进屋，欢欢站在门边，担忧地看了我一眼。

那两个司机刚刚脱去棉袄，一个撸起的保暖衣袖子下现出胳膊上的刺青，一个用指甲刀专注地磨着指甲，像是专门在等我。

听说你不喜欢甘肃人？磨指甲的男子问我。

果真一口地道的灵台话。

我怔怔地望着他。一定是丽丽跟他们说了什么，好半天我才明白过来。

回答我的话，婊子！

他走过来，冷笑着搂过我的肩。我是开玩笑的，想照顾她俩的生意，让她俩来陪你们。

呵呵，婊子也有这么好心？

另一个一翻身坐了起来，他把烟头使劲摁在桌子上转动，恶狠狠地盯着我。就像是摁着的不是烟头，而是我的头，我身子不由自主地哆嗦了一下。

你先出去，等会叫你才进来！床上那个人对欢欢说。

欢欢退出去，门被反锁上了。

搂着我肩膀的胳膊一紧再一推，我就被使劲摔倒了床上。我想欢欢一定知道去叫亚明来的，所以那会儿我还没到特别害怕的地步。但后来，我失望了，他们堵住了我的嘴，扒了我的衣服……大概有三个小时吧，他们用尽了各种腌臜的手段折磨我，直到我昏死过去。

他们去了另一间房睡觉。

我是在凌晨冻醒的。那时，我光着身子瘫软在地板上，大腿和身子下面流了很多血，黏糊糊的。我把带着酸臭的毛巾从嘴里扯出来，想喊，喉咙里却发不出任何声音。窗外寒风呼啸，只有眼泪冰冷地爬到耳后提醒我还活着——那一刻的记忆直到今天，仍历历在目。

不知过了多久，我把自己挪到床上，用被子捂住发抖的身子又昏睡过去。

第二天早上，高烧昏迷的我被老板雇了辆车送到左旗医院。在那里，我住了一个星期。

听亚明说，那天晚上他和朋友在陪矿上的老板喝酒，欢欢托了附近的一个小伙找了很久才在酒馆里找到他，当时他已经喝醉了，加之小伙也没说清啥事，就由着朋友把他带回了场子。旅馆的老板和老板娘几次去房间门口听声音，并没有听到我的叫喊声，所以也以为我没事。

我没跟亚明说丽丽的事，也没跟亚明描述那两个老乡是怎么折磨我的。亚明不是那种血气方刚的男人，没有哪一个血气方刚的男人会容忍女朋友卖淫，对不对？他知道后也顶多会求助于他的朋友，那样我会觉得更丢人。亚明若是聪慧的，他一看我身上的伤就知道，也不用我来细说。但显然，他不是。

后来出院了，亚明说，要不你还回市里！我再挣半年，我们就够钱结婚了。我说，我是要回去的，但等养好了再回去，至少一个星期之后吧！

其实不是什么养伤，这只是个借口。我是想收拾丽丽呢！瞅机会罢了。

那些天我仍住在旅馆里，但每天都去老板娘房间里玩。欢欢和丽丽也经常在那里放很劲爆的音乐跳舞。老板娘有时会煮菜给我们几个吃，有时把炉子让出来给我们用。

机会终于让我等到了。

那一天下午，老板和老板娘都不在，我们三个坐在一起看电视，丽丽抓来一大把药，说是腰椎疼得厉害。正准备喝呢，来了一位她的熟客，她放下水杯就出去了。欢欢刚好要去市场买东西，欢欢一走，屋里就剩下我。我想也没想，抓起三粒胶囊跑回房间，翻出一小瓶高锰酸钾，抖抖索索倒到一张纸上，然后把胶囊里的药粉倒出来，再把高锰酸钾装进去。也不知当时怎么了，灌满三粒药后突然犹豫了一下，又倒出一粒，装回原来的药。

后来，丽丽药喝下去不到一分钟，喉咙火烧火燎上不来气，看着她使劲张大嘴抓着喉咙滚在地上要死要活的样子，我有一瞬间的快意。但很快便被恐惧所替代，心突突突地跳啊跳，跳得我胸口胀痛。我也慌了，嘴唇哆嗦着牙齿咬得咯咯响，拖着丽丽就往卫生所跑。

当时卫生所的医生说，若是再有十几分钟，她有可能会呼吸衰竭而死。他们都料想她是喝了假药才如此的，丽丽便去买药的那家店大闹了一场。

如果我当时不犹豫那一下，替换的是三粒胶囊，那丽丽肯定完了。你说，她们如果报案，会不会查到我……

我把这个害人的秘密埋进了肚子里。

之后，我没有再做那一行。好像自己经历了这么一个惊险的事情突然就长大了，成熟了，脑子也清晰了，知道自己要干什么。我也没有回兰州，一个人到了陕西的咸阳，在那里，我学会了足疗，用了两三年时间，我就做到了管理。

只有经历了才知道，害人的念头有多强烈，后来的恐惧就有多大。人在冲动的时候，身体里的确住进了一个魔鬼，一旦被他操控得逞了，人也就玩完了。

这个事从未跟人提起，但我自己时常想起来，就像是给自己敲警钟。别看我一天嘻嘻哈哈大大咧咧的，其实，因为干过那一行，潜意识里有许多自卑的情绪，很多人瞧不起我，也有很多人背地里骂我，我必须控制自己的情绪，让自己忽视掉一些东西，否则，永远没办法走上正路，永远没可能过上自己想要的生活。人嘛，谁不希望得个好！

水半夏讲完，长舒一口气，然后陷入长时间的静默。

十五

严子鱼告诉我，她决定继续在我房子里住下去，直到她出嫁。这让我非常感动，甚至打算给她的房租减半。

水半夏的新店装修好了，搬走的那天，还是之前送她来的那个中年男人来接她。看他亲昵地跟水半夏嘱咐这嘱咐那，我有种看到父亲的错觉，那瞬间，我明白为什么水半夏能容忍这个人一直陪着她了。

她的半夏足疗店开张的时候，我和严子鱼特地约了去祝贺，顺便体验了一番。

你还别说，当半躺在沙发上，闭上双目，双脚肌肤被热水浸润包裹的刹那，血液自上而下升腾真的令人身心舒畅。

怎样啊？亲爱的——

水半夏袅袅娜娜地走过来招呼我们，人未到，声先至，依然甜得发腻。

莫 事

一

三贵把村支部书记当到第三个年头，连县上领导都知道了他的口头禅，莫事。

山沟里的土话，莫事，就是没事，没啥大不了的意思。

论起这个口头禅的来由，要追溯到三年前。当年，他之所以返乡当上村支书，源起于一个玩笑，这个玩笑就是因为他豪气又戏谑地脱口而出两个字——莫事。

那日天擦黑，镇党委书记肖伍刺溜一下将满是泥浆的车停在他的"三贵汽修部"门口。

把车给我洗一下！

肖伍下车，朝车努努嘴，一抖手扔给他一支烟，再一抖手，打火机啪地跳出火苗，两人的唇边顿时生动。但这一日，看得出这位肖书记情绪不高，若换作以往，烟前应还有高喉咙大嗓门的一声吆喝，把个"三贵"叫得响当当的。

修车铺开了十几年，生意尚好，往来熟客多，三贵给院子旁拉了一根水管，来这儿的人谁想洗车就自己轮起水枪冲一下，免费的便利服务。三贵是师傅，师傅有时候该端着还得端着，说好只修车不洗车。但这位肖伍是镇党委书记，也是发小，发小使唤，不一样。这意义就在于两人都能借此忙里偷闲抽支烟，说上几句也只有发小才能讲的玩笑话。

三贵一边捡起扔在院子边的水枪，一边问，你这弄啥呢？泥坑里碾过似的。

弄啥？还不是到你老家弄的！连下这几天的暴雨，村干部个顶个的尻

90

人，一天正事儿不干，不守着防汛、不操心老百姓的安全，跟你一样，尽想着咋往自己兜里装钱呢！

肖伍当了多少年的乡镇干部，勤政爱民，就是说话糙，开玩笑的时候更糙。

三贵嘿嘿一笑，说，那不一样，我开铺子，靠手艺吃饭，修车挣钱就是正事。他们当干部，为老百姓办事才是正事，何况现在共产党还给发工资。拿着工资还不好好服务，依我说，应该让那些人下台！

都下台了，工作谁来做？太平村不太平，你又不是不知道！现在马上换届了，就你们村，想选个好带头人都没法选，一个烂摊子，没人愿接手？再说，没个硬扎人，也接不下来。

肖伍眉头紧锁向头顶吐出一长串烟圈，烟圈迅速扭动着散开，活像从他头顶冒出来一连串纠缠在一起的问号。

那有啥不敢接手的？三贵把水管扔开。

莫事，要再没人干了，你找我！

肖伍看了三贵两眼，弹弹烟灰，突然咧开嘴笑。他记起，三贵是他们村为数不多的党员之一。

当真？

玩笑呢！

你不是说莫事嘛？尿人！

是莫事！事在人为嘛！

后来村上换届选举开始，三贵被他这发小拖了回去，多数票当选太平村支部书记。

原来的村支书落选了，脸面挂不住，四处扬言，就咱村这烂摊子换了谁都一样，他三贵顶多能干上三个月！

有人立即跟三贵把这话学了一遍。

莫事！三贵说。他把修车铺交给了俩徒弟和媳妇打理，自己抱了两床被褥搬回了村里的老房子。

二

太平村不太平。这话是太平村群众自己总结的，说多了，无形当中就成了自上而下县镇领导们对村里印象的一种定论。

至于怎么个不太平？三贵刚开始以为是危言耸听，以为大不了就是东家长西家短的矛盾罢了。接任一个多月之后，他才完完全全弄明白当时有人说他接手的是"烫手的山芋"为何意思，才明白自己接下的这摊子究竟有多烂。一烂是扯皮抻筋的多，村民跟村委会之间扯皮，村民跟村民之间扯皮。今天甲多挖了乙的地，明天乙就要多砍甲的山林。今天甲欠着乙的账，明天乙就要堵甲的路。陈年烂事当年解决不下来的，就一直拖着，一年码一年，不但村委会扫了威信、干部烂了信誉，就连村民之间的矛盾也变得错综复杂，整日到镇、县告状上访的人不断，打架斗殴的事不断。二烂是外债，一个两百多户人家不足七百人的小山村，债务高达二三十万，时间最长的欠款是在十年前欠下的，有修通村路欠下的，有修村委会欠下的，有三四年前修集中安置点欠下的，大到十几万，小到几百块。没有盈利性项目，没有外援支持，滚雪球似的逐渐累积，债变成了乌龟背上的壳。三烂是风气。少不养老，赌博、邪教成风，好逸恶劳的一大波人争完救济争低保。县上派单位来扶持，人家免费发的猪苗、羊羔，有人转手就卖掉。

三贵当了村支书，这"太平村不太平"的定论就是他手上的烫手山芋，就是压着他的五指山。山芋烫手归烫手，想甩开或者吃掉，就得找法子。压在头顶的大山重呢，重，重就得憋把劲儿把它扳倒——这都是事儿，是事儿就有解决的办法。三贵个子不算魁梧，可也是不怕事儿的主。他眉头一拧，把一口烟慢悠悠地吐出来，心里的小九九其实早就盘算开了！

莫事！他说。

小本生意赖好做了上十年，不骄不躁，这点沉稳的性子，他有。"磨刀不误砍柴工"这道理，他也懂。所以，刚一上任，不能急，更不能快，三贵选择走老路，用的也是愚公移山踏踏实实的笨办法。他一户一户上门，一户几口人、有些啥难事、养了几头猪、几只鸡，他一笔一笔记到黑皮笔记本上。恰好他上任这一年，国家下令开始全面扶贫，包抓的县级领导、局单位扶贫工作队频频进村入户，要求包括村干部在内的所有帮扶干部要对贫困户的信息一口清。三贵得意，他把这活做到了前头。

村里的住户在三贵的小本本上分了类。安守传统本分又能勤恳持家的村民，他给人订回魔芋种、蔬菜种。你不敢投资，我垫！你怕销不出去，我包销，跟人家农特产品公司签合同，你挣了再还我。三观不正、思想偏激、无事生非的村民，村里一有会他就让人参加，会上一起学习文件，散会了他跟人家讲惠民政策，化解矛盾积怨。对那些好逸恶劳的村民，他开着自己的破面包领着人家去其他村上看完产业看家庭，看啥呢？看人家挣钱的门道和富裕滋润的日子。

三贵管这叫"神经刺激"，扶贫干部纠正他，说这叫"因势利导，激发内生动力"！

三贵说，明明一个意思嘛！

当然，这套分类的办法也不完全是他自个儿想出来的，是他还没有当村支书的时候听他那当着镇党委书记的发小在修车铺无意中显摆的。人家说的也不是咋样管理一个村，人家说的是自己咋管理全镇村委班子的事儿，三贵无意中想起来，就举一反三灵活运用了一把。后来，他看到上头下发的扶贫帮困计划里有什么"因户施策""一户一法"，又得意不已，愣是以为自己走到了决策前列！

两个月上头，以前爱到镇县告状、要补助要低保的人，现在都找到村委会三贵的支部书记办公室，每天来来往往反映问题的村民络绎不绝。一天下午，他正忙调解，镇党委书记肖伍陪着一位县级领导来了，见他忙，肖伍只让扶贫工作队的同志陪着去贫困户家中转转。结果到访的几户都把三贵夸得跟自家娃一样亲，弄得陪同的扶贫工作队同志一脸尴尬。肖伍临走，低声在他耳朵前说了两字，你行！

他笑。末了说要以私人名义请那位县领导和肖伍吃顿农家饭，顺便听听领导指示。

不用，别耽误你工夫！肖伍跟他摆摆手，指着那些争吵得面红耳赤的群众对他说，太平村要太平！等你把这个村给我治得莫事了，我请你吃饭！

莫事！三贵把支烟搁掌心弹了弹。

要不了两年！

人家说"莫事"，是轻轻从嘴里吐出来的两个字，上下嘴皮似碰非碰，两个字吐出来，透着丁点隐忍透着丁点无奈。三贵说"莫事"，上下唇实打实一碰一龇，两个字夯得严丝合缝，透着蛮力，透着憨劲儿，透着爽快，直冲脑门。由不得你不信呀！好像真的没事儿，就是天塌下来也有他三贵顶着呢！

三

其实不是没事儿，有难事，三贵也习惯搁自己肚子里慢慢消化！

就拿太平村两个组建的分散安置点来说，自打两年前先头一批贫困户顺利住进了集中安置房，这两个离村委会最远的组就跟被娘舍弃的娃一样，到村委会说话办事都带着怨气，特别是每个组上的贫困户，更是对三贵和扶贫工作队意见大了去了。

刚开始三贵也解释：你气什么呀？当初集中安置点筹备登记的时候，我拿着本子带着协议上门，苦口婆心劝你们搬下山住，你们赌咒发誓都不愿搬呢！这个嫌远，那个怕将来要钱。现在看人家三四十户一分钱不花，后悔了？

解释归解释，三贵心里也怜悯着这两个组的住户呢！

三贵记得，去年五月的时候，提前三天通知村民开大会，结果柯老汉家的电话三天都无人接听。三贵放心不下，把摩托撂到山顶，满头大汗钻了六里地的山林赶到柯老汉家，结果，老汉正坐门墩上抹眼泪呢。柯老汉的老婆是盲人，老汉牵着她下山不小心滑下土崖，好不容易把受伤的老婆弄回家，老婆口袋里装的手机也丢了。老婆受了伤迷迷糊糊在床上躺着，老汉就眼巴巴的坐门墩上瞅着，盼着有个人上山来，好给他嫁到外村的女儿捎口信。那天，三贵揭开柯老汉灶上的锅，瞅着锅里白水煮的洋芋蛋子，鼻子酸得说不出话来。

站在柯老汉家的大山岭上，三贵放眼连绵不断的茂密森林，放眼远处变成一条细线的通村公路，当时那个心酸啊！

这狗日的大山，你咋那么势利呢？在城里人的眼里你是秀美的风景，在有脑筋的生意人眼里你是个金山银山，可搁在这些要路径没路径、要气力没气力的穷困人家，你咋就成穷山恶水了呢？走几里地能见着两三户人家，种田得花一个多小时才能下到山脚，进城要出沟得翻三四道岭才能搭上车。修路吧，住户少而分散，投入几百万又不值……

还是得搬呢！树挪死，人挪活！你们再修安置点了，我们搬。

那天三贵走的时候，柯老汉很无奈地说。

三贵明白柯老汉的无奈，以前老汉嫌安置点离田地远，现在田地还是一样的远。因为明白，三贵格外郑重地把柯老汉的无奈当成自己的无奈，搁心里放着了。

后来没过两月，三贵瞅准机会提出了给那两个组的贫困户就近建分散安置点的事。不解决住房问题，脱不了贫啊！这事儿没费多大周折就批了，一个组一个点，就建在离贫困户田坝最近的地方，按照国家当年分散安置统归自建的政策，贫困户一户补四万，每户再凑万把块钱，有六十多平方米也足够两三口之家栖身了。

钱少，得垫资，工程还催得紧，没钱赚的活没人愿意承包。发小镇党委书记肖伍听说后，把三贵叫到办公室，眼睛一斜，一眼就盯得三贵心里七上八下。

屁大个小活儿还能把你难住？不嫌丢人！自己找人干去！

说完，同往常一样，一根烟扔给三贵。

可我一家也要吃饭。三贵苦笑。

肖伍似笑非笑。你是人民选出来的干部，那你能赚人民的钱？

不能。

那不就对了！没饭吃到我家去吃，共产党还能把你饿着了？！

三贵一咬牙，让媳妇取了二十万积蓄，雇了七八个本村的贫困户把活扛了起来。贫困户就近劳务，给自个儿建房还能增收入，别提有多高兴！

眼看地基打起来了，不承想下起了连阴雨。

这一耽误就是半个月。时间耽搁了不要紧，砖和沙子突然涨价，更要命的是统归自建房的补助标准变了，原先规定是按户补，现在一纸文件下来，补助按人头计算，人均一万五。三贵发现，独户和两人户登记的多，如果房屋建好，按现在下发的文件规定的补助，那自己可就亏大了。

可开弓没有回头箭，更何况贫困户等着搬迁，扶贫工作队等着完成拟定的目标任务，啥事也比不上脱贫的事重要啊！三贵硬着头皮，该干啥干啥。

房建好，三贵账算下来，果真硬生生亏了七万。

媳妇本来是支持三贵工作的，知道他这一下子亏了自己起早贪黑辛苦了一年的收入，气得骂他糊涂。七万的票子取出来也是一大摞呢，儿子上大学要花钱，娘半瘫着吃药打针要花钱，两口子平日连一件好衣裳都舍不得买，咋能就糊里糊涂贴到脱贫建房上去了？！媳妇骂完忍不住依然心疼那些亏空的钱，抹着眼泪抽抽搭搭，最后求三贵，这一届当完你再别当了吧，再当下去怕是把家底子都要贴光呢！

三贵闷头一支接一支的抽烟。

四

这不，现在第三年眼看到了年尾，三贵这些天一直琢磨着得跟发小提前说一下辞职的事儿呢，也好让领导提前物色人选。

三贵的辞职报告还没打，倒听说有人把他告到了县纪委。

莫事！告了好，免得我辞职肖书记还为难！告了好！三贵笑着说。面对流言蜚语，他每天乐呵呵的，单等着纪委找他谈话。左等不来，右等不来，他甚至有点着急。

一日正午，拿着工工整整手写的辞职报告，找到镇党委书记肖伍的办公室。

咋？干得好好的，发啥神经？

没发神经，认真的。

说个理由。

不是听说有人到纪委反映情况嘛，我们是发小，我不能给你丢脸哪！人家告我，那说明我工作做得不好，能者上庸者下，这不是你给我说过的话吗？咱不能耽误党的基层组织建设呀！

你少跟我扯那没用的！肖书记气得一拍桌子站了起来。觉悟很高，是吧？三贵，我没觉得你给我丢脸，我也没觉得人家反映我们村干部的情况到纪委就是给镇上丢脸。我倒是觉得你自以为是！

气愤愤地说完，又转回去，坐回他的位子。将一包烟从面前滑过来，推到三贵面前。

三贵有些惊讶。他没明白这发小发的哪门子火，是生气他辞职，还是生气他在这个时候辞职？

走，我请你吃午饭，附近新开了一家农家乐，味道不错！肖伍站起身，不由分说地往外走。三贵虽然是丈二和尚摸不着头脑，但领导前头都走了，自己还能不在后面跟着？！

三杯酒下肚，三贵老话重提。我真是自己想辞职的，店里光靠媳妇快撑不下去了……娃在外地上大学要钱，老娘也瘫了。这些情况你都知道。

知道！都是你媳妇撑着呢！

所以……在村里重新找一个，会比我干得好！

我信！

那你同意了？

三贵，我当年说了一句话，我说你要是让太平村太平无事，我请你吃饭喝酒，你还记得不？

肖伍答非所问。一边说，一边端起酒杯和三贵碰了一下。

所以今天这顿饭是我请你的，谢谢你放下生意，支持我们镇上的工作，支持我的工作。这两到三年，吵架上访的基本没有，产业也发展起来了，最重要的是，我没有因为太平的事为难过！眼下，太平村应该算是名副其实的太平无事了！

肖伍望着三贵，三年来，他们各忙各的，这是第一次如此交心的跟他说话。

三贵摇摇头，说，这次人家去县纪委告我，还不算事儿？

不算！肖伍放下手中的酒杯，笑着说，人家不告的话我咋知道你去年给村上建房亏了一个窟窿呢？

是这事？！三贵难以置信地看着肖伍。

是这事！十月之前执行的建房补助标准和十月之后执行的建房补助标准不一样，你包着建的那房是十月前基本完工的，结账却按照十月之后的标准核算。本来，这样的问题你应该反映到镇上来，但你自作聪明自以为是，亏空的口子隐瞒不报，自己讲奉献吧！可其他人不这样想啊，与你一样情况承包建设安置房的人今年都另外打了报告给镇长，要求解决资金亏空问题，唯独你没有啊！所以有人就怀疑你偷工减料……我们不能放过挖共产党墙角的坏人，但也不能冤枉一个好人哪！县纪委和镇纪委就这事专门调查了村上参与建房的贫困户，形成材料，这才知道，你比他们亏得都多。

肖伍讲完，欣慰又赞许地看着三贵，再次举起酒杯。

我……我也不是觉悟很高，我也想给你反映来着，一忙，忘了！拖久了，又说不出口……我还以为你们领导啥都知道。再说了，我要真开口跟你抱怨亏了，那你还不说我跟政府讲条件哪？

三贵脸涨红，心虚了，话也变得结巴。

你这还不是自以为是？哦！我们领导就该啥都知道！你当我们是神仙，掐指会算？

肖伍站起身在桌上狠劲敲着指头蛋子。他敲一下，三贵牙龇一下，替他生疼。

亏空的事，回去跟你媳妇说，镇上正在想办法。

三贵眼角润湿。

醉了，不喝了，再喝回不了家了！三贵说。

莫事！喝醉了今天睡我屋。我还不信，你一天不回，还出啥事？肖伍说。

三贵长长地舒了一口气，将手中的酒端起来。

咋样？还能喝不？肖伍笑着问。

莫事！

一大口酒滚进喉咙，三贵眼泪全出来了。

苏木不是药

一

凌晨一点，终于可以躺下歇息的苏木拿起手机，她习惯在睡前用一两分钟迅速浏览一遍朋友圈。她常想，这种手机上的情感依赖真是年轻人的通病，自己奔四十的人应该改一改了，可还是忍不住每晚继续。最后，苏木的视线停留在她的朋友阿建两分钟前发的一个朋友圈上。她发现她的朋友阿建跟她有类似的毛病，她是睡前浏览朋友圈，而阿建总在睡前会发一个朋友圈。阿建发了一张美国电影海报《行尸走肉》的图片，感叹了一番人家老美欲擒故纵的拍摄技巧。苏木笑了，阿建跟苏木是同类人，都是做着一份喉舌发声的正当工作，私下靠码字赚钱养家的人，但阿建在影像拍摄上的研究比苏木厉害多了，苏木笑，是因为苏木觉得阿建太好学了！别人看片是无聊和放松，阿建看片尽是研究拍摄怎样更好地诠释所要表达的主题。苏木在底下一长串的评论中看到阿建回复了这样一段话：生活容不得装逼，是怎样就怎样，别怕别人笑话，别怕别人说，有容乃大，冲出去就行。万一冲不出去 ，那就像狗一样活着，但别乱叫。

苏木放下手机。苏木闭着眼睛想：阿建这鸡汤真好，特别是最后一句话"像狗一样活着，但别乱叫！"苏木真想把这句话送给那个叫"章鱼"的同事，还有网上那个叫"丑神"的人。

但苏木也知道，自己也仅仅是想想而已，实际上自己什么也不会做。做了，自己跟那两个人就一样无聊了。不做，也就是实在不屑与他们计较，即使这两个人与自己本不相干的人已经给自己的亲人造成严重的精神伤害。

想到这儿，苏木用手抚了抚胀痛的胸口，倦怠地叹了一口气。生活中总有这么些糟心事、糟心人，你睡不安稳，你愤怒，你疲惫不堪——又能怎么样呢？生活一刻也不会为你停留。

苏木手抚着胸口，皱着眉头进入了梦乡。

二

是的，苏木太累了！

因为在这之前的一天晚上，苏木被两个本不相干的人搅和得几乎昼夜未曾合眼。

那时，是晚上十点钟光景。苏木一般那个时候都会坐在电脑前码字，可是那一天晚上，苏木码字码了不到一个小时就坐不住了。丈夫和孩子都在外地，一百多平方米的大房子空空荡荡，她原先最爱窝在那间小小书房里的，那里简洁明净，一大盆米兰在书架下静悄悄散发着淡雅清幽的香气。但在那个令苏木感到烦闷的夏夜，苏木无法再专注于这间斗室的美妙，甚至，她连旁边那间卧室也完全忽视了，那里的软床原本可以让疲惫的身体得到一些抚慰，可是她没有一丝安静休憩的心思。她迫使自己坐到沙发上，打开电视，她想听到一些温暖的声音。当这些声音真的在瞬间弥漫到各个角落，苏木慵懒地窝在沙发上想，生活还是有那么一点点美好的！

就在这短暂又无比满足的小美好中，她的手机响了。

没想到是母亲。

苏木按下接听键的同时扫了一眼手机上的时间，十点二十五分。通常在平日这个时候，老人早已安睡了，苏木想不出为啥母亲这么晚还没睡，但这令她感到紧张。

苏木兄妹三个，大姐苏醒和姐夫工作生活都在省城，一个女儿远嫁到北京后，留下快要退休的两口子常常闲得慌，四处旅游度假找乐子。大姐偶尔回陕南老家住上三五天，姐夫是关中人，吃不惯陕南的面食，不爱跟着回来。二哥苏子原先在造纸厂上班，后来厂子倒闭了，他成了下岗职工，和二嫂一起靠打零工过活，东家做两天，西家做两天，挣的钱省吃俭用供一个儿子读大学。只有她，在家门口端着公家的金饭碗，加之丈夫经商有道，生活算是富足。在山旮旯里的人户都看重儿子，老人一上六十，凡事都开始倚靠儿子当家做主了。但苏木家没办法，苏木的父亲过世七八年了，二哥二嫂自顾不暇，剩下她和大姐吧，大姐再孝顺，也是远水解不了近渴呀！所以，也只有她了——家里但凡有大烦小事，母亲都会第一时间把电话打到苏木家。

苏木的母亲是那种近乎执拗的要坚守老屋的人，别看八十好几，耳聋了，牙掉了，手也抖个不停，但记性好着呢，说话也利落。

在母亲眼里，苏木正如她的名字一样，就是一味活血化瘀带止疼的药，但凡她交代的事，苏木从来没有打过折扣。这也使得她在老伴过世之后越发地依赖苏木。苏木凡事总会替人着想，在她看来，母亲是活天天呢！自己再难，好歹自己年轻可以想办法，谁让苏家没出个有能耐的儿呢！这两年，她几乎养成了习惯，即使母亲不给她打电话，她也会每周买上菜和零食回去一次，两三天打一次电话，遇上老人有个头疼脑热就顺便把药带回去。

村里的叔伯婶娘见了苏木就会拿她名字取笑，说她是苏家的"万金油"，让老人省心、舒心，功劳大着呢！

每每这时候，苏木心里就升起一股暖流，她喜欢父亲给她取的这名儿，就好比这名儿赋予她一种使命般的动力。当年，父亲是村里的"名医"，是十里八乡出了名的中药先生。她出生那日下午，父亲还在一个叫鬼谷岭的山上采药，恰在一棵铁杉下发现一株拳头粗细的苏木，正欣喜不已准备砍下枝干带回，就听到山路上有人在大声喊他，仔细一听，是自家邻居，说是媳妇生了，叫他赶紧回家。他应声："好！"随即锄头从那株苏木侧旁挖下去，取了可以栽植的半个块根，美滋滋地回了家，路上早想好了，无论男娃女娃，都叫苏木。苏木的母亲当年嗔怪道，人家女娃都叫什么娇啊、玉啊、芳啊、香啊，你倒好，给一个个娃都取些药名，赶明儿大了都给人治病去呀！苏木的父亲嘿嘿直乐："药名有啥不好！看着踏实，听着顺耳。再说了，苏木可是南方才长的好药材，止血祛瘀、通络止痛，我们这儿也就鬼谷岭有这东西，稀罕着呢！偏偏我看到苏木的时候，这女子落地，巧不巧？她叫苏木，那就是天意！"天意就天意吧，苏木是家里的老小，一家人都乐意宠着她、护着她，而她自己也懂事，延续了父亲乐善好施、母亲善良温婉的秉性。后来，虽没有如父亲所愿考上医学院，却也凭着自己的努力捧上了金饭碗，有了稳定的职业和温馨的小家。

今年春上，母亲刚好过完八十四岁大寿。那会儿，苏木兄妹三个和两个七十多岁的老舅舅还曾坐在一张桌子上商量着怎么给母亲养老的事儿，两个老舅都说八十四是铁门槛，要特别小心她的身体。结果苏木母亲好好的，倒是那两个老舅舅一齐得病，前后不出两月，一个跟一个地走了。二舅舅头七那天，苏木的母亲赶着去给弟弟坟上烧纸，结果在村道上被路旁工地一个拉钢筋的车给挂倒，戳成重伤后又摔进河沟，在医院整整住了一个月，伤口才勉强愈合。苏木母亲受了惊吓，加上丧弟之痛，萎靡了好些时候，眼看到了秋收季节才慢慢缓过劲来，精气神稍稍回些。苏木兄妹几个被舅舅、母亲这么一折腾也受了惊吓，生怕母亲的魂跟着俩舅舅走了，一致要求母亲天擦黑就睡。

这个时候，母亲的电话如同寂夜里骤然拉响的警笛，令苏木惶惶不安。

苏木紧张地问："妈，你怎么还没睡？你怎么了？是不是不舒服？"

母亲嗫嚅着，半晌才说出话："苏木，苏木你没有睡吧？"

苏木说："我没睡。妈，你说，有啥事？"

母亲说："下午，坎下你魏伯娘来家里借我的鞋样，她有个孙子是在县城网吧里上班的，你晓得不？那个叫冬娃的？你魏伯娘讲，就是冬娃说的，有人在网上造谣，说我是去工地偷东西才被他们钢筋车伤了的，还说我讹了人家三万块……你说说，你说说，是哪个挨千刀的这样败脏我的名声？苏木啊，你是天天在电脑上写字的人，未必你就没有看到？"

苏木一惊，苏木听出来，母亲因为生气显得很激动，苏木仿佛看到母亲因为激动而发青的哆嗦的嘴唇。很显然，母亲话里还有责怪自己的意思，在母亲看来，苏木会在电脑上写字也一定能看到别人写下的字。

"我是天天用电脑写字，可那是在做资料，跟人家在贴吧发帖子说乱七八糟的那就不是一回事！"

苏木这头跟母亲说话，那边飞快地打开自己的电脑，点开百度搜索引擎。

母亲说："发帖子？你说啥我也听不懂！"

苏木叹了口气，她一着急都忘了，对母亲那么大年纪的人谈发帖和贴吧，自己真是可笑！

苏木说："就是电脑里头讲那些闲事的地方，你一讲，其他看到的人也可以在那上头把想说的话写下来，就跟聊天一样！但是，跟我上班用电脑写东西是两码事。"

母亲"哦！"了一声，总算听懂了一点点。

"讲闲事叫发帖，真是闲得没事干了呢，当面讲不得吗？要在那上头胡说！冬娃子他们都会看，未必你不懂？"

苏木想，再说下去母亲还是会以为自己在推脱，算了，何必让她弄明白呢！

苏木说："我能看到。我就是跟你说，我平时不进去看。你等等，我现在正在找呢……"

"我下午还给你二哥和你大姐都打过电话，你二哥说他不懂，让我找你。你大姐让我找村委会，她怀疑是村委会哪个干部做下的。我去村委会了，人家都说不晓得。问不到呢，到底是哪个在胡说……"母亲在电话那头絮絮叨叨，她的话让苏木有些分心，也有些烦躁。

"她说让你去找你就去？这种没有根据的事去找人有什么用！妈，我先把电话挂了，等我一会儿找到了就给你打过去！"苏木不快地挂了母亲电话，专心致志地继续搜索。

苏木明白自己心头突然产生的不快不过是听到母亲说找过大姐的缘故，苏木也知道自己情绪变糟的症结在大姐身上，但是，就是无法控制自己的坏情绪。只要话题一涉及大姐，就无法控制。

对于自家姐姐和兄长的秉性，苏木十分了解，比如二哥苏子，他是个胆小怕事的人，可能是生活所迫，二哥向来只活在自己的小家里，不愿意掺和任何与他无关的事，哪怕那件事关乎他的亲生母亲和姐姐妹妹。他也从来不愿意因为帮助家里人而给自己惹上麻烦。至于大姐……说不清是怎样一种情感，如果可能的话，苏木只想尽可能地远离她。但绝不是恨，是怕麻烦，大姐总是在制造麻烦，只要跟她扯上关系的人和事，都会无端地被她复杂化。而苏木，她自己只想过简单安静的生活，可在照顾家庭和亲人上，她又会不遗余力，甚至有些逞强。二哥有一次嘲笑她和大姐："你们都以为自己很重要？是济世良药吗？别人离了你就不行？！"她当时红着脸还辩解，事后一想，自己可不就是那样嘛，总以为自己很能扛事，虽没把自己当济世良药，却也把自己当安抚亲人的良方了！

苏木用母亲的姓名并没有搜到关于母亲所说的内容。又试着用她们家那个村的名字点开搜索，终于从一个名为"雁岭村一百零三户村民心声"的帖子后两百多条跟帖中寻找到诋毁母亲声誉的相关言语。

苏木纳闷，母亲虽然独居雁岭村，但从不在村里惹是生非。要说得罪人，也是苏醒这两年有时候回来会给村干部找些个麻烦，可这跟母亲又有什么关系呢？怎么就有人把事情扯到母亲身上去？

苏木将鼠标挪回到那个帖子上细看。

内容是说雁岭村的支部书记王兴乐假借村民合股开办洗涤厂之名，实则中饱私囊，既损害了群众利益，又给村里的河流、田地造成严重污染。而且，更严重的是明明洗涤厂手续不全，却依然连续开办了两年，所以，帖子声称，洗涤厂附近一百多户村民集体提出要求，请求政府下令关掉王兴乐开办的洗涤厂。帖子内容叙述得有理有据，用词妥帖，一看就不是普通村民写出来的东西。苏木一页一页翻着下面的跟帖，很快发现，有人在把话题往自己家引。苏木好奇怪，自己家距离洗涤厂不算最近，也不算最远，刚好在中间，话题如果能引到她们家，那目的肯定只有一个，就是引导那些跟帖骂王兴乐的人将矛头掉转对准苏家。

嘿！这帖子也太明显了吧！

苏木一页一页看着跟帖的人留言，又好笑又可气。好笑的是，明明有人故意岔开话题，从原本洗涤剂污染源扯到了留守老人的关爱事情上，偏偏就有人上当，一个一开始使劲顶帖的雁岭村民居然顺着人家的话题大谈特谈起农村留守老人的赡养问题来。话题明显被诱导跑偏了，也不提因为污染要求关厂的事了。气人的是，诱导话题跑偏的人中，除了一个可恶的"丑神"和一个"光头强"，还出现一个苏木的熟人"章鱼"，虽然"章鱼"只是个网名，但苏木手机上加过那人的QQ和微信，用的就是同一个名字，连头像标志也完全相同。若不是那个每一次见面都甜甜叫她"苏姐"的女孩子，又会是哪个？如果说，那个自称工地管理人员的"丑神"身份是真的，那么"章鱼""光头强"的出现让苏木恍然明白，负责诱导话题跑偏的人就是所谓的"水军"，除了"丑神"，另外的"章鱼"和"光头强"两个极有可能都是自己所熟识的同事。"丑神"成功地把话题过渡到苏木母亲身上，而这两个"水军"则不断添油加醋，将苏木母亲抹黑，然后又从留守老人无人看护，儿女没尽到照顾老人的责任说起，最后，说到老人因为无人照顾，所以到附近工地去偷食物，导致受伤后，又讹诈工地三万元。两个"水军"跟"丑神"一唱一和，把故事讲得就像人目睹似的。很显然，这样捏造故事的目的，是想要达到既成功诱导跟帖群众对原帖"污染源"的集体失忆，又能不经意间"杀人于无形"，在网上引起公愤，让众人都去谴责苏家儿女。

苏木那个气呀！

她有些茫然，"水军"们在网上诱导网民固然有领导指示，可那个下达指示的领导到底知不知道他让水军们用枪瞄准的是位老人？知不知道她们攻击的老人是她苏木的母亲？

苏木意识到，应该是自己或者大姐苏醒得罪了什么人，抑或还有别的什么原因。

发了一会儿呆，苏木突然想起，母亲一定还在等她回话呢！

母亲果真一直没睡，大概就等着女儿电话，电话拨过去只响了一声便接了。

"妈，我看到你说的那个事了。但是，说那些话的人，网上都用的假名字，我现在也搞不清楚是谁。"苏木说。她听见母亲在电话那头叹了一口气，半响，十分无助地说："我就想搞清楚诬蔑我的人是哪个，我要问问他，为啥诬蔑我……苏醒没在，苏子指望不上，你只要给我搞清楚是哪个说的那些话，我去找他，不让你出面！"

母亲的想法苏木理解，清清白白做人一辈子，到头来被年轻人拿到网上说三道四，成了口舌之争的枪靶子，母亲是咽不下这口气哪！可苏木也为难，自己是丈二和尚尚且还没有摸着头脑，又拿什么去查个真实的人出来？

母亲见苏木半天没吭声，以为苏木不愿意，有些失望，也有些生气。没头没脑地说了句："一个个的，都指望不住！都会面子上和稀泥哪！"说罢就挂断了电话。

苏木苦笑着也重重地叹了一口气，她本想跟母亲说："我明天会去想办法，你不要怄气呢！"可母亲明显焦虑着，对她这个最依赖的女儿也没了一丁点耐心。

三

苏木记得，老早老早以前，大姐苏醒待人也是很和善很阳光的，性格并非现在这般固执，说话也并非现在这般尖酸刻薄。

大姐苏醒是秦南市里一所大学的教授，苏木刚上中学那年，因为体弱多病，老师让她休学，她不愿意。父亲为这事专门带着她去了一趟省城，托教书的大姐苏醒照顾她这个小妹，苏醒二话没说就把她转到省城离自己很近的附属中学，一边带她治病，一边用自己的工资供她上学，直到升高中才转回当地的学校。后来，许是教书久了，有了职业病，大姐苏醒性格开始变了，待谁都跟对学生一个态度，自以为是的固执。至于看问题的偏执，苏木更是看得明白，那是在她退休之后的这几年，因为经历了老家一些个闹心事，有了心结才造成的。

大姐刚退休那年，村里修通村路，村干部组织各家按户义捐两百，为集体做贡献。他们到苏家收钱的时候，恰好遇到苏醒回娘家，大家都知道她在外工作，家庭条件不错，便动员她为村里建设做好事多出点钱，当时苏醒一高兴就掏了三千。苏醒后来又动员苏木也贡献一点，苏木便拿出两千。路修成那天，村委会用大红纸写了一封感谢信，名单里却独独没有苏家。

苏木母亲气不过，找支部书记王兴乐责问，王兴乐说，因为苏醒和苏木是嫁出去的人，户口不在本村，所以不予通报表扬。苏醒知道后，又打电话到村上过问此事，王兴乐不以为然，对苏醒说："你又不缺这几个钱，再说，人家雷锋做好事都不留名呢！"

苏醒当时没说什么，但心里不舒服，认为王兴乐做事的观念不对。苏木为此事还劝过她，苏木说，每个人的三观不一样，修养不一样，自然对人对事的态度观念有偏差，他王兴乐就一个不识几个字的村干部，思想境界能有多高呢？秀才遇到兵有理说不清的事，你非要跟他说清，不是自己给自己找事吗？！

这事后来也就这么算了，苏醒没再提过。

路修好之后，支部书记王兴乐牵头，联合其他几个村干部让村民入股在村里开办了洗涤厂，专门接城里各大酒店和餐饮企业的洗涤业务，雇用了十几个本家的亲戚在厂子干活，对外称是解决农村剩余劳动力，提高村民家庭收入，实则办厂以来，入股的村民一分钱红利也没分到——村干部口径一致，都说这两年厂子亏损着呢，既然亏着，连本金都保不住呢，更别想分红的事了！

苏醒再回娘家的时候，有几个入了股的村民找到苏醒，他们都认为她是文化人，点子多，所以请她帮忙想想办法，能从村干部那儿将入股的本金拿回来。苏醒刚开始不愿意插手，毕竟苏家没有入股，为完全与自己不相干的事去找村干部，不用说，显然有多管闲事之嫌。在家住了三四天，又有人陆续来找她，跟她提这件事。苏醒可怜这些老实巴交的庄稼人，也知道他们面对村干部敢怒不敢言，可还是作难。后来，架不住母亲也帮着邻居说好话，她便答应，自己试着去跟王兴乐他们沟通一下，也没百分之百的把握一定能办成。

这事一如苏醒预料的那样，很不顺利。

苏醒去说的话，王兴乐他们自然是不听，不但不听，还嘲弄她，你一个嫁出去的人怎么对村里啥事都想插一脚？苏醒就劝，你们是村干部呢，日子总比村民好过，多少给人兑现一点，人家都记着你们的好，也树了你们自己的威信。若是一点利不让，那不如给人把本金退了，免得说出去不好听。王兴乐几个听了，一个个脸都拉得老长，谁都对苏醒不理不睬。苏醒劝不听，自然面子上过不去，面子过不去心里就放不下，后来，苏醒就把这事给捅到了乡镇司法所。王兴乐几个知道后，恨苏醒揭了他们的底，又不得不再把苏醒和委托她的那些村民叫到村委会进行解释。可这时候，惹恼的苏醒坚持不要解释，而要求他们必须给那些入股的村民兑现分红。争来争去，最后乡镇干部协调，总算给入股的村民多多少少兑现了一些。

有天晚上，苏醒在城里办完事开车回来，老远看到四五个摩托排成一排亮着灯堵在一座桥上，摩托车旁站着的四五个汉子，虎视眈眈地盯着苏醒。苏醒第一次见这阵势，着实有点惊慌，自然不敢下车，但她也不想退缩。后来，她打了110，直到听见警笛响，那几个人才骑上车跑了。

苏醒知道是王兴乐在背地里使坏，却也窃喜，说明王兴乐忌惮她了！"你又能奈我何？"她这样在心里哼！哼！冷笑了几声。

两人的仇就这么结下了！

那些分红得了利的村民对苏醒佩服得五体投地，苏醒也因为这件事的解决而得到鼓舞。这之后，村里无论谁遇着什么不平的事，就有人立即给苏醒打电话汇报，俨然将苏醒当成了保护神。

苏醒退了休反正没事，便整日趴在电脑上乐此不疲地将这些事一件件挂到百度贴吧里，获取网民支持后，事情总会有人主动处理，处理完了，还会认真地告诉她结果。

苏醒成了通过网络贴吧上访的圣斗士，不知不觉也成了小县城的"大麻烦"，成了鲠在县、镇、村三级领导喉咙里的一根刺，虽然她并不常回来。乡镇负责维稳的办公室还专门在村里安插了眼线，只要她回老家，她的一举一动都在别人的监视范围内。苏醒不但没有害怕，他们的防范反倒激起了她的斗志。

可是，苏醒所做的那些事，却无意中害苦了苏木。

苏木在环保局工作，虽然不直接跟群众打交道，但若辖区内任何一处环境建设出了大的问题，那就是她们单位的责任了。所以，苏醒在环境建设上开枪，她就是苏木单位里的敌人，她的一举一动都会直接影响苏木在单位的地位和形象。

"苏醒的妹妹"就像一个标签，令同事和朋友都与苏木敬而远之。就连最开始对苏木比较亲近的领导现在远远看到苏木也是将一张脸定得平平的，即使擦身而过，也不再像以往那样，问一句："苏木啊，忙不忙？"之类的过场话。

内心尴尬和憋屈令苏木自己一寸寸矮下去，原先好胜争强的心性也只能偃旗息鼓了。

眼见着越战越勇的大姐苏醒变成了领导的眼中钉肉中刺，苏木私下跟苏醒说过好话，求她不要再为屁大一点事就去发帖，可是不管用。两人吵啊闹啊，到最后谁也说服不了谁。苏木的意思是，你苏醒找麻烦也得有个分寸，不能没完没了，一件事接着一件事，让人领导都没办法正常工作了，整日围着你苏醒转呢！你闹赢了，一拍屁股回市里了，可你把县上、镇上、村上领导也都得罪光了，我还要在县城工作呢，不仅在单位看人脸色，就是想调到其他单位都没有敢要我，都怕惹上我们家麻烦！

可苏醒说，我们立场不同，你不要来跟我讲道理。你苏木就是个自私自利的叛徒，不让我说话就是为了讨好你单位领导。

苏木知道争不过苏醒，苏醒已经把为民请愿的事当成了一种不畏强权的斗争，成了她退休之后引以为傲的唯一乐事。苏木只能委曲求全，每天兢兢业业窝在办公室干好自己的活，力求自保。

苏木打心眼里觉着，苏醒真不该活在这个年代。

四

苏木盯着网上的帖子，想来想去还是决定给苏醒打个电话核实一下，若是她所为，就让她自己承担惹是生非的后果。

电话第一遍无人接听。隔了两三分钟，她再打。

苏醒接了，冷冰冰的："这么晚了，啥事？"

"网上那个说雁岭村王兴乐厂子污染的帖子是不是你发的？"苏木问。

"是他们找我写的，可不是我发的——他们不是不会写嘛，让我帮忙。但是，好像我的号被吧主拉黑了，我上不了，正注册新的号呢！"苏醒说。

苏木皱了皱眉头，问："有人攻击妈的事情你知道不知道？"

"知道！"苏醒说，"我的号还没下来，我现在进不去贴吧。哎，我说苏木，老妈可不是我一人的老妈，有人在网上骂，你就不能回一声啊？你有没有孝心？有没有良心？"

"我没有孝心？"苏木冷笑，"若不是人家知道是你在背后捣鬼，说厂子污染的事又怎么会扯到自己老妈头上？你惹出来的事，自己不去解决，还好意思说我？"

苏木讲完，气愤地挂断了电话。

其实，每次和苏醒通话最后都是这样，苏木应该习以为常了。可还是忍不住有些激动。

等心绪稍微平复下来，苏木决定，自己还是得试一试尽快确定那几个"水军"是谁，毕竟那些言语多停留一分，对母亲的伤害就多一分。

她在微信里找到"章鱼"的号，留了语音和自己的电话号，请对方尽快联系。没想到，不到两分钟，电话就打了进来，一个熟悉的姑娘的声音："什么事？"苏木尽量压着胸膛陡然升起的怒气，说："我是苏木，请问百度贴吧里有一个帖子，上面有你的跟帖，是说一个老人偷东西，那个老人是我妈，她今年八十四了，你这样攻击她是不是有点不妥？""哦！"那个网名叫"章鱼"的姑娘说："我是就帖论帖！再说，我们是针对苏醒。"

"针对苏醒？可你跟的帖子是在说一个八十多岁的老人！她是苏醒的妈，可也是我的妈，我还有一个哥哥，我们不可能面对人家诽谤污蔑母亲的清白而坐视不理。"苏木的声音不自觉地有了一些愤慨，苏木说，"我不知道什么叫就帖论帖吗？你跟我咬文嚼字？"

没想到"章鱼"姑娘并不为苏木的反问所动，反倒气定神闲地问：

"那你想怎样？"

"我想你跟我母亲道歉！如果换作是你的母亲，别人随意攻击她，你会怎么做？"苏木说。

"章鱼"在电话那端轻轻地笑了。"章鱼"说："不可能道歉，我也并没有说你母亲什么呀？何况，没有这种假设，因为我没有那样一个姐姐！"

苏木气急："没有说什么？你说的还少吗？你看看你写的什么'听说她妈那么大年纪的人没事儿跑人家工地上去，干啥？肯定不是偷东西喂猪就是想偷钢筋。偷了东西还讹人家，也只有她家能做出来'，还有，'你们大家随便动脑子想想，钢筋戳到肩膀上都能讹人三万！戳伤需要花三万吗？'这些话是你应该信口雌黄的吗？第一，我家十几年没喂过猪啊狗啊什么的；第二，你知道不知道我妈当时受伤多严重，就敢这样胡说八道？还有，谁说我妈讹人三万？有证据吗？你这分明是诽谤！"

"章鱼"辩解说："即使我说了，前面也有'听说'两个字。"

苏木听明白了，"章鱼"的口气并没有因为攻击的对象是苏木的母亲而软下来，如此强硬的态度，若是没有领导，她一个小姑娘又怎会有底气！

苏木气得手都在颤抖。她沉吟了片刻，对"章鱼"说："那好，那好，既然你还认为你的行为没有错，那么，我明天一早报网警，我不相信网络是法外之地，我们可以告你诽谤！"

挂了电话，苏木气得呆坐了半晌。

苏木明白，"章鱼"的嚣张是因为有领导撑着呢！

但苏木不怕，苏木想：领导只是让你这水军岔开主题把吃瓜群众往歧路上引呢，大概领导也不会明确教你拿老人当话题来喷吧！若是，只能说明那个领导的素质有多低劣！再说了，母亲可没有参与污染上访的事，说什么就帖论帖？现在分明是株连九族啊！

苏木很郁闷，自己平常挺喜欢这水灵灵的姑娘，叫她苏木姐的时候，那感觉多亲切呀，现在咋就不像同一个人了呢！

五

苏木四年前的理想比现在伟大。她希望以自己的学识和能力弘扬社会正气，鲁迅那样的人以笔为马、为刀剑、为先伐，而她想以笔为光、为良药，让更多人看到希望，感受到温暖，滋生力量。想想做"药"的伟大意义吧，苏木即使不能治愈什么，哪怕只是镇痛也好——那时，年轻的苏木常常一个人陷入一种激昂的情绪，热血沸腾。在苏木没有褪去的火热情怀里，近乎偏执地认为，某些时候，人们在生活中是需要这种表象抚慰的。

四年前的苏木比现在年轻，气盛。

那时，她的丈夫刚刚托人把她从一个乡村中学调到局里，在局里负责一份内刊的编撰工作。这对她一个中文系毕业的高才生来说，简直就是高射炮打蚊子的事，只要有素材，有文采，有文艺情怀，编撰这种要求不是特别高的内刊简直就是信手拈来。得心应手的工作使然，苏木像一朵每天都开得鲜活灿烂的葵花，看起来阳光、轻盈，也令见她的人因她而愉悦。后来，如若不是因为工作中经历了挫败和苏醒网上发帖的事，她也许可以一直这么鲜亮和阳光，一直这么招人喜欢下去。

一次，苏木去一个偏僻山村采访安全饮水的事。村长把她带到一个放羊的女人家，告诉她一个与水井有关的令人心辛酸的故事。

当年，这个女人与她的丈夫和隔壁邻居共用一口自挖的小水井，有一段时间，水井突然出现了可怕的红线虫，他们两家互相指责对方没有勤加护理而反目成仇，可能他们在言语谩骂中伤到了邻居的自尊，邻居家的男人趁他们下地干活时，用斧头砍杀了他们独自在家玩耍只有五岁的儿子。失去儿子的女人得了失心疯，病情时好时坏，疯起来呆呆傻傻，啥也做不了，好的时候根本看不出来她有病。她的丈夫为了让她走出来，听从了别人的建议又让疯媳妇怀了孕。丈夫是个粗人，只知道干活或是饿了煮两餐简单饭食，一点都不懂得如何照顾一个既有疯病又身怀六甲的女人。而这个女人在生产那天突然发病，也可能是因为疼痛，她跳进了齐腰深的水井，把孩子生在了里面，等人发现的时候，孩子已经闷死了。那是一个深秋的午后，当她的丈夫背着一大捆芝麻秆回到家，看到被旧衣服包裹着躺在堂屋地上已经僵硬的孩子尸体时，他也疯了，他拽住疯媳妇湿漉漉的头发狠命地扇她耳光。打那以后，她不疯了，就是不怎么说话。而这个女人的丈夫却因为怒火攻心突兀地失语成了哑巴。村里人可怜他们，把那口不吉利的水井掩埋了，给他们另挖了一眼井。新挖的井离他们家较远，水源虽不似以前丰盈，却也干净，够他们一家两口人日用。这几年，女人家赶上移民搬迁政策，搬到了山下的集中安置点，也用上了自来水。不过，女人家的菜园子和不多的几亩薄地都在山顶，所以两口子除了睡觉在山下，白天依旧一早上山放羊、种蔬菜粮食，在老房做饭喝水，赶夜黑下山。

苏木听了这个故事很震撼。苏木看着那个淳朴的女人赶着一大群羊从山林里拐出来，那个女人脸上流露出跟羊同样的温顺、胆怯，还有羞涩。只是，女人过早布满风霜的那张脸，如同六十岁的灰白头发，以及眼睛里无法掩藏的深入骨髓的忧伤让苏木突然无比心疼。苏木真的替那个女人难过。她从那个村子回来之后，就忘乎所以的萌生了当一粒药的想法。

苏木想：我要说把水井的变迁写出来，也要把那个女人的故事写出来，说不定能引起妇联或者其他什么志愿组织对她的关注，让这个女人多感受一点社会的温暖，让她眼睛里的哀伤少一点……后来，苏木真把这个故事写进了关于水井变迁的一篇纪实报道。

这篇刊登在报纸上的文字，之后又被转载到某省级新闻网上，成了众人关注的热点话题。

正如局长张亚力挂在嘴边的经验之谈，他说：这个社会就是这样，但凡你在网络上说好的，就会引来网民说不好的。如果你装傻，干脆好坏都不说，倒也没人会记起来你的不好来。张局长正是凭着这份装傻的心态，让单位这几年顺风顺水落得年年优秀。

网民的关注偏离了苏木预期的方向，水井变迁的故事让脑洞大开的网民想到了苏木这种文艺女人想不到的问题——有人说，政府为了完成任务一刀切，硬要让人家移民迁到山下居住，人家庄稼地明明都在山上，这样做不是帮助老百姓而是给老百姓添了麻烦；也有人说，这个女人现在养了两百头羊，两百头羊要值多少钱呀！按国家标准，人均年收入超过三千二就算脱贫，这个女人和丈夫应该早就脱贫了，怎么能还是贫困户呢？

几天下来，苏木的上司，那个原本就讨厌宣传的局长大人张亚力接到了无数个电话，有乡镇领导打来的，有扶贫局领导打来的，甚至县上负责外宣的领导也注意到这个事。如此云云，局长张亚力大为恼火，他要求苏木立即删掉帖子！他不知其实苏木也接到了许多电话，苏木接的电话都是张局长接不到的——苏木接的电话都是村民打来的。也不知那些人怎么就轻易得到了苏木的电话？一位村民言之凿凿地说，他亲眼看见这个女人在过年的时候让她丈夫送给村长一整只剥了皮的山羊；一位村民充满嫉妒地扬言要告那个女人，说她家的羊有一次吃了他家的庄稼。他说，领导你知道吗？羊嘴毒哪，羊啃过的庄稼都不长了。村长明显偏袒那个女人，想必那个女人不单单用羊在贿赂村长，也有可能用身体……

苏木听不下去了。苏木想，不如听张局长的，掏点钱叫网站的编辑把稿子删掉吧！

她费了好大周折请县外宣办的人联系到网站编辑，跟人通了话，人劝她，你若现在删，就给网民留下了话柄，好比承认你这个事就是真的写错了！你若不删，三五天帖子沉下去，我保证，屁事儿没有！苏木一听就犹豫了，苏木还想着哪天再到村子的时候把自己写的文章读给那个苦命的女人听呢，她打心眼里不想就这么偃旗息鼓在网上被莫名其妙的人打败了。

没删帖的苏木很快就被请进了局长办公室，张局长坐在高高的靠背椅上，十分厌烦地看了她一眼之后，冷冷地问她："苏木你在跟谁较劲？你是做单位宣传的，代表的是单位形象！我毫不客气地跟你讲，老百姓不理解你的文章说明你写的不成功！这样的东西再留在舆论风口浪尖就等于在毁单位形象，你知道不知道？如果今后再出现类似的事，单位就不再承认你是我们的干部。我们甚至可以把你退回到人社局！"

苏木那天流着眼泪从张局长办公室出来就给编辑打电话把网站的文章删了。她拗得过人，拗不过工作，毕竟这份工作是她辛苦奋斗多年换来的。

她不知道为什么，第一次哭着跟丈夫谈自己工作上的委屈，以前她从不跟丈夫提自己的工作，因为丈夫是生意人，总是责备她太把工作当回事，连累家里人跟着受累。苏木就想，那我自己受累好了，凡事不跟你说，也不落你闲话。但那天，她哭着跟丈夫诉说委屈的时候，把平常坚持的傲娇形象尽毁，丈夫先是着急她止不住的哭，后来听完就笑了，说，这多大一点屁事呀你就哭？我做生意连人家孙子都当过了，你这算什么呀？干得不开心，大不了辞职过来伺候我们爷俩，当个全职太太有何不好？苏木听着听着哭得更厉害了，她为丈夫对自己的呵护所感动，其实她何尝不明白，这点委屈真不算什么，自己大概也只是需要家人安慰一下而已。

但是，第二天，舒缓了心情的苏木准备高高兴兴开始一天工作时，却意外地再次被请进领导办公室，用领导的话来讲，就是苏木需要"深层次"的认识和反省。谈话中，苏木获知，是一位负责网络舆情管理苏木从未谋过面的大领导专门就此事打电话到单位，指出单位务必重视苏木文章引发事件发酵后的后果。领导的再次训诫无非是让她顾全大局，不要以为自己是救世主，盲目的耍个人英雄主义等等！

苏木在这次谈话中始终一言不发，正襟危坐地面对领导。这种谈话，让她真切感受到自己的"不懂事儿"所带来的耻辱，令她反感至极，她甚至负气地想：网站上的文章已经违心地删除了，你们还想咋地？我没想当"救世主"，虽然我有想过要当一粒药拯救人的身心，可我没做过伤害别人的事。你们无非想让我谨小慎微，变得和其他同事一样，习惯于按部就班！好哇，我苏木别的不会，随大流混日子有什么难的！

打这一次教训之后，苏木再也不想成为谁的药了。她实在凉了心，下决心从那往后再不随便把文章往网站上发，也不进任何贴吧。

六

苏木将母亲受伤前后的事及当时协商处理结果一并写了个详细说明，贴在"章鱼"的跟帖后面，这样一来，至少让围观的网民能看到事情真相。

等关了电脑，已经是凌晨两点。

但是，苏木一想到这帖子对她们这个家、对母亲的伤害就万分不安，她躺在床上辗转反侧，没有一丁点睡意。她甚至能感觉到，母亲在家也一定和她一样没有睡意。

在苏木眼中，母亲是多么好强又贤惠的一个女人呀！剪裁缝衣、纳鞋绣花、炒菜做酒、支人待客，那时候生产队可没有人能比过母亲的，后来生产队变成村，母亲到六十岁上头还当了好些年村上的妇女主任。农村最看重的红白喜事，哪一家有事都少不了去请母亲帮着打点招呼。就是周围邻居家有个吵吵闹闹，也都愿意拉着母亲从中说和说和。可惜现在母亲老了，老得说话咬字都含混不清了，更没有能力与人争辩；老得到了一个本该颐养天年受人尊敬的年纪，却饱受无端糟践。

苏木心下替母亲难过着、可怜着，越发恨在网上胡言乱语的那些人。

想着这些闹心的事，苏木闭上眼睛躺了好久。睡不着，又睁开眼忍不住拿手机出来看时间。苏木看到朋友阿建半个小时之前在朋友圈更新的最后一条消息，她突然想到：应该问问这个阿建才对！他的工作接触司法方面的知识更多一些，或许他知道这类事应该怎么处理。

苏木几乎忘了已经是凌晨了，她拨了电话两秒钟才蓦然警觉，赶紧按掉，心里直打鼓，人家该不会骂她神经病吧！这大半夜的。她这样想着，没想到阿建微信过来一个问号，又紧接着说，微信语音可以，电话不方便，母亲睡了。苏木欣喜地叹息，阿建你果真和我一样是个夜猫子呢，这会还没有休息。于是，语音过去，将事情原委告知阿建，阿建打字回复说，如果事情确实属实，他们已经触犯法律，你可以先报案，打110，有网警可以协查。情节轻微，估计一般是删帖处理，再给发帖人教育。万一对你母亲造成严重后果，比如血压升高导致疾病突发什么的，就可以提起民事诉讼。

苏木谢过阿建的指点，心里踏实许多。

夜更深了，屋里安静得只能听见苏木自己的呼吸。苏木在这样的安静中反倒没了睡意，她脑子越发清醒。清醒的苏木又想起"章鱼"跟她说话的态度，越发觉得有什么地方不对劲！

比如说，作为水军的同事，她的态度跟平日里完全是两个样子，是人格分裂所致，还是因为这件事本身有领导授意？而自己母亲在铁路建设工地受伤的事，单位同事并没有几个人知道，至少"章鱼"先前并不知晓，知道这件事的人除了铁路建设工程处项目部的人，就只有自己单位分管项目安全及周边协调工作的领导。而苏木也知道，单位一旦涉及群访事件如果处理不及时，年底考核就会被一票否决……

会不会真是领导如此授意？

想到这种可能，她霎时惊出一身冷汗。如果一个领导仅仅为躲避访民锋芒，或者拖延正面回应时间，而完全无视真实、无视道德，甚至无视做人的根本原则——如果真是这样就太可怕了！如果真是这样，我该怎么办？一面是母亲的屈辱，一面可能要面对某个领导的责难……苏木愁肠百结。

所有未知又无法预料、无法掌控的事，此时全部拥挤到苏木羸弱的胸腔里，沉重，胀满。苏木感觉自己成了一个病人。

凌晨三四点光景了，苏木听到窗外传来隐约的鸡鸣，万分疲倦，此刻，她是那么渴望有一味药来缓解自己所有的不适啊！

七

苏木在那个早晨六点是被自己的噩梦给吓醒的。

她顶多也就迷糊了一个小时，而在这黎明前的一个小时里，她被人无来由地追赶，时而惊恐万分地爬上山坡，时而躲进无望暗黑的山洞，时而被逼跳下悬崖……甚至直到她拼命地挣开扼住喉咙的双手用尽全身气力将自己唤醒的瞬间，那种从高空坠落的失重感以及直逼嗓子眼的恐惧，依然在咚咚的紧张心跳中万分清晰，令她惶惑不安。

　　待稍微平静了些，苏木选择了自认为最妥帖的方式，用微信跟单位一正两副三位领导同时发了一个简要汇报。苏木用了很简短几句话将母亲在贴吧无端被辱的事情做了说明，而后表明自己作为后人所持的反对态度。

　　苏木想，这样一来，即使是领导授意恐怕也会令那两个水军适可而止，而自己，若在领导没有任何反应之后再去报案，至少不会被领导扣上无视上级的帽子。

　　苏木这一早晨端坐在办公室，惴惴不安地等待着什么。但实际上，似乎什么也没有发生，至少，她没有被叫进某个领导的办公室。

　　到九点钟光景，她试着再次进入贴吧，发现"章鱼"在"丑神"之后的跟帖连同苏木在"章鱼"之后的跟帖说明一并被删除了。当然，吧主显然是得到"章鱼"的授意删掉了帖子。对苏木来说，无论是"章鱼"害怕了，主动为之，还是某领导授意删帖，都令她轻舒一口气。至于"丑神"，苏木从口气判断，依然无法相信不是工地上的工人所为，她想了想，还是遵照阿建的建议，报案找网警。

　　苏木可能选择的报案时间不对，也可能接警的小姑娘当时遇到了更棘手的事，总之，苏木这个中午的报案让她本来点燃的希望忽闪了一下就迅速消失了。

　　苏木对110那头一个女声说："我想找网警替我母亲报案呢！"那个声音停顿了几秒，说："那你先告诉我什么事，我再告诉你是否需要找网警。"苏木于是耐着性子预备把贴吧"丑神"发帖如何与事实不符的事复述一遍，但电话那头那个女声好像突然很不耐烦，她打断了苏木刚刚开始的陈述。

　　她说："你是说你母亲家受污染的事是吧？"

　　苏木说："不是！我是说，我母亲和污染发帖子的事件没有关系。我母亲在这个污染的帖子里受到了其他攻击……"

　　"好了，你告诉我你母亲是哪个村的？"

苏木的话再次被那个女声给打断。

苏木不想再惹那个女声不耐烦，苏木顺从地告诉那个女声母亲是哪个镇哪个村的。

"好了！"

那个女声再次不容置疑地对苏木说："你这个属于城郊派出所管辖，你记下电话，打过去他们会处理。"

苏木问："他们有网警吗？我认为这个事必须找网警！"

那个女声说："我们网警的工作量很大的……你打到城郊派出所他们会解决，他们如果需要网警解决的话会报过来！"

她说完挂断了电话。苏木愣了半晌，苏木的眼前仿佛浮现了一张苦瓜脸，那张脸上写满不屑。受挫的苏木不想打那个座机电话，她知道打过去也只是程序上的记录，帮不了她任何忙。

苏木想起自己好像认识派出所一位姓刘的警长，自己因为采访案例曾与那位刘警长有过一面之缘。苏木试着拨通了刘警长的电话，当然，即使是刘警长，也同样要问一遍事情的原委。苏木感觉自己特别像祥林嫂，她甚至在陈述过程中抑制不住思想的"神游"，想象着祥林嫂当年絮叨的口吻和无奈。

刘警长听完之后到底没让苏木失望，他说："这事是网警管的呀！你报警她没告诉你网警电话吗？"

苏木想说，人家不愿意告诉我呢！但苏木没好意思这样说，这样说好像在指责那个女声不负责任似的。苏木不愿意牵扯更多不相干的人，不愿意说更多无关的话。

所以苏木对刘警长说："她告诉我，这事儿要先找你们城郊派出所呢！"

刘警长说："这事我们派出所查不了，只有他们网警才有技术支持，我给你发过来网警的电话。"

苏木对此感激不尽。

拿到电话的苏木仿佛再次看到了曙光，那曙光"嗖"的一下化作一片熨帖心肺的药丸，钻进苏木的喉咙，苏木感到顿时舒服了许多。

苏木这一次很畅快地在电话这头演了一回祥林嫂，电话那头是一个青年警官，她听声音感觉是。后来那青年问了她的名字，当她说了她的姓名之后，青年轻轻地笑了一下，苏木在电话这头感觉到青年脸上友好的笑、好看的笑，她意识到，网警可能是一个认识她的年轻人，她也笑了。她听见青年在那头温和地说："好的，苏老师！没想到您也遇到这事儿，我非常理解您现在的心情。之前您母亲受伤的事我们同事都看到过相关报道，谁都能想到真相是什么样子。但是网上总会出现各种言论……我现在看到了那个帖子，也会把这事给领导汇报，有进展了我会及时告诉您。"

这个青年叫她"苏老师！"，他给予她的尊敬令她灰暗沮丧的心情顿时明朗起来。她挂了电话，在心里愉快地感叹：这药真管用呢！

八

苏木等了一中午，没人给她回消息，更没人找她谈话。她本以为这事可能就这么了了。

到了下午三点，局里一位姓方的副局长，也就是分管同事"章鱼"的领导，一个电话将苏木请进了他的办公室。

说起这位方副局长，倒是苏木原本欣赏的类型，长相英武，待人温文尔雅，爱看书，还写得一手好字。曾豪迈坦言自己如姓氏一样行事方正，最厌恶的便是耍弄官场政治权术。他没有一把手张局长的霸气，也不似另一位副局长整日混迹于麻将桌。他恰好介于二者中间，稳妥地经营他的一亩三分田。当然，他的一亩三分田还包括"章鱼"和另外两三个具体做事的人。

苏木坐在方副局长对面的沙发上。苏木知道方副局长要跟她谈帖子和"章鱼"的事了，但她看着方副局长的微笑和平日没啥两样，所以也没有丝毫的紧张。

方副局长笑着问苏木："你最近忙啥呢？"

苏木说："没忙啥呢！就一些业务上的琐碎事。"

方副局长又说："最近有一部电影火得不得了，叫《我不是潘金莲》，我和我媳妇都看了，真是不错。你看过吗？"

苏木说："没有！只看了故事梗概。"

方副局长点点头，说："可惜了，那你应该看一下……怎么说呢？这部片子所讲的内容可能是我们周围谁都能看到的现象，但结果绝对超乎你的想象。"

苏木的思维在方副局长那一句"可惜了，那你应该看一下……"上停顿了片刻，她的眼前浮现出范冰冰的一张脸，还有范冰冰穿着那件月红的碎花衣服。苏木看着范冰冰草帽下的一双眼在冲着自己笑，越来越近，无辜的苦笑……苏木明白了，方副局长是要借电影跟她讲道理呢！苏木开始在心里打鼓：苏木哪里要你讲什么道理？苏木是不通情理的人吗？苏木不过是想要领导一个态度，想要弄清楚"章鱼"是不是你们指使这么做的？仅此而已。

方副局长显然并不在意苏木会怎么想，他果然如苏木料想的那样，有目的地谈论着一部电影。

苏木微笑地看着方副局长。她看着方副局长胸有成竹、神态自若地试图把她一点一点装进一部叫《我不是潘金莲》的电影里，以便和女主人公进行比较。她看着方副局长正在把他自己变成一片好看的药，一片月红的药，苏木在心里说：你是想给我吃药吗？我没病！你不用变成药片的。你长得那么英武，我一直欣赏你，你却变成药片……

方副局长继续兴致勃勃地讲着影片里的故事，他好看的一张脸此时因为面对一个好听众而神采飞扬。

他说："李雪莲刚开始告的是一件很小的事，但这件事还没搞明白已经演变成另外一个事了，接到又变成了第三个事，又演变成第四个、第五个事。总之，后头的结果她都始料未及，就像她滚了雪球越滚越大，这个雪球砸伤了路上的人，也注定了她自个儿的失败。苏木你也是搞文化的人，你想想看，作者之所以拿她跟潘金莲比，是不是因为她的反叛和潘金莲一样，都是违背了社会的准则？或者用我们的话说，社会除了这些表面的准则，还有些潜规则，你如果和这个潜规则步调不一致……"

苏木心里满是疼惜，她的疼惜流露到眼神里，恰好让方副局长瞬间捕捉到。方副局长以为自己的话已经深深触动了这个文艺又倔强的苏木，于是他想他该结尾了。

"总之——"他说，"通过这部电影，我看明白一件事，那就是社会准则也好，潜规则也罢，你要想纠正大家的看法、纠正别人的看法，是很不容易的。特别是在我们这种单位上班的，潜规则都有一定的逻辑性，你触一发有可能就动机关……哈哈，当然，我这只是在跟你探讨！好久没有跟你苏木讨论文艺了，呵呵！一点发自内心的感悟！"

苏木此时已经完全镇定下来，她风轻云淡地笑着说："方副局长深刻！到底是当领导的人，看问题和我们不一样。不过，我确实没看过这部电影，今天回去补上。"

方副局长再次点点头，说："应该看一下。"

话锋一转，又说："你凌晨发的微信，我看了，当时我以为看错了，后来确定是你发的，我还有点诧异，可不像你这么有才气的人说的话呀！做人也好，做事也好，土话讲，要有下数，实际上也就是要懂规矩。你回头看你跟我发的微信那种口气……'章鱼'即便是说错，也肯定有她这么跟帖的理由，不知者不为过嘛！再说，可没有领导教唆啊！作为同事，能在一起共事是缘分，虽然这事可大可小，但我的意思，是你考虑一下，一个是单位处理这种事的大局意识，你做出一点牺牲和让步是必要的；再一个，在网上被人说两句，也不是啥大不了的事，何况你妈又不上网，是不是？有什么大不了的呢？还是刚才我讲的，我们在单位行事，要遵循它的规则规矩，不要把一点点小事越搞越大，你说呢？！"

苏木苦笑，苏木有一肚子的冤屈想辩解来着："我的母亲被水军乱喷，它怎么能算是小事呢？一位八十多岁的老人被你们无端毁誉，你却说没什么大不了的？她'章鱼'没有当我是同事，你却要我跟她讲同事情谊？"

苏木张了张嘴，闭住了。苏木把这些个话一点一点全部吞咽进肚子。

苏木本来想摇摇头，但最后，苏木还是迎着方副局长的目光，点了点头。

苏木的点头是刚刚跟面前这个人学的。

以前她以为领导点头就是认可，就是赞同。现在她搞明白了，领导点头不过是一种与下属谈话时的习惯，或者仅仅是一种肢体语言而已，也可以不代表任何含义。

苏木说："方副局长，你绕的弯子可真大！"

方副局长站起来，嗔怪地说："嘿！怎么说话呢！我哪里绕什么弯子？我刚说了，不过是跟你这个文艺青年探讨一下影片而已嘛！"

苏木也站起来，苏木跨出方副局长办公室时再次冲那张微笑着的面孔点了点头。

苏木走到门外时，天空下起了雨。很大的雨点迅疾地打下来，地板一点一点密集地晕湿。苏木听见自己在心里重重的一声叹息，就像乌沉沉的天空打下一大滴雨啪地溅到地板上一样。

苏木在那天临下班前十分钟，接到网警的电话。

那位青年警官说："我在贴吧隐身了一天也没有候到'丑神'，'丑神'用的是小号，他不露头，我也逮不到他。若是正式立案，报告打到市局，就可以动用更高级的技术刑侦手段把他找出来。"

他请苏木自己决定，要不要立案。如果立案，可以再找刘警长。他的电话刚挂，刘警长也打过电话来。他先前接到网警的电话，也是要跟苏木表达同一个意思。

那天，苏木很沮丧地回到了家。苏木很是伤感，她想："这事也只能这样告一段落了，我还能怎么办呢？我什么办法也没有。"

晚上，她再次上了贴吧，在后面跟帖将母亲受伤以及处理始末再次写了出来。

九

又一个阳光艳艳的早晨。

一夜好眠的苏木说不出的精神，她似乎已经忘记了头一天的闹心事。当她做好一切上班的准备，她郑重地坐了下来，拨通母亲电话。

苏木说："妈，我已经把你受伤、处理的事情经过写出来，并且警告了那个胡说八道的人。如果不立案，我们就不再想这件事了，他们也不敢再说侮辱你的话。如果立案，就是要咱们把之前事情处理的协议拿出来，到派出所正式申请，警察会查出那个胡说的人，也会给他惩罚。"

苏木把网警回复的事原原本本说给母亲听，无论母亲选择立案或是不立案，苏木都会全力支持。

不知母亲是否听明白苏木的意思。母亲在电话那头有些迟疑："你是说你，把事情怎么处理的都写到电脑上去了？那，其他人会看到吧？该有人相信我是清清白白的吧？"

苏木突然就红了眼。苏木哽咽地说："妈，你放心，没有人相信你是那样的人！谁都看得出来，那个人是在胡说八道呢！"

"苏木！"

母亲听出苏木声音异样，母亲在电话那头唤她，母亲说："苏木，你忙，要是不方便，就算了……你方才说，拿到那个协议就可以到派出所去，我记得苏醒拿着协议的。她快回来了吧，等她回来，我同她讲一下，看她怎么说。"

苏木说："好！"

苏木愧疚地挂了电话。

苏木很奇怪，自己明显是心里愧疚着的，为什么挂上电话之后浑身变得轻松了？这种轻松是因为自己终于卸下这件事的负累，还是因为母亲不再当她是药？

想到母亲最后说的那句话，她隐约有些难过，觉得自己窝囊，也甚至同母亲一样，隐约对自己厌烦的大姐苏醒生出一些不该有的希望来。

火棘红遍

一

刚过完中秋，一场连阴雨直接把火棘岭带到了冬天。院边的花圃和直通村道的石头路旁，观赏菊齐齐绽开了嘴，露出暗红、酱紫和橘黄，当初这些个品种、颜色是阮美丽自己选的，但现在，花要开了，她却没有留意。

这几天，她和丈夫耿子彬的心思都扑在了收成上头。都怪耿子彬，一口想吞个金坨坨，提前跟城里生态农产销售公司签了原生态大米预售合同，这下可好，偏偏赶在秋收的时候天漏了。已经一连下了近十天，稻穗怕是结了灰包，若是雨再不停，就只能眼睁睁看着金黄的十几亩好稻子绝收了。

好不容易天老爷闭了嘴，这日刚开亮口，丈夫耿子彬就被村支书大春叫走，说是要帮同村的郭瘸子清理屋后塌方。

走的时候，耿子彬给她宽心，"等着，我顶多半天就回来！"

阮美丽不敢等，怕再等一天，又是雨。

耿老爷子一条腿瘫痪，以往，她总是等老爷子睡够了才服侍他洗脸、上厕所、吃早饭。可这个早晨她等不住，丈夫刚一走，她便叫醒老爷子，怕他一个人在屋里闷，收拾停当之后，又把轮椅推到院边。今年翻修房屋的时候，耿子彬给院边拉了一溜三米宽的石坎，新修了一道翘角飞檐的凉亭，两旁除了几盆造型奇异的火棘盆景，又新栽了两棵紫藤，置办了一套竹编的桌椅。坐在这里，通往沟外的豁口一览无余，也可以更清楚地看到坡下一坝子的金黄、葱绿和火红，还有一条车来人往泛着白光的水泥路。

"这会吃不？"阮美丽问。她一早烙了七八张煎饼，煎了一盘子鸡蛋，搁在锅里温着呢。

"不饿，要吃我自己拿，你忙你的。天老爷不争气，要是天日好，和

123

去年一样搞个收稻大会，也能省了好多事！唉……我这没用的老骨头，眼看着活路做不成，害你挺着大肚子还要下地。"耿老爷子叹息着，望着坡下的稻田一脸担忧。

"爸——"阮美丽将毛毯盖到老爷子腿上，"你又这样说！"

耿老爷子摇了摇头，不再说话。接过阮美丽冲泡好的一大茶缸子滚烫的豆奶。

阮美丽将镰刀卷进一捆装稻谷的尼龙袋子里抱起就走。走了几步，又想起没人扛打谷用的大拌桶，回身望了望院子里准备好的家什，眉头拧成一团。

但这一切好像有人全看在眼里！就在她犹豫着要不要催促丈夫回家的时候，手机响了。

是扶贫工作队长唐红树的电话。

她一喜。这个唐红树，每次都能在她没主张的时候拉自己一把，她把他看成福星。

"姐，耿哥在给其他贫困户帮忙。这么着，你要是着急，可以先去田里割，你妹子比你还急，带了两个妇女在坝子里等着你呢。你可是七个月的身子了，千万要注意安全！一会儿我这头忙完再带上几个男劳力直接去你田里。打谷子的拌桶用其他家的！"

"这妮子！"阮美丽听着，手抚了抚肚子，鼻子有点酸。

唐队长说的妹子，是第一书记阮妮。两年前，阮妮第一次进她家门，说五百年前是一家呢，从那以后走哪都叫她姐。

阮美丽使劲抹了一把眼睛，回身大声对着院子里头喊："爸，我先去割。唐队长来电话了，一会儿有人帮忙呢！"

二

三年前，阮美丽可不这样大声寡气地说话，丈夫耿子彬也不似现在这般勤快。

在这个山大沟深的小村子，和他们一般年纪的人，所谓小家就是夫唱妇随。阮美丽在两年前也活在二人世界，不过她的二人世界只有自己和耿老爷子——她一度停止了自己和外界的交流，包括自己的丈夫耿子彬。

也难怪，那时，耿子彬的世界里没有她，没有他爸，更没有火棘岭。

耿子彬和她结婚五六年没有孩子，其间，两个跑到省城大医院，一查，是她的毛病。她心里凄苦，却没法跟人说。当年，母亲熬不住苦日子，还没等到她启蒙上学就跑了，冷也好热也好，嫁给耿子彬之前，没人教过她怎么顾惜自己的身子。大夫说，卵巢寒气太重，孕不了胎。后来，大概看她可怜，又补了一句，如果调理得当，也不是没有可能——她至今仍有点恨那个大夫，若不是他权作安慰的这一句，后来公公也不会出事。

那时候村里也不通路，地里累死累活干一年，除了能吃饱饭，没有一点挣钱的门道，油盐酱醋还得靠几只鸡供着，日子过得别提多紧巴。

丈夫对她灰心，对这个穷山沟也灰心，跟了几个煤窑里打水钻的哥们远走宁夏，一走就是几年。春节有时回来几天，有时一天也不回。

其实，也不是矿上真有做不完的活。阮美丽后来从其他回来的人口中得知，在矿上干活，每一年顺顺利利能干五六个月就算是好的，其他时间要么国家有啥重大会议了要求停工，要么就是事故停产。运气差的话，一年八九个月都没活干。

可就是这样，三四年漫长的光景里，也不见丈夫耿子彬与同去的村民一道回来。那些没有活干的日子，他去哪儿了？他在干什么？跟谁在一起？阮美丽是个老实巴交的女人，但总归是女人，是女人就心细，一个人的寂夜，这些纠成一团的乱麻就会跳出来缠住她，作践她，不让她安生。再后来，有人见她可怜，主动跟她唠，让她别指望了，她的那个人整日在外头混迹于牌桌赌场，还和一个在矿上开洗衣店的女人纠缠在一起，没活干的时候，一般都住在那个女人家。

阮美丽忘了自己当时有没有为此哭过，可也就真的不指望了。好在，屋里还有一个人，那是耿子彬的亲人，耿子彬走了，他就成了与自己相依为命的亲人。

三

儿子心气高，山里的日子苦寒稀薄，耿老爷子对儿子的出走似乎早已预料，没奈何。儿子这一走，他想打、想骂、想替孤苦伶仃的儿媳出气都没办法，人家压根儿就不回来。当年，儿媳阮美丽是他和老伴相中的。老伴还在世那几年，老伴做鞋帮子儿媳纳鞋底，老伴铺麦秆子儿媳扬连枷，老伴灶下烧火儿媳锅里炒菜。儿媳在他们老两口跟前的温顺体贴，更像是他们找回的女儿。儿媳干农活是一把好手，但凡经她手栽下的苗一溜溜儿的齐整，插秧、除草、栽苗、上肥，样样都赶人前头。儿子离开以后，儿媳阮美丽的世界好像只剩下种庄稼和侍候他了。在庄稼地里，他和儿媳配合默契，几乎不用言语；可是，回到家，她端茶递水、洗衣做饭，除了喊他一声"爸！"其他啥言语都没了。他看着她一天天的像蚕儿缩进茧壳里，变成了只懂发狠做活的哑巴，心里说不出的愧疚。

耿老爷子有弄盆景根艺的爱好，这爱好是跟早年进山挖树根的一帮城里师傅学的。见人家翻山越岭把些弯弯拐拐的树疙瘩当宝贝似的挖回家，他先是好奇，后来进城见人家把养好的树疙瘩摆出来卖，美其名曰"根艺"，他便也动了心思。那时候，耿老爷子身体还很壮实，老伴也还在，老伴爱花花草草，他开始学着城里人鼓捣树疙瘩，权当哄老伴开心。他把挖好的树疙瘩埋在河滩，等疙瘩成活之后，再用铁丝将新长的枝丫弯成各种形状。

火棘岭一年四季山野葱茏，且不说檀木、松柏等城里人稀罕的树种，单就火棘来说，漫山遍野都是，而火棘又是做根艺盆景的极佳选材。耿老爷子挖的最多的也是火棘，每年他都会赶在春节前搬上六七盆红红火火的火棘进城，换回过节的家用。

儿子外出连续两个春节都没回来，耿老爷子长吁短叹。第三年开了春，他千方百计托人从很远的地方弄来一个治不孕的草药方子，趁着上山挖树疙瘩的空儿，自己悄悄搜集药材。忙活了两个月，方子十七味药独剩下一味没寻见，他跑遍家门口的几道梁都没找到。一日，他决定铤而走险，到附近最高的云雾山上看看。可就在那日，他一脚踩空从山崖顺坡滚下，要不是被一丛火棘兜住，差点命都没了。

但是，他两条腿被跟他一起滚下的石头砸中，永远失去了知觉。

后来逢人问，他只说是挖树疙瘩摔的。草药的事，若不是儿媳阮美丽早已察觉，他只想烂在自己肚子里。

耿老爷子这一摔，倒把儿子耿子彬给逼了回来。虽然仍在村里东游西荡，但好歹没再说出去打工的话。

有人说，耿子彬在外边挨了打；也有人说，他在外头欠了许多钱，不

126

敢出去了。耿老爷子几乎不出门，这些风言风语他听不到。阮美丽听到也权当没听到，阮美丽不管，她打心眼里欢喜着呢，公公半瘫了，即使丈夫耿子彬什么也不做，家里有这么一个健健康康的男人在，心就是踏实的。

四

工作队长唐红树在耿老爷子伤了腿的第二年春上，刚到村，就听人说，贫困户耿子彬的媳妇是个傻子。

耿家之前因为耿老爷子支撑着，还算不上是贫困户家庭。但自从摔坏了腿，耿家一下子成了残障家庭。这年春后，新派的扶贫工作队和第一书记在第一次村民评议大会上，就把耿家纳入因残返贫的对象。

那天开会评议前，唐红树就耿家的情况曾和第一书记阮妮、村支书大春有过简短的交流。

"你们认为耿家现在的主要症结在哪？老人残障？"

"那只是一方面！"大春说，"我认为主要还是耿子彬游手好闲，好逸恶劳，小钱看不上，大钱挣不来。以前在外头打工，听说也没有寄钱回家。家里地里，全靠他媳妇。现在，有传言说他媳妇脑子有点问题，她不跟耿子彬说话，耿子彬耍破脑袋她都由着他，自己在地里跟个牛似的……"

"他媳妇思想属于进步的那种吗？"唐红树问。

"也不！听说他媳妇一天到晚不跟任何人说话，见生人就躲。也不用电话，手机和固定电话都不用，村里通知开会，从来不参加。即使村里发东西，她都不要，也不来。"第一书记阮妮苦笑着说。她比唐红树先一个星期接到任命，经过天天走访摸底，她对一些村民的家庭情况已经有所掌握。

"那老爷子呢？"

"老爷子勤快人，可惜腿摔坏了。以前有啥事，我们找不见阮美丽，就找老爷子。老爷子思想觉悟高，是老党员，以前想给他办低保，他不要。"

那天的村民评议大会耿子彬迟到了，进会议室，在最后一排找了座位坐下。开会也是通知了阮美丽的，但她一如既往的装聋作哑。

唐红树讲了半个小时的贫困户要精准信息的重要性，阮妮讲了一阵产业扶贫贷款政策，耿子彬没听到。耿子彬落座开始注意听讲的时候，议程已经进行到一家一户的讨论表决。

轮到耿子彬家，因为耿老爷子的事，大家都举了手。

耿子彬在大家放下手之后举手。

唐红树说："你有什么意见，请讲！"

耿子彬说："做样子的事，不要拿我家来走过场！"

耿子彬一说完，会场上就有人骂他不知好歹。更多的人是跟着起哄，嘻嘻哈哈，嚷成一片。

大春把桌子拍得啪啪响。

"大家都严肃点。耿子彬，你咋知道是做样子的？党中央在电视上天天讲脱贫攻坚呢，这上头也派干部到村里头专门弄这事，要不是国家动真格，人家能闲得没事干跑咱这山沟沟来？是个猪脑子也该醒醒了！依你耿子彬说，咋样才不算走过场？"

"我说有什么用，凡事还不都是你们干部说了算。你要我说，那就拿钱来，没本钱，啥事弄不成。说再多，都是空头支票！"耿子彬梗着脖子说。

阮妮笑笑："现在的事还真是咱们老百姓说了算。就拿今天的贫困户评议来说，大伙有啥意见都当面锣对面鼓。耿子彬，你想弄啥事？现在可以说，要是说对路了，说不定真给你拿本钱！"

原本场上乱哄哄的，众人一听阮妮的话，立即安静下来，眼巴巴地齐齐把目光射向耿子彬。

"这个……还没想好。"耿子彬脸一红，没想到个子小小的阮妮针尖对麦芒，两三句话就把他摆到了案板上。

"没想好就不要信口开河！评你家当贫困户，嫌丑？嫌丑为啥不想办法把自己家搞好？"村主任大春气不过，声音也有些烦躁，"其他村民还有啥意见？"

他话音一落，会场上立马又吵成一锅粥。

"我门前的路要修了。"

"我屋要垮了，你们管不管？"

"你们能不能给找个媳妇？"

"你嘴张开，我把饭给你喂到嘴巴里！"大春一拍桌子站起，指着会场中间那一个抱着胳膊那要找媳妇的二杆子货就要骂。

阮妮急忙拉他坐下。

会场又一阵哄笑。但是，很快安静下来，因为旁边的工作队长唐红树站了起来。嘻嘻哈哈起哄的几个抬头看着主席台上一脸严肃起身的唐红树，突然有些心虚，有些害臊，面面相觑。

"国家下大力要帮助贫困户脱贫，我们下派来的第一书记也好，工作队也好，会尽心尽力帮助每一户完成脱贫任务。我们会从产业资金、产业项目、交通、饮水、住房、通信等各个方面入手，解决每一户贫困户脱贫路上的困难。也就是刚刚有人提到的路、住房、资金、吃饭、饮水……方方面面，都会考虑到。你们所需要解决的问题，就是我们帮扶的重点！我们一步步来。但是，脱贫的根子，还在于你们每一户……"

耿子彬没听完，悄悄从后门退了出去。他走出村委会院子，听到会场传出很久一阵掌声。

"切！"

他嗤之以鼻。

他不相信就凭那个姓唐的什么工作队长和号称"第一"书记的碎女娃就真能整出什么动静来。之前，也见过来村上扶贫的干部，他可看不惯，动辄热热闹闹的七八个人，一人手里提着些米面油，村干部腆着笑脸作陪，拿着相机的人跑前跑后，前拍拍，后拍拍……

耿子彬想到这儿，嘴角下意识轻蔑地抽搐了一下。他为火棘沟里老实巴交的乡亲难过，也打心眼里为自己看透的事而窃喜。哼！看着吧，我耿子彬可绝不像那些拍手鼓掌的村民好糊弄，那些人，真是没见过世面——中国有这么多老百姓，老百姓里头又有那么多贫困户，政府能一家一家放在心上？

五

耿子彬端着肩膀走出村委会很远，再回头看看，却没有一个人跟上来。这让他有些无趣，有些泄气，有些沮丧。

一泄气，落寞的情绪就上来了，脚步也乱了方寸。待拖拖沓沓走过一个大弯，看到视野宽敞的几十亩田坝，他憋闷的一颗心方才寻着窗户似的，在路边寻了一块石头坐下，安然地点燃一支烟。

他家的十三亩田一边居中，一边靠河，占着最好的位置。田坝新培过土在一大片水田中格外显眼，一些刚砍掉的蒿子和八角枫被扔在田埂外的麻柳枝上。蓄满水的稻田已经被耙得十分平整，像一整张铺开的等着人在上头落画的土黄色木纹纸。

耿子彬盯着那水田看了老一阵子，怎么也想不出这些犁田打耙的活阮美丽是何时请人干的，或者说，是她自己干的？他抬眼寻了一圈，就看见远远的一个橘红色身影，正弓着身子像个大虾一样俯身在地里弄着什么。

他心里泛起微澜。

大家都说他浑，都说他对不住阮美丽，大概也只有他自己觉着自己委屈。阮美丽呢？她怨恨他吗？他没问过。

高中毕业那年，他要出去闯荡，父亲不让。他跟父亲死犟死磕，不让出去就挖鱼塘养牛蛙，发家致富可以，但耕田种地绝不是他耿子彬要走的道。他认准自己能干成，一犟，父亲就没辙。父亲骂他心比天高，骂归骂，还是下了血本，亲自给他开方挖石砌好塘子，又亲自领着他跑浙江一次进回五六百只牛蛙。可他到底轻狂了，耐不住性子去钻研技术，几百只牛蛙只养了三个月就死翘翘了。那一次，父亲气得吐血，拿着软皮管子硬是撵到牌桌上抽得他颜面扫地。母亲怪他心太野，说是干脆找个人把他心收了，男人只有收了心才能成器。他那时一门心思要出去，经不住母亲哄，便答应了先娶亲。

阮美丽进门，遂了父母的心愿，可是毁了他的理想。他理想中的媳妇是歌里唱的"小芳"，阮美丽不是，阮美丽除了名字有"美丽"两个字，单眼皮、小眼睛、鹅蛋脸，哪哪都看不出美丽。令他灰心的还有看不见的未来——面对连绵起伏的山沟野岔，他不想一辈子窝在这里受穷，他想挣很多钱，可以自由自在的生活。可是，他感觉手脚被一分一毛束缚了，被执拗的父母束缚了。面对没有共同语言的阮美丽，面对无法说服的父母，他觉着自己的未来一眼能看到老。

就在那时候，老天给了他一个理直气壮离开家的理由。

阮美丽不能生育。

在他刚走出家门的时候，他着实对自由之后的生活憧憬了好一阵子。可是，后来……理想是丰满的，现实是骨感的。如今的他，经常用这句网络流行语感叹自己虚度了的近十年光阴。至于阮美丽，他没有觉得对不起她，要说对不起，也是自己父母对不起她，当年非要以她来度化他，结果不但他没成器，反倒把她也陷在了这个穷窝里。这些年，他跟她同房的时间即便按年计算也是屈指可数，当他在外面结交了别的女人，就更看不上她的普通。她的木讷、死板让他感觉不配，她不配跟他在一起。若不是考虑到母亲之前的叮嘱和畏惧父亲的严厉，他早就想和她离婚了！

而当他决定就在外面混迹一生不再回火棘岭的时候，偏偏父亲腿摔了。他想了两天两夜，终究做不到不管不顾。

回家之后，他看到她几乎变成了一个哑巴，心里也曾愧疚，但那感觉太浅，浅得只在脑海里忽闪了一下。然后，他又看到了她对父亲的好，她对自己的好。无论他怎么冷淡她，她还是默默的每顿把饭递到他手上，每天晚上把洗脚水端到他脚边。她甚至从来没大声请求过他一次，让他去干点什么！

想到这儿，他竟有点感动。

"美丽，你挖那做啥？"他忍不住叫了她一声。

阮美丽听到有人在叫她，诧异地直起身子，张大了嘴木木地望过来。

六

那日吃晚饭，耿子彬突然打破沉默，望着老爷子说："这一次，村上把我们评成了贫困户！"

耿老爷子夹菜的筷子落在盘子上又空空地拿起来，半空中停了足足半分钟，末了问："贫困户光荣？"

"我可没说！"耿子彬敲了一下碗，"看他们弄得阵仗大，一家一户的评，评完了公示……花架子不少，谁稀罕哪，我不是没骨气的人，争着当贫困户！"

"哼！有骨气？骨气不是靠吹牛立起来的！吃了上顿没下顿，还说买马去周游！"耿老爷子鼻子里哼了一声，顺口说了一句花鼓子歌词。耿老爷子爱唱花鼓子，年轻时候大集体薅草，他是领唱。

耿子彬没停筷子，只从碗沿上瞅着老爷子翻了一下白眼。

他其实没听出老爷子是褒还是贬。

阮美丽不说不笑，夹起两块蒸得酥软的肉放到耿老爷子碗中。虽然她没有开会，所有村上的事情她也不过问，但是，扶贫的动静那么大，贫困户是咋回事、村干部要弄啥，就差敲锣打鼓了，想不知道都难。

她也不是没主张的人。她主张的是凡事凭自己的本事，多劳多得！集体的，不占；别人家的，不想！

可现在，也有很多事她没完全搞明白，她想听听老爷子究竟是个啥意思。在她看来，耿老爷子是这个家中最懂政策的人，不像她，从不看电视，地里和家里的活太多，她不愿耽误工夫。丈夫耿子彬心是飘在半空中的，总也落不了地，即使落下来，也会砸在牌桌上，她想指望也指望不上。只有耿老爷子，通常只和电视机做伴，就那中央电视台的《新闻联播》，一天能重复看上好几遍。

"有骨气的人……"没人搭话，耿老爷子一个人嘟囔，"可惜，不干正事，够不上脱离贫困的标准。加上我这个拖累，当与不当，我们耿家怕都是贫困户！"

"贫困还有标准？我就不当，他们爱说说去！"耿子彬冷笑着，负气地把碗筷一丢。

天擦黑，阮美丽喂完牲口正在后院打扫卫生，就听村支书大春在叫："耿子彬！耿子彬！"她一闪身，躲进猪圈上头堆秸秆草料的阁楼，心里"咚咚"直跳。自打丈夫耿子彬那几年不着家，她便落下了自卑的毛病，见了生人就想躲，心慌心焦，既不想听人家问她的丈夫，也不想看人家可怜的眼神。

她听到耿老爷子在大声唤她："贵客来了，美丽烧开水！"她紧张得手心捏出了汗。

然后她听到一个人在自我介绍，说他是驻村工作队的队长，姓唐，叫唐红树，红颜色的红，大树的树。

丈夫耿子彬从里屋搬出两条长凳，说："名字取得好，调个字，干脆叫'红薯糖'，你是代表政府给红棘岭的人发糖来了。"唐红树并不恼，顺着耿子彬的话说："子彬哥，发糖是肯定的！但要吃'红薯糖'得先种红薯啊，你说是吧？"耿子彬脸一红，自觉无趣，默默地坐到屋檐下。

唐红树和大春一边跟耿老爷子详细了解家庭收支、生产生活和大病救助的情况，一边往本子上记。问完，又用手机拍下户口本，林权证和耿老爷子的病历、残疾证。耿子彬给唐红树和大春添茶，唐红树顺势让他挨耿老爷子坐下。耿子彬别扭，端个凳子，磨蹭到离老爷子一丈远的地方。

唐红树把贫困户的准入标准和产业脱贫优惠政策一一讲了一遍。声音时大时小，阮美丽听得不全，但她听到了一个数字，三千零一十五。大春强调说，在这个线下的，都是贫困户。

耿子彬说："你跟我说这些，没用。"

大春说："你是户主！不跟你说跟谁说。"

唐红树说："我们先跟你和叔叔说，下次来，还说给你媳妇听。"

耿子彬起身往里屋走。大春叫了他两声也不吭气。耿老爷子说："锣鼓一槌应一声，响鼓还不用重锤呢，何况这锣是锣鼓是鼓。有人要装聋子，再急也没用！他是户主，可这个家装不下他，有啥事，还得给他媳妇说。"

"可孤掌难鸣啊，叔！"唐红树摇摇头，"您一家三口平均收入在贫困线下，子彬哥不下力把活拉起来，阮姐再能干，手脚被绑住了。再说，您家这房子……怎么也得改一改。"

唐红树和大春还有两家要去认门，他们一走，阮美丽出来收板凳和地上的空茶杯。

"家里常年不来客，礼数还得守。人穷，不能穷在这上头。"耿老爷子抬眼看了一眼儿媳，叹了口气，自己转着轮椅往屋里走。阮美丽望了望老爷子佝偻的背影，大概有想说的话，却哽在那里。

七

改天，其实也就间隔了一个晚上。

第二天中午，他们又来了，这次，除了唐红树和大春，还多了一个女子，第一书记，阮妮。

阮妮个头小巧，一身运动装再配个小背包，跟学生娃没啥两样。

阮美丽正在灶上烧火，就听见耿老爷子在门外招呼："我说一大早绿豆雀子叫呢，原来是来了女客！"

大春笑："叔会说话。人家说，绿豆雀叫是有亲人进门呢！"

阮妮倚着门，眉开眼笑地望了一眼阮美丽，说："可不就是亲人嘛！我跟这屋里的五百年前可是一家，她是我姐！"

阮美丽一怔。

这次她咬着牙没躲，却也没转过身子去看外头。

家里没有纸杯了。她想了想，取出三个小白瓷碗。茶是她自己刚炒几天的小叶尖，搓卷得不紧，水一冲就一片片展开了，倒也春色喜人，双手往出端的时候，那叶子绿得晃了眼睛，一慌，烫水洒出了一点。"香！自家炒的吧？"阮妮赶紧接住茶碗，目光热辣辣地望了阮美丽一眼。

阮美丽羞怯地咧了咧嘴，算是回答。阮美丽的模样算不上漂亮但也周正，一身旧得不能再旧的衣裳跟这小院屋里屋外一样整洁。可越是这样的整洁，相比于极力隐藏的寒碜更让阮妮难过。

"姐，你坐一会儿吧！"阮妮说。

"嗯，你们坐！"阮美丽搓着手。她的声音跟蚊子一样小。折身进屋，又端出一盘生花生，走到唐红树跟前，脸一红，花生"突突"的跳出来几颗。

"姐，你就坐吧，别紧张，我们就是想把你家的情况摸清，好定计划，根据你们的情况看发展点啥！也想听听你们自己的想法。"阮妮又叫她。

阮美丽把拾起的几粒花生捏在手心，拘谨地挨阮妮坐下。

唐红树一直在跟耿老爷子了解这两年家里的收入情况，又问起今年的庄稼活。"这得问她。"耿老爷子转过脸来看阮美丽，"三个人，十三亩田，劳力就她一个。眼下苗还在秧母田，等天时，也等人和。"

"姐，你好厉害！十几亩的水田，我听说那一坝，每年就你家产量最高！"阮妮敬佩地给阮美丽竖起大拇指。

"可不止呢，她还要侍候我这个没用的老头子。"耿老爷子跟唐红树说。

阮美丽被人一夸脸羞得通红。"我忙不来，都是请人。"她嗫嚅着，"就怕请不到人，赶不上趟。"

"今年不怕。"唐红树说，"要是没劳力，村上来想办法。"

这时，半坡上撩起一嗓子山歌。

> 这山望见那山高，望见一树好仙桃。
>
> 上打七姐把凡思，下打鲤鱼跃龙门。

"混日光的回来了。"耿老爷子说。

"咱这火辣沟，特色产业没有，会唱歌的倒不少！"唐红树笑。大春点点头，介绍说，"农村不比城里，能玩的东西多。无聊的时候唱上两句解闷呢！山歌、花鼓调、孝歌，还有什么五句子歌，以前会唱的人多，现在少了。耿叔算一个，山歌、花鼓都能唱！"耿老爷子苦笑："我们唱的

134

都是老歌，那时候大集体干活，农忙靠唱歌鼓劲，农闲唱一唱混心焦。薅草有薅草歌，采茶有采茶歌，现在有电视有手机，不兴这个了。"

唐红树听了耿老爷子的话若有所思。

阮妮来了兴致，跟唐红树商量："我们可以在这上头做点文章。不如，我们在村上组建一支文艺队伍，可以编些新词嘛，先把大家精气神提上来，然后宣传些脱贫政策，唐队长，你看咋样？"

"好啊！可以给扶贫工作加油鼓劲。"唐红树和支部书记大春不约而同地赞许。

"那，我可要提前请叔叔给我们当老师！"阮妮笑着对耿老爷子说。

"哼！你们几个又在鼓动我家老爷子做啥呢！"

耿子彬嘴里衔着根青草走进院里，本来哼着曲儿的，见几个人围着耿老爷子又说又笑，很是反感。

"你好好说话！来的都是贵客，谁跟你一样不着调！"耿老爷子听儿子这么一说，愠怒道。

"好，人家是贵客！人家跟你亲……我是外人！"耿子彬负气地说着，从阮妮和唐红树中间穿过径直往厨房走。

"忙啥呢？子彬哥！我看你刚才还挺高兴的呢，这么快就生气了！"唐红树叫住他，顺手把身旁的空凳子搬到大春跟前，"来，坐一下！"

"高兴？没有啥高兴的！"耿子彬站住，沉吟了片刻，折身回来坐到大春旁，点燃一支烟。

"我去河滩看了一下火棘根，老爷子以前整的，没照看好，有两棵死了。"

"火棘根？"唐红树疑惑地看了一眼耿老爷子，又把疑问的目光投向大春。

"耿叔会弄根艺，以前专门弄火棘根盆景，价钱挺高的。咱这儿满山都是火棘，技术要是掌握了，那还不捡钱似的。"大春解释说。

唐红树和阮妮眼睛同时一亮，电石火光似的闪了一下。

大春惦记着贫困户的家庭成员合影还没完成任务。见人凑齐了，赶忙把耿老爷子的轮椅推到正门口，又指挥耿子彬和阮美丽一左一右站定。

"我不照，人丑！"阮美丽执拗地往里屋躲。阮妮紧紧挽着她胳膊，就是不让走，"作为咱们农村女人，你把家里安顿得井井有条，把耿叔照顾得这么好，一点都不丑！将来，村里评心灵美的好儿媳，我还要推荐你上台亮相！"

阮美丽不安地说："家寒酸成这样子，还好意思亮相！"

"这不能怪你。再说，阮书记有心认了这个亲戚，以后，你们就是姊妹了，权当留个念想，要你照你就照吧！"耿老爷子发话了。

阮美丽怯怯地挪到耿老爷子身后，又刻意和丈夫保持了一点距离。

"站过来点！"耿子彬小声说。阮美丽一怔，红着脸，默默地往他身旁靠了靠。

八

这天晚上，几个干部熬夜为已经走访的贫困户商定"一户一法"发展产业的事。说到耿子彬家，他们心里都有了底。

唐红树说："依我看，穷根子就在耿子彬身上。首先要给他找点事做，他就是冬眠的蛤蟆，咱们也得让他动起来。"

阮妮说："他爱跑，爱交朋结友，总觉得英雄无用武之地，所以不肯踏实做事。根艺是个好产业，如果他肯往这方面钻，我倒有办法给他找销路。"

阮妮是城建局干部，学的是园林设计专业，她说能有办法，唐红树是百分之百相信的。但是，总觉得哪里不对。一旁听的大春道出了唐红树的疑虑，他说："根艺产业是好，但一批至少两到三年才见效。当年怎么办？眼下得先找一个让他当年增收的产业。"

"对！大春说的对！我突然想到个主意，你们看行不行？"唐红树一拍大腿，说："根艺作为他家的长远产业，这是下一步的事情。今天阮美丽不是说了吗？怕请不到劳力，秧苗栽不下去，我们完全可以在这上面做文章——火棘沟最好的田坝呀！一边是河水、河滩鹅卵石、吊桥、一根根碗口粗的大麻柳树，一边是平展的田坝，一行行的绿秧苗，映着咱路边老院子、炊烟缭绕……阮妮你说，谁最稀罕这样的景致？"

"城里人呀，还有城里的孩子！"阮妮说。一时之间，她和大春都被唐红树带进了田坝的山水画卷。

"你想做什么？旅游？"

"类似，但不是。"唐红树笑着说，"我想，我们可以办个插秧大会，一来，让咱沉睡的山沟沟热闹一回，让冬眠的蛤蟆都做做热身运动；二来，让城里的人感受咱山沟沟里的原生态田园风光，说不定有人愿意来投资呢！"

大春惊讶地张大嘴巴。

阮妮的思路却也一下子被激活了。"太好了！我觉得可行。有没有人愿意投资我不知道，但绝对可以吸引城里人在咱火棘沟买农特产品，鸡、鸡蛋、腊肉、豆腐，哈！对了，还有大米，来参加的人可以提前订购。"

"你们真能想！原来，咱们火棘沟可是领导不常来的地方，都说我们这是一潭死水。照你们这样整，这潭死水说不定还能给搅和了！"大春感叹道，他似乎也被两个年轻人的热情感染了，既兴奋又紧张，"那，谁来插秧呢？"

唐红树说："问到点子上了。我们可以让全村插秧能手来竞赛，看谁插得快，插得好！然后留一个靠路边的田，给来参加插秧大会的客人互动。这样一来，解决了请劳力难的问题，大家还有赚头。"

"对，这样才有乐趣！"阮妮说："还可以赛歌！可以叫人在大麻柳树上装上秋千。"

"可以让周边的农户做农家菜招待城里的客人。"大春的思路总算跟上趟了，"我们可以按人定好统一价位，十个人一桌。甚至，可以把饭桌搬到河滩上来……"

唐红树说："我们村委会和驻村工作队只负责对外的联络、宣传、筹措奖励资金，具体操作，交给大春……"

"我？！"大春吓一跳，"活动、竞赛、安全……那么大一摊子，不行不行，我一个人可不行！"

"谁说你一个人，你可以用人啊！一个人承包一摊子事……咱们通过这事，就是要把贫困户往创新发展的思路上引导。至少，你要给我把耿子彬带出来！"

"耿子彬？！"大春有点苦恼，摸了摸头顶稀疏的几根头发。

阮妮笑起来，一本正经地说，"还有我姐！"

此时，在阮美丽家里，哼着小曲儿泡着脚的耿子彬连打了几个喷嚏。"不招谁不惹谁，谁还念叨我呢！"他忍不住嘴里嘟囔。

旁边纳鞋底的阮美丽诧异地抬头看了一眼。

"看啥？是不是你在心里骂我呢？"耿子彬说。

阮美丽又一怔。

这是丈夫耿子彬第二次主动开口跟她搭话。

阮美丽的眼睛里立即有了像水雾一样的东西。透过朦胧，她看见丈夫擦着脚，还冲她咧着嘴笑……她以为看错了。

黑黢黢的火棘沟早已陷入夜的沉寂，唯有村委会的一盏灯，像倒挂在天幕下的星星，闪着醉人的光。从这扇亮着灯的窗户里不时透出爽朗的欢笑，笑声饱含着希望和神秘，传得很远。

九

还是阮妮厉害，她委托的摄影师给参加插秧大会的每位村民几乎都拍下了特写。这之后很长一段时间里，那三天的盛况成为一种荣誉，让许多参与的群众回味一次激动一次。其实，那三天来的嘉宾有几位县镇领导，只不过他们想听听群众的心里话，特地让工作队和村干部隐瞒了真实身份。他们卷起裤腿和群众一起参加比赛，坐一个桌子品尝农家菜，着实接了一回地气，也圆了一回乡愁。这事直到电视新闻播出之后，火棘沟的群众才知道，原来这穷沟沟不光是他们心上的疙瘩，也是领导心上的疙瘩，领导没有嫌弃火棘沟呢！

接下来的变化似乎顺理成章。

插秧大会魔幻般的结束了阮美丽孤僻寡言的历史，也结束了耿子彬心在半空飘荡落不了地的历史。这让耿子彬和阮美丽再回想起来，都觉得生活变化太快，快得很不真实，快得没法适应。

耿子彬做梦也没想到的是自己在插秧大会上被任命为活动组委会的副会长，负责插秧竞赛活动和原生态水稻的宣传介绍、大米的推广销售。

大春只比耿子彬大五六岁，却早早谢了顶。那天，他摸着头顶稀稀拉拉几根横躺着的头发毫无商量余地的对耿子彬一脸正色道："兄弟，你装了七八年的尿，我这是让你嘚瑟一回。要是个男人就把这事做好，一是为你自己在村上正个名，不要让人家一辈子小瞧你。二是这事是大事，要是做好了，兴许各家各户都找到挣钱的门路了。要是搞砸了，就一锤子买卖，还得另外想辙。三来你不是手头缺钱用嘛，这事不让你白挑担子，从准备工作到三天活动搞完，一个星期的时间，每天给你一百块。六天就是六百块！"

若是换了以前，耿子彬大不了毫不在意的怼他一句："你爱找谁谁去！"

可是那天，大春去找耿子彬谈这事的时候，刚巧赶上耿子彬在郑三斤家里受了一肚子闲气正郁闷着呢。

其实也没别的，耿子彬和郑三斤是打光屁股蛋子就在一起玩耍的发小，打工那几年，两人也在一个矿洞。但郑三斤比大春务实多了，用打工挣下的钱盖了一大院房，这些年返乡后，两口子一直兴桑养蚕，日子过得有滋有味。耿子彬闲得没事，一天到晚老往郑三斤家里跑，不是找他喝酒，就是闲谝。郑三斤老婆不愿意了，嫌他不干正事。这不，那天中午，耿子彬刚上郑三斤家的院坝坎，就被他媳妇端着脸好一通数落："你说晚上闲了你找我们家三斤喝酒闲谝也就不说了，这大白天的，我还指着三斤忙完这个忙那个！我不像你家美丽那么能干，干活跟牛一样；也不像你，心眼大，天塌下来碗大个疤，该耍照样耍。你一天到晚流民似的到处闲逛我管不着，但别影响我们家三斤干活！亏你一个大男人家，一天到晚不干正事！""我？流民？不干正事？"耿子彬第一次在乡亲跟前受这种难堪，偏偏还是个女人，脸上臊得红一阵白一阵，一扭头，丧着脸悻悻地回家了。

赶上老爷子在院坝里编竹篮，见到儿子，嘴里嘟嘟囔囔又是一顿指桑骂槐："是个公鸡它要打鸣，是个母鸡它要下蛋，是个牛它要犁地，是个狗它要看家。就这屋里头的，是个人他偏不干人事……"

耿子彬气不打一处，百无聊赖地躺在床上抽烟，恨不能跟人骂一仗打一架，解解心头的憋闷。可惜，外面那个人，他不能骂；阮美丽也不在家，没一个人搭理他。

耿子彬也奇怪，往日，到村里任何一家都有人热情招呼入座、招呼吃饭，大路上见了还相互递根烟，寒暄两句！现在走到哪都遭人嫌弃似的。自己怎么就成"流民"了？

"流民"是农村人对不务正业、到处混吃混喝之人的统称。耿子彬记得，往日母亲在的时候，经常唠叨，说哪家哪家的男娃是流民，娶不到媳妇；哪家哪家的男人当流民，媳妇跟人跑了。总之，母亲父亲说到流民时那种鄙夷的眼神，让耿子彬记忆犹新。

如果说，之前唐红树、阮妮和大春上门，是把耿子彬浑浑噩噩的日子捅了一个窟窿，透出一点刺眼的光来。那么这一次，大春的建议就像是从那亮着光的口子扔下来的一根绳，将他从低迷困顿的情绪中拉了出来。

　　耿子彬不傻，村里比他耿子彬能干的男人可多了去，何况是有钱赚又能露脸显摆的事！他明白，这显然是大春有心照顾他才来找他的。

　　他想缓缓自己之前对人不恭的尴尬。

　　第一次很用心地泡了杯茶递给大春，不好意思地笑了一下。

　　大春吹口气很大声地啜了一口，这事儿就算定下了。

　　打那天起，素来懒得太阳晒屁股才起床的耿子彬竟然改变了作息时间，起早贪黑的练习演讲，还主动跟大春一起到各家各户做动员。

　　耿子彬第二个做梦也没想到的事，是插秧大会那三天，经他手预售的原生态稻米四千多斤，若不是他头一天胆小，人家预订斤数多得他不敢应承，有可能比这量还大许多。预售啊，四千也不是小数目！而且，价格远远高于集市上零售的米价。

　　第三个做梦也没想到的事，原先见他就皱眉头的乡亲，又待他有了笑脸。他那些天帮着各家各户把喂了上年的老土鸡都销售出去了，也没少推销土鸡蛋。鉴于他的表现，这些看不惯他的乡亲像原谅自家犯错的小孩那样，原谅了他，也正像大春说的那样，重新认可了他。

十

　　阮美丽想不起来自己啥时候话变多了，跟丈夫的关系也像和了水的面，能揉到一块了。

　　这事说来有点羞于启齿。

　　一向怕羞的她，在插秧竞赛中竟拿了女子组第一，美美地被众人推上台亮了一回相。

　　那天晚上，耿子彬整理好经手的账目已是夜半，仍然余兴未了，在屋里左三步右三步地来回踱，一会儿哼两句花鼓子，一会儿自言自语，自得其乐。阮美丽躺在被窝里也没睡着，只不过她素来克制，不会和耿子彬一样什么事都挂在脸上。后来，耿子彬大概一个人无聊了，叫她："喂，睡了没有？没睡的话给我弄点吃的，饿了！"她想了想，起床，给他炒了盘鸡蛋，炸了一碟子花生米，又到耿老爷子屋里倒了一满茶缸子老爷子自己泡制的药酒给他。他酒量大，倒少了怕他不够喝。

"嘿嘿！你就这点好，知道我想喝酒！好——"耿子彬一高兴就好像忘了他和她疏离了几年的冷战。

"三月里来桃花开……爹妈骂他不成材……庄稼活路你不做……游荡耍钱万不该。"耿子彬抿一口酒，唱一句。

她躺在床上听。他每唱一句，她默念下一句歌词。听着他啜酒的声音，她在心里笑：你这才叫安逸呢！安逸的心情让歌子都变味了，短短四句歌，硬是让你隔着酒唱成了念想。

这首花鼓子她听耿老爷子一个人唱过很多次，每次都是对着远处看不清的山尖儿唱，她从没看到过老爷子脸上的表情，可感觉一次比一次唱得清冷。

头顶上挂了十几年的蚊帐顶破了两个洞，阮美丽的眼就从那洞里穿过去，在隐约中，她看见房梁上那张圆形的蛛网随着耿子彬歌声的震颤，闪着丝一般的银光。

耿子彬喝完了一茶缸子酒，没尽兴，又叫她："美丽，我还想喝，你再去给我倒点！"

阮美丽的身子侧了一下，没看他。

"在爸屋里，不好再去倒。要不，你就别喝了……大晚上的，睡觉。"

"哦！"耿子彬苦笑了一下。她没翻身，却也感觉他苦笑了一下。

"多久心里没这么轻松过！这一高兴，就没瞌睡了。"耿子彬说。他其实很想跟阮美丽说说话，甚至要是还有酒的话，他想她能陪他喝一杯。

不知怎么，这一夜，要是不跟人说说话，那种心又落不了地的孤独似乎就会重新包裹着他，令他窒息和厌恶。

"没瞌睡了也可以躺下说说话。"阮美丽说。

说完阮美丽自己都吓了一跳。这是在催他上床吗？还是希望他能和自己说说心里话？

阮美丽看了看旁边的另一床被子，心里酸酸的。他们这样各睡一头、各盖各的被窝有多久了？若是家里能有闲钱打一张多余的床，他怕是早打了。

"是不是你和我爸一样，都嫌我不当家？"耿子彬问。

"没。"她说。

"真没？"

"真没。"

她听到他走了过来，在床边坐下，窸窸窣窣开始脱衣服。

"那你是咋想的？我就不相信，这些年，你一个人白天晚上的操劳就没有一点怨言。"他说。

阮美丽翻过身来，看了看他。"我知道你看不上我。你有文化，在沟沟里让你挑粪犁地憋屈着了。你看我拼命做，其实，我是想到自己命苦，好歹这个家有爸，有你，我舍不得。多做一点，想让家里日子好过些。日子好了，你至少不会嫌弃这个家……"

耿子彬听完，许久没有作声。过了一会儿，他不声不响钻进自己的被窝，顺手扯了一把灯绳。

阮美丽在黑暗中闭上眼睛，心里空落落的。许久，迷迷糊糊感到被窝里有些异样，她用手摸了一下，是丈夫耿子彬的一只脚。又过了一会，耿子彬的半个身子都挤进她的被窝，怕冷似的，朝她这边翻了个身。

十一

正如阮妮和唐红树期望的那样，为期三天的插秧大会不仅让火棘沟村民的精气神都起来了，好多种了一辈子传统庄稼思想转不过弯来的农户也开始大着胆子走进村委会，咨询新政策。

唐红树、阮妮、大春他们兵分两路，趁热打铁，硬是白天晚上连轴转，在一个月里下硬茬将全村的发展大计一一落到点子上。唐红树负责联系修路、架桥、五改三建、移民安置这一摊子事，阮妮和大春负责贫困户发展产业项目的规划和落实。

阮妮跑了县上刚开的两家农特产品开发公司，联系了两百亩辣椒订单和土鸡长期收购两个短期增收项目，又惦记着包抓的耿子彬，专程去了一趟市里的园林管理部门。

这一日，阮妮和大春一起到耿子彬家，一是考虑到辣椒育苗的技术问题，阮美丽细心，阮妮就想到请阮美丽出山，集中给大家伙育苗。二来，是特地来给耿老爷子一个惊喜。她要耿老爷子把耿子彬带出来，把火棘盆景做成火棘沟的品牌产业，就像原生态稻米一样，让人提起名字就能想到火棘沟。

在菜地里忙活的阮美丽眼尖，远远看见他两个往坡上爬就先一步回家烧好了开水等着。丈夫耿子彬一大早就在屋后山林里忙活，听说有养殖扶持政策，他比谁都积极，准备把屋后的山林梳理出来放养土鸡。只有耿老爷子，也不知怎的，自打插秧大会之后，他跟儿子完全倒了个儿，经常像儿子以前一样，睡到日上三竿才起床，胃口也一日不如一日，话也明显少了。

活泼的阮妮一进院子就觉察到异样。跟阮美丽谈过育苗的事之后，便打发阮美丽去后山叫耿子彬回屋，自己和大春径直进屋看望耿老爷子。

耿老爷子挣扎着要自己起身，却被阮妮一把扶住，帮他把外套穿好。耿老爷子抹了一下眼角，双手连连作揖："使不得，使不得哪，让你们当干部的来侍候我……除了我那个跟亲女儿一样亲的儿媳妇，你是第二个这么对我好的！"阮妮笑笑："那您就把我当二女儿好了！"

大春笑着一弯腰把老爷子抱起来轻轻放到轮椅上，打趣说："我算不算第三个对您好的？"

"算！算！算！我可赶上好时候了，可惜呀，我没用了，成了拖累！"耿老爷子又抹了一把眼睛，叹息道。

"您之前可不这样！您以前可是乐观又豁达的，谁说你成拖累了？耿子彬还是阮美丽？"大春一边把老爷子往外推，一边说。

耿老爷子摇摇头，说："他们都对我好。有些话，我不晓得咋开口。自从你们搞插秧大会之后，我这心里就难过啊，老百姓赶上好时候了，要是我的腿还能动，我就不会给集体、给国家添一点负担，我会带头致富。可是，你们看看我，我有啥用啊？带孙子吧，我没有孙子；帮着干活吧，腿走不了。废人一个……可不就是拖了儿女的后腿吗，死又死不了……"

"哈哈哈哈！"阮妮听了老爷子丧气的话，大笑。她说："我姐还担心您老是不是得病了，还说让您儿子带您去医院看看呢。我看不用，您这就是心病。"

"心病？"大春疑惑地望着阮妮。

"他呀，就是心病，一是孤单了，想孙子；二是闲得慌！人一闲，可不就胡思乱想嘛！"阮妮说。

耿老爷子点点头，给阮妮竖起大拇指。

耿老爷子将自己隐瞒下来的偷偷替儿媳找药摔伤的事儿悉数讲给两个人听，直听得阮妮泪眼婆娑，大春也扼腕叹息。

阮妮说："这事好办，只要医生说过，身子调理好了还有生育可能，那您老就把方子交给我，一来我可以再带我姐去医院找专家复查；二来我能利用现代网络，一定把缺的药配齐。"

大春也接着说："至于闲得慌，那更好办，我们今儿可就是给您找事来的。我们准备成立一个'吉祥果根艺栽培合作社'，请子彬来牵头，请您老当顾问，您可得先把子彬教会，再带动几个贫困户合伙干。您老觉得怎么样？"

"吉祥果？"耿老爷子一脸迷惑。

"就是火棘呀！阮书记可是在网上查了，火棘又叫吉祥果，还有的叫'救命粮'。做成的盆景红红火火，外地人稀罕得很。"大春解释说。

耿老爷子一听，激动地手扶着轮子恨不得站起来，连声应道："好！好！长知识了，吉祥果，好名字！"

阮妮蹲下身，握着耿老爷子的手，跟他鼓劲说："这事就全靠您了，您包技术，我包销路！火棘即是'吉祥果'，又是'救命粮'咱们俩合伙，就把它当成是火棘沟贫困户的'救命粮'，当成脱贫致富的'吉祥果'，争取用三到五年时间，把火棘沟遍山野岭不值钱的刺疙瘩都变成宝！"

"没问题！"耿老爷子脸上绽放出从未有过的光彩，兴奋地如数家珍："人家是春里或者秋里扦插，我们这儿气候好、根也多，完全可以头年冬里埋根，春里催芽。二年里头粗扎细剪，挂果也快。一挂果就能卖！"

"好！"阮妮和大春兴奋地不约而同的直起腰来，跺了跺脚。

耿子彬和阮美丽回来，见三人笑成一团，很是不解。

大春又把阮妮联系火棘根艺和开办"吉祥果根艺栽培合作社"的事跟耿子彬讲了一遍，耿子彬替父亲得意，见父亲神清气爽，也不免心里高兴得很，跟阮妮说，愿意把自己家最好的菜园子腾出来给村集体育苗。

几个人说说笑笑的空儿，阮美丽已经麻利地煮好了一锅甜酒汤圆，一碗碗端上桌。

"吃这可是违反规定了！但是，因为是姐姐家煮的甜酒，咱们今天都高兴，我还真要喝！"阮妮笑着说。

"应该喝，我们农村把这叫开水。到老百姓家，一碗开水不喝，那是见外！"耿老爷子认真起来，叫耿子彬先将一碗恭恭敬敬递给阮妮，再捧一碗递给大春。

一团团的糯米在碗里泛着零星羞涩的红，白白的汤圆闪着莹莹的光。阮妮美美地喝了一大口，眼角却不由自主地被甜香的热气一冲，溢出了眼泪，她想起初到这个家时耿子彬的排斥，想起阮美丽的矜持和让人心疼的倔强，如今再抬头看看这一家人之间的默契，看看老当益壮神采奕奕的耿老爷子，内心说不出的喜悦。

十二

阮美丽一听唐红树说要下山住安置点就急了，语无伦次地解释种地、养殖和老爷子的事。

原来，唐红树考虑到耿子彬家的房子前面三扇墙是砖木结构，后面一堵墙却是石头砌成，既潮湿也不安全。二来，他家的田在山下，住在山下路边既便于耿老爷子生活，也便于劳动方便。谁知，唐红树的这个提议第一个就遭到了耿老爷子的反对。耿老爷子习惯了山上的生活，说什么也不愿意搬到山下。对唐红树本来已经转变看法的耿子彬，气冲冲地跑来，非说唐红树又在搞形式主义。

"你让我搬下去，我的鸡、猪和菜园子都在山上，不要啦？你这就是图省事，搞'一刀切'！"

耿子彬和媳妇阮美丽自从和好之后也有了新打算，考虑到无论是火棘盆景，还是辣椒种植都是不长期占手、季节性投入劳力的产业，耿子彬经过深思熟虑，准备利用屋后山林就近养鸡，也想通过养鸡把媳妇最拿手的"辣子鸡"推出去。

"蛇成了龙，这是好事！"阮妮在工作队的研究会上对夫妇俩的计划表示支持。

"如果他能把半坡其他撂荒地都流转下来发展火棘，我们可以修一条产业路上去，把这山上七八家串起来，这样，整个火棘沟就有标志性产业了。他家的房子通过五改三建，进行修缮和重建！"唐红树想到另一个办法。

"好是好，这个法子能满足耿子彬的愿望。可是，资金哪里来？"阮妮担忧地说。

"想办法，去找找看，总有办法的！"唐红树一脸疲惫地叹了一口气，又无比坚定地说。

自打担任扶贫工作队队长，唐红树就感觉自己为跟上头要钱，脸皮是越来越厚了。没办法，他要么难以入眠，要么一睡着就做梦，而且常常梦到同样的镜头：一口热气腾腾的大锅就在火棘沟那田坝里支着，火棘沟的人都用火辣辣的目光看着他，他就像司仪一样，大喊着'下米！'，没有响应，众人还是那样静静地围着他，火辣辣地巴望着他，他一着急就四处寻找，找着找着就醒了。

这样的梦让他的神经时刻上紧发条，没法子停下来。

唐红树有一辆破旧的桑塔纳，是当了扶贫工作队长之后为了工作方便，特地从朋友那里花一万块钱买回来的二手车。唐红树开着这车，每天来来回回在村道上要跑好些趟，他常夸这车有功劳，从没有把他撂到半路上。

这天下午，唐红树从县农村公路管理局出来，一屁股坐进车里，有几分气馁。他是第八次去找局领导，但得到的回复仍是两个字"没钱！"这也怨不得人家，全县偌大的面积，每个村都在争取连户路、产业路项目，无论是农村公路管理局还是扶贫局，蛋糕就那么大，抢得人多了，他们也没有法子。

已经是入夏的午后，知了嘶哑着嗓子没完没了的叫。车里闷热难耐，唐红树一手机械地转动方向盘，一手不时扯扯衣服领子。路是驾轻就熟的路，心里沉甸甸的有如一块巨石压着，脑海中，千头万绪的事一会儿涌进来，一会儿又一片空白。

"不能'一刀切'！不能'一刀切'！他妈的——"他一次次的左转右转，一次次想起耿子彬的话，用拳头捶着方向盘。

就在他又一个漂亮的急转弯之后，突然再一次视线模糊，大脑一片空白。

他的桑塔纳冲下路旁的斜坡，撞到一棵松树上停了下来。

十三

耿子彬背着耿老爷子，阮美丽抱着一罐汤走进病房的时候，唐红树额头的伤口刚刚拆完线。他一只胳膊吊着，一只手拿着镜子正对着伤口使劲瞅。

见耿老爷子来，很是意外，忙让耿子彬将老人放到床边坐下。

"小唐，唐队长，都是我们一家把你害苦了。我今天来，一定要给你赔个不是！"耿老爷子眼睛盯着唐红树吊着的胳膊，羞愧不迭地说。

"唐队长，我们一家商量好了。"耿子彬红着脸说："我们自己筹钱把房子重新修补一下，路的事，你也别操心了。我们在山上住习惯了，以后有钱了，我自己请挖机。我没想到你这么作难……我媳妇炖了一锅腊蹄髈汤，里面放了些补药，你不要嫌弃，我们一点心意。"

耿子彬想起大春骂他的话，满是愧疚。他从阮美丽手中接过瓦罐，小心翼翼地放到桌上。

唐红树揭开瓦罐盖子，一股腊肉和中药混合的香气扑鼻而来。"哎呀，太香了。姐，你快给我舀一碗！"唐红树夸张地猛吸鼻子。

见阮美丽和耿子彬都讷讷地望着他，唐红树估摸着一定是大春他们村干部说了什么话，要不，耿家这三人也不会跟上了紧箍咒似的。赶忙解释道："你们想多了。我是自己头天晚上没休息好，开车打瞌睡才撞的，跟你们家房子和路的事真没关系。而且，有惊无险，一只胳膊断了而已，写字的胳膊丝毫没有伤到。说不定我这一摔还解决问题了，因祸得福啊！"

"因祸得福？！"三人不约而同惊讶地望着唐红树。

原来，唐红树摔伤的消息传到扶贫局和其他单位后，引起了县上有关领导的重视，已经安排专人来过一趟医院，询问火棘沟产业路的事。

不出唐红树所料，还没待他出院就传来好消息。农村公路管理局派人专门去现场查看了产业路的路线，并很快批复下来，下拨十万，先打通毛坯路。等产业发展起来之后再考虑做路面硬化。

耿老爷子一家三口听完唐红树的话，总算舒了一口气。耿老爷子拉着唐红树的手说了一个小时的体己话，才心满意足的离开。

值得雀跃欢呼的可不止这一项。

阮妮推广栽培的订单辣椒长势特别好，"吉祥果根艺栽培合作社"成立的批复也下来了，就等着唐红树出院举行挂牌仪式。

耿子彬一家三口跟开足了马力的大车，劲头十足。耿子彬第一批两百只土鸡出栏，阮妮通过网上交易帮他联系到市里的酒店，一次性全部拉走。耿子彬对阮妮佩服得五体投地，现在自己买了一台电脑，搁在村委会，没事的时候就跟工作队的年轻娃学习上网、打字。

在阮妮的鼓励下，阮美丽走进医院，按照医生的方法开始调理身体。而且，阮妮按耿老爷子的药方帮阮美丽配齐了中药。中西医结合，阮美丽的气色也一天比一天好。

耿老爷子被四五个贫困户轮流接到河滩地，耿老爷子手把手教他们如何扦插，如何修根。平常粗野惯了的汉子一旦专心起来，也陡然变得斯文有趣。

辣椒收摘的季节，火棘沟沿河田野一片喜人的景象。红绿相间的辣椒地，金黄金黄的稻田，还有田间地头红透的柿子，无不散发着醉人的芬芳。

唐红树的手已经可以自由活动了，激情飞扬的他被这火棘沟田野里的浓烈色彩感召和诱惑，和阮妮一起又策划了一场盛大的收稻大会。

因为有了春上插秧大会的宣传报道，这一次来参加体验的人更多，甚至有人带着孩子专门从市区赶来，就为让孩子感受一下农耕文化。

耿老爷子这次成了出尽风头的老艺人。他老早在阮妮的示意下，领着村里的一帮老头拾起了年轻时候的篾编、草编手艺，提前编好了许多的竹篮、竹筐和草鞋。收稻大会上，这些竹篮竹筐给城里人带农特产品回家正好合适，草鞋也被当作忆苦思甜的纪念品被抢购一空。

火棘沟村民的思想解放了！他们大多只留够自己一年要吃的量，其余的全部通过收稻大会销售出去。这让阮妮兴奋不已。

而翻过这一年，在又一个草长莺飞的四月天，耿家的小院通过五改三建已经焕然一新。新粉的墙面用深蓝色勾了边，亮堂堂的厨房，与城里一般无二的冲水厕所和水泥砖砌成的猪圈、鸡舍。耿子彬还自己动手特地加宽了院坝，别出心裁地修建了歇息看景的凉亭和花圃。

就在庆贺的鞭炮声中，阮美丽突然一个眩晕让沉浸在短暂惊诧中的人们再次获得一个振奋人心的好消息——这个女人怀孕了。

十四

现在，是又一年的秋收季节。当这个怀孕的女人挺着大肚子出现在一坝金黄的稻田中的时候，她整个人也蒙上了一层金黄的光辉，成了一株成熟的稻子，说不出的恬静和美丽。

阮妮和另外三四名执着镰刀的妇女已经在她家的田里排开赛口，割倒了一片。一把一把的金黄在这些女人眼前跳跃着涌进她们的怀里，又一抱一抱的被她们放到身后。

阮美丽和她们相视一笑，很快加入到她们中间。

"人多干活真带劲！要是这会有人唱歌就好了，姐姐们，你们谁唱个歌吧！"阮妮抹着汗水，直起腰来，兴奋地看了看更远处的一地金黄。

"不会！"几个女人嘻嘻哈哈的齐声笑道。

阮妮遗憾地叹了口气。正待弯下腰，一声浑厚的男声远远地穿过稻田，传进她们的耳朵里。

"太阳出来万丈高哎，姐姐出来晒花椒；花椒晒得大张口，姐姐累得汗长流——"

唐红树、耿子彬和大春从对面的河滩地走过来，他们身后，另外两个村民一前一后抬着打稻谷用的拌桶。

"唱错了！唱错了！你姐姐在割谷子呢！"阮妮几个看着几个由远及近的男人叫嚷着，嘻嘻哈哈一阵大笑。久违的阳光此时恰好洒在他们身后，在一块高耸的"吉祥果根艺栽培基地"广告牌下，艳红的火棘像一团团飘浮在土地上的红色云朵。

"哈！他们来了就不用大肚子下地了吧，姐姐，你可以幸福地歇着啦！"阮妮兴奋地摇着阮美丽的胳膊。

阮美丽此时眯缝着眼睛沉醉在沁人心脾的稻香里，沉醉在远处那一团团红云和眼前浓得化不开的金黄里，突然涌上心头的炽烈情感让她真是觉得无与伦比的幸福。如此大的世界，如此漫长的人生，唯有这顷刻袭来的如此小小的幸福真实地胀满胸腔，令她想喊、想尖叫、想拥抱丈夫……

"金黄的谷子让人爱，山歌不唱冷了台；哥奔好日子妹搭手来，火棘红遍哟吉祥开——"

歌声伴着笑声如云雀忽闪着翅膀穿过田野，久久盘旋在阳光充盈而温暖的天空。

阮妮惊讶地回头，看到阮美丽泪流满面，弯月般的嘴角漾着满足的笑。

船　娘

一、成虎和秀芝

秀芝嫁给正阳大队成虎的时候，二十二岁。

搁现在，这个年纪结婚算是恰好，可在二十世纪五十年代，很少有女人会等到二十好几的光景再嫁人，何况那时的秀芝瓜子脸，水蛇腰，走起路来风摆柳似的，要模样有模样，要身段有身段。

而更让人想不到的是，她嫁给成虎实际上已经是二婚。

据说她头嫁里头生下个女儿，和那个男人打离婚的时候，女儿不过一岁多而已。

成虎原是正阳大队第三生产队张大龙老爷子中华人民共和国成立前收留的孤儿，预备留在家里做长工的。中华人民共和国成立后，身为正阳富农又上过私塾的张老爷子提前预料到一场政治风暴的即将临近，怕因此连累一家老小，将坎下菜地辟出三四分来，让成虎打个土坯房独立门户，自己种点小菜过日子。

分家门立家户不过两三年光景，就赶上人民公社成立，一穷二白的成虎每天跟着生产队社员上工下工，在大集体吃喝，自家那土坯房倒是跟土地庙一样，越发冷清和寒酸了。每当夜深人静，孤孤单单的成虎躺在他那吱吱呀呀的破床上，正值气盛的血脉躁动不安，令他滋生出许许多多无法排遣的虚妄杂念，却又只能在辗转反侧中长吁短叹，说不出的恓惶。

秀芝能嫁给已过而立之年的成虎，也亏得张大龙老爷子的家室韩婶子。成虎个矮，身高不足一米六。家里除了栖身和放家什的土坯房，就是一间他自个儿挖坑、打桩、割茅草造下的猪圈。但成虎是韩婶子一手带大的，人再寒碜，在韩婶子眼里那都有一份亲近在。见着成虎整日跟打蔫了的黄瓜蔓子似的，她心里就揪得慌。

韩婶子问娘家来做媒的表亲，那女子可有啥条件？丑话说到前头，我家成虎可是个子矮，在整个正阳大队算是最穷的，唯一的好就是人勤快，又老实。她要挑人就算了，免得见了成虎给冷脸子。

那位表亲没两日便回话来说，成虎的情况都是悉数说给那位名叫秀芝的女子听了，那女子回话就一句：只要有饭吃、有房住，不挨打受气，没其他啥条件，人再尿她也嫁！

韩婶子一听，迟疑半晌，说：这女子说话怎么跟赌气似的？

为了稳妥，韩婶子踮着她那双小脚索性回了一趟娘家，将秀芝的底细摸了个清楚。

秀芝的娘家在距离韩婶子娘家十几里外的草庙大队，家里曾是大户，秀芝为幺，曾经也最为父母疼爱。秀芝头上还有一个大姐，三个哥哥，一个兄弟。大姐叫秀美，可比她有福。出嫁时父母尚在，人被八抬大轿抬着，陪嫁的箱笼抽屉立柜一应俱全，箱子装满锦缎的背面和衣料，斗柜抽屉装满了难得的白米，当时那一个风光不知羡煞了多少人！秀美嫁出去没两年，秀芝家就被充公了，所有正屋、粮食和家具、牲畜没收殆尽，留下原先一间偏屋给一家子栖身。秀芝九岁里头，父亲重病吃错了药，丢下母亲和他们几个兄妹撒手人寰。十二岁里，母亲又因为一场肺炎没钱医治，加之长时间挨饿，也很快一命呜呼。他们这群没来得及长成大人的孩子，成了无父无母比贫农还贫的可怜娃。

秀芝三个哥哥最大的不过十五岁，最小的一个八岁。父亲刚过世那两年，母亲每天早出晚归靠给人家做针线换些口粮养活一家。母亲一走，失去依靠的兄弟不得不开始自己讨生活，给别人家放牛、砍柴、挖地、种粮成了他们生存下去的唯一办法。最小的弟弟还太小，什么也干不了。三个哥哥每次出门，就托隔壁的婆婆婶子们帮忙照看着秀芝妹妹和小弟弟。后来，三个哥哥在亲戚的介绍下，干起了"挑担工"，专门给集体挑粮、挑盐、挑肥料，有时候上百里山路两天才能打一个来回，即便最近的县乡之间周转，也少不得两头黑，多数情况就是从早上天不见亮走到深更半夜。

秀芝经常跟人说，她都不知道自己是怎么长大的。

母亲在世时，曾有个婶娘与她关系特别好，两人以姐妹相称。那位婶娘是一户人家不愿意出嫁的老姑娘，独门独户住着，祖上曾是草药先生，她也因此靠在山上四处挖药卖给中药铺子换取钱粮。在秀芝母亲去世后，她常常把秀芝领回家，给她吃饭、梳头、洗澡，还做好看的布鞋给她穿。几个哥哥每走一趟回来累得人仰马翻，甚至有时候回来一两天才记起自己的小妹妹。

稍稍长大一些的时候，她的灵性渐渐显露出来了，很快被镇子上一家卖白面馍馍的人户相中，跟哥哥们要了她去，说是认成干女儿，实际也就是当童养媳养着。

那时候，几个兄弟曾对她和大姐嫁的大户人家抱着极大的希望，企盼着人家能看在亲戚的分上，饥荒年里头帮衬他们一把，让他们吃口饱饭。可惜，那些兄弟到最后也没指望上她们两姊妹。

秀芝年岁本来就小，突然沦落成给人端屎端尿的小媳妇，自然说不起话，稍有不慎就会遭婆婆打骂。加之秀芝太老实，不是操持生意的料，婆婆横竖挑她的刺，怎么看怎么不顺眼。她也曾偷偷接济几个哥哥，许多次偷拿了白面馍馍揣在怀里，算好哥哥挑货往返路过的时间，站在路口等，然后趁着给哥哥端茶递水的空儿把馍馍塞进哥哥的挑担筐子。但这毕竟也只能解一时饥饿，何况哥哥挑货的路线并不是每次都能路过她家。

姐姐秀美的婆家本就势利，嫁过去之后耳濡目染，难免沾染上一些市侩气。自打父母一死，秀美压根就没回娘家看过弟弟妹妹。

秀芝好不容易苦挨到十八岁，跟那位说话都提不起硬气的丈夫圆了房，可还没过几年安生日子就遭夫家嫌弃了，事因，就是不该头胎就生了个丫头。婆婆嫌她不会持家，动了撵走她的念头，生性懦弱的丈夫凡事凭母做主，她不走又在那屋里怎待得下去？

被婆婆赶出家门，她不计较。临走，丈夫都不肯为她讲情说句公道话，她也不计较。即便是没有让她抱走女儿，她也尽往好处想。到底这户人家能吃饱穿暖，总比跟着自己无家可归的强！

最恼火的就是无家可归。

她原先的那个娘家，大哥未娶嫂子的时候，哥哥弟弟几个人挤在一间房。大哥娶了嫂子，在那间房屋旁边用土坯和牛毛毡重新搭了一间偏厦。现在，她如同没变成凤凰又落了架的鸡，若回去，势必惹些闲言碎语，怕是只会让哥哥和兄弟脸上难堪。

而自己年纪轻轻，有手有脚，更不想为一口饭食为难哥哥嫂子。人都说，嫁出去的女儿泼出去的水呀！秀芝是没法回了，走吧，又不知往何处去，心里凉着、悲着。本不该在这个年纪尝尽的辛酸，对于没有爸爸妈妈疼爱的她来说，只能打碎牙和着泪，自己个儿往肚里咽。

一个深秋的午后，秀芝手挽着个蓝花包袱出现一个叫马岭关的旧关隘垭口上。

她眼神有些迷离。

这里居高临下可以清楚地看到山下河川正在秋收的田野和田野边拐了一个大弯的池水，她的视线跟着池水延伸到远处静止成玉带似的汉江，最后搁浅在对面山腰隐约出现的火车道上。她的娘家、她的兄弟和嫂子就在那座山的背后，火车道穿过屋后的草庙，还有草庙旁那棵叫"秋半斤"的麻梨树。每年这个季节是"秋半斤"的成熟季，黄褐色的大麻梨垂满枝头，她的哥哥们曾猴崽子似的一个个蹿上树间，把梨丢下来砸在她的周围。这是留在她和兄弟童年脑海中挥之不去的香甜记忆。

秀芝不知道自己怎么会在这个时候想起那棵老梨树——她仿佛看到此时梨树枝上低垂着的大麻梨随着火车震耳欲聋的嘶鸣，以及碾压在土地上的震颤而心惊肉跳地摆动。有一刹那，她甚至伸出了手……

她梳理了一下似乱麻拥堵着的脑海，她发现，人在饥饿到无望的时候，最容易迷失在记忆与幻想中。当她出了婆家那个小镇，穿过几座梁的密林，再拐过九里十三弯的最后一个弯道，万分疲惫地站在这里的时候，眼泪和沮丧已经没有了，取而代之的是饥渴、幻听和带着香甜记忆的怀想。

这样的怀想多少在她善良的心底里滋生出一些对他人的期许，对自己坎坷命运的怜悯。她那时不知道这种期许会被并不善良的人扼杀，而变成她自己的妄念。

那天，当秀芝有气无力地站在大姐秀美家门口的时候，夕阳的余晖正打在屋檐下一长溜黄灿灿的玉米棒子上，一只幸福的麻雀在玉米棒子和两大捆高粱穗之间来回啄食。大姐秀美一大家子正就着燎酸菜喝新鲜的玉米糁糊糊——那一定是今年第一茬玉米磨出的粉面，在大铁锅细工慢搅熬出来的。秀芝闻出来了，新粮食的味儿霸道。当她鼓足勇气往屋里走的时候，玉米糁甜糯瓷实的味儿早已蹿进她的鼻孔，打开了她的味蕾。

但是秀芝闭紧了嘴巴。她的喉咙干得冒烟，因此，当她想开口叫一声姐的时候，却跑出几声喑哑得令她更加狼狈的咳嗽。

她的咳嗽声惊动了姐夫一家人，他们抬起头来，端着碗翻着上眼皮斜了她两眼，然后又将目光齐刷刷集中到她的姐姐秀美身上，没有表现出一丁点亲戚的热忱。或许，他们也并不当秀芝是亲戚，所以，连身子都懒得挪一下。

秀美以为秀芝专程来看她，就在自己身边加了个小凳子，接过秀芝手中的包袱，招呼她坐下，将搪瓷茶缸子续了点开水端给她。看秀芝咕咚咕咚一口气把大茶缸子水喝完，料定她饿了，折身去厨房端吃的。埋头喝玉米糁的婆婆这时把脸沉下来，使劲用筷子敲了敲碗沿，奚落道：年成不好，都吃不饱饭，连"饿痨鬼"走亲戚都是掐着饭点子走呢！

秀美听了，脚步顿了一下，仍然走进灶屋去了。秀芝的脸腾的就红了，不安地看了看秀美的背影。难过地想，姐姐一定生气，自己给姐姐丢脸了呢！

果然，秀美冷着脸出来，将半碗玉米糁糊糊没好气地放到秀芝面前，然后面无表情地继续端起自己的碗筷。

秀芝手里绞着一个擦汗的手帕，吃也不是，不吃也不是。她原本还想跟姐姐、姐夫一家人商量，请他们收留自己在这个家里借住一段日子，也不白住，就像打短工的，喂猪、种地啥活都干，但求能给口饭食，有个容身之所。可是，当她看着拒人千里之外的姐夫一家，还有以自己为羞的姐姐，她一时之间啥也说不出口。

到底是饿坏了，秀芝在犹豫一阵子之后狼吞虎咽地吃完了那半碗玉米糁。她站起身，伸手想帮着秀美收拾碗筷，秀美却挡住不让。秀芝一直在屋檐下坐着，心里说不出的忐忑和茫然。

一直等秀美将灶屋碗筷收拾完，将猪食倒进猪圈的槽子里，天已近黄昏。

秀芝说，姐，那我走了。

秀美没有挽留的意思。

秀芝便拧着包袱，径直往院子外走。秀美跟在她身后走了几步，突然想起什么，问她：你回娘屋咋不抱娃？

秀芝想了想，决定跟秀美实话实说。

我和他打离婚了，他妈说我生不了男娃，她找铁瓦殿的师傅给我算过。娃，他家不给我……给了我也养不活！

秀美一听，忍不住一顿骂：你就那么蠢？人家让你走你就走？你现在到哪里也找不出他们那样殷实的人家！我跟你说，你赶紧回去，就赖着不走，她能把你咋地！你回咱娘家？你不嫌丢人，我还嫌丢人呢！

秀芝不说话，眼泪在眼眶打转。半晌，才说：已经离了还回去干啥！树活一张皮，人活一张脸，你们嫌我丢人我也没办法。活人总不至于让尿憋死呢，我自个儿想办法。

秀美瞅了瞅她手上的包袱，冷笑了一下，说：自个儿没出息，空着手让人撵出来的，还有啥嘴硬的？你能！你能就莫要找我！

说完转身回院子，"咣啷"一声关了大门。

秀芝在暮色四合的院子外站了许久。

她把自己但凡认识的亲戚挨个儿想了个遍，最后想起娘家那个特别疼她的婶娘，小的时候给自己做过花布鞋、给自己扎过头发、给自己吃过饼子馍，唯一照看过自己、疼惜过自己的婶娘。

婶娘终身未嫁，到了年迈，依然一个人孤苦伶仃地住在草庙大队的破房子里。看到秀芝，泪眼婆娑地叹息了好一阵子，之后，很亲热地收留了她。

婶娘家的农活不多，因为自己没劳力，唯一的两三分田也荒芜了。这些年眼睛受白内障折磨，针线活也早已放下了。猪栏里的两头猪，鸡圈里的七八只鸡，就是婶娘的全部家当。

婶娘每天带着秀芝出去打上两背篓猪草，再做些推磨拌料的活。

但是，消息还是不胫而走，秀芝平白无故住进婶娘家的事很快成为方圆十几里人人议论的闲话。每次路上遇到人，她都被指指点点，好像她做了多么见不得人的事。更有村里一些游手好闲之辈，故意跑到婶娘家来说一些下流的玩笑话，换着法子轻薄她。

哥嫂兄弟本来就隔得不远，自然也听到些消息，派嫂子来接她回去。嫂子问她咋回事，她便把离婚的事原原本本跟嫂子说了。听完她的解释，嫂子也不敢说让她回去的话，只安慰她说，回去跟她哥商量。过了三四天，嫂子又跑来一趟，带了大哥的话说：要丢人就丢远一些，在亲戚家丢人算怎么回事？末了，嫂子又劝，大哥还是让人回去，毕竟你秀芝有娘家人在，不是绝了户。哥哥生气是自然，在乡下，离过婚回娘家的女人会一辈子被人瞧不起，老话说，搁在古代，那就是被男人休了的妻，有辱门风。但现在，既然走投无路，好歹还年轻，回去之后，家里再托媒人，早早找个下家。

秀芝骨子里是个好强的女人，得知自己兄长为难，也不愿意低三下四看人眼色。嫂子劝了许久，秀芝心里的主意越来越坚定。她说，与其让我回去给哥哥找难堪，不如就在这陪着婶娘，好歹要找下家，在哪里找都一样，嫂子也不用替我操心了。

嫂子见秀芝铁了心，只好依着她。第二天，托秀芝的小兄弟背过来三四升玉米给婶娘，算是把秀芝托付给婶娘的意思。

秀芝被逼得没办法安生。她托婶娘四处张罗，哪怕嫁个瘸子、聋子，只要不再让人家说道就行。

重新找个落脚的地方，对秀芝来说，说容易也容易，说难也难！

说容易，秀芝天生就是美人胚子，那水汪汪的桃花眼、粉嘟嘟的小嘴、走起路来颤巍巍的样儿，莫不叫男人看着眼睛跟恶狼似的；说难，是怕她嘴上说得简单，心里放不下也改不了打小就心高气傲的性子！

秀芝记得小时候大人们常夸自己乖巧可爱，特别是那些上了岁数的老人最爱把自己揽在怀里亲蛋蛋乖娃娃的爱抚半天。那时候，很多摸了她手的老辈人都叹息她是个"铁骨"人，什么是"铁骨"人？她不懂，但见老人看她的眼神陡然变得无比痛惜，想来定是什么命理不好的事，便战战兢兢，凡事先安慰自己，不敢往坏里想。但是现在，秀芝懂了，自己就是小姐的身子丫鬟的命！可惜，这理儿偏偏在自己沦落到无家可归的时候才明白过来。

肚子饿够了，挨打受气也挨够了，现在，就找个能安生过日子的人，穷点、丑点、苦点，这些又算啥呢？秀芝对自己下了狠劲。她不是跟别人赌气，是在跟自己赌命。

凡事看透的秀芝跟着婶娘到正阳大队成虎家看了一回，便利落地应承了下来。

于是，韩婶子和老爷子张罗着请媒人换帖子，合八字。

这年春上，在正阳河边的杨柳滋滋冒出新芽的时候，在乌澄澄的油菜田一夜黄花铺满的时候，在一个阳光明媚春光轻浮的早晨，秀芝在婶娘和嫂子的护送下，来到了成虎的家。

成虎晕晕乎乎、糊里糊涂就有了个俏媳妇。

一个生产队，秀芝的到来好像泥巴地里陡然冒出来的青草，令正阳大队里的老光棍、小光棍无比振奋、无比新奇！他们趁着田间劳作的间隙，死乞白赖有事没事找秀芝搭话。农忙时节，生产队负责做饭的人将饭挑到地头。大家都捧着碗聚到地边，偏有不少人把饭端到秀芝跟前吃，为的就是要多看一眼秀芝，仿佛看着秀芝吃饭比自己吃饭更香。

秀芝在一段时间里像是牢牢长在了每个人的嘴巴边。走路有人说她，锄地有人说她，吃饭有人说她，上茅房有人说她，甚至夜黑，那些人还不得消停，他们怀着不同的心情、不同的目的来到成虎家。有人来借把剪刀、有人借把盐，有人什么也不借，东家长西家短地站在院坝里和成虎瞎扯一气。还有人来的次数多了，也不好意思再露面，躲在窗下熬到成虎两口子吹熄了煤油灯、听完了动静，才悻悻离开。

他们其实是想看这个女人到底是哪根筋搭错了嫁给一个一穷二白、还大了自己十几岁的矬子。几乎满大队的人都在猜，秀芝要么有难言的苦衷被迫无奈下嫁给成虎，要么就是克夫命才会选中成虎……这风言风语说来说去一直没有定论。没有定论，这悬念便被人惦记着，成了所有人吞不进、咽不下的谜。

秀芝卖过几年的白面馍馍，自是不畏人言又出得了众的。她跟大队里的社员谁都也不见外，不管张三、李四，进门就当客，端茶递水，遇饭吃饭，遇酒喝酒，殷勤招呼。

面对这样贤惠温良的女人，他们原先憋在肚子里那几分说不出口的歹意，竟慢慢被羡慕和敬佩之心替代。日子一久，也没人再拿秀芝去作践成虎了。

别看成虎是个木讷人，言辞笨拙，每天像头牛一样早出晚归地干活。其实，他心里跟明镜似的。

这婆媳妇当然是做梦也没曾梦到的事，那个心花怒放呀，比喝它三五斤烧酒还兴奋！可你看看队里那些个没娶亲的汉子，哪个不眼馋、不嫉妒呢？何况这个女人像个熟透了的红柿子，模样俏且不说，说话做事的麻利劲儿，搁谁屋里都讨人喜！

成虎吊着一颗心呢！他也怕自己守不住，怕这个女人会给她败家，放他"鸽子"。

事实证明，他这担心简直就是多余。秀芝人勤快，成虎早出晚归，秀芝也早出晚归。屋里简陋，却怎么看都比以前收拾得亮堂了。缝补浆洗，秀芝也样样能行,队上哪家有红白喜事,都少不了要叫上手脚麻利的她帮忙。一来二去,队里人再论起成虎这个媳妇,没有不夸赞她能干的。

在人人靠生产队集体劳动挣工分的年代,无论是殷实人家,还是有上顿没下顿的穷家小户,日子都过得灰暗而沉寂。只有成虎,因为灵巧的秀芝,苦日子里好像天天开着荞麦花,也不那么难熬了。

二、改不了的女儿命

秀英的身板如同成熟肥沃的土地,在山沟日日如夜的沉寂中,肚子接二连三的鼓起来。

靠劳力过活的人户,没有儿子就意味着挣不来工分,挣不来工分年底分不到几颗粮不说,还会被人笑成"绝后"。成虎嘴上不说,心下却是千想万想念着要男娃。

这事哪由得了秀芝呢!老大、老二两个女娃呱呱落地,不出两年,肚子里又怀上了老三。

第三个怀上的时候,成虎早早的提醒她去找个老先生把把脉象,兴许能看得出是带把的还是不带把的。

可是这时候发生了一件小事,让秀芝不那么听成虎的话了。这事儿搁成虎那儿,就两个字"矫情"!搁秀芝那儿,怎么也过不去那个坎儿!这事儿吧,还得从秀芝害喜说起。人常说,女人害喜要么喜吃酸,要么喜吃辣,自古就有"酸儿辣女"之说。但秀芝害喜,只想吃鸡蛋!想得不得了。

正是三伏天哪,满窝鸡热得都歇了窝。秀芝央成虎夜黑去邻居家找找,成虎不去。成虎说:满山沟里的婆娘也没几个像你一样作!怀个肚子生怕人不晓得,还要到处张扬,丢人现眼。

秀芝听了气不过,那一日便没有上工,自己跑到几十里外的姊娘家硬是讨回几个鸡蛋。

吃完鸡蛋回来的秀芝负着气,也不提找老中医把脉的事了。成虎呢,虽惦记着这茬,却不敢面对面说她,他对这个媳妇是心存畏惧的。他怕说急了,这女人啥事都做得出来。

上工路上,队里社员开始撩成虎:成虎,你个狗日的,又把媳妇肚子整大了!成虎,这会你弄的是儿子吧!赶紧给我们准备甜酒喝哦!

成虎，你怕是天天晚上不消停？也不心痛媳妇背不背得住你狗熊一样的身子呢！你不心痛，让我们心痛算尿了！

每当这个时候，成虎都红着脸，一遍一遍申诉着他的委屈。

都生些丫头片子，有啥用？

生一个多一张嘴巴，将来一长大都是人家的。将来老了，做不动了，连个帮手都没有，作难哪！

玩笑归玩笑，听话的人也都是整天趴在地里苦做的庄稼汉，哪个不明白没有儿子的苦衷呢？他们万分同情地看着秀芝小山包似的肚子，实心实意地劝成虎，你要找先生给秀芝把把脉呢！万一怀个不想要的，趁早弄包药吃了！

秀芝继续置身事外。

不光是不理会旁人，就连逗两个丫头的话和平日里对成虎的唠叨，通通懒得开口了。

她本来是有啥憋不住的一个人，猛地装了哑巴，这种安静让成虎犯怵，生怕她突然爆发出来，把这个家闹得鸡犬不宁；也生怕她突然消失，扔下他和俩孩子。

在这种日复一日的不安中，成虎不再有揣摩生男生女的心思了，只盼着秀芝能给个好脸色，让日子正常着。秀芝倒是跟没事儿人似的，每天将两个丫头安顿到韩婶子家后，坚持到生产队挣她那八分工。扛啊、挑啊、累活、重活一律不在乎，只是想着肚子里那一块肉自己受不了，掉下来就算了。

结果那一团肉还真个就像跟定了她似的。

身怀六甲的秀芝和其他妇女一样，一背篓一背篓往山下背苞谷棒子。队长实在看不过意去，叫她坐在院子里撕苞谷壳。

这虽是轻巧活，但也没个阴凉地方，太阳火辣辣的直射下来，湿了大襟褂子，粘在身上，一片片的汗渍。

成虎瞧出秀芝是在跟他对着干，想了半天去叫了韩婶子来劝。

韩婶子一边帮着撕苞谷壳，一边叹息：别犟了，人哪个能犟过命去呀！生女是命，不怨你，是他成虎说混账话呢！话说回来，咱这乡下要是没个儿子，你们这辈子活路就苦了，到老了更是没依靠哪。他成虎虽说是说了混话，也是想以后落个有儿防老，不被哪个笑话嘛！否则，就他那个熊样子，能娶了你做媳妇？这是他前世修的福⋯⋯

秀芝听了韩婶子的话，眼泪像断了线的珠子。硬是哽咽了半晌，将心里的委屈散尽了，才跟着韩婶子回屋。

秀芝手巧。快分娩的时候，她将穿了许多年软软和和的旧衣改成丁点大的小衣，又在邻家找了些红布头和黄丝线，给娃绣肚兜。大女子懂事，偎在娘跟前一声不响的看娘绣花。二女子哼哼唧唧总是闹着要吃，秀芝拿了个蒸红薯塞到她手里，哄她躺凉席上去。

突然想起一件事，秀芝抬头看了看神情专注的大女子，漫不经心地问：兰子，你说妈妈肚子里是弟弟还是妹妹？妹妹！兰子不假思索地脱口而出。

秀芝一怔，又转头拉过二女子手里的红薯，把她的小手放到自己肚子上，问她：妞妞，你摸摸妈妈肚子里是弟弟还是妹妹？是妹妹！二女子脏兮兮的手只在秀芝肚子上摸了一把，笑嘻嘻的又扑过来抢妈妈手里的红薯。

恰好成虎进屋听到秀芝在问的话，十分不快。尽做莫名堂的事呢！月份小的时候让你去把脉，你不去。现在眼看就要生了，有什么好猜的！

秀芝白了成虎一眼，烦心地扔下手里的针线。

分娩那天，秀芝的犟脾气又来了。

她坚决不让成虎找接生娘子，坚持自己接生。一方面是自个儿跟自个过不去，像是要逮着个机会惩罚自己似的。另一方面呢，她经历了两次生产，确实也看会了怎么接生。

她跟成虎说，痛终归是要自己忍着的，就想着是使劲拉一泡屎罢了，还能省下请接生娘子的两升白米呢！

就这样，她在床上咬着牙硬是忍受了两天一夜的熬煎。

很多事情就是这样。你越想要的，越是得不到。

秀芝剪脐带的时候先去瞅那娃娃屁股。只扫了一眼，浑身的力气就被抽光了，身子跟着瘫软下来。最后勉强挣扎着，拿夹层小褥子把不足五斤的小东西包了。

那夜，差不多是子时，屋外黑黢黢的没有一丝亮光，不时传来一两声飞禽鸟兽古怪的鸣叫，衬得黑夜格外空寂和阴森。孩子炸响的哭声，在夜晚显得十分刺耳。

老大兰子和老二妞妞偎挤在床角，惊恐地看着闭着眼的母亲和涨红着

160

脸哭闹的婴儿。成虎端过一碗红糖水，递给兰子，指指秀芝。

兰子使劲摇醒母亲，扶她坐起来，把红糖水递到她唇边。

秀芝勉强接过碗喝了两口。她哀怨地看看兰子和妞妞，一把拉到怀里搂着哭了起来。好像从来没当着孩子的面这么放纵地哭过，这一下子突然释放出满肚子的委屈。

成虎坐在屋角，被她哭得手足无措，心里发毛，嘴上嘟囔说，让你拿脉你不去，娃娃都生下来了，有啥好哭的！声音不大，秀芝却听得真真的，也不辩解，只管一声一声哭得撕心裂肺。到夜半三更，哭哑了嗓子，才昏沉沉睡过去。

大小四五张嘴要吃饭，秀芝只在床上歇了两天便下床了，该干啥干啥。

家里找不出发奶的东西，秀芝一丁点奶水根本不够娃吃，每天只有抓两把米熬成米汤，加点白糖，喂刚生下来的三丫头。

这孩子面黄肌瘦，病殃殃的，被秀芝搂在怀里，像只可怜的小猫。

无奈，秀芝突然没有了食欲，搅的面汤疙瘩喝下去就反胃，一日日比之前害喜还厉害。她不说话，仍莫名其妙的自己跟自己赌着气。每天把成虎和孩子的饭菜端上桌，然后抱着奶娃坐在灶门前，以前的精气神没了，目光空洞洞的。

成虎瞧着她这样别提多慌张，嘴上不说，要劝的话都在眼睛里了。秀芝回避着成虎，把满肚子的心事一直压着。

这一日，成虎小心翼翼跟她商量，四队的张家刚又添了一个男娃，前面已经有三个了，所以托了人来说和，想跟我们换一个。要不拿老三跟他家换吧？反正都是正阳大队的人，跑不了。要是不行，再换回来？

秀芝愣了一下，低头看怀里的奶娃，下意识地又朝紧地搂了搂。末了，就应了一句，依你吧！

成虎怕事情不稳妥，又去告诉了张老爷子和韩婶子。张老爷子和韩婶子能说什么呢？他们也只能跟着哀叹几声，说一些宽心的话安慰安慰成虎罢了。

不出几日，张家媳妇便抱了儿子过来。

秀芝搂着自家老三，看了一眼那虎头虎脑的男娃娃，伸出手摸了摸他胖嘟嘟粉嫩嫩的脸蛋。

张家媳妇也看了看秀芝怀里的丫头，啧啧地叹息：奶水不好吧？你看娃娃瘦的……眼睛倒是随你，好看，大花眼睛，双眼皮！

两个奶娃都惹人爱，但谁都没敞开怀将自家的奶娃递给对方去。

两个男人站在院子边，一边卷着旱烟，一边细听两个女人有一搭没一搭的拉话。站久了，两人大概都倦了，想赶紧结束这揪心又无可奈何的事。

张家男人说，成虎，都是一个大队的，你看事情能成的话这就抱走。要是不愿意，我们也不耽误工夫。成虎弯腰把手里的旱烟袋搁门槛上磕得咚咚响，闷头问秀芝，看好了没有？行了就换！不想换的话也莫耽误今天的活路！

两个女人一听，眼圈就红了。

奶娃的衣服是一早新换上的，秀芝一抹眼睛，苦笑着把娃递到张家媳妇的臂弯里。又从她臂弯里抱出人家睡熟的胖儿子。

张家媳妇看了一眼自家男人，舍不得转身离去，低着头嘱咐秀芝：妹子，以后我们就是一家人了。我们这娃娃还没取名字，让你们当家的给取一个。

我这老三也没起名字，你家取吧！你放心，我会好好待她。

秀芝难过得不敢抬头。

张家换过来的儿子，成虎说，就叫得男吧。

秀芝说，难听死了，还是叫一男吧！

一男躺在秀芝温软的怀里，秀芝觉得陌生，但她不敢说，她怕话说出来人家会以为她不贤惠，怠慢了换来的儿子。

其实她不知道，成虎虽说稀罕男娃儿，抱在怀里老盯着娃儿的小牛牛看。可稀罕归稀罕，咋就找不到亲近的感觉。

大概连这娃儿自个儿也觉得别扭吧！小家伙在秀芝怀里吃不到丰润的奶水，米汤喝了就吐，一天到晚扯着嗓子可劲儿哭，不到一星期，秀芝就被这娃儿折腾得筋疲力尽了。

秀芝的丫头到了张家也不安分。血缘关系或许有着与生俱来的神奇，总之，在这边喝米汤水的奶娃儿到了张家媳妇怀里，明明有喝不完的甜奶水，却不知道咬奶头。

张家媳妇抱她回来那天，就给她取名叫如意。原想着，家里三个男娃一个女娃，生活该算是如意了。谁知道，这病猫似的小可怜儿根本不领情，不愿遂大人的意，白天睡一会儿便哭，哭累了再睡，到了晚上更是哼哼唧唧不停歇地闹腾。乳头塞到她嘴里，扭着头就是不吮，只是可劲儿哭，哭得咽长气短。

这样到了第七天，两家的男人听着奶娃儿糟心地哭都听烦了。两家的媳妇看着奶娃儿一天到晚哭得红肿的眼睛也都不忍心了。

秀芝找成虎商量，再不，我们去把老三换回来吧？

成虎叹气说，都是命哪！人不认命不行啊……

两家男人各自抱着娃儿又换了回来。

秀芝搂过换回来的三丫头百感交集，叫一声：我苦命的女女啊……两行泪唰的就下来了。

从头一个夫家，再到成虎，秀芝生下的都是女子。她晓得有多少人在背后作践她，说她尽生"赔钱货"！这里头的苦和不甘没人能懂，成虎是粗人，自然不懂，女儿尚小更是不懂。

秀芝把一男这个名字给了三丫头——就当是引子罢了！她这样想着，心心念念告慰自己，也许第四个会是男娃呢！一定要多生几个，总会生出一个儿子的。

这念头像一道符咒，让秀芝在以后几年轮转的岁月中，一连又生下了两个丫头。

三、船娘子就是妖精

寒冬的夜晚，秦岭深处的天黑得格外早些，气温也比山外要低很多。

正阳大队的人们在这样清冷的冬夜一般都会围着火炉，一边烤火，一边各自干各自手头的活。

成虎屋里的火炉正旺，硕大的花柳木树根还是初秋从林子里挖回来的，搁在屋后阴干三四个月，正是易着火又劲头足的时候。树根从一侧伸进火炉，被红彤彤的火舌一舔，很快燃起来，忽闪着的火苗一会儿长一会儿短。吊罐里已经煮沸的水突突冒着热气，润湿的空气里飘荡着散不开的烟尘。火光温暖地映照着秀芝四岁的大女儿兰子和三岁的二女儿妞妞，她们红扑扑的脸蛋和两双几乎同样眨巴眨巴的大眼睛，如暗黑的夜晚被照亮的星星，闪着令秀芝陶醉的光。此时，她们手里攥着白天吃剩的锅巴津津有味地咀嚼，眼睛始终好奇地盯着妈妈秀芝的手。小一男坐在自制的木摇车里，呜啦呜啦说着其他人听不懂的话。

秀芝一针一针的拉长麻线，费劲地纳着厚鞋底。

成虎，这是今年给你做的第三双鞋了，人家都是一年顶多穿两双的。她抱怨说。

靠墙窝在火炉一角的成虎抬头看了她一眼，继续剐着手里的桐子。他两腿之间夹着箩筐，筐里是秀芝下午领着兰子进树林捡回来的桐子。自从入了冬，秀芝每隔两三天便得去捡一回。

成虎把桐子籽剐出来，存够一挑担就送去生产队，这样到年底可以多分点粮食。手里机械的动作做了好久，他的脑子迟缓得像是还在打着盹，好半天才接上秀芝刚才的话。

你把鞋底子填厚一点，耐穿些！

秀芝叹了口气，说：手上纳的鞋底就是做得足够厚了，针锥不进。戴的顶针子又找不见了，不晓得这两个碎崽给我扔到哪里去了！

下次进城再买一个吧！成虎说。

他看一男趴在木摇车上睡着了，便走过去把她抱起来，又召唤兰子和妞妞一起到里屋睡觉去。

成虎刚进里屋。队长陈远带着一身寒气，一猫腰钻了进来。

成虎呢？睡了？成虎——

陈远嘴里喊着，一屁股坐在刚才成虎坐过的地方。

秀芝放下手里的针线，赶紧站起来找搪瓷缸子给他沏茶。笑着说：他才把娃娃抱屋里，哄她们睡觉去了。你莫要喊了，一会儿把娃娃都喊醒了！

这队长陈远大成虎四五岁，在生产队也是说一不二的厉害人物，虽说有些霸道，却也掌握着分寸，做事丁是丁卯是卯。平常在集体上工的时候，见了秀芝也跟其他社员一样爱讲些荤段子，诌些闲话。这夜才喝了些酒，又要商量正经事，他怕自己跟秀芝一开玩笑嘴上神不住轻重得罪人，便有心不跟秀芝多讲，偏要喊成虎出来。

你个女人家不哄娃睡觉，叫他哄。你去，让他出来，我跟他诌点事情。他一本正经地说。

秀芝看陈远严肃的样子，倒不像是说笑，进屋很快叫了成虎出来。

你屋里的会不会唱花鼓子？

陈远问。

成虎疑惑地看看陈远，说：咦？刚才人在这你不问，叫我出来……我还真不晓得她会不会！

陈远说：公社要大队组织群众耍狮子、龙灯、彩龙船，过年热闹热闹。狮子和龙灯我不怕，有我们几个老家伙带几个年轻的小伙子顶着，就是这彩龙船……

陈远说到这皱了皱眉头，端起滚烫的搪瓷缸子噗嗤吹了一下，嘬起嘴使劲吸了一口。

彩龙船怎么了？没人耍？前些年不是有人耍嘛！成虎说。成虎捏着自己切好的烟丝放在二指宽的纸条上有条不紊地细细卷着。

陈远重新把搪瓷缸子搁在火炉边煨着，听了成虎的话，从鼻腔里哼了一声，说：队里头艄公和陪姑娘都有现成的，但是今年的船娘子没有定。以往是我媳妇耍着，开春里头掰春芽子摔了一跤，手贱，逞能呢！到现在腰和错了榫的脚踝还没有好利索。加之停耍的这两年，她胖了足有二十斤。就她那样，即便没闪了腰，现在也扭不动跳不动了。

陈远说完，接过成虎卷的纸烟在火炉点燃，猛抽了两口，这才将自己方才的话做了个总结式结尾，他目光热烈地看了一眼成虎说：我们队里头能上得了场面的怕只有你屋里的秀芝了！

成虎听了，立马脑子里转了几个弯弯：若是秀芝就这么去了，队上那些本来就嫉妒秀芝的娘们岂不是更要说三道四了？便有心推辞，笑着说：多谢队长你看得起我们，秀芝怕是没那个本事。一来船娘子要唱要跳，秀芝没玩过彩龙船不说，怕是也没有唱过花鼓子；二来我们一屋的娃娃，你看，一男还不会走路，每天做啥都得捆背上。依我说，要是万一嫂子去不成，你另外再物色一个，队里有那么多女社员呢！

你这是屁话！

陈远生了气。他大概没料到成虎会不给他面子，当了这么多年队长，他最讨厌社员当面顶撞自己，挑战自己的威信。

我媳妇要是能去还要这么晚来给你下话？队里那些女社员要是都能行，我还用操这份闲心？这是上场面的好事，你以为我不想让我媳妇去呀？

秀芝恰好出来，也没明白他们先前在说什么，倒是只听到了陈远这一句，便接了话，笑着打趣：既然是上场面的好事，我也觉得应该让干部家属去呢！至少比我们这乡巴佬见的世面多，不会像我们一样畏畏缩缩的！

陈远摇摇头，再次从成虎手里接过一根卷好的纸烟，拿在手里捏了捏，又不想抽了，顺手别到耳朵上。耐着性子跟秀芝说：刚才我也跟成虎说了，我媳妇一是腰伤没有好利索，二来腰杆子比水桶还粗，胖得太难看了，真上不得场。若不是这，每晚上至少挣两升粮呢，我为啥不让她去？再说，白天不耽误你挣工分，就正月晚上每个队上跑跑，让大家伙热闹一下。你想必也见过，哪家社员接了灯不好礼、好烟、糖食果子打发的？一个正月，我保证挣回的东西够你们一家吃两三个月！

　　成虎和秀芝认真听完陈远的话，才知道委实曲解了陈远的好意。说到能挣些口粮回来，二人一下子就动了心。

　　陈远又抬起头来看秀芝，问：你唱过花鼓子没有？

　　火光映出秀芝脸上的几分羞涩，很快，内心泛起的一点点的骄傲让她的神情变得生动起来，就连礼节性的微笑也在忽闪的火光中温情脉脉。

　　成虎见秀芝兀自走神，急忙提醒她：陈队长问你呢！

　　秀芝抬起头，不好意思地说：我见过，我会！原来我还给镇子上的彩龙船做过陪姑娘呢！我也唱过花鼓子，但可能没有老辈人唱的好！

　　陈远一听，哈哈地笑着，一拍大腿站起来，连声说：那就好！那就好！花鼓子歌嘛，老辈人唱得不一定好呢！还要有女同志上台，有人搭台唱，戏才能出彩！

　　早年，陈远自己领头扎过狮子和彩龙船，在整个生产队，要说耍正月里的热闹，还真没有人比他更有经验和发言权。

　　说妥了事，陈远也不闲扯，站起身来一边往外走一边看着成虎叮咛秀芝：我先定下秀芝当船娘子，再去找其他扎船的人。等人凑齐了，把大队的锣鼓家什抬到大院坝，你亮个嗓子！

　　不出十日，陈远就来给了信，说人齐了，彩龙船也扎好了。

　　这天早上，秀芝起来先把娃娃喂饱，放在床上用被褥围了，这才着手将自己打扮一番。原本是俊俏人，也不屑涂胭脂抹粉的作弄，秀芝在箱底子翻出和成虎结婚那日穿过的玫红色对襟蝴蝶盘扣的确良罩衫，套在束了腰的棉袄上，又配了一条卡其布深蓝裤子和一双刚做成的松紧布鞋。俗话说得好，人靠衣装马靠鞍呢！换了身干净衣裳的秀芝，往那一站，整个屋都亮堂了。

　　也难怪，队里那些老人家裁剪的棉袄宽大得没一点式样，秀芝自家裁剪的棉袄却是比照腰身做的，棉花铺的不多，该大的地方大，该小的地方小，穿出去自然合身得很，特别是把个纤细的柳腰和浑圆的胸脯衬托得恰到好处。

盛年风韵被穷家主妇的日子日日遮蔽着，现在这么一拾掇，二十七八的秀芝跟十八九的姑娘一样俏丽，而眉眼里又比那些小媳妇、小姑娘多了几分经历世事的风情。

院坝上锣鼓家什摆了一排，彩龙船和染了色的蓑草狮子搁在院坝中央。两个头上包了头巾的艄公，几个耍狮子的年轻小伙和队长陈远一起蹲在地上抽烟，有一搭没一搭的忆着猴年马月舞狮子耍龙灯的事。比秀芝来得早的还有五六个要作陪姑娘的，有的只管纳着手中的鞋底，有的将手缩在袖笼里嘻嘻哈哈的唠家常。

不晓得谁说了声，船娘子来了！

众人便都回过脸去往来路上瞅。

哎呀呀！你今天穿的跟新娘子似的，配上彩龙船刚刚好呢！还是陈队长会挑人！五十多岁的艄公陈驼子站起身来，大声招呼秀芝，又故意回头望着陈远嘿嘿嬉笑。陈远既不羞也不臊，回敬他说：她可是要跟你搭戏呢！给你挑个好人手，免得你撑船唱歌没劲！

秀芝被几个陪姑娘簇拥着，将彩龙船抬起来钻了进去。陈驼子过来将船里固定的肩带指点着秀芝挂好，又教给她一些省力气的要领。

随着陈远的一声吆喝，敲锣打鼓的人铿锵铿锵操练起来。

这彩龙船也叫采莲船，在秦岭以南的汉江沿线似乎自古就有，也有老辈人称之为跑旱船，大概是相对于汉江上渡河的木船而兴起的叫法。会竹编的人大都会自己扎，以竹片做骨，竹篾支架，再用五色彩纸裱糊，用彩纸扎花装饰船舱和船舷。船舱顶上的四角除了纸花垂吊还有四个灯笼，舱身三面用花朵点缀，一面用五色小纸花做成坠子，从上到下垂吊成花帘。随着船身摆动，花帘摇曳，里面船姑娘的面容便若隐若现。船舷下方，扎船的师傅用绸缎围起一圈来，刚刚能遮住船娘子脚踝以上的部分，他们巧妙地留出穿着绣花鞋踮着脚尖轻盈来去的一双秀脚，让观赏的人浮想联翩。除驾船的船娘子外，彩龙船还有一个男人扮成贴着长胡子的艄公假装撑船，随着船身启动表演开始，或跳险滩，或驳船，中间边摇桨边唱花鼓歌。

秀芝把挎在腰间的彩龙船试着用手掂起来抖了抖，比她想象的要重一些，她又试着摇晃了一下，纸花便在她眼前闪着绿的、粉的、红的光，它们发出窸窸窣窣细微的摩擦声。这声音像是把秀芝带进了春天，令她无比的欢快。

不知谁起哄：唱一个！唱一个！

院坝里闲来看玩耍的几十个便跟着起哄，吵吵嚷嚷，一下子将场院闹腾起来。

陈远冲观看的人挥挥手，指挥着锣鼓认认真真敲打起来。陈驼子精神抖擞一亮嗓子，院坝里笑着闹着的人顿时息了声。

> 笑哈哈呀喜哈哟哈哟
> 陈队长有个好老哎婆哎
> 白天她挑花哎又绣那朵
> 夜晚她捶背嘛又抱哎脚
> 二人好快活哎——

陈驼子唱罢，众人都转过脸去，看着陈远哈哈大笑。

陈远并不搭话，由着众人嘻哈。他惬意地抽着卷烟，一口口吐着烟圈，眯缝着眼，无比享受那一刻的闲适与欢乐。

秀芝唱一个吧！

秀芝一边听陈驼子唱歌，一边跟着鼓点摇着彩龙船在院坝中跑场子，摇船。冷不丁被陈驼子一叫，慌乱地停下脚步，又引得众人一阵好笑。

彩龙船四个角垂下的灯笼闪着光，将舱身亮闪闪的金色花朵映照得光彩夺目。秀芝泛着红的面庞在炫目的灯光中也如花一样粉嫩娇艳，只是她因为激动，有点晕眩。

你唱啥？要唱短板的还是长板的？我好给锣鼓说。陈驼子凑过来问秀芝，又小声给她打气：莫要怕！只管唱你的，没人会笑你！

那我就唱一个短的吧！秀芝说。陈驼子点点头，忙转到边上，跟锣鼓一阵交代。

> 樱桃好吃哎树难栽，

花鼓子好唱哎口难开。
要吃樱桃你等春天来，
要唱花鼓子哎你跟我来
莫笑我唱不出彩哎——

你若能唱你就来耶
莫等姐姐我凉了台
花鼓子凉台耶不热闹
锣不打嘞耶鼓不敲哎——

秀芝一曲唱罢，摇着彩龙船踩着莲花碎步跟着鼓点绕场子跑了一圈。她的声音清亮纯净，婉转多情，妙如灵雀。院坝上的人都屏气静声，那些微张着嘴的、满面笑容的、惊奇的一张张脸，都映在秀芝的眸子里，她高兴极了。

妈呀，这嗓音，好！

猛然有人带头拍起巴掌，全场只听到啪啪一片，笑声和啧啧夸赞的声音，像炸开了锅。

秀芝按捺住一颗突突直跳的心，轻舒了一口气。继续唱道：

闲下我到汉江边哎，
鸳鸯游到河中间哎——
大风大浪来打散，
打散鸳鸯哦河两岸。
何日才能啰重相那个会
皇天不负哎有情人。
天上嘟个月老牵红线，
分散的鸳鸯又团圆。
嘴对嘴来哟肩并那个肩，
红罗帐里续姻缘——

秀芝唱罢，跟着鼓点节奏继续摇着船，好久没听到掌声，心里七上八下。还没等一口气缓过来，陡然一阵急雨似的铺天盖地响起，叫好声此起彼伏，秀芝轻吁了一口气。

想到今后自己能靠这给娃娃挣口粮了，秀芝感到前所未有的身心舒畅。

从正月初六出灯，不出半月，秀芝便成了四五条沟里的红人。

白天她搂着奶娃睡觉，傍晚便跟着狮子龙灯翻山越岭走家串户。

成虎每晚遵照秀芝的指示，左手牵老大，右手牵老二，孩子走不动了，成虎便轮换着背她俩。秀芝把三丫头一男捆在背上，到了地方，再交给成虎或者同来的邻居。反正有热闹看、有甜糖吃，孩子欢天喜地的，秀芝和成虎也省了不少心。

这样全家出动，秀芝也是动了心思的。到半夜，待打过报灯的家户闹完，当夜分到人头的除了红包，还有粮食、糖果、烟酒，秀芝的那一份就由成虎一袋子扛回来。遇到家境殷实的大户，一家人都能跟着秀芝沾光打打牙祭。运气好的时候，还有人户用山沟里难得一见的芝麻饼作为回礼，秀芝每次都能比陪姑娘多分一个，带回去可以给孩子吃上一个星期。

秀芝心性灵巧，不出一月，不论是"跑场子""卧滩""鲤鱼跳龙门"，还是"泊船"，陈驼子会玩的花样，秀芝都拿捏配合得刚刚好。她的唱功也越发精彩，只要鼓点一响，即兴的词无论长的数板，还是短板，都能脱口而出。不但能凑了正月的喜庆吉祥气氛，还给到户的主家增光添彩。

一般来说，狮子龙灯闹到正月后期，普通人户再无兴趣接灯了。但是那些住在山沟野岔的人家一年到头也难得凑回热闹，正月里走亲串户也没少听船娘子秀芝唱歌的新鲜事，因此，凡是打报灯的人上门只消说起船娘子秀芝要来呢，主户便都带着好奇应承下来。

就这样，他们的狮子龙灯队一直闹到正月二十八九方才歇住。

秀芝成了整个公社的大"明星"。而自然也有如成虎所料的闹心事发生。

就譬如，曾经有那么一个男人，也不是一个大队的，他每天晚上追着秀芝他们的龙灯队跑，秀芝走一家，他便跟一家；秀芝不开口，他就在底下瞎起哄，吹口哨。秀芝一开口，他指定抢在陈驼子前头和秀芝对唱。后来，全队的人都知道他迷上了秀芝，有一天他居然明目张胆跑到成虎家门口唱花鼓子，逼着秀芝出来。成虎气地拿起大粪舀子泼了他一身粪，用扁担追着他撵了两里地，方才肯罢休。

不过，这些个破事儿到了成虎这儿，他不吭不哈用他的方式全部挡了。

这事闹出一些风言风语。队里几个女人大概是嫉妒心作祟，用各种话撺掇成虎让他最好管着秀芝，不让她再做什么船娘子。甚至有人当着成虎说，你家秀芝是妖精哪！她一嗓子把男人的魂勾走了，召唤得满山跟着跑！她迟早要给你整个绿帽子的！

成虎听到这样臊脸的话，也不恼，气定神闲地把话顶回去。若有本事，你就给自家男人拴个裤腰带，牵在手里别丢掉了！船娘子就是妖精，不妖精也当不了船娘子！

秀芝无意中听到成虎这样维护自己，心里别提多热乎。以前偶尔两个人拌嘴，她都会说一些嫌弃成虎窝囊的话，打这以后，她再也没在成虎跟前提这两个字。

秀芝三十岁那年生下老五，取名多多。

那时候，兰子和妞妞已经上了小学。一男和四女儿月月，一个不到四岁，一个不到两岁，正是磨人的时候。看着竹笋一样成长的几个女儿，成虎和秀芝节衣缩食，想尽办法又盖了两间新屋。

多多的出生，仿佛已经变得可有可无。所以，尽管她在秀芝肚子里折腾了两天三夜才出来，尽管她出生就落在刚刚盖好的新屋新床上，但这个家并没有因为她的出生而增添丝毫的喜庆。

相反，她的出生，让成虎和秀芝的眼神同时黯淡下去。在迷信的成虎看来，这个女儿不过是自己前世作孽今生落下的又一个报应，不过是让这个窘困之家雪上加霜的又一张吃饭的嘴。

她的出生让一心渴望生儿子的成虎最终陷入断后的绝望。秀芝也就这么在她身上断了生儿子的念想。更让人想不到的是，从她出生这一年开始，从来相互迁就的成虎与秀芝两个人，开始了他们后半辈子无休止的争吵和打骂。

多多出生后不久，成虎给生产队仓库修检屋顶时从房梁上滚下来摔断了腰椎和肋骨。

成虎在县上的大医院做了手术，对腰椎和肋骨都进行了复位。

那天手术做完，主刀医生特地将秀芝叫到医务室，嘱咐她说，病人的手术虽然成功了，但一些神经受损的原因，腰部康复后很大可能会存在性功能障碍，对以后夫妻生活有影响。而且依照成虎现在的身体状况，至少得住两个月才能出院。让秀芝耐心些，好生照料。

秀芝红着脸从医生办公室出来，什么也没说。回家将四个娃娃悉数托给韩婶子，家里能变卖的东西折了价卖给队里的好心人，又跟陈远队长借了十几块钱，自己带着多多，在医院衣不解带的日夜照顾成虎。

秀芝在医院陪护的时候，受医生启发，给成虎用布缝了个护腰的围子，用粗麻线将双层围子隔成四指宽的竖条，再给每个竖条里用麸皮填实，最后用针线密密实实缝好线口。这种围子裹扎在腰上，刚好竖条凹下去的缝隙与身体和床板同时形成间隙，既能紧紧护住受伤部位的骨头不会错位，也能让局部身体和床铺产生距离，防止褥疮。

成虎很喜欢，说：你这缝得咋跟个武装兵腰上装手榴弹的布搭子似的？用上这个，我就是名副其实的伤兵呢！以后伤好了，我要把它收起来留纪念。成虎后来果然一直当宝贝似的，把这个布围子压在箱子底，直到几十年之后他去世，才随箱子一起烧掉。

话说成虎的伤养了三四个月方才能勉强下地，却也干不得重活。这样一来，别的男劳力一天记十分工，他顶多只给记到八分工，顶一个女人出工。家里四个人每天下地，还不顶别家三个人的工分。秀芝不干，跑到生产队去找队长陈远理论。秀芝说，我男人是给集体干活摔伤的，是工伤，现在干活不行了，集体不但不照顾，还要克扣工分。明晓得我们是一大家子人，七张嘴要吃饭，到年底分不到粮食，让我们到哪里去讨饭吃？

陈远一听，也觉得秀芝说的在理，便在队里召开大会时把这事提出来上会议了议，最后同意给成虎仍按正常劳力的十分工计。

即便如此，这年到了年底，成虎家也只分到三四百斤的粮食。孩子可不懂得啥灾年不灾年的，常常一饿了就围着秀芝围着锅台转，哭着不肯走开。秀芝没奈何，也和村里其他妇女一样，挖些地地菜和香蒿掺杂在玉米面里。每次熬玉米糁糊糊，尽量黏稠一些，能多顶几个时辰。

四、来了一个家门

苦熬到土地分到户，家家都铆足了劲整日里早出晚归侍弄田地，若是收成不好，公粮交不上不说，产品税更是个难题。成虎家孩子多，却没有算得上的劳力，统共分了两亩田四亩地，一家大小凡是不去学堂的都整日趴在地里。

劳力需要换工，今天你帮衬人家，明儿你忙了，人家再来帮衬你。成虎家就自己一个男劳力，平日能腾挪出空闲去帮别家的少，自然，等到自家猴急的时候，也就请不来人帮忙了。

早春时节，眼瞅着别家玉米和洋芋都下了种，稻田犁了出来灌上水又育上了秧苗。成虎急得团团转，村里寻摸半日，也没找下一个打耙犁田的帮手。

秀芝跟他商量，实在不行她差兰子去三十里外的大姐家，把姐夫和他家的牛都请来帮帮忙。

成虎犹豫。他知道秀芝好强，这么些年，秀芝一直记恨着当年大姐没有帮她的事，无论日子多苦，秀芝从来没有动过去求大姐的念头。

因此，那日秀芝问了两遍，他推说，再找找吧，急也不在这三两天。

结果第二天早上，开门便迎来一位稀客，成虎也搁下了出门找人的想法。

秀芝在睡房听到成虎粗声寡气地说话，到堂屋一看，却是一个未曾见过的男人，身材魁梧，面容周正。成虎介绍，这是住到河那边的家门兄弟，叫蒋俊生，才从远地方回来。你赶紧烧水泡茶，把鸡关一个，等会杀了，我和俊生好些年没见了，要好好喝一盅。

秀芝一听这名字就想笑。俊生俊生，果然生得俊朗，说是家门，却和自家男人没有一点像的。单看那身高个头，与成虎就不像是一个门户出来的。

但说起来，这蒋俊生确实跟成虎算是本家兄弟。爷爷辈上都是一个院里的，后来分家门立家户的兄弟多了，住得远了，就断了来往。蒋俊生原先在关中当了上十年的兵，退伍后在关中做了上门女婿。也没多久，媳妇一场病死了，蒋俊生便带着三个儿子回到了老家。在汉江河边的荒坡地盖了三间土坯房，请工匠打了只木船，靠捕鱼捞虾度日。后来，见河滩上有人淘金，他也用竹子打了淘金床，没有鱼虾捞的季节，就在河滩上挖沙淘金，日子还算殷实。

这一天晚饭，秀芝杀了鸡，煮了腊肉，又喊来隔壁邻舍的男人作陪。成虎拿出自家酿的拐枣酒，火炉上煨热。

席间，秀芝进来添加热菜，蒋俊生站起来，红着脸，恭恭敬敬地端起酒杯，叫了声大嫂，喊了一声，脸却臊红了，又说：给你添麻烦了！我敬你！说完，不等秀芝应声，自己仰起脖子一饮而尽，然后拿着空杯，定定地等秀芝喝。

他眼睛亮得射人，像是能穿透人心的。

这真是个直性子人哪！秀芝避开他的目光，说：说什么麻烦不麻烦的，既是本家亲戚，河对岸隔得又不远，比县城还近些呢！这么多年也不来一回，倒是见外了。

秀芝说完，抿嘴一笑，端起酒杯把酒喝干了。

这一夜，秀芝做了个奇怪的梦。梦里，她穿着斜襟月白的衣裳，青色裤子，站在院门前那一大丛美人蕉旁边。院子是当下的院子，美人蕉也是她从韩婶子家移植回来的美人蕉，而她自个儿，却又是当姑娘家时候的模样。梦里，一个穿着中山装的男人从院坝坎慢慢地走上来，看见她便说，原来你在这里呀！让我好找。声音听得真真的，说话的那个人面容怎么也看不清。只看见侧面的轮廓和衣着，却和白天的蒋俊生一模一样。

第二天早起，秀芝见了蒋俊生，自然想到头天晚上的梦，脸一下子就红了。

蒋俊生言语也突然笨拙了。见了秀芝，嘴角不自然地笑笑，四十岁的汉子搓着手站在那里像个不谙世事的毛头小伙。

按他心想，成虎找的媳妇怎么也该是一张慈祥的大脸盘，敦敦实实的中年妇人才对。又或者，她应该是一棵秋天的树，时刻散发着成熟和温暖气息才对。而眼前这个嫂子，跟想象中的人真是差了千里万里，她那双水汪汪的大眼睛简直不敢对视，说是已经生了五个孩子，可那脸庞光润得跟二十多岁的姑娘没啥两样。

蒋俊生得知成虎家的艰难，第二天回去把自己家的牛牵了过来，帮成虎把该犁该耙的田地都平整好，又帮着把油菜田、麦苗地该上的肥料买了回来。

过了些日子，等要插秧的时候，不等成虎开口，蒋俊生天不亮就赶到成虎家。这样帮来帮去的日子多了，他和秀芝也稔熟起来，总算没了先前的别扭。

当然，蒋俊生偶尔也会拿一些布料和麻线，请秀芝给他儿子做衣裤、棉袄和布鞋什么的。

蒋俊生待成虎有求必应，成虎自然对这个兄弟也充满感激，在秀芝跟前尽说这个兄弟的好。蒋俊生让秀芝帮忙的针线活，成虎会不厌其烦叮咛，说蒋俊生家里没个女人，娃娃们衣服烂了都没人补，你给他们做的东西针脚要细密。

后来，秀芝干脆隔上十天半月就抽空去蒋俊生屋里，除了浆洗缝补，还给蒋俊生和娃娃们做些炖菜，改善改善生活。

作为回报，秀芝每次从蒋俊生家回来，蒋俊生都会送给她一网兜小鱼。她也不跟他客气，家里一年四季缺盐少油，女娃娃都在长身体的时候，她把这些小鱼放在锅里小心翼翼地焙干，隔上三五天拿出来，能让女儿们解几回馋。

到蒋俊生家要过汉江河。秀芝不会荡桨，每次过河去，她站在半山腰的路边，隔河撩起嗓子一喊，只消两三声，那边便"哦——哦——"传来回应。等看着人家将船悠悠地荡过来，秀芝才不紧不慢地下到河边。有时候是蒋俊生来接，有时候是他儿子。喊船的次数一多，蒋俊生附近的邻家也认得了她这个十里八乡出了名的船娘子，若哪天赶上蒋俊生家没人，也有热心的邻居摆渡过来。

等到来年，成虎开挖荒山火地，因为自己腰里的伤，砍树挖地的重活全落到蒋俊生身上。虽然此时成虎和秀芝都知道，蒋俊生真是没把他们当外人，但还是心里过意不去，觉着欠下蒋俊生太多了。

因为如此，夫妻俩觉得无以为报，而秀芝唯一能帮的忙，除了替这个男人照顾一下缺少母爱的三个娃，也再无其他。

她替这个家还蒋俊生的帮工似乎成了理所当然的事，所以，她再去的时候，无须成虎示意，只要稍微得了空，拔腿就往蒋俊生家赶。

一日晌午，秀芝刚赶到河边，天就开始下起了暴雨。雨声和河里的水声裹挟着，喊了半晌也没听到对岸应声。

她下到崖底，看见蒋俊生的船还真的在那里，想到蒋俊生该是进城里卖鱼了，只是不晓得要等多久。

眼瞅雨越下越大，她大着胆子解开缆绳，学着蒋俊生的样子操起撑船的竹篙。

谁知这个时段恰逢汉江河上游的水库正开闸，河水水位增高，水流速度比平时要快很多。秀芝勉强撑到快接近河中的时候，气力就已经不够。从水中把竹篙拔出来再奋力插进水中的间隙，小船打着旋顺着江水一下子冲出两三米。当她再拔出竹篙，船更加晃动得厉害，急速地被水流怂恿着，很快偏离了横渡的方向。

秀芝慌了，手上完全没了力气，任凭船随着浪一会儿横过来，一会儿转过去，打着旋往下游走。

秀芝手忙脚乱，站也没法站稳，蹲也左右摇晃。回头望望身后，已经被冲出两百多米。滂沱大雨流到眼睛里，看不到更远的山坡，也看不到了原先泊船的渡口。她突然意识到从未有过的恐惧，以前看到过洪水卷裹浮尸的一幕幕画面，此时梦魇般地涌进她的脑海，感觉死亡如此之近！

突如其来的恐惧令她不能自己，突然迸发出声嘶力竭的哭喊：救命！救命哪！救我——

雨声太大，她的呼叫被哗哗的雨声转瞬淹没在浊浪翻滚的江面。

因为暴雨，蒋俊生捞的五六条大鱼只卖出去一条。他有些失望，也有些心烦气躁。下到河边，奇怪地发现自己的木船不见了。

此时，江面腾起的水雾和雨雾分不清彼此，对岸的村庄、树林以及河道更远处的水，都笼罩进一片灰暗的雾霭里。

蒋俊生以为是自己没把船头的铁链拴好，让大水冲走了船，他抹了一把脸上的雨水，睁大眼睛努力地往更远处搜寻。

这时，他隐约看到了船的影子，也隐约听到了呼救声。

糟了，莫不是秀芝？

他扔掉装鱼的竹篮，深一脚浅一脚地顺着河边的石滩往下游跑。

等他费了九牛二虎之力游到木船跟前的时候，秀芝也看到了他。吓得瘫软的秀芝像是忽然有了气力，她挣扎着站起来，哭着拿起竹篙使劲全力插在船舷边，试图让木船往下漂流的速度慢下来。

那一日，浑身湿透瑟瑟发抖的秀芝是被蒋俊生背回家的。

五、一男生病

邻近的公社要建一个大水库，生产队让每家出一个男劳力去支援，成虎第一批就被抽走了。自打他摔伤了腰，这些年一直也干不了太重的体力活，奈何家里也没有其他劳力可以替他。队长安慰秀芝说，到工地会跟那边管工程的人交代，安排轻一点的活路给他。

路远，被抽走的人半月才准回家一次。

好在这时候家里生活已经有了好转，大女儿兰子初中上了一年就回家了，后来还是陈远照顾，在大队做了赤脚医生。二女儿妞妞小学上完也不上了，每天在家帮着秀芝带月月和多多，学着给一家人做饭。秀芝在成虎受伤后，她不得不分担得更多一些，薅草、栽秧、施肥、下种，这些活她都得自己干。七岁的一男启蒙早，已经上了二年级。只剩下月月和多多还小，若没有妞妞回来照看，秀芝忙不过来的时候会把她们俩锁到屋内。有了妞妞的帮忙，秀芝轻松许多。

可秀芝自打知道男人必须得去修水库之后，脸色就没好过。她跟女儿说，你们的爸爸可从没出门那么久过，他是家里的天哪，他一走，我这心慌。一心慌，我就怕出啥事！

常言道，好事说不准，祸事一说就邪性了。还真是的，成虎前脚刚走，家里随后接二连三的就出事。

先是老五多多得了脑膜炎，高烧昏迷，在医院打针吃药三天三夜不见退，秀芝硬是守着几天没合眼。接着是老三一男在学校上课突然晕倒，口吐白沫、手脚抽搐，同学老师吓坏了，学校找了几个大一点的同学轮流将她背回来。

其实，一男在被送回的路上就醒过来了，当时一睁眼看到五六个同学惊恐地围着她，立马自己把自己吓哭了。秀芝也吓到了，她哪见过那阵势——那天，她还没从多多的大病中缓过劲来，见一男被同学小心翼翼地送回来，加之那些同学跟她描述一男晕倒时抽搐的模样，她顿时觉得，家里的天塌了。

秀芝把一男原地转了两个圈，看过来看过去也没看出什么异常。问一男啥感觉，一男说：啥感觉没有，好好的！

你怎么可能啥感觉没有呢？怎么可能啥感觉没有？再看看！再看看！

她让一男转了一圈又一圈，一男还是说，跟平常没啥两样。

她又让一男想想自己晕倒前吃过什么东西或者身体有什么不舒服。一男想起自己一大早在屋后摘了几个青李子装在衣兜里才走的，晕倒前十分钟，她趁着下课把兜里的李子全都吃掉了。

肯定是李子吃多了！老二妞妞说。

乡下人都爱说一句俗语：桃李杏伤人，李子树底下睡死人！意思就是说桃子、李子、杏子都不能吃太多，多了伤人，特别是李子。

一男，你晓不晓得？李子吃多了会死人的！一旁的妞妞断定一男晕倒是因为吃李子的缘故，忍不住埋怨道。

秀芝叹了口气，心下想着，就是李子吃多了，也不至于会口吐白沫手脚抽搐呢！

只是老五刚花掉了家里仅有的十多块积蓄，眼下这个季节，家里也没有可以变卖的东西。可无论如何，得赶紧凑点钱到县城找个老先生给把把脉呀！大不了，把家里的老母鸡连同刚抱窝的十多个鸡仔都卖掉。

过了四五天，还没等秀芝想到凑钱的法子，一男又一次犯病了。

那天，没上学的一男一个人无聊，就跑去韩婶子家玩。自打张老爷子去世后，身体健旺的韩婶子也孤单得只有大黄狗陪伴，看到一男，八十多岁的她兴奋得不得了，不停地从她抽屉柜子里翻出各种好吃的零食拿给一男。一男吃饱了喝足了，非要爬到她家以前放杂物的阁楼上去耍，韩婶子拗不过娃，便由着她爬去。

韩婶子在门槛上坐着，刚开始还听到一男在楼上唱歌，过一阵子便悄无声息了。韩婶子叫，说：你快下来，那上头到处都是灰，脏着呢！楼上没有一男的应答。韩婶子又叫，说：你在那上头不怕吗？老鼠、蛇经常在那里钻呢！楼上还是没有一男的应答。

韩婶子觉着不对了，大声唤：一男！你下来。一男，你下来！

可巧这时候秀芝在坎下也在叫一男回家。

韩婶子便拄着棍，蹒跚到院子边，叫秀芝赶紧上来，说一男在楼上没声了。

等秀芝爬上楼把一男背下来，一男还牙关紧咬，浑身颤抖，口吐白沫，手指头扣在手掌心使劲攥着，怎么掰都掰不开。

韩婶子到底比秀芝见识广，一边跪在地上掐她人中，一边跟秀芝讲：这娃怕是得了"羊角风"呢，赶紧找先生给她治。要是不治，这辈子可就废了！

秀芝把圈里一个年前才养下的百多斤重的猪仔卖掉了。进城到卫生院一查，大夫说是缺乏营养得下的，让娃住院治疗。秀芝一打听住院费，当下傻了，怕再有十个猪仔都不够。她带着一男在卫生院门口站了许久，又蹲了许久，咋都觉着作难，一时没了主张。后来，还是给一男检查的那位大夫，见娘俩蹲在门口抹眼泪，就给秀芝出主意，让她去西关街找一位中药先生，说他的中药治好了许多这样的"羊角风"。

那位先生白发银须，面相清癯。不大的一间中药铺子，坐着三四个等着看病的人。

秀芝看了许久，心下知道自己遇着贵人了，不禁滋生出许多希望。

后来，先生给一男把了脉，说是一男伤了神经，虽然可以治好，却要花费些时间，一两年怕是要的。

秀芝感激不尽，遵照先生的方子，把大包大包的药抓回来，生怕自己疏忽误了一男的病。可那位先生开的方子古怪，每次的药引子都不一样，秀芝有时不得不走很远的路，花更多的钱，将大夫要的药引子找齐。

成虎还不知道家里的事。眼看抓药的钱也没了，还有地里的草也该薅了，秀芝急得整夜里长吁短叹。

许是她的心思都被这些家事缠住，一段时间里竟没有想起其实是有一个人可以帮她的，那就是蒋俊生。

一日，蒋俊生进城卖鱼遇到秀芝家的邻居，方才得知秀芝的难处。那天天擦黑，蒋俊生赶到秀芝家，将用手绢包着的一卷带着鱼腥味的毛票塞到秀芝手上。他让秀芝别操心地里田里的庄稼，他回去把家里安顿好，隔上两三天就能来帮着把地里要赶的活都干了。

一男到底年纪小，对自己的病没有什么概念。她只晓得母亲秀芝到学校给她办了休学手续，可以不用天天去上学了。

接下来的数月，蒋俊生把这里好像当成了另外一个家，每天傍晚回去下网，早上把鱼拿到集市上卖掉，然后直接到秀芝家下地干活。那边家里活路积攒多了，他便和几个儿子集中劳作几天，一鼓作气干完。

六、暴露的秘密

时间转眼过去了一年。

一日，秀芝和大女儿兰子领着一男一早进城，找到那位中医先生重新给一男拿脉配药。因为先生嘱咐，这次配的药里要铁砂和朱砂两味做药引，秀芝便也不急着回去。

半日里赶了十几里的路，三个人又热又渴，秀芝带着兰子和一男到街市上找了一家饺子馆坐了下来。秀芝给自己要了一碗白开水，给兰子和一男要了两碗饺子。这让兰子和一男感到不可思议，要知道一分钱在母亲秀

179

芝手里都能攥出水来，以前出门看病，最奢侈的也就是掏五分钱给一男买个甜糯香软的米馍。

妈今天是高兴呢！秀芝解释。

开药的先生说，要给一男吃好点。一男的病再喝几服药，等到了秋天，若还是平安无事的话，说不定病就好了。

秀芝开心地看着一男，从心底长舒了一口气。

那日回家，半路经过蒋俊生家的渡口岔道，也不知怎么，秀芝停下脚步，她突然不想那么快回家了，或许是因为突然知道一男病情好转，急于将这种畅快与人分享；或许，是因为累了，实在走不动了。总之，她决定带着两个女儿去蒋俊生家借宿一晚。

她跟兰子说，你们倒是都吃了东西，妈到现在可是饿着呢！歇一晚上，明天一早我们再回。

蒋俊生见秀芝第一次带女儿到他家，自然高兴得很，张罗着烧了些干鱼让秀芝和两个孩子饱餐了一顿。入夜，蒋俊生让几个儿子挤到一个屋去，腾出一间屋子一张床来让秀芝和两个女儿住。

两个丫头跟着母亲走了大半天，自然困乏得厉害，躺下不久就呼呼睡着了。

兰子一觉睡到快天明，起来小解，却发现母亲并不在身旁，只有一男睡得跟憨猫似的。她疑惑着，明明和母亲一起睡在这屋里，天还没有亮，母亲会去哪里呢？

此时，屋里屋外在昏暗的幽光中泛着冷寂的气息，偶尔传过来的几声狗吠让兰子说不出的恐惧。原本是急着小解的，一害怕反倒不急了。她摇了摇一男，一男迷糊着眼望了她一眼翻个身又睡沉了。

这时，兰子发现床上靠墙的那一面，从发黑的蚊帐中央竟透出一个亮着的圆圈，像一面闪着光的小镜子。

兰子惊奇地坐起来，用脚试着拨弄了一下那块地方，却一下子探出墙上的虚空。是个猫眼洞吧？兰子很兴奋自己的发现，又有些好奇……好像有什么声音从墙那边传过来。她侧耳用心去听，却什么也没听见。一会儿，连透过的亮光也没有了。

尽管心里对这个陌生的房屋感到害怕，但好奇心很快占了上风。

她从床边拨开蚊帐一点一点将头钻到蚊帐外面。顺着圆形猫眼洞望过去，那边光线昏暗，但隐约看到一个男人光着的脊背。

兰子疑惑着。

她再次很真切地听到哼哼唧唧的声音从墙那边传过来。她揉了揉眼睛，这时，分明有一个熟悉的声音说，轻点，莫把一男吵醒了！

是母亲？

兰子惊讶得张大了嘴巴。她看到下面躺着的那个黑影坐起来了，那张脸的轮廓虽然被散乱的头发遮掩了一半，但那不是母亲秀芝又是哪个？

做了一年赤脚医生的兰子虽然对男女之间的情事还懵懵懂懂，但已经知晓女人身体的奥秘。

可是，此时她吃惊自己的母亲竟然光着身子跟父亲以外的男人在一起！

兰子呼啦一下子钻进蚊帐，扯了被子把自己盖上，捂着嘴呜呜地哭了。

太丢人了！太丑了……以后我们怎么办？没脸见人了！兰子这样难过地想着，越想越想可怕。先是用嘴咬着被角，任眼泪流着。到最后干脆扑在床上，两只拳头用力地捶打床铺，声嘶力竭地喊了起来。

一男醒了，惊恐地坐起来，一脸茫然地看着疯狂的兰子。

一男顺从地喝完母亲秀芝递过来的药，然后接过母亲手里两个玉米面馍馍便往山下跑。

兰子和头一天一样，一动不动地坐在山下小河边发呆，秀芝喊她回去吃饭她也不理。只有一男知道，她的兰子姐姐是在等爸爸回来。

先前成虎托邻居带信，说就这一两天回家的。

等了半晌不见进沟的人影，兰子焦躁地用脚踹着一地的鹅卵石。

还是什么都不懂的一男最快活，她卷着裤腿站在小河里，使劲搬开水边一个个石头，把里面小小的螃蟹捉出来放进塑料罐里。每逮住一个，都要夸张地大叫着，拿过来给兰子看。

可兰子懒得理她。

此时，兰子心里对母亲秀芝的怒火更盛了些。

昨天和今天，秀芝让一男拿了吃的下来给她，她也吃了，但她就是不妥协。

你怕了吧？怕我跟爸爸说你的丑事。哼，别想拿两个馍馍来讨好我！她这样恨恨地想着，不时抬头望一眼山坡上的家。

秀芝怀里揽着多多，把自己藏在一棵构树繁茂的枝叶间，俯瞰山下。

自打昨天凌晨在蒋俊生家被兰子嘶喊着哭闹了一通，她就知道，这个家的太平被自己毁了。

那时，当她触碰到兰子仇恨的目光，她曾羞愧难当，恨不能钻地缝里去。现在，她倒平静了。

兰子像村里泼妇骂街似的骂她"不要脸"，说她不配当妈，她一点都不怨兰子，毕竟是自己的德行让女儿失望了，也许明天、后天，或者更长远的多少年，他们这个家因为她秀芝而会被全队、全公社的人唾骂、鄙视、嘲笑……这真是令她无地自容又无可奈何，她愧对这家里的每一个人。

可是，自己早就不安过、自责过、担心过，最终却也放不开呀！

秀芝长长地叹了一口气。

才不过一天半光景，她把这些事已经翻来覆去想了千遍万遍，把自己也骂了千遍万遍，可是，即便这个家因为她与蒋俊生的事而分崩离析，她也很清楚地看到，自己只是愧对，却并没有后悔。

她也曾扪心自问，是什么让她和蒋俊生走到这一步？

她记起蒋俊生第一次来家里那一夜她做的那个梦，梦里似曾相识的邂逅，梦里羞怯的等待。

如果说，那个梦像某种暗示唤醒了她鲜如少女般沉睡的情愫，那么后来那一次，当蒋俊生把她从激流飘荡的小船中救起抱在怀里的刹那，当她冰凉的身体触碰到男人火热胸膛的刹那，她已经沉睡了许多年的身体苏醒了！

如果说她的周身曾因干涸而枯萎。那么，那一次，很难说是蒋俊生救了她的生命还是救了她的身体。

如果说，那也算罪恶的话，她的罪恶由此开始。

她的痴心、她的欲求、她的贪念、她的试图掩盖、粉饰太平……盛年的身体被唤醒之后，一切蜂拥而至，一切始料不及。

不是罪恶又是什么呢？一个奔向四十的老女人了，在这大山里，身体和心不就得沉睡着嘛！秀芝想到这儿心里五味杂陈，压根想不到啊，自己不知不觉竟成戏文里的潘金莲了！

成虎性子木讷，即便夜里上床也别指望有什么亲热体己的话跟自己说。刚娶进门那些年，成虎稀罕着女人，把和女人睡觉也当成锄地一般实在，不论她乐意不乐意，每每吹灯上床就压在她身上，使出一身蛮劲。后来家里娃娃多，又修了房子，成虎的活路越来越苦，为了在集体多挣工分没日没夜地干，晚上一上床就睡得跟死猪似的。偶尔兴致来了，可也是还没等她体味到丁点快活便滚到一边去了。再后来，成虎摔断了腰，身体上代表男人雄风的那个东西也从此一蹶不振。成虎也有不甘心的时候，心烦气躁的夜晚，搂着她试了无数次，每次都以沮丧告终。后来，她和成虎便不试了，夜里分头睡，成虎搂着她的脚，她搂着娃。为了安慰成虎，她谨言慎行，一日一日压制着身体的本能，让月夜躁动不安的欲望消耗在漫长的谁也看不见的黑暗中。

直到遇到蒋俊生。

这个伟岸的男人，这个让她不由自主想要依靠想要指望着的男人，让她忘记了羞耻，忘记了年龄，忘记了身份，忘记了锁在她身上的那些伦理纲常。

她在他怀里承欢的热浪，经久不息的令她战栗，令她热血沸腾。那些为成虎而套在心上与身上的枷锁早已分崩离析。

是啊，这辈子有他和你们这几个……也值了吧！秀芝低头把滚烫的脸埋在多多的额头上摩挲。

矛盾纠结又痛苦的心此刻释然许多。

这种释然，又给了秀芝坦然面对的勇气。

你爸爸该回来了！

她唤醒怀里睡着的多多，转身进屋。她不知道自己还能不能在这个家里待下去，所以，她想赶在成虎到家之前，把一家人的晚饭做好。

终于看到成虎疲惫的身影从沟外的路上走过来，兰子无声地哭着，等爸爸走近。

他们父女之间的谈话在麻柳树下进行了半个钟头。到底说了些什么，连一旁使劲拉着成虎衣袖的一男也没大听懂。

成虎到家，一言不发，抓着秀芝就打。他从未动手打过她，结婚这么多年，这是第一次。秀芝躲不开成虎的巴掌，就不躲了，任成虎的巴掌在她脸上打出红的、白的一道道的手印；任成虎把她骑在身下，揪扯她的头发，踢她的腿。直到他打累了，她的血沾满了他的手，他才抱住头一屁股坐到门槛上。

秀芝在泥巴地上躺了很久，妞妞和一男才把她扶起来。秀芝想去拉成虎一把，让他坐进里屋，又有点胆怯。

你说怎么办就怎么办，大不了，我离开，啥都不要！秀芝跟跟跄跄挪到成虎跟前，像个犯了错的学生，哭着说。成虎握着拳的手，狠狠地砸在门框上。

妞妞、一男、月月和多多吓得站在屋里，小声抽泣着，谁都不敢说话。兰子跑掉了，不知道躲到了哪里。

屋里闷胀着令人不安的空气。

天擦黑了，轻飘飘的下起了小雨。女儿们大概都饿了，却谁都没有去动桌子上摆得满满的饭菜，一个一个趁着父母不注意不知溜到哪里去了。

成虎起身拿了手电筒挨家去找。

兰子悄悄跨进堂屋门槛，正要往睡房跑，被秀芝一把抓住。

秀芝让兰子跪下，兰子不跪。秀芝扬起手来要打，却被兰子一把将她推了个趔趄。

你想打我？是你自己不要脸，凭什么打我！

秀芝气得脸一阵红一阵白。她真的扑上去就扇了兰子一巴掌，兰子拼命地用脚踢她，母女俩扭成一团，谁也不松手。

屋里闹得天翻地覆，将邻居都引了过来。直到成虎领着四个女儿和韩婶子进屋，才把兰子一把拖开。你怎么敢和你妈对打，我能动手，做女儿的打自己娘，你是要反天哪！成虎怒道。

爸爸，我是帮你呢，你还向着她说话？

兰子一跺脚，哭着跑进了睡房。

七、泊岸

韩婶子是大伯请来的救兵。其实，他也不知道该怎么办。他是韩婶子带大的，她就跟他亲生母亲一样。他想让韩婶子替他做主，韩婶子是最了解他也最了解秀芝的，她如果说秀芝这个女人再留不住了，那就无论如何得分开。

但成虎没弄明白，有些事，别人是替他做不了主的。

秀芝满脸血污，披头散发坐在里屋床上，一声不吭。

韩婶子说：我说他怎么那么贴心贴肺的给你们干活呢！哪晓得你和他藏着奸心的。

秀芝哭着说：不是的，不是的呢，他不是那样有奸心的人。这么些年，他是实心实意帮我们一家。

韩婶子气得跺脚。你还有脸替他说好话？他倒是会帮，都帮到床上去了，他、你，你们两个都当成虎是死人哪！转眼都是奔五十岁的人了，也不嫌臊得慌！你倒是说说看，你们是啥时候搅和在一起的？

秀芝便起那次撑船被水差点冲跑的事。

当时害怕呀，我以为一个浪头要是把船打翻了，我那天就要死在水里了，到时候尸身都不晓得会冲到哪里去。后来，他划水划到船跟前，我就知道自己有救了，一下子瘫到船上，脚都站不起来。我被他背回家还浑身打哆嗦，上牙咬着下牙打颤，说不出话。后来……后来他把我放到床上，让我捂着被子睡一觉。衣服裤子都是湿的，他让我自己脱，我当时脑子是蒙的，我就坐在那里也不动……后来……

行了，行了……不消说的了，丢先人呢！唉，作孽呀！作孽呀！

韩婶子哀叹着。

秀芝安静下来。这件蒙羞又令人心碎的事，已经掏空了她所有的力气。

韩婶子问秀芝，想没想过，以后这个家怎么办？秀芝说，我自己造的孽自己受着，让我走，我走就是！

韩婶子站起身，气得用拐杖跺着地。你走？能走到哪里去？你走了，这一大家子人又咋办？放着好好的日子不过，你这是要做啥呀！

她的话让秀芝更加悲伤，心里早已乱了方寸，不晓得如何是好。有些道理，她何尝不明白，只是凡事都要她做出选择，取舍于她来说，是太难太难了。

她知道终究争不过命运的安排，那些不想面对又不得不面对的人和事只不过是对自己残忍的惩戒。

成虎去水库工地了，临走也没跟秀芝招呼。

家里都以为蒋俊生不会再来的时候，蒋俊生又来了。

来时，也不空手，依然给秀芝和她女儿们带上一包芝麻饼，或是水果和饼干，或是一兜焙干的小鱼。

老二妞妞和老三一男都是没心没肺的孩子，见到蒋俊生仍然跟什么也没发生一样对待他。兰子可忍不住，只要她在家，背过脸就骂他。

蒋俊生起初只当没听见。再以后干完活，只要看见兰子在，他连饭也不吃就走。

秀芝对蒋俊生说，求你别来了吧，不用再来帮我们了，我都快被唾沫星子淹死了。

蒋俊生听出秀芝话里的苦，也没法说啥。他看她的眼睛里都是疼惜。

到底是我的不对，把她一辈子名声毁了。我一个男人家没有啥害怕的，难为她一个女人，如今天天要受着队里那些人的作践……以后就不来了吧，免得让她作难。

他心里这样哀叹着。

又过了个把月，成虎便回转来，说是水库修成了，不用再去了。

但他的回家仿佛并没能平息这个家已经掀起的风波。

秀芝和兰子吵架已经成了常事。自从兰子当着邻居说她妈妈"不要脸"的时候，秀芝就不再忍着兰子了。秀芝说，早知是这么忤逆不孝的女儿，还不如生下来就掐死。早知自己的女儿这么嫌弃自己，还不如那天跳进汉江河淹死……

到了这年冬天，乡上下派工作组住到队里专门搞"共产主义新风尚"运动。男女作风问题很快成为当时整风运动的主题。队里几个爱搅事的女人怂恿成虎去乡上状告蒋俊生和媳妇通奸。

成虎不愿意。但他绝对没有意料到，他不愿意对自己相濡以沫的媳妇口诛笔伐倒使整件家事演变成了得罪众人的根源。

玩了上十年彩龙船的船娘子秀芝，在县上也小有名气，附近的十里八乡也算是个名人。每年春节期间的风光不知令多少家女人眼红呢！她们背地里眼馋秀芝正月得到的那些红包、芝麻糖和一摞摞的饼子馍，也没奈何，只能骂几句"妖精婆娘"的疯癫话解解恨。如今，不用她们造谣，秀芝自己搞出这丑事，让那些个女人内心那个爽快呀！只恨不能像武斗期间那样，给秀芝脖子上挂个破鞋游街去。以前说船娘子千好万好的乡亲，仿佛都曾受到船娘子的蒙蔽，这一刻突然清醒了，纷纷倒戈，指责曾经蒙蔽他们的人，是多么的十恶不赦，不守妇道。

成虎度过了一生中最令他难堪的岁月。

每次出门，遇到人多的地方成虎就躲。村里人看到他就哄笑着挤眉弄眼，还有人冲他的背影喊叫：你屋里的船娘子又喊野老公去了！

兰子在一个邻居的唆使下，找人写了状纸，悄悄跑到大队找到工作组的干部，她说自己是证人。

工作组把这事反映给公安局，两名穿制服戴大檐帽的公安同志拿着手铐来找成虎对证，他们在菜地里找到正挖地的成虎，跟他说：只要你承认自己媳妇和蒋俊生通奸，我们立马把他们两人都带走，我们对破坏家庭的流氓犯罪分子绝对不姑息养奸。

成虎和公安同志一起在地头坐下，在地上把旱烟锅磕了又磕，就是不开口。公安同志说，这可不是开玩笑的事呢，你娃都找人写了状纸，那能有假？成虎说：娃为别的事跟她妈赌气，受人唆使胡说八道呢！公安同志又问他蒋俊生的事，他只说请蒋俊生帮忙犁地、耙田，蒋俊生来得次数多了，难免招来一些捕风捉影的闲话。

两个公安同志见问不出什么，又去成虎家里找孩子问话。

他们问妞妞和一男，爸爸没在家的时候她们的妈妈是和谁在一起睡觉的？妞妞和一男便争起来，都说是自己跟妈妈睡的。后来，轮着该问隔壁邻居了。好在平常秀芝和蒋俊生待人都谦恭有礼，又舍得吃亏，因此，当公安问她们秀芝与蒋俊生的事，都愤愤不平，说是孩子受人唆使胡闹的。

兰子哪里见过这么大的阵势！她有些惊慌了，也后悔了。她始终没想明白，自己这样对付母亲到底是对还是不对？为什么她帮了爸爸，爸爸却并没有领情，还反倒责怪她忤逆母亲？

看妹妹们都不约而同的选择维护母亲，兰子心里说不出的失落。

后来，蒋俊生被公安带去问话，一天一夜之后才回来。也不知他是怎样逃过一劫的，总之，他回来对谁也没提起过受审的事。只是他的三个儿子都气不过，父亲背上了不规矩的名声，影响他们娶媳妇。因此，纷纷提出来要跟父亲分家，各过各的。

蒋俊生把田地、房屋和细粮悉数分给了三个儿子，只给自己留下一头做伴的耕牛和几袋子粗粮。

啥都是命定的。

面对辛辛苦苦抚养大的三个儿子如此疏离，到此时，蒋俊生没有丝毫怨言。他另外开了一块荒地，请人打了两间土坯房，重新置办了一套淘金的家什，每天把牛放在河滩的草地上，趁大河关闸的时候在沙滩上淘金。

累了，便点上一袋烟，坐在河边大片的鹅卵石上，看对面的马路，看马路延伸到的某个方向，痴痴地想着那个让他挂念的女人。

后来，秀芝和蒋俊生还是见了最后一面。

这一面，是秀芝挑明了跟成虎提出来。

她说：千错万错都是我的错，孽已经造下了，哪里造哪里了。你若相信我还能安生跟你过日子，就让我去跟他了断这个事。如果这日子没法过了，你也不要勉强，我只拿几件衣裳，你也莫要问我往哪里走。

成虎闷头不语，黑着脸，拿了砍柴刀上了山。

待日落一连背了两捆柴，把心里的火气泄光了，心平气和地允了秀芝。他也同秀芝说了一番话，大抵这番话是他这一辈子唯一一次和秀芝说的最有水平的话。

他说：他是我兄弟，媳妇死得早，一个人过日光也作难。你们两人的情意要是没有我，就真的好着呢！真的……我本来打心眼里觉着自己配不上你，他人才好，配你也好！可是现在不能够……你是一群娃娃的妈，谁让老天爷安排晚了一步呢？你也别怨我打了你，我是舍不得你让那些个婆娘糟践呢！你要去了结你就去，这个家不能散。就算我成虎对不住他，对不住你，下辈子我给你俩说媒……

下辈子还不知道当牛做马呢！由得了你来说？

秀芝听不下去了，只在眼睛里怨着，看着这个让她无可奈何的丈夫。

翌日，秀芝起了个大早，渡河去了蒋俊生新盖的屋子。两人从上船见了面就不晓得说什么好，一个低了头，忙不迭地收拾前屋后院、拆洗被单、裁布缝衣。一个闪躲着，偶尔视线对视上便赶紧瞥开，把目光投向更远的地方。

活干完已是午后。炽热刚刚褪去，绵软的余温和光亮依然明晃晃的在河面上摇曳，在山冈上缱绻。

在蒋俊生的堂屋，他和她终于面对面安静地坐下，桌子中间是她为他炖好的一碗酸菜鱼，两双筷子。此时，他们一个忘了分开的儿子，一个忘了对她恨之入骨的女儿，所有要说的心里话宛如涓涓细流都在彼此眼中静静流淌。

还是她，忍不住打破这样难堪的沉默。

人一辈子，三生三世还不能到老呢，地球离了谁照样转。你以后还是找个伴，正儿八经的过日光……

蒋俊生叹了一口气，说：你叹息我日光难过，我又何尝不是叹息你？

没办法，都是命。说到底，还是我对不住你，坏了你名声哪！

说这个干啥！你也没逼我……

他们两个，也终究是烟火俗世里最普通的人，一对挂着"通奸"罪名的露水鸳鸯。

寥寥数语，两个早已过了不惑之年的人终于澄明心境，从疏离走向渐近，从克服恐惧到无所畏惧。正如同秀芝所需要的慎重一样，两个人的决绝放手和告别更像一个庄重的仪式，一个从此紧锁心扉安守本分的仪式。

他们俩穿戴齐整并排躺在床上，安静地倾听着对方的心跳，完全忽视了时间的存在。当屋外最后一抹夕阳躲进了暗黑的天光，冷冷月色悄然映照无声的汉江之上，最后连粼粼的微光也跌入夜的时候，他们才放弃去继续感受那些想抓又抓不住的东西，彼此明白的深意就在长时间的对视中一个字一个字地从黑暗跳脱，闪入另一个黑暗。

最后，两人一前一后，走进月下满是鹅卵石的河滩，走进黑沉沉的汉江。

一切的不安与躁动，都在静水流深的澄明中渐渐消隐。

秀芝回到了成虎身边。就像从未发生过任何事一样。她把日光揉进猪呀、鸡呀的哼唧里，揉进沉重的磨盘里，揉进碾碎的五谷杂粮里；成虎把日光掩埋到土壤，掩埋到山林，踏进草鞋，融入汗滴。

其实，正如成虎最后所赌的一样，秀芝的心一直在这个家，也从没离开过。

她用理智撕毁的场面，不晓得经历了多少年，才一点一点缝补起来。

在那段撕毁的场面里，她只闷头干家务，喂猪，看菜，上坡薅草，施肥，啥都干。脸上被虫子咬得斑斑点点她没有一点计较，就像心死了，拒绝去想他的声音，拒绝去听来自心灵深处的呼唤。她害怕，再软弱一点点，就会扔掉这个家，扔掉这些孩子，比任何一个热恋中的女人都要疯狂，不顾一切地冲过大河，跟他在一起。

但她扛过来了。她的生活中好像没有那种自由的权利，她得对自己生下的一大堆女儿负责。

多少年过去了，她的头发干枯脱落变少，她的脸上布满皱纹，变成了一个弯着腰走路的老太婆。

再后来，她进城，在车站遇到蒋俊生。

他的头发花白，可她一眼还是认出了他。

老蒋，我是秀芝呀！

她唤他的时候，他呆愣着。

三十几岁的秀芝，红艳艳的嘴唇，秀丽白净的脸和水汪汪的大眼睛，这幅画在蒋俊生眼里还没有褪色。一时间他很糊涂，不知道眼前这个两鬓斑白、弯腰驼背的老太太和秀芝有什么相干。他听到和老太太站在一起的中年女人叫她妈，又笑着喊他"叔叔"。

你是哪个？我咋想不起来了？

我是多多呀！那个中年女人笑着说。

老蒋，这是多多！我们家最小的一个。你看你，连人都认不出来了？

终于，这张真切的满是褶皱的面孔再次触痛了暮年的蒋俊生，他突然间无比悲痛。他和他曾经的秀芝像两块被岁月鞭打的礁石，就这样站在匆匆的人流里，你望着我，我望着你，安静地流着泪，笑着。

蒋俊生从衣兜里摸出一盒烟，颤巍巍的取出一支。然后，掏出打火机来。秀芝从他手里拿过打火机，打着了，又递给他。蓝蓝的小火苗，楚楚动人的在空气中跳跃了两下，一点点小下去，矮下去。

蒋俊生连吸了两口，呛得咳了起来。

少吸烟好！

很少吸了。

你还好吧？

好！她说，现在女儿大了，都懂事了，都孝顺了！

那就好……蒋俊生嘴角嗫嚅着，有些哆嗦。

车开过来了，是秀芝要上的车。多多挽着母亲的胳膊拉了拉，示意她该走了。秀芝鼻子一阵酸楚，抬起眼再次看了看蒋俊生，蒋俊生正吃力地扯着衣袖擦眼睛。

秀芝上车了。

蒋俊生望着车，张着嘴，想说的话却好似被什么东西梗阻在心尖上。车走了，他看着秀芝头从窗户上伸出来冲他摆了摆手，秀芝的嘴一张一张的，声音却被各种车的喇叭声淹没了。

他也朝着已经远去的车挥了挥手，他还想跟秀芝说声保重，这辈子怕是见不着了呢！嘴唇动了动，舌头僵硬得在口腔里转不过弯，拉扯着整个喉咙、胸口，一阵生涩尖锐的疼。

小 五

一

小五又把她娘打了。她打娘的时候，天下着大雨。

小五也不是一开始起心要打娘的。

头两天她还求娘带着她去庙里找人卜卦，还跟娘说想吃娘腌的皮豇豆和泡菜，娘二话没说，愣是给她炒了两大碗，让她带回城里慢慢吃，这两样都耐放。

这日中午，小五把娘给的菜装好，又将换洗的衣物收拾了一包，拧在手上往山下走。她的车就停在山下的村道上。

娘欲言又止，默默地跟着小五一直走到车边。末了，看着她上车，问她：今儿有雨呢，你走？

嗯。小五从车窗上伸出头来应了一声。

小五走的时候，二狗媳妇正在帮娘张罗饭菜。自从二狗出车祸死了，娘这边有啥需要帮忙的，只要给这个前儿媳说一声，她二话不说，准来。二狗媳妇知道小五因为儿子的婚事烦心，虽说屋里来了几个外地亲戚，但想着自己能支应，也就没挽留她。

小五嫁到北方不几年，男人一场车祸死了，她独自拖着儿子在大城市过活，不光是二狗媳妇体谅她，一家人也都念着她的不易。

二狗死了之后，小五想把哥哥唯一的女儿带到她那去抚养，她没料到，二狗媳妇想都没想就一口拒绝了。为这事，小五在自己儿子考上北大之后，又专程回娘家来说了几回。言下之意，若是许她带走娃，说不定还能帮死去的哥哥培养个人才出来！二狗媳妇每每一听小五谈论这个话题，就借故走开了。

小五走了，二狗媳妇在厨房跟娘说：她也怪可怜的，除了有个好工作，其他啥也没了。

娘叹了口气，瞅着院子外阴沉沉的天，跟二狗媳妇说：人心比天高，一辈子没为下个知己，她眼里有过谁？如今人家不把她放在眼里，她倒是不舒服了。她本来就没看上儿媳，又要信卜卦先生说的那番话，现在，她儿子若是还提结婚的话，只怕小五要憋一肚子火！以她的脾气，哪能咽下这口气？

二

一个小时光景，小五却折回来了。小五进屋的时候，那五六个亲戚正在喝酒吃饭。

娘看到小五进屋阴沉的脸色，心里咯噔了一下。正端着一盘菜的二狗媳妇放下菜，急忙给小五挪了一把椅子，小五不声不响地坐下，倒也大方，给叔伯兄弟说说笑笑喝起来。

娘只预备了两斤苞谷酒，喝完之后，小五又把她自个儿里屋的一瓶西凤酒拿了出来。

叔伯婶娘吃完喝好就走了，小五送到院子边，一脸的落寞。

小五，你再吃点不？

二狗媳妇站在满是残羹剩菜的桌边，一边将盘子里的剩菜往垃圾桶倒一边抬头瞅了一眼小五。

小五见地上一瓶打开的啤酒没喝完，顺手拿起来放在桌子上。你都收拾了，还让我吃啥？小五指指二狗媳妇手里的盘子碗筷没好气地说。二狗媳妇便停了手，她转回厨房拿出一碟没上桌的凉菜准备给小五端出去。

娘担心二狗媳妇被小五骂，跟她说，让你女子给她姑姑送去吧！二狗媳妇便把菜递给在灶台边玩耍的女子。

小五见女子给她端菜，高兴得拉女子坐下，边喝酒边说话。说她自己儿子曾经是如何教育的，如何择的校，现在又怎么糊里糊涂找的对象，对她又是怎的不孝。啤酒瓶空了，白酒瓶也空了。女子说，姑姑，我给你盛饭，你别喝了吧！小五说，姑姑不想吃饭，就想喝酒点酒，你陪着姑姑再坐会。

外面几声响雷，天阴沉下来，二狗媳妇站在门口望望天又望望屋里的女子，说：下雨了，我们该回家了呢！还有几里路要走呢！

女子无可奈何地望着母亲苦笑了一下。

小五眼也不抬。二狗媳妇又大声将那句话重复了一遍：下雨了，我们该回家了呢！还有几里路要走……

女子怯怯地望了一眼一声不吭的姑姑，嘬着嘴埋下头去。

三

这时，外面的雨陡然大了许多。啪啪的雨点直直打下来，院子里粉红的紫薇花顿时落满地，裹在迅速涌动的雨水里，顺着水泥的院坝往低凹的坑里流。

二狗媳妇没料到小五会在这会发火。

小五扔过来的酒瓶直直地砸在她鼻子上。她只觉得脸上一热，随着瓶子砸在地板上碎裂的声音，殷红的血顺着嘴角流了下来。

女子吓得哇的一声哭起来，站起来就要往母亲那里扑，胳膊却被依然坐着的小五死死拽住。

娘从厨房跑过来，被二狗媳妇满下巴的血和溅得满屋的碎玻璃吓到了。她生气地责怪小五不该拽着人家女子不放，又去掰开小五的手。女子的胳膊一松，二狗媳妇顾不得自己满脸眼泪和鼻子里不断涌出的血，拉住女子的手就往院子外面跑。

小五脸色发青，不知哪里来的力气，把母亲一掌推开急急追了出来。

四个人就这样在大雨中顺着下山的泥泞小路，一个追着一个。

你不听我的话，我帮你教女儿呢！你个没良心的……滂沱大雨中，小五愤怒地咆哮着。女子摔倒了，二狗媳妇扶起女子，却被赶上来的小五一把揪住了头发。二狗媳妇顾不得自己，嚷着让女子快跑，女子站在两米开外的地方，惊恐地看着扭成一团的母亲和姑姑，哭得呼天抢地。娘从小五后面挤到两人中间，使劲拉住推搡的两个人。就在二狗媳妇从小五手里滑走的瞬间，小五把娘扑倒了。

都是你这个老不死的，你教唆她们不听我的话……小五揪住娘的头发，一下一下使劲往地上撞。

娘紧闭着眼，眉头拧成小小的一撮，疼得"哎哟！哎哟！"直叫。泥水里，她焦黄的脸和眉眼皱成小小的面团，被小五攥在手里，就像一个橡皮做的胶皮囊。

小五打累了，躺在雨地里哭。

娘早没了哭的劲，她呜咽着低声求小五：各人有各人命呢，你哥死了，他媳妇心疼娃娃，人家是亲亲的娘，你莫要强求人家呢！

眼泪流干的娘干干地哀号着，一路爬回屋。她晕过去之前，打了个电话给城里住着的大儿子。

四

小五和娘一起进了医院，却各住了各的病房。小五的胳膊骨裂，医生给她穿了钢针，上了夹板固定，吃饭、上厕所都得有人帮忙，老大让媳妇先暂时在小五床前照看着。

娘醒了，看到大儿在床边守着，眼泪跟断了线似的，哀哀切切地说：我养的狼现在要吃我呢！

老人看着娘哭了一会儿就闭上了眼睛，以为娘睡着了，在病房门口点燃一根烟，有一句没一句的跟邻床的病人亲属闲谝。

我娘打小就爱打我们，一有事了就朝死里打。我脚底下只有老五这么一个女娃，其他都是兄弟，爹娘最心疼她，有啥事了我们兄弟挨打，她做错也不会打她。家里有好吃的好穿的，都紧她先……也不知咋的，她却比我们心狠。

床上，闭着眼的娘眼泪跟水一样往下淌。

老大让媳妇给小五的儿子发了个信息，把他母亲手受伤住院的事跟他说了。那小子随后把电话打到老大手机上，老大便将他妈发疯打老太太以及如何住院的事说了一遍，末了还是忍不住责怪侄儿，若不是因为你不懂事，也不会让你妈气糊涂了。你妈是知识分子，你要结婚，旧礼大体还是要识的。你可倒好，当倒插门呀，临着要结婚了就给娘通知一声！

电话那端的儿子听了大舅的话，半天不吭气。老大又问他想法，他说，打小受我妈打骂，我早厌烦了。不知赌咒发誓了多少回，毕业了无论如何不想跟她一起住了，就想找个人赶紧结婚。可是，真的都不知道她咋想的，我带女朋友回去她横竖看不顺眼。我没法跟她沟通……我也不想当什么上门女婿，可我妈压根不和我女朋友家人见面！

老大将他妈去找人卜卦的事说了，儿子还没听完便要挂电话。老大紧着说，你妈心里头念着你一辈子幸福才去卜卦的，卜卦人说你们的缘分顶多两三年，还是会离婚。虽然都说是迷信，你信也罢不信也罢，当娘为儿女牵挂的心意总没有错。倒是想好了，若是为了甩开你妈才结婚，将来人家骂你不孝呢！

五

又过了一天，二狗媳妇提了两罐子鸡汤来看娘和小五，却心有余悸，不敢进小五病房。

娘便让老大去。

老大不高兴，埋怨娘说，你就是心太软，她把你往死里打，你还是放不下她！

娘跟犯了错的孩子一样，垂下头抹眼泪。

二狗媳妇说，小五也是因为怄儿子的气没处排解才会拿我们撒气呢，我不记恨她，说到底，她还是可怜人！

老大听二狗媳妇这样说，难为地看了老娘一眼，也不再说啥，默默地提了鸡汤过去。

一会儿折回老娘病房，跟娘说道，你女儿说要跟你道歉呢！你接受不？

娘抹了一把潮红的眼角，说，我要她道啥歉！她太忤逆了，我想不过呀，那时候家里穷，我想尽办法不让你们一个个的饿肚子。如今日子过好了，我老了不中用了，竟落得这样的下场！

二狗媳妇见不得人哭，一见娘抹泪，她也抹泪。

老大看着娘紧贴在头皮上那一点点灰白的头发，心想，小五怕真是得了失心疯呢，咋就打得下手呢？

娘比小五先出院，刚一回屋，电话就响了。拿起来听，却是小五的。

这次的事，我是对不起你的，我错了……也不知怎的，就跟中了魔咒一样。

小五在电话那头说。

错不错的，自己去想。你是上过学的人呢，这点理你自己去想……娘嘴角嗫嚅了半天，难过得说不下去。

她将听筒从耳边拉开，掂在手里犹豫了一下，又放回耳边。

见娘在听，小五又说，二嫂真的不知好歹呢！我是为她好，她娃我带上，她好再找一个人嫁了。若再熬几年年纪大了，怕跟我一样，再找个归宿都难……

电话那头见娘一直没吭声，她也沉默了。

过了许久，娘到底还是问了一句，你咋样了？

那端便传来一阵唏唏嘘嘘的抽噎。

猫　儿

此时，那个身形瘦弱、腿脚细长的少年坐在过道的阴暗里。

他的面前是两间并排的卧室，他的左侧是一间两平方米的杂物间，穿过杂物间有一个只能容身一人的小厨房。街市嘈杂的声音和亮白的天光从打开的玻璃窗一股脑钻进来，越过杂物间，越过过道，直接灌进对面的卧室。

于是，阴影中逼仄的过道便有了时空的纵深之感，光线从少年头顶劈开，一半明，一半暗。

少年坐在半明半暗的光影里，他的头连着肩膀忽悠朝左边摇摆一下，再忽悠朝右边摇摆一下。等他稍稍慢下来，我才看清他被光亮映照着的青白的半张脸上满是羞涩，躲闪而好奇的目光随着上半身的摇摆飞快地瞟上我一眼，又迅速地低下眼帘，再摇摆，再瞟我一眼。

然后，他发现了我也在看他，脸腾地就红了，薄薄的嘴唇抿得紧紧的，使劲缠绕着的手指不由自主地迅速在我面前上下翻飞。他手指格外修长，又是俗称的"六指"，每只手从小指头下面多生出奇怪的一节。大概长时间摩挲的缘故，手掌通体光滑，白皙中透出不寻常的病态。当我转过脸准备不再看他的时候，他突然睁圆了眼睛，张开双臂伸出撑开的手掌，随着上半身剧烈地左右摇摆，左一下，右一下，在空气中奋力抓取了什么东西……

横竖不过一两秒的工夫，他利落地收了手，坐定，那十二根细长的手指如灵动的蛇颈迅速而自然地搅缠在一起。

我惊讶地张大了嘴巴。我的内心告诉我，不能歧视他的病态，当然更不能叫他怪物，可是，我不能否认，那一刻，内心陡然生出某种骇人的恐惧，一点一点蚕食我最开始对他的好奇之心。

"他一直这样吗？他的动作虽然看起来好像年轻人跳的舞，但是，你看，他的手指那么长，刚才手指那样抓着，好像，好像……"我扭头看着坐在沙发上一声不吭玩手机的丈夫，紧张地问。

"像猫爪子，是吧？"丈夫抬头平静地看了我一眼。

我诧异地看向他，他的平静令我不可思议。

我说："不是像猫爪子，是像猫！你难道只注意到他的爪子吗？哦，这样说不对，应该是手。我告诉你，我从来没有见过这么像猫的人，他前扑的动作、神态，伸开手掌的样子，还有他的灵敏！"

"他生下来就这样，多动症！"丈夫见我盯着他，便停下手中的游戏，跟我解释说，"碰到陌生人或者一高兴，就比较厉害！"

"可是……我见过其他有多动症的孩子，人家并不这样！"我说。

少年叫洋洋，是丈夫姨妈的孩子。

十三年前，姨妈在一家毛纺厂上班。谁也不会想到姨妈会一发不可收拾的开始收养流浪猫，刚开始一两只，后来三四只、四五只。那时候收入低，人多一张口要吃饭，猫多了三四张口一样要许多东西来喂，何况她对猫的宠爱几乎超过她对家里任何人的好。父母自然不允许，她就将猫养在自己闺房里，省下自己那份口粮，与它们同吃同住。

车间里流行织毛线，别的姑娘下了工就三五个约在一起，织毛线围巾、织毛衣，讨论该织麻花还是菱形方块。唯独她不同。她除了猫，对其他任何事物都没有兴趣。

但这爱好也影响了她的整个人生。

先是找不到对象。其实姨妈挺漂亮的，瓜子脸，大眼睛，身材也苗条，可是没有人愿意找一个把心思都放在猫身上的女子，你要跟她结婚必须得接受她与猫同吃同睡的癖好。其次是这件事让她父亲和母亲遭受到邻居的众多非议，好好的一个姑娘家天天抱着猫睡觉算怎么回事呢？众口铄金，这话传来传去就越发不堪入耳了。

父母长吁短叹。也曾试着偷偷把她的猫扔掉，但她不吃不喝闹得一家人鸡飞狗跳，父母厌烦了，最后也就睁一只眼闭一只眼由着她自己作。

厂里有一个烧锅炉的光棍汉也养猫，这让姨妈的婚事最终有了着落。再后来，有了洋洋。

也不知当时有没有人告诫姨妈怀孕时要对猫狗有所禁忌，也不知在之后的十多年里姨妈可曾后悔，因为舍不下寸步不离的猫而致使自己诞下发育不健全的儿子。总之，洋洋生下来不久，他们便发现了他的不同。

洋洋最开始也不叫洋洋，姨妈叫他猫儿。

"猫儿猫儿，你是从我肚子出来的吗？"

"看我的猫儿长得多好看！猫儿，猫儿，你眼睛咋这么好看呢？玻璃球似的！"

"猫儿，你快看，这么多弟弟妹妹陪着你呢！"

猫儿躺在大床中央，姨妈轻轻揉着他圆滚滚的身子。猫儿被逗得咯咯直笑。

她养的四五只猫围过来用鼻子嗅嗅猫儿，用爪子扒拉扒拉他的小手，喵呜喵呜地叫。猫儿睁大眼睛，吐着红樱桃似的小舌，唧唧呜呜的看着猫们在他身旁打滚。

然而，自打猫儿被查出患有多动症之后，姨妈很快注意到，自己木讷的男人更木讷了，他从来没有真正抬起过的头在这之后便始终埋在了脖子底下。她知道他抵不过旁人的闲言碎语，后来，她只在心里叫他猫儿，在外面，她叫他洋洋。

那会儿，我第一次跟随丈夫回老家探亲。姨妈得知，很高兴地带了洋洋过来。

婆婆家是一套只有六七十平方米的小居室，没有客厅，也没有饭厅，婆婆将自己的卧室隔出一半用来做客厅，吃饭、聊天、看电视。自然，婆婆不会让身上带着异味的洋洋坐进她的卧室，更不允许他擅自进入我们的卧室，她给过道靠墙放个小板凳，那小板凳后来便成了洋洋在这个家的专属座位。

洋洋很乐意坐在那儿，因为坐在那儿没人妨碍他的摇晃和扑抓，没人干扰他的乐趣。

洋洋的乐趣就是开门。在自己家开门，到别人家了也守着门，这或许是他十三年来唯一觉得最得心应手又很快乐的事。每次听到门响，大人还在犹豫，或者象征性的问一声：谁个呀？洋洋发音有障碍，说不了完整的字句，所以洋洋不会问，但凡听到门口有一丁点动静，他就一个箭步跨过去，利落地扭开门锁。不等看清来人，再一个箭步退回来，紧张地望着门口。毫无疑问，他脚步的速度和手指的灵活程度一样令人瞠目结舌。倘若进来的是他特别熟悉的人，他会兴奋地"噗嗤"笑出声来，然后左右摇摆，手舞足蹈；倘若门开错了，门外并没有人要进来，他便局促不安地埋下头，闪躲着母亲投向他的责备的目光。

洋洋坐在那儿始终无法安静。

只有吃饭的时候例外。洋洋吃饭少有的专心，仿佛因为专心，神经不再能左右他的头脑和上肢让他疯魔。其间，他一次也不会摇摆，更不会将碗端在手上丢出去。无论你替他装多大一碗饭，他都能埋下头，一鼓作气吃个一干二净，而后他会双手捧着碗，伸出细长的卷舌，直到碗光洁如新。

这很不雅观，以至于连姨妈这样与猫整日为伍的人都无法容忍。洋洋被母亲呵斥过无数次，但还是改不了。后来，姨妈也就索性不管了。

姨妈不管其实是因为心底还存在一丝内疚。

当然这是我的理解。那一天，当她又一次带着洋洋过来跟我们聊天，不知怎么聊起管教孩子这事，我的婆婆责怪她不会做母亲，让孩子吃了那么多苦头，现在连孩子的坏毛病都没能改掉。她便可怜地望着过道里的洋洋，很是委屈。

她的原话是这样说的："当年我送走我猫儿是因为我想继续卖菜盒子，你想他还差两个月才八岁，我要是不为卖菜盒了我至于送他去遭罪吗？我背他回来，就跟我屋里的猫一样轻，他都饿得快死了，我不心疼吗？"

"可你的菜盒子只坚持了一个月就停了！"婆婆好像并没打算在这件事上原谅这个妹妹。

"而且你当时怎么没将屋里那些猫送走？"婆婆再次提醒她。

姨妈愣了一下。

当年，她一冲动把猫儿洋洋送到了当地唯一一家儿童福利院。

她也是不得已。那年她失业了，虽然她本来就是个临时工，可临时工好歹每个月还能换回一家人的米面粮油。一旦临时工都做不成了，她便断了买米面粮油的钱，意味着全家的生活只能指望洋洋爸爸了，她于心不忍，锅炉工太苦，她作为妻子至少有责任让他吃得更好一些，何况还有那么多猫要养。她在厂门口摆了个早点摊子，别的不会，炸菜盒子她很拿手。哪知生意只红火了半个月便冷清了，先前说她菜盒子好吃的人买早点的时候都绕着她走。后来，她知道了原因。有人说她不卫生，说她养猫养得把病菌都传给了儿子，说她手上、身上都带着猫的病菌。那天他木讷的丈夫竟然也说：一个傻洋洋丢人还不够，你还要去丢人吗？他这样责问她的时候，她看到她的猫儿洋洋不知盯上了什么，正坐在门墩上前俯后仰的嘎嘎嘎嘎大笑。她不知怎么突然就冲动地产生了一种可怕的情绪。

我怎么就生了这么个儿子？她当时厌恶地嘟囔了一句。

猫儿洋洋第二天就被她送进了福利院。

福利院有一大帮像他这样有残障的孩子，比他大的、比他小的都有。

在这之前，她去看过，所以她认为洋洋在那里不会孤单。

那天她走了之后，洋洋很安静也很紧张地坐在一间大房子的角落里，看着其他孩子做手工。后来，那些孩子围过来跟他这个新伙伴打招呼，他们热情地叫他"洋洋！洋洋！"洋洋那会儿心里一定是兴奋的，他从来没看到过有这么多小伙伴。尽管那会儿他羞怯地低着头，只能用眼角的余光偷偷看着他们。但是很糟糕，洋洋他不是那种特别弱智的智障，所以他什么都明白，该死的兴奋会很快让他露出马脚，所以那一刻，他恐惧又沮丧，只能局促不安地拼命揪着手。

但到底也没揪住，他的身子和手像被魔鬼突然拉扯着同时扑了出去，他的眼睛里闪烁着被魔鬼点燃的火焰，嘴里发出呜呜呜呜压抑的声音，谁也搞不清他是在哭还是在笑。

一帮孩子顿时惊恐地四散逃开，远远站定，好奇地望着他。等他能够收回肩膀和手的时候，他像个受伤的刺猬立即紧缩成一团。

洋洋不是眼盲，不是耳聋，也不是小儿麻痹。他所表现出来的肢体上的特别之处令其他残障孩子沾沾自喜，等彻底熟悉了他之后，他们开始取笑和捉弄他。

他们用彩色粉笔在他嘴上画上胡须，在他额头上画上皱纹，哄笑着叫他"大花猫！大花猫！"洋洋似乎也很快习惯了他们的捉弄，他也会随着那帮孩子嘎嘎嘎嘎大笑。

当他神经不再紧绷的时候，他感到他的肩膀和手不由自主地想舞蹈了，然后他的腿和屁股也离开了凳子。

孩子们的尖叫声和笑声常常惹恼管教老师，等洋洋感觉到身上一阵阵痛楚的时候，他才看到老师高高扬起的木尺。那天，他被罚饿了一整天肚子。后来，这样的事经常发生，洋洋被罚饿肚子的次数越来越多。

福利院的孩子都会糊纸盒，因为糊纸盒可以给福利院换回足够的粮食和蔬菜。洋洋学不会，不仅学不会，还会因为他的扑抓影响到其他孩子。管教老师把他安顿到角落里一张凳子上，不许他的屁股离开那张凳子。洋洋只能无辜地看着那些孩子，看着那些纸盒越码越高、越码越高，最后像一个个城垛，把他隔在了外面。

洋洋坐着不敢动，他常常把一泡尿憋到中午午饭时再冲进厕所。后来，洋洋发现自己憋不住了。他身上也因此整日带着尿骚味。

日复一日孤零零地静坐让他得到的食物也越来越少。没办法，福利院只奖励那些纸盒糊得多的孩子。两个月后，他的大小便开始失禁，老师便把他单独关进一间宿舍。等洋洋妈妈三个月之后接到病危通知的时候，洋洋已经瘦成了皮包骨头，躺在床上像个惨白惨白的面人。

十五岁那个夏天的午后，他一如既往地坐在门口的矮凳上向巷口张望。那时候，他已经长成一米七的小伙子了，唇边新生出来的胡须像春天刚钻出土的嫩芽一样鲜亮。以往这样的午后，他也都这样等着他的父亲从巷口走回来，然后拿上肥皂和毛巾带他去厂区的大澡堂子。父亲不和他说话，父亲和他的交流都在眼睛里，也正是因为如此，让洋洋对沉默的父亲有了许多亲近和依赖。刚开始每次洗澡都是父亲给他搓背，然后父亲再请澡堂的师傅给自己搓。有一次，父亲在他穿上衣服后突然把搓澡巾递给他，指指自己的背，然后把手臂撑在墙面上。洋洋高兴极了，他用羞涩而兴奋的笑告诉父亲，自己手上有使不完的劲。他把父亲的背搓得红透了，父亲一声没吭，接过毛巾时望着他笑了。父亲给他指了指一边洗手的水池子，然后站到淋浴下舒坦地吐了一口气。那天回家，洋洋脸上始终收不住笑容，惹得姨妈猜了老半天。

可是这个午后，洋洋没等到父亲，直到天黑也没见父亲的身影拐进巷子。他跟搂着猫儿看电视的母亲比画，母亲走到门口望了望，又抱着猫退回屋里。等他再次跟母亲比画的时候，母亲吼了他一句：去睡你的觉！洋洋怔了一下，顺从地爬上了床。他睁着眼睛，然而一汪一汪的热泪很快从眼眶涌出来，这些泪也好像不是他自己的，他不知道自己明明没有难过怎么会流那么多眼泪。

第二天一大早，工厂几位领导模样的人找来过来。他们看到洋洋的时候，不约而同地皱了皱眉头。

洋洋缩了缩腿，把他们让进屋子。然后，他听见他的母亲突然很大声的号哭。那些人很快又一窝蜂似的走了，他的母亲仍然长一声短一声的号着，丝毫没有停下来的意思。他靠着墙将身子挪进屋里，怯怯地望着母亲，母亲却一下子扑过来紧紧搂着他，一遍又一遍地在他耳边说：猫儿，他们说你爸爸脑梗死了，你以后没有爸爸了，你爸爸死了，你晓不晓得？猫儿，你爸爸死了！你晓不晓得？猫儿……

姨妈一直想不明白，丈夫的死，儿子怎么会记恨上了自己。那天从火葬场回来，洋洋看她的眼神就变了。她想着这时候好好跟这孩子谈谈了。

但这事只在她心里搁了一小会儿便被她忘了。

她有许多事要做，丈夫突然脑梗死了，生活来源就断了，从厂里领了很少一点抚恤金想必也支撑不了多久，她得自己想办法挣钱养活猫儿洋洋，还有那些猫。

这是个古老又颓废的轻工业城市，下岗工人多如牛毛，避过车水马龙、宽敞气派的正街，下岗工人充斥着每条背街小巷两侧的摊点，以及但凡能收容中老年妇女的所有位置。

姨妈极度萎靡和沮丧，在这个偌大的城市，她甚至连下岗工人都不是，她只是个依靠丈夫生活在城市夹缝里的贫困居民。城市人不像农村，农村自己好赖有地，退一万步讲只要人勤快，地里种点庄稼随便刨点食就能活命。而城市都是钢筋水泥，要想填饱肚子就得走进各种钢筋水泥的夹缝，抢一个自己的位子。就连摆地摊也有摆地摊的竞争，现在她失去了丈夫这个唯一的依靠，自己又常常丢三落四，甚至连做菜盒子都拿不住面团的软硬了，她不知道自己还能干什么。接连一周，当她游荡完所有能摆摊的地方时，她彻底泄气了。后来，她托了无数次丈夫厂里的领导，他们被她烦得没办法，把她安排到厂区内的大超市做了保洁员。

又一个黄昏来临，猫儿洋洋懒懒地靠在门边的墙上，既不说话，也感觉不到饥饿。他看着天光在高楼之上渐渐暗淡下去，直到完全模糊，而那些窗户上的灯光一点点的亮起来，偶尔一束霓虹从高空闪烁到阴暗的巷道，那灯光耀眼之处仿佛刹那洞穿另一个世界。然而在他拼命想看清什么的时候，光却迅速地隐去，重新坠入阴暗、潮湿和逼仄。

猫儿洋洋的思想也随之坠入一片混沌。他始终没有弄清死亡是怎么一回事，但他似乎明白，他的父亲是永远不会再回来的了。

他隐约记得那天晚上，父亲没有回来，自己曾催促过母亲，但母亲只顾抱着猫看电视……想到这，他回过头看看在屋里饿得团团转的四五只猫，母亲还没有回来，出门的时候大概也忘了给猫碗里放些吃食。现在，这几只猫睁圆了眼睛，声音凄厉而急促。洋洋看着他们，看着这些母亲称之为他的弟弟妹妹的猫宠，就像透过一面镜子看到了自己，他感到莫名的愤怒和狂躁。

这情绪使他浑身热血上涌，他的肩膀剧烈晃动，他的手臂快速地左右扑抓，但似乎这样依旧散不开内心炙烤的烈焰。他很快站起身来，连带着麻秆似的两条腿一起晃动，细瘦修长的两只胳膊更像是两只螳螂的前腿——他就这样前俯后仰地冲撞起来，伴随着胸腔发出的呜呜怒号，完全进入了只有自己能懂的癫狂世界。

想必姨妈那天走进巷子心就慌了。

自从丈夫走后，无论多晚回家，她的猫儿洋洋都坐在门口的凳子上倚着墙等她。虽然他一直紧紧地抿着嘴，不再像从前那样兴奋地几步跳过来在她身边绕来绕去，甚至游离的目光偶尔扫过她的脸，她能看出来那里头所隐藏的怨气，但她坚信，她的猫儿是在等她的。

可是，这一天晚上，姨妈拐进巷子并没有见到猫儿洋洋。

她敏锐地感觉到就连空气中所散发的气味都跟往常不太一样。巷子幽暗的静谧中，她突然莫名地打了个寒战。

家里的门开着，她喊：洋洋！洋洋！

没有人应答。

她一边摸着墙壁上的灯绳，一边继续喊：猫儿！猫儿！

灯啪地亮了，她的视线一下子落到地上，啊的一声泪就涌了出来。五只猫摆成花朵的形状瘫软在地上，眼珠可怕地瞪着，嘴里吐出的血变成了乌红，恰好在它们头顶凝结成刺目的圆形花蕊。

这时，姨妈抬头看到了另一双眼睛，那双眼睛茫然而恐惧地看着她。他的身子蜷缩在床角跟筛糠似的抖，而他同样抖着的一双修长的手指沾满了细软的毛和血。

"猫儿！你个短命的，你都做了些啥！"

姨妈歇斯底里地扑过去，狠狠地甩了他两耳光。她一把拽住洋洋的胳膊试图把他拖下来，洋洋却用手抓住床沿使劲想挣开她。他们就这样拉扯着，她听见他从喉咙里发出汩汩的声音，像是在吞咽无数的水。就在她伤心地想要松手放弃的刹那，她的猫儿洋洋突然从床上趔趄着扑下将她推倒，他把她压在那堆软绵绵的猫身上，用沾满毛血的手指掐住了她的脖子。

姨妈挣扎着。她知道他整日绞手指，手劲一定不小，但此刻，他手上并没有用多大劲摁她。他可怜地看着她，这让姨妈产生了一种错觉，仿佛这个孩子将她扑倒，用手摁住她，就只是为了和她对视一眼。

她后悔极了，她想猫儿洋洋的魂这会儿怕是已经不在他身上了吧，而她刚刚还在打他。她挣扎着喊他："猫儿！猫儿！你松手……"

他真的松了手。嘴嗫嚅着，半天，她听到他呜呜呜——的喊叫了一声，随即站起身踉踉跄跄冲了出去。

姨妈赶忙爬起来。就在她追出巷口的刹那，她看到路中间，她的猫儿洋洋呼地随一辆疾驰的汽车飞了起来，在那一瞬，她听见他在半空中无比清晰地喊了一声：爸——

烧死一棵树

一

　　我的邻居米粒一大早冲进我家大声叫"秋月！秋月！"的时候，我的丈夫杜伟裸着上半身趿着拖鞋刚打开半扇门，他惊讶地张大嘴巴看着米粒一路冲到我的床边。米粒说，秋月你快起来，我妈又在发疯了，她把一堆柴块围在树底下！

　　我把头从被窝里伸出来，不怎么相信地说：她又想烧树吗？这大清早的……

　　她说：哎呀，秋月，她发疯我又没发疯，一大早哄你做啥？你快起来去劝下她，我跟她说不成。我刚一开口，她就给我"来神"！你又不是不知道，她要是真烧了树，大姐回来会要了她的命！

　　是呢，米粒不怕她母亲烧树，米粒天天在家，一出门满山满眼的都是青山绿树，才不会在乎那么一棵家门口的核桃树。米粒的二姐米谷也不会在乎，因为她二姐常常比喻自己是家里"泼出去的水"，对娘家的财产素来淡然。至于米粒那位一年到头在外边胡跑不着调的小兄弟米豆，也似乎从来没有留恋过家里的一草一木。只有米兰，想想也只有米粒她们的大姐米兰会在乎，自从他们的父亲去世之后，米兰就像捍卫生命一样捍卫着家门口的每一棵树，特别是那棵大核桃树。

　　据说，两年前米兰还曾为家门口几棵树将母亲打伤，这之后，她们母女的关系便闹僵了。但是，现在，她们的母亲已经七十岁了，十天前她才过的七十岁生日，这没错！

　　我清楚地记得，因为那天她一大早出门路过我家门口的时候塞给杜伟一包煮好的咸水花生，说是给我吃的。

杜伟当时问她：您老咋那么心疼我家秋月呢？她知道杜伟在跟她说话，跟杜伟指指自己的耳朵，笑着摇摇头，边走边说，给秋月！她好呢，比我们家那些忤逆不孝的强！秋月多好呀，一天到晚也不出门，就守着她爸爸，守着你们爷儿俩。

我那会儿就在院子，听着她的话心里酸酸的，特难受。我没有出去叫她，我知道她是出去躲生的。这事儿是头儿晚上我那躺在床上不能动弹的父亲告诉我的，他说：坎上的表婶明天生日呢！我问：要去送礼吧？我去给她买点啥。老爸摇摇头，叹息说：她不会办生，她喜欢清净，肯定明天一早就躲出去了。人老了！秋月，你不晓得，人老了就图清净，省事！自己操持不了待客酒席，出去躲一躲，不给后人添麻烦，也免得难为送礼的亲戚和邻居，好……现在村上这把年纪的，就剩我们两个啰！

七十岁的古稀老人是经不起吵架打架的折腾了吧！我想起父亲的叹息，想起那一包盐水花生，也就不再和我的床挣扎了。一骨碌爬起来，匆匆抹了把脸，跟着米粒就往她家走。

二

米粒姓高，米是她这一辈的字派，高米粒，高家的三姑娘。米字叫得顺口又亲切，村里人叫她们家姊妹的时候就自然省了姓氏，只有在叫她爸她妈的时候，才会叫高家表叔或者高家表婶。我不知道我家父母是真和米粒她爸妈存在着扯不清的亲戚关系，还是只出于乡里乡亲叫一声表叔和表婶以示尊敬？总之，自打我开始说话，高家表叔和表婶就存在于我们家为数不多的亲近人际关系中，相互照应着。

话说米粒长相极像高家表叔，精瘦、高挑，鹅蛋脸上的一双大眼睛看起来要么闪着无辜的纯洁，要么就是一片茫然。说话语速特别快，总是被谁赶着似的。此刻，她迈着大长腿，步伐轻松地走在我前面，边走边跟我探讨她母亲要烧死一棵树的理由。

当然，这问题是我挑起来的。这是一个再简单不过的问题，原本以为米粒一定知道她母亲烧树最直接的理由，比如说那棵树遮盖了菜园子的光阴，影响了蔬菜生长；比如说那棵树生了虫，也治不好，甚至开始枯萎；比如说那不是一棵什么好树，栽到院子会影响人的磁场……她为什么一次一次想要烧掉一棵树？这肯定是有理由的。可是米粒非常肯定地摇摇头说，这些都不是。她说：我妈要烧树的念头是打去年我爸去世之后就开始了的，每次为制止她烧树一家人都会吵得天翻地覆，这棵树也总是到最后关头化险为夷。但也经不住这样一次一次的火烧火燎啊！现在，树根底下已经烧去一半，再烧，肯定会死。秋月你说，那树碍着她啥了……

三

这是春夏之交一个看似普通的黎明，时间和空间都在青山鸟语中安静地与每位早起的人握手。穿过我家屋后的树林，我们必须得往上爬一道百米的斜坡，再依着山势弯过一道月牙田，顺着田侧的菜园一径竹林小路拾级而上，就到米粒的家了。没有围墙，斜坡的路口刚好接着向东的偏厦前，窄窄的一个院子，一溜房屋排开，西边接着往屋后延伸的一大片菜园，几畦结满豌豆的蔓子缠绕着拥在一起。就在房屋与菜园之间院子西角的空隙地，脸盆粗细的一棵大核桃树枝叶茂盛，树冠华美，如巨伞在半空撑开，翠绿新鲜的叶在这个季节一点不比鲜花逊色，它们摇曳生姿，如同低垂在枝叶下方迎风吐蕊的花穗一般水灵动人。

高家表婶果然站在树下，她穿一件洗得发白的暗红的夹衣，裤腿和绣花面的老北京布鞋上零星沾着些泥，正弯着腰捏一根粗木棍将散落在院子边的残渣烂叶往树下拢。那里已经拢起一大堆木块和缠绕着筋筋绊绊的废旧杂物、枯枝落叶，根部烧得凹进去的黑色炭面像张开的大口被遮掩着只剩下上嘴唇。

表婶，你在干啥呢？我大声唤她。

她耳朵这半年来聋得厉害，只有顺风的时候才能听得清晰一些，这样让跟她说话的人每个都看起来像是吵架。

她抬起头，浑浊的眼睛看了我一眼，连带也不高兴地看了跟在我屁股后面的米粒一眼。不过，她很快咧开嘴快乐地笑起来——表婶素来好客。一缕灰白的头发此时固执地沾在她的嘴角，使她嘴唇的哆嗦看起来费力而令人伤感，似乎每一次颤动都是在咬牙憋着劲儿地活。

她笑着说：是秋月呀！呵呵！我把肮脏东西扫一下，你这么早干啥？我看你一天到晚都不出门的。

来，坐！

说着，便往院子中间走，那儿一定是一早搬出来的两把小椅子，旁边一个簸箕里装着生了虫的花生米。我说：表婶，这花生米咋放到生虫了？

她说：哪是！这是米兰去年带回的，搁屋角放忘了。去年初她接小儿媳妇，从家里拿走一口袋花生说是摆酒席用。花生是她在家辛苦种下的，拿就拿吧，我也吃不了多少。结果酒席上没用完，装在那里放忘了，长了虫又给我拿回来。

我说：表婶，那可不能吃，花生上起的霉是有毒的。这米兰大姐过日子也太仔细了！

她点点头，说：米兰细心省俭了一辈子，固执得很，改不了。吃不得，变味了，晒一下压碎了喂鸡。

高家表婶的腿如今僵硬得连打个弯都困难，当她在我旁边坐下的时候，竟费了很大气力才弯下腰，然后再端正地直起腰来时，习惯性的一声长叹：哎——呀！

这声婉转的叹息带着高家表婶劳作之后的欢愉，如要吟唱道白一般，让人不由自主地对这个头发花白的老太太生出些期待来。

她微笑地看着我，说：秋月，你爸这一向咋没见着人呢？还是好些天以前，我出沟买菜油碰到你们院子的桂香，她说你爸在住院。我问她得啥病、在哪个医院，她又支支吾吾说不出来。我心想，她怕也不知道呢。后头我说啥时候去看望一下他，一晃又忘了。我看你和杜伟都在屋里嘛……你爸他没有住？

我说：表婶，我爸前一段出了点事，住了两周的院。你知道的，我爸那人迷信，说自己出事那天是犯了煞气，也没好让人知道。连一个院子里的人都交代了，不准说出去。

她焦急地问：啥病嘛，还保密？迷信！

我说：表婶，你知道我妈的坟在哪吧！我爸就是在我妈坟头不远的地方，给地边的茅草点了一把火，邪不邪乎？而且那天也蹊跷，本来阴天，没有一丝风。我爸火一点，茅草的火苗蹿得老高，忽然就来了一阵风，火星燎燃了跟前的荒坡和林子，草啊、叶子啊一路烧上去。我爸着急慌忙地跑进去打火。他那么老了，腿哪里跑得动啊，自己的鞋跑掉了，穿的尼龙丝袜子被火一燎就贴在皮肤上了。也得亏那边石场有一伙工人，他们跑过

209

去把火灭了，把我爸救了出来。我爸手上和脸上的皮肤在医院住了两周好多了，就是脚上的伤，没有肉皮了，不能下地，得慢慢养。

高家表婶连着好几声叹息，说：真是遭罪了呢！

转而又轻笑道：这又不是啥保密的事嘛，别人知道了也不打紧。

我说：那倒也是！我爸不是迷信嘛，说是犯煞了。加之那一把火烧了之后，荒坡地和林子的主家都找来了，要我爸赔钱。

高家表婶冷笑着说：这坡上的人现在都变得不要脸了！人差点烧死，他们还上赶着要钱？！那荒坡值几个钱！火烧了树根的黄草枯叶，湿的树干哪是那么容易点着的？！这开春，风一吹，树都绿了。现在的人哪，简直不讲一点道义了，张口闭口只晓得钱！

我说：是呢！树都绿了。但钱还是得给人家，而且不少呢，三家，一家六百，一家八百，一家一千二。梁背后胡瘸子家的荒坡给了他六百，还说把他亏了！

高家表婶摇摇头：胡瘸子他羞了先人，成天好吃懒做，逮着点事就想发财！

一边说着，一边又起身，双手把头发往后拢了拢，说：秋月，我去看看你爸爸，我要去看看他。

我拉她重新坐下，说：表婶，我爸特地嘱咐了，您腿脚不好，不要想着去看他。您把自己保重好，比啥都强。他说，村里一般年纪的老人，可就剩下他和您了！

唉！高家表婶重重地叹了一口气，眼睛忽然就红了，浑浊的眼泪涌在眼角。我说：表婶，您和米粒两个人在家，您切莫在地边上烧啥树枝干草的，火星子不长眼，万一烧到哪，这跟前可没个人！

她说：我不会。我只有这菜园子，老了，不像你爸爸，还能种点地。

我指着那个树，说：我刚才看您把柴堆在那里，一点着，不就把那棵树烧死了吗？表婶，菜园子也不能沤干粪，切忌莫跟我爸一样！

高家表婶抬起头，顺着我手指看过去。许久，才说：我怎么会跟你爸一样呢？这棵树距离后坡林子还有那么远！火星子再厉害它也飞不到山上去。我今天就是把渣滓扫到那里，想烧呢，她们不准烧……要依着我，真想把这棵树烧死呢！

我的心随着她最后的那句话而咚咚地跳动，紧盯着高家表婶若有所思的面孔，似乎能从她干瘪的嘴唇里等到一个令人兴奋又紧张的石破天惊的秘密。

这时，旁边米粒不高兴了，她气愤地说：你就知道烧！一棵树碍着你啥了？你忘了米兰是为啥打你了？！

我当然记得！不用你提醒。

高家表婶站起身，剜了米粒一眼。

我赶忙拉着她的胳膊，劝她说：表婶，别生气嘛！米粒的意思，也是怕你烧了树会引起米兰的不高兴。再说，你看我爸，屋外头点火总归是不安全的！

高家表婶点点头，米粒的话激起了她的愤怒和伤心，黯淡无光的一张脸因为不快而更加灰暗。

她没了跟我说话的兴致，端起地上的簸箕往里屋走了两步，走到门口大概是想起我说过的话，折身走到那棵核桃树下，一扬手就将一簸箕花生米泼撒到地上，"咯咯咯"地唤了一群鸡过来。

她默默地转身，站在树下似乎固定的某个位置，透过几株狼毒宽大的叶片，望向山脚以及更远的地方。

米粒叹了一口气，忧郁地望着母亲。

秋月，你看我妈，她是啥话都听不进去！米粒说。你知道吗？我妈打小是富贵人家出生，后来虽然家里穷了她也没下过地，大姐米兰说，我妈根本不会干地里的活，但是自从我爸过世之后，她开始自己学着种菜，种苞谷、红薯、洋芋。我说她老了，做不了啥，让她歇着。她不听啊，前一段时间，她说想种花生，每天一大清早起床去后坡的荒地一锄一锄地挖呀，挖呀！结果几天工夫下来，又喊腿疼又喊腰痛。我以为这要消停了吧？谁知歇了两天，又继续……她现在，每天不停地做，好像跟谁置气似的，你说她跟谁置气呢？

跟谁置气？跟命！

我瞪了米粒一眼，忍不住打断她的话。

我突然觉着，许多太过孤独的老人都在寂然中很快灯尽油枯，而现在的高家表婶，正是行进在这条路上，深刻的孤独点燃了内心桀骜不驯的火焰。这火焰，让一个寂寞的老太太焦躁不安，同时又给她一种力量，让她试图寻找另一方式来获得内心的宁静，以得到命运安稳的泅渡。

假如不是米粒告诉我，我还不知道原来高家表婶出生于地主之家，有着不同寻常的家世。而根据米粒的讲述，我更加坚信了自己对于高家表婶思想意识的判断。

四

土改之后一系列运动，让年幼的高家表婶不得不面对失去父母的苦痛，并在豆蔻年华早早地嫁给了大她十岁的米粒的父亲，我的表叔老高。表叔老高个子很高，相貌清俊，他为了心疼这个美如精灵般的小女人而自学成才，他是十里八乡最好的木匠。在灾难年月，这个木匠以一把斧头和锯子为高家带来了除农田杂粮谷物之外的安宁与富足。

在米兰出生之前，这个女人只消将每顿煮好的饭菜送到表叔老高手上，就是他最大的幸福。他由着美貌的她跟随公社、大队的妇女干部一起到处唱山歌，玩彩龙船，扭秧歌，穿着时兴的的确良衣衫鲜亮得跟一朵花似的参加各种活动。后来有了米兰，她没那么方便了，可经不住人家一叫，她又跑。他便一夜一夜的抱着娃，气得骂她咒她。她一回来，他的气又烟消云散。后来随着米谷、米粒的出生，高家表叔好脾气用尽，他们的争吵越发激烈，甚至发展到经常动手。高家表婶不愿意再生育，高家表叔却一心想要个儿子，秉承祖训将高家的香火延续下去。

他在一个春草萌发的春天，像一只发情发怒的困兽禁锢了她两天两夜，后来她看他便如仇人似的，直到他死去，也再未与他同过床。她在那两夜受孕诞下了最后一个孩子米豆，也终于圆了老高要儿子的梦。但他们的打打闹闹一直到儿女成人都未曾停止。

米兰和米谷自记事起就目睹父亲与母亲的战争，那时，母亲散漫的少女之心还未完全收回来，因此对这两个女儿也不怎么尽心，她养她们就像养猫养狗似的，将奶喂饱之后就跑远了。而给予她们更多温暖的，是带着浓浓汗味的父亲的怀抱。米兰和米谷上到初中，在米粒刚满五岁的时候，米豆出生了，米豆的出生让表叔老高欣喜若狂，为了减轻家里的负担，毅然让米兰和米谷辍学回生产队挣工分。

其实在米豆出生之后，她们的母亲已经不再出去浪了，但高家表叔这样的决定也彻底暴露了他重男轻女的思想。母女亲情的疏离、父亲对儿子的偏心，使得小小年纪被迫下地务农的米兰、米谷对父母、对家庭充满了失望和怨恨，特别是本来爱学习的米谷，虽然她和大姐米兰都发誓长大之后死也要嫁到城里，但她还是比米兰更早更坚定地想离开这个家。她一次又一次偷偷离家出走，一次又一次被父亲揪了回来。为了让米谷对回家有一个深刻而一目了然的记忆，父亲用镰刀在她的小腿上留下一道月牙形的伤疤。

反而是这道疤增加了米谷离开家的决绝。

米粒初中毕业就回家了，她预料到自己可能会重复米兰、米谷的命运，可她的性格是温顺而懦弱的，绝不会像米兰和米谷那样勇敢，所以她也不知道自己预料的命运哪一天才会变成现实。

在一个桃花盛开的季节，米粒被一个收山货的外乡人拐跑，后来，隐约传说是卖到了安徽。而那时候，米兰和米谷早已各自成家并有了自己的孩子。

六七年过去，在一家人开始慢慢适应失去米粒的事实的时候，米粒竟逃了回来。还是那样温顺的性格，就是不想嫁人了，正儿八经的做起了老姑娘。

当年米谷先米兰一步在城里找了一个工厂司机，她第一次将司机带回家的那天，她的母亲和父亲的反应竟然惊人的默契，她的父亲破口大骂并指使她的母亲将一盆水泼向了他们。于是她回城之后毫不犹豫地和司机同居了，没有婚礼，没有陪嫁，也没有领证。米兰是在米谷跟了司机之后，认识了一位从部队转业回来安置在橡胶加工厂的男人，她的母亲和父亲依然不同意，他们没有再泼水，但是也拒绝跟米兰在这个问题上深入交流。后来，她的母亲或许根据她对女儿的观察，感觉到如果他们再不妥协，米兰也会和米谷一样彻底离开，便劝说表叔老高。执拗的高家表叔当然也悲哀地意识到，他作为家长再也掌控不了女儿的事实。

后来，他自己动手平静地打了一模一样两套家具，一个圆桌、十把椅子、银柜、高低柜、箱柜、衣柜、带靠背的架子床，一套是给米兰的陪嫁，一套是给米谷的。表叔让米兰给米谷带信，让她找车来把家具拉走，米谷平静地回信说，我不要，给米粒吧！

顺顺当当出嫁的米兰对米谷怀着莫名的感激，这种感激只有她自己心里明白。但同时，经历了一场婚姻的她也对为此妥协的父母有了一些情感上的妥协，特别是对父亲老高，米兰总是觉着他可怜，从小心疼她们照顾她们而一直得不到母亲的疼惜。

被表叔老高捧在手心舍不得动一根手指头的米豆高中毕业后跟一帮没有考上大学的同学整日在街上鬼混，后来干脆和同学合租了房子，一心一意要留在城里。高家表叔刚开始以为他只是贪玩，玩到没饭吃了就回家了。或者去投靠米兰，或者米谷，但表叔知道，米谷是绝对不会收留米豆的。有一次他跟米谷吵架，米谷亲口说，她恨生她养她的老高家，也恨米豆，是米豆的出生断了她读书的念想。米兰或许会心软一些，可米兰家的日子并不好过，大概也不会长期收留游手好闲的这个兄弟。

可高家表叔还是估计错误，米豆既没有去找过米谷，也没有投奔米兰，而是选择跟两个同学一起在一家刚开张的大型娱乐会所做了服务生，白天关了门睡觉，晚上上班，一晃大半年过去了，一次家也不回，甚至连电话也是大半年就打过两次，报个平安。表叔只好遣米粒去找他。

米粒到了城里，按照米豆打回家的号码拨过去，接电话的人是与他合租的同学。那同学说，他们那狗窝不欢迎任何家里人参观。要见米豆，晚上直接去一家叫"夜猫"的会所就行。米粒就一直在城里转悠，等到夜空里的霓虹次第亮起来，亮成万家灯火的时候，才好奇又惴惴不安地走进"夜猫"。米豆把米粒带到大厅角落的一张桌子，又让同学给她端来两三碟蜜饯什么的。米粒说，米豆，你明知道家里就你一个儿子，爸妈指望你养老呢，你还待在城里？你为啥不回去？米豆想也不想就回答，姐姐你说我爸让我回去干啥？传我木匠手艺吧，他那一套又过时了；传我种庄稼吧……村里有几个年轻人会种庄稼？我这一个月工资带提成，能顶爸爸大半年攒的钱。你回去跟爸说，我够好的啦！又没有在街道上胡跑。

米粒听了米豆的话，觉得也挺在理。再看着这个个头早已超过自己的小兄弟，愈发觉得他的成长出乎自己预料，她从米豆不断把视线停留在漂亮女孩身体上的好奇看到了米豆对城市的迷恋或好奇。她在内心实际上是支持米豆出来闯荡的，毕竟在日益凋敝看不到发展前途的村子，谁也预料不到自己的将来，谁知道自己会变成什么样子呢？但一定不会像父母那样。

不过，她还是认为，米豆没必要回避父亲母亲，有些问题讲清楚总比不讲要好，本来不是作对，但一弄成剑拔弩张或者冷战的样子，不是对头都成死对头了。

米豆说，我也没说将来不养活他们，只是现在我没有足够的资本来面对他们的质疑而已。

米粒回去了，米豆并没有听从劝告回家，或者仅仅是回家跟父母谈一谈。表叔不甘心，他在等了三个月之后，决定亲自去找米豆。

高家表叔穿行在一个大雪初霁的铺满阳光的早晨，他找到米豆租住的棚户区，把米豆从酣实的睡梦中弄醒并拽着他走进冰冷和温暖叠加的现实，走到巷子口一个叫胡记的早点摊子上。

高家表叔内心深处已经充满了对这个棚户巷子的鄙视和厌恶，但他耐心地坐下来，等待两碗豆浆和四根油条，等待米豆的脑袋被热气腾腾的食物唤醒。米豆闷头把油条往嘴里塞的时候，表叔问，你准备在那种地方混一辈子？米豆说，没有人说那种地方犯法，我们拿工资也是一晚上一晚上熬过来的，又不是白拿。表叔说，我不是那个意思，你老大不小了，我供你读书就是希望你找个正儿八经的职业。你现在是吃一天不管第二天呢！年龄再大点怎么办？靠这个能娶媳妇？成家立业？

高家表叔用惯用的轻蔑一点一点拆卸米豆赖以生存的环境，米豆内心勃然升起对父亲的厌恶，他低着头，扯了一把纸巾使劲地擦着自己的手。

高家表叔又说，高米豆，你不打算回去了？你不替我，也不替你妈想，连回去看都不看一眼？我搞不懂你心肠怎么这样硬，当初为了让你安心上学识字，我和你妈断了你大姐二姐的上学路，她们到现在还恨我们……你就不长远打算一下？

米豆说，你不用骂我，也不要劝我。我以后每个月都给你们寄钱，没多的也有少的。你要我守在屋里种地，现实不现实？你也用不着把供我上学当个包袱压我，谁让你们供的？你说我现在一个高中毕业生能找个啥正当职业？你也说不出来吧！我长大了，我们各人活各人的，不要你操心。你在屋里和我妈两个想种地就种，不想种也没有逼你。没有粮食吃饭了，我负责。

高家表叔被儿子的强硬吓了一跳，仿佛突然不认识这个宝贝儿子似的，但同时，他感觉到泄气了。起身说：你过年还是回去。

米豆仅仅点了点头。高家表叔背着手快步走向街道，走到转角的路口，再回身看，米豆早已经不见了。

五

高家表叔回去什么也没说。他什么都不说高家表婶也知道，他没有能够说服米豆。有几个夜晚，表叔一个人坐在火炉边偎着烧旺的老树根一支接一支地抽烟。一次，表婶披衣起来，坐在他旁边看着他，他没好气地说：你放心去睡，我又没有七老八十，莫管我的！

表婶说：你还在为米豆怄气？

表叔大声说，不关你啥事，去睡你的觉！

表叔的声音是疯狂的，表婶站起身注视着他涨红的脸庞，只看得他眼神里的倔强和凶狠退去，低了眉，才兀自垂着泪走开。

表叔曾有的骄傲不见了，每天扛着锄头早出晚归的矫健步伐变得困顿而迟缓。任何人不敢在他面前问及米豆和他两个女儿，谁提起来都会遭到他的破口大骂。傍晚歇下来，表叔总爱背着手站在屋角的核桃树下，从那个地方可以一眼看到山下自家的一块黑土地，那里春种油菜秋种苞谷，一年四季郁郁葱葱。可以看到地边那条通往沟外的路，看到路旁跟他年龄一样大的麻柳和一条清凌凌的小河，看到河边甩起棒槌洗衣服的媳妇婆娘，看到有人背着背篓从沟里走出来，也看到有摩托嘟嘟地开进沟去。

高家表婶不知从哪里找了些断砖烂瓦回来，在离核桃树不远的院子边砌了一个花圃，把沟里的野杜鹃、山茶、老鸭蒜、兰草，还有蒲扇似的大叶子狼毒都移了回来，高高低低错落着栽上。等这里有模有样了，她就给树下支一条矮凳。表叔老高并不领情，他似乎也不需要坐着。

那板凳经过风吹日晒，裂了缝，变成了白色。高家表婶一个人在的时候，她会把针线篓子搬到树下，在那条凳子上坐上一个晌午，纳纳鞋底，做做鞋垫。

六

米粒的姨娘给米粒介绍一个对象，是另一个村子里的人。小伙子原先的老婆得疾病死了，后来一个人在广东工厂里做工，也答应可以做上门女婿。表叔不让，表婶也不同意。表叔说：我都认命了，要啥上门女婿？老了老了，将来看女婿脸色的事我可不干。最后商议说，干脆先谈着，反正米粒和人家都一样是经过一遭的人，不着急这一时，等条件好了，在城里买下房子再结婚也不迟。

　　米粒的事情一安顿，这个家慢慢安静了下来，安静将一个个稀松平常的日子拉得很长。表婶把米豆每次托人捎回来的钱都搁到箱子底的一本农历书里，有时二百，有时三百。时间也不定，有时一个月捎一回，有时两个月捎一回。有一次隔了半年没有人捎钱回来，表婶就一直揪着心，托人去城里打听米豆的情况，人家说是米豆跳槽了。她不知道跳槽是咋回事，忍了好久，等正要让人再去寻，米豆却又托人捎钱回来了。三番两次，表婶便习惯了米豆生活的善变，就是一年半载无音讯，也不再着急打听。

　　那一年过年，破天荒第一次儿女都赶回来过三十，表叔开始僵着个老脸，忙前忙后的给厨房添柴火、剁肉。后来架不住两个孙子孙女一口一个外公的叫，就乐呵开了。团年时，他拉着米豆喝了好多酒，米豆喝醉了摇头晃脑跟父亲老高扯什么要一辈子丁克的事，表叔听不懂，骂米豆不着调对不起祖宗，米豆听着又哭又笑，闹了一阵子就睡着了。表叔自个儿半醉不醉坐在火炉边唱歌，唱那种老辈传下来的有戏文的长调、数板。女儿和孙子孙女都没听过，刚开始兴致好得很，陪着他笑着闹着，到半夜里头都困了，一个个溜回房睡去。最后只剩高家表婶陪着他了，他还一首接一首的唱，直唱得嗓子沙哑，眼睛充血，泪流满面。

　　来年开春，表叔就病倒了。刚开始咳嗽，表叔当是感冒，他坚信土法子比西药好，不愿进城去看，自己扯了些枇杷叶子、紫苏、葱须每天熬水喝。原来挺管用的土方子，这一次却没起到一丁点作用，家里存下的干紫苏都用完了，他的咳嗽反倒一日比一日严重，一咳就没完没了，胸腔憋出来的声音硬是把老高长长的身体拉成一张弓，五脏六腑都要咳出来才算完似的。

　　米粒好不容易才说服父亲去城里检查，结果一检查，医生就说有肺积水，让他们赶紧转院去省城确诊。

　　米粒没去过省城西安。慌了神的米粒只得去找米豆，谁知那天恰好碰上一帮持着刀和钢筋棒的人在KTV里砸场子，米豆卷在打架的人群中。米粒拼命在一旁喊叫，有一刻米豆可能听到了她的声音，竟回过头看了一眼米粒，很快被人撕扯开了。米粒看着米豆受伤了，脸上、胳膊上都是血，吓得浑身发抖说不出话。后来，来了十几个警察将KTV包围，米豆和一大群人都被手铐铐着带走了，米粒站在街边抱着一棵树号啕大哭。

手足无措的米粒去找在超市上班的大姐米兰，大姐夫下岗之后就一直在南方打工，大姐米兰一个人既要上班还要照顾上高中的儿子，米粒当然知道大姐是走不开的，但是她还是只能找大姐。

米兰领着米粒一起到米谷家。米谷和公公婆婆住在城里一条老街的背后，有一个独立清静的院子。她男人这几年包工程挣了些钱，将女儿送到市里的私立学校，公公婆婆是退休教师，身体也无须米谷操心。米谷每天做做饭，打打麻将，生活还算惬意。米粒虽然到二姐家来过一两次，但每次看到米谷冷若冰霜的一张脸就莫名其妙的胆怯。米兰说，米谷是外表看着冷，其实内心火热。所以到了米谷家，米粒基本上没有说话，米兰把父亲老高和米豆的情形一说，米谷便明白了米兰的意思。她给公公婆婆打了招呼，又叫男人送了些钱回来，随即和米粒去车站订了当夜去省城的车票。

表叔不知道自己的病情，开始犟着不去。米谷也没给他好脸，她说：我妈那么老了，我也不想看着她来求你、将就你。眼见着你心心念念培养的儿子是指望不上了，若你再病倒，我妈半老不老的以后指望谁呢？你要是硬气的，巴望着我们日子好过的，就趁早配合着听医生的，早点好起来，早点让我妈、我大姐、米粒她们省心。钱的事你不用担心，你女儿我还负担得起。

米谷的一席话叫表叔心里五味杂陈，看着米谷利索地跑上跑下帮他办理转院手续，真是百感交集，对米谷的赞许多几分就对儿子米豆的失望也多几分。

到了西京医院，医生很快开了一大摞化验单、检查单，还有一张住院登记表。表叔走几步就累得直喘气，上楼梯腿也打颤。米谷和米粒两个人搀扶着他一个科室一个科室的跑，做肺部检查，还有血检、尿检、穿刺，做到穿刺的时候，表叔本能的抵触情绪就出来了。他跟米谷和米粒说：你们要叫我到这个医院来，又不给我治病，光检查过来检查过去有什么用？光检查就好几千块！

米谷说：当然治，你检查完了就住院。住了院就打针、吃药。

做完穿刺基本上就已经确诊了，是肺癌晚期。医生把米谷叫到一边，说：我们是医生，要讲医生的职业道德，不允许我们跟病人说没有治疗希望。要说进口药，有一千多块钱一针的，但估计对您父亲的病已经不起任何作用了。如果只是缓解疼痛，保守治疗的话就给他开中药，把营养跟上，心情乐观，时间可能延长到半年。就是住院，您自己考虑是否需要。

米谷一听，觉得医生确实综合考虑了病人的情况，同时也替病人家属着想了。于是，跟米兰通了一个电话，商量说：如果不让爸爸住院，他认为我们不给他治疗，可能回去三个月都坚持不了，我也没法跟他解释！他和妈妈会以为我们怕花钱，外人要是知道了也会说我们不孝。医生说，他现在身体状况根本没办法承受化疗……我还是给他办住院，住一段时间打打针，医生说给他开中药，还有止痛的曲玛多片，让他心里安稳一些了再回去。

米谷听着米兰在电话那头哽咽，自己眼泪也禁不住流得满脸都是。

米兰说：那等于说现在住院也是白花钱！爸和妈以前都怨你心硬，其实你心最软。但是这事你得给你家里头的人都说下，花的钱怕不是小数目。

米谷擦着眼泪。检查花了三四千元，住院也不清楚要花多少。钱要是能买一条命就好了，花多少都值……那些年我恨他们，现在真的看到他这个样子又心痛。可是，现在的情形，我们谁也只能尽心而已！

表叔在西京医院住了一个月，天天晚上喊疼。有一天半夜，米谷起来给他掖被子，看到父亲已经瘦成了皮包骨头，心里一紧，眼泪就止不住，伤感得一夜没睡。

表叔的肺部积水抽一次总是管不了几天，抽了又有，抽了又有。有几次表叔胸口痛得不行，就跟米粒和米谷发脾气，说什么也不愿意再打针吃药了，他抱怨说这家医院根本不好，医生也没有医术，都是骗钱的。其实，那时候他大概已经意识到自己的病是好不了的，闹腾着要出院。

医生对米谷和米粒说：你们还是根据病人的意愿吧，与其在这里让他受煎熬，不如开些止痛的药让他回家休养，他想吃啥都给他吃，想喝啥就给他喝。

米谷和米粒一个月轮流侍候也快被拖垮了，但米谷好强，并不愿接受完全放弃治疗的残酷现实，听到医生这些话就和医生吵。米粒抱着米谷劝她说：你吵人家有啥用，再吵人家说的也是实话！

七

表叔老高回家后，米粒要兼顾地里的庄稼活，侍候他的任务就交到了高家表婶身上。回了家的表叔老高精神倒比在医院好很多，胸口积水不多的时候，他还能在菜园子里拔拔草，或者在核桃树下站上好一阵子。因为人瘦得变了形，当他站在核桃树下发呆，他的发白的蓝色卡其布对襟衫就像地头挂在木杆上吓唬飞鹰的假人。那时，高家表婶总是远远地看着他雕塑般的身影，无比的心酸。大半辈子了，他们恨过、吵过，甚至还一次次的动手，但没有人比她更了解他，更懂他。

他的眼神变得一天比一天慈爱，山峦、麦地、油菜、稻田、鸡鸭和跑来跑去的野狗，这一切都成了让他无限留恋的景致，他看着这些鲜活的东西，眼睛里总是溢满闪亮的光。

米兰回来得最勤，几乎每隔一两天就要回来一趟，每次回来都带许多各式各样的吃食。可是表叔胸口胀满难受，怎么吃得下呢？他也感到饿得发慌，可胸口内的胀痛比起饥饿来说更令人难以忍受，他恨不得将胸腔骨头掰开，把蚀骨的毒蛇抓出来。

女儿来，他咬牙忍着痛，不想让女儿难过。目送女儿走了之后，才把憋着的疼痛哼出来。每每这时候，高家表婶看着他蜡黄的脸都忍不住一个人躲到灶屋里哭，哭够了又劝表叔老高，你要实在饿得慌，就拣没有吃过的东西吃上一口吧，含在嘴里也行。老高有气无力地摇摇头。

米豆因为砍伤了人被判了刑。他是在父亲老高去世前三天才从监狱放出来的。

那天，表叔一早在县医院抽了积液被米谷送回来，精神出奇的好。他跟表婶说，自己的背在床上睡疼了，说什么也不想再躺。表婶便由着他在院子里转悠，转得累了，就靠着核桃树坐下。

就在这时，米豆迎着落山的太阳走进父亲视线里，父亲看着米豆走到麻柳树下仰头朝院子这儿望了一眼，一步就跨过了河，看着米豆甩着手大步往山上来了。看着看着，表叔的眼睛就模糊了。他大声跟屋里的表婶说，米豆回来了。

米豆回来了，老高心里的石头落了地。这时的米豆已经是胡子拉碴中年半载的人了，完全褪去了青年的英气，背也扛了许多，跟个小老头似的，着实让人伤感。

高家表婶明白丈夫的心思。她含着热泪让米粒从火炉屋的墙上取下腊肉，细细地洗好煮上，又搜出家里储存的干菜，娘俩紧赶慢赶地做了一桌子香喷喷的菜。表叔看着饭菜快好了，就从抽屉找出米谷曾偷偷拿给他的一包中华烟，让米豆带着去请我的父亲和我的丈夫杜伟。在表叔眼里，我们一家是最体己的邻居，比亲亲的亲戚还要感情深的人。米豆有些为难，他看着自己父亲深陷下去的眼窝又不敢说出拒绝的话，便求助于米粒和表婶。表婶说，你去，就说是你爸爸今天精神好点了，想请他们来说说话，把你秋月姐也叫上。米豆点点头。

那夜，我父亲听米豆说要请我们一家一起去陪他父亲的话，眼里一下子就噙了泪，连声催促我们，跟米豆说：难得米豆孝顺呢，去，我们都去，就是吃不得喝不得也要陪他坐一下。

米豆从没有和亲戚乡邻来往过，听到这话，眼泪也一下子就下来了。

他的父亲老高强忍着疼痛，把我们一家都招呼坐到饭桌上，和我的父亲，和我与杜伟，一一交代着要照应的话。他说：我们两家住得近又是亲戚。我这个病说走腿一蹬也就走了，其实我早就知道是癌症了，她们都瞒着我。我也是快要死的人了，今天就装个厚脸皮，一是拜托秋月她爸，以后有时间来串串门，陪米豆他妈说说话，将来儿女都不在跟前了，我怕她一个人过不了。别看我们打打闹闹这么多年，但是粮食、庄稼、菜园子我没让她操心过，以后她种个小菜啥的，你能帮的帮她一把。二是杜伟，你是米豆他哥，米豆不长脑子，也不愿在家里待，将来你时常替我看管一下，他要是路走偏了，你就拉他一把。还有秋月，你是最有文化、最通情达理的女子。我家几个没啥出息，特别是米粒还没出嫁，说话做事都木讷得很。米粒以后要敬重你这个姐姐。秋月，你是姐姐，要帮米粒……

米粒和她母亲一直抹着眼泪，米豆刚开始不言语，后来看父亲喘着气还郑重其事的一句一句地说，就忍不住哭了。

表叔说完，闭上眼睛休息了好一会儿，然后睁开眼睛笑着端起酒杯，一一跟每个人碰，象征性的将每一杯都抿了一点点。

我的父亲含着泪捉住表叔的手，说：不要这样，你且放宽心把身体往好的养。你要是走了，也不要怕！我们也都老了，到时候我们这帮老家伙都去陪你！

宴请了我们的第二天，表叔突然很是颓废，他用手使劲地想压住胸前疼痛的部位，其实整个胸口都是疼的，他也实在不知道手压住的地方是也不是。这样在床上翻来覆去，熬到晌午才起来。下午，他把米豆叫到跟前，问他以后的打算。米豆说：明天我要进城一趟，把有些事处理一下就回来，原来租的房也没有退。至于以后，可能还是在城里去打工，我回来啥也干不了。

　　表叔沉默了许久，问他：那要是我不在了，你把你妈咋安顿？米豆皱着眉头，将头扭到一边，半晌才哽咽着说：爸，你现在莫给我说这个行不行……给我点时间让我想一下。我才从监狱出来，也没有积蓄。你问我咋安顿我妈，我也没想过，她肯定不可能跟我去城里……

　　表叔问：米豆，你几十岁的人了，又没有说媳妇，手头未必一点钱都没存？

　　米豆摇头，说：有一点，不是上次砍伤了人嘛，给人赔了，现在剩下的财产就只有出租屋里的一台电视机、DVD和风扇。

　　表叔叹了一口气，摇摇头，说：那算啥财产！

　　后来也觉得没啥再跟米豆可谈的，便让他安顿自己的事情去。

　　高家表姊心里惦记着丈夫老高几天来的情绪反常，翌日一早，便让米粒跟米豆一起进城，去把米兰和米谷都叫回来。那时表叔已经起来了，他站在核桃树下，微笑地目送米粒和米豆出门，嘱咐他们早点回来。

　　到了十点钟光景，高家表姊锅里熬好了白米粥，想让他吃一点。表叔说他还不饿，饿了自己去吃。表姊犹豫许久，跟他商量说：改天我想请陈家老院子的陈道士来家里看看呢！

　　表叔一愣，想了想说：也好，我得下这不好的病，请陈道士来看看也好。要去你现在就去，请他明天来。我这会儿也不是很痛，你不用操心，我就坐在这里靠一会子。

　　陈家老院子距离高家也就两三里的路，顶多一个小时打来回。表姊听丈夫这么说，便从身上摘下围裙就走。

　　过了四五十分钟，高家表姊心急火燎地赶回来，一看树底下没有人，就高声叫着丈夫老高的名字，说：人我请到了呢，明天中午来！说完也没有听到回音。

　　她推开丈夫的卧室门，见他侧身躺着，一只手平放在床头柜上，手边

222

碗里盛着小半碗粥。便问：你那会不是说不痛嘛，咋又上床了？说完猛地发现丈夫的眼神不对，心里咯噔一下，扑过去大声叫，哪里还能应！鼻孔没一点气息，只是手臂还软着，想必才咽气不过几分钟。

高家表婶顿时瘫倒在地上，半晌，才大声哭喊起来。

电话只能打到米兰和米谷家的座机上，米兰和米谷接到消息同时搭车往回赶，临走吩咐米粒赶紧去出租屋通知米豆。米粒心里一急就犯傻了，也不知道搭出租车，硬是一路狂奔冲进米豆的住处。推开门的刹那她有点恍惚，以为自己走错门了。愣了一秒钟猛然反应过来，急忙抽身退到门外，蹲在地上哇的一声哭了起来。

米豆正压在一个女人身上动作，身上赤条条的，大汗淋漓。听见门响，却是迟了。他懊恼地抓起地上的被子扔给身下的女人，自己胡乱套上衣服就冲了出来，对哭得咽长气断的米粒吼道，你号丧啊！

话一出口，一个激灵，猛然醒悟过来，拖起米粒就往巷口飞跑。

八

高家表婶不吃不喝也不言语，闷着头一次次在灵柩跟前转悠，眼泪吧嗒吧嗒的一直流，勉强坚持到第二天晚上，眼泪早已流干了，心劲儿也没了，转香的时候一头栽倒在灵柩前。第三天逝者入土为安之后，姊妹几个和米豆继续在家里住着，一方面安抚母亲，一方面等着复山。

这天晚上，米谷把姊妹和米豆都叫到母亲的床前，想就母亲以后的生活问题说道说道，也想听听母亲自己的想法。在大事的处理上，米谷表现出的果敢是米兰和米粒所不及的，米谷不说话则已，一说话所带的霸气更像是大姐，更小的米粒和米豆，对大姐米兰亲近些，对二姐米谷则表现出有一些畏惧。所以，这样四个人坐在一起，如果米兰不带头发表意见，那两人绝对不会开口。米兰默默地盯着母亲看了一会儿，说：我们只剩这个妈了，一是看她自己的意思，以后怎么生活？二是看米粒，有没有留在家里的想法，刚好人家之前也想上门的，要是米粒答应，就让介绍人跟人家说一下。我答应每个月给妈拿一百块钱。

说完这些，她扫了一眼米谷，米谷低着头似乎还在想着。

见米谷没有吭声，米兰接下来望着母亲说：但是爸爸的死，米粒和妈妈有责任——我今天说这个，意思是爸爸走的时候，我们竟然都不能在跟前送终，连米豆这个爸爸最看重的儿子，你都没能给爸爸送终。你们说，让人家外人怎么看我们家？妈妈也是，爸爸都那样了，你就不能耐心点？爸爸临终，你知道我们都没在，你都不能顾及他，在跟前照顾他，你还做啥跑到外边去……妈妈以后老了，再有这么一天的话，我们这些后人绝不能一个都没在跟前。

米兰哽咽着说的这番话，让米谷非常吃惊，也让米粒和米谷害怕和难堪。

米谷不满地说：大姐这个时候你说这些话干啥？你晓得妈妈现在正难过！

米兰固执地大声辩解道：我说这些是因为我替爸爸难过！年轻时候妈妈她怎么对爸爸我们不管，中年半载他们天天吵架、打架、分居几十年我们也不管，可是爸爸病重得饭都吃不下了她还是不上心，到处跑啥？她心肠咋就那么狠呀！

高家表婶听着大女儿米兰的话，拼命地压抑着满腔苦痛和委屈，转过身子蜷缩着，将头抵在床里的墙壁上泣不成声。

她呜咽着说：我说了我那天是去请陈道士了。我走的时候还问了你爸爸……他说不要紧的，我看他精神也还好……哪晓得他说走就走！你们怪我，我哪里没待候好？！每天晚上我和米粒都要轮流起来七八次照看他喝水、呕吐、吃药、上厕所，哪里睡过一次囫囵觉……你米兰待候得好，当初你咋不住到屋里待候？我是罪人，我把你们的爸爸害死了……你们都走，我不要你们管，以后我动不了了，一包老鼠药一吃，啥都解决了！不要你们操心……

米粒听着母亲的话，趴在床头抱住母亲的双腿悲声恸哭，嘴里喊着：妈呀，妈，你莫说要死的话，我还在屋里，我不嫁出去了……以后我待候你……

哭了一会儿又抬起头来求米兰，说：大姐你莫要怪妈，她没有那些坏心眼。爸爸从西京医院回来，她每次躲在灶门口哭不让爸看到……

米兰抹了一把脸上的泪，冷笑着站起来就往外走，边走边恨恨地说：好啊，你们都帮到她说话，我成恶人了！我走，我不管了！

米谷看了一眼米兰匆匆离开的背影，张了张嘴，却又突然放弃了叫回她的冲动。米兰的偏执令她感到沮丧和失望，她原以为米兰是大姐，在母亲现在这个状态下，大姐应该代替一家之主，支撑起里里外外要应对的事情才是正理。而米兰对母亲的表现，分明只懂得发泄自己的情绪而已。米谷想着这些烦恼，从心里悄悄地叹了一口气。冷静了一会儿，她挪到母亲床上，俯下身子从背后抱住母亲，动情地说：妈妈你莫怄气了，米兰她今天说的话的确是过分了。可能也是不甘心爸爸就这么突然走了，加之咽气的时候身旁都没个人，想到心里不是滋味。我和她小时候都是爸爸背在背上带大的，所以，你再难过，也要体谅……米兰她走就让她走，复山有我们，还有姑父、舅舅来帮忙。你自己保重身体才是最要紧的。以后，妈妈，你还有米粒和米豆呢！他们都是三四十岁了，还没个家呢，多让人笑话！你以后还要给他们做主呢！

母亲转过身来，抱住米谷呜呜地又一阵哭。

米粒惊讶地看着大姐米兰走了之后，忐忑不安，她怕因为自己那么一哭一说惹怒了大姐，担心大姐真的撂下母亲不管不顾了。这种没有答案的忧虑，令她渐渐收住了心里的悲戚，转而将无尽的希望寄托在二姐米谷身上。

当二姐拥着母亲说了那番话，米粒便从心底坚定了对二姐的信任，依赖和崇拜。她甚至破涕为笑，不由自主地伸出手去，一只握住二姐，一只握住母亲。

米豆自始至终耷拉着脑袋没有说一句话，姐姐们的话和母亲的话他有些听进去了，有些没听进去，有时随着她们的哭声，他的思想始终是游离的。偶尔他会思索一下，那天父亲欲言又止的样子，到底还有啥话没有跟他交代的？这个问题不待他想明白，脑海里又蹦出丽雅白生生的身子，她丰满的乳房和柔软的肚子是那么让他着迷……丽雅是两三年前跟他经常住在一起的女孩子，她是KTV的坐台小姐。别人都以为丽雅是他女朋友，但其实不是，丽雅跟他说过，她只是爱跟他厮混，从来没想过要跟他长久，不许他提太多的要求；他也从来没想过将来娶她……但是，此时此刻，刚刚失去父亲的米豆突然有了想和她长长久久的冲动，这冲动让他想流泪，让他想立即见到她，把头埋进她温软的怀里。

米豆！米豆……米豆你困了吗？你困了去床上躺一会儿！

母亲在唤他。

母亲关切的声音将米豆唤醒。他使劲地甩了甩昏沉沉的脑袋，将自己拉回现实。

九

转眼，表叔老高已经走了三个月了。

这三个月的时间到底有多长？只有我那高家表婶最明白。

不睡觉的时候她老是回忆起结婚那会儿的事，一睡觉便真真地看见老高站在床边。他跟她笑，还拉着她的手跟她说，这下遂你的意了吧？你讨厌了我几十年，现在我不碍你的眼了，你也不要恨我了。她在梦里跟他哭，她说：你走了她们都怨我，你是不是故意这样害我被儿女骂呢？你在，我不理你、不跟你说话，可心里没别人呀！你一撒手，让我连个人影都见不到了，说话的人没有了，连个恨的人也没有了，你让我活着还有啥意思？！她梦见丈夫老高可怜地看着她，看着看着就流了两行泪，她一伸手，老高就不见了。她慌忙找啊找啊，就看到老高站在那棵核桃树下，等她蹒跚地追过去，却横竖只能看到衣服，看不到他的脸。

这样梦了很多次之后，高家表婶白天在树底下逗留的时间也越来越长。就连吃饭，也非要端着碗坐到树下吃，米粒不乐意，抱怨母亲说：家里就咱们两个人相依为命了，你还老是一个人待在一边，那我一个人还有啥意思呀！

高家表婶说：我是在陪你爸呢！你忘了，你爸没事就爱站在树底下，晚上托梦，还是在树底下。

米粒说：那是做梦，不是托梦！

她悻悻地语无伦次地说：做梦托梦，反正梦里头到最后，他都是站在那里的……人的命呀，就跟树叶子一样，说掉就掉了。他站在那里，我也看不见他脸上是高兴还是不高兴，也抓不到他，想去拉他，一下子就不见了。不晓得他跑啥呢？

米粒听了就笑，说：妈，你说你吧，往日爸爸每次跟你说话，你都不搭理他。说多了，你们就吵架、打架，现在你又这么念他，后悔了吧？

她不高兴地说：我后悔啥！我问心无愧！我不理他，是他说话气人。可是米粒，你看我这么多年即使他打我，我离开家离开他没有？人老了，就是个伴，没有过多的话说，相互之间有个啥事，眼睛一看就明白。就是有体己的话，年轻时候也说完了……

米粒听了半晌没说话。她很感动母亲内心对父亲的那份情感，她在想，若是大姐米兰听到母亲说的这些话会不会也能被感动到？她会相信母亲对父亲其实是有感情的吗？

米粒记得清楚，父亲去世后这三个月，二姐米谷每周回来一次，弟弟米豆半个月回来一次，而大姐米兰三个月来只回来过两次，而且回来也只是在父亲卧室停留十几分钟，在父亲坟上待上半个小时就走了。既不跟母亲说话，也不帮着她干活，仿佛跟她和母亲都记上仇了似的。米粒有时候也想，大姐与其吊着脸回来让母亲难过，还不如不回来的好。大姐每回来一次，母亲要怄气怄两三天才见开怀。不像二姐米谷，好像换了个人似的，父亲在世的时候她很少回家，也难得有笑脸。反倒是父亲过世之后，她好像突然理解母亲了，每周回来带许多菜，还有家里的必备药，甚至还跟着去地里除草、施肥、下种，温暖地照顾着母亲的情绪。

陕西地方邪，真是不经念叨，说谁就来谁。那天中午米粒这样想着的时候，米兰就真的回来了。

那会儿，高家表婶也是闲着无事，见院子旁边五六棵差不多粗细的石榴树、李子树与三四棵拇指粗细的香椿树枝条疯长着拥挤在一起，树下又长满蒿子，便从屋里取出砍刀，三下五除二就把两三棵香椿树砍了，又拿出鏻锄将树下的蒿子清理干净。

米粒在山下小河边淘洗一摞晒完粮食的簸箕，看到米兰提着一个布兜从沟外走过来，便招呼说：大姐回来了！米兰嗯了一声，似笑非笑的看了一眼米粒，然后蹲下撩起水洗了洗手。米粒说：大姐你回去吧，妈在呢！我把这个洗干净晾一下，消了毒，过一向好喂点秋蚕。米兰便站起来往回走。米粒最后一直搞不清米兰是一上院坝看到砍掉的香椿树就动了打母亲的邪念还是在父亲坟上受了思念的刺激迁怒于母亲。

但米粒想的一点也不重要。

重要的是，据高家表婶后来描述，米兰上了院坝一刻也没停留，直接顺着屋后的一条小路去了坟地。坟地在山梁的一大片梨园深处，中间隔着一片树林，大概也就二十分钟就走到了。总之，米兰一定是从她随身携带的布兜里掏出准备好的香和火纸，点燃香烧完火纸之后也一定是坐了有十来分钟。但是她坐在那里想什么呢？这是很让人费解的事。高家表婶说，米兰从后院的路上下到院坝的时候，脸色发青，眼神透着煞气，那会儿高家表婶刚把锄头搁到门后，她根本没料到米兰会冲过来二话不说拽住她胳膊就把她拖到了院子中间，米兰指着院坝边砍下的那几棵香椿树，厉声问她：这是不是你刚才砍的？

高家表婶使劲要掰开米兰的手，说：米兰，你疯了吗？你放开我！

米兰哪里肯放，她使劲一推就把高家表婶推倒在地，但扭住胳膊的手并没有放开，而且另一只手捡到了扔在地上的砍刀。

你怎么那么狠心？爸爸就是被你骂死的！饿死的！害死的！你哄米谷、米粒她们，哄不了我。现在，你把他栽的这么小的树都砍掉，是不是这里所有的树你都要砍掉才甘心？你敢砍掉他栽的树，我就砍死你，你这个狠毒的女人不配，不配当妈！

她一边愤怒地骂着，一边轮起刀背砸向高家表婶。高家表婶的腿被她的腿压着，挣脱不得，只能大声哭喊着救命。

米粒头顶两个簸箕正往回走，听到了米兰的叫骂声和母亲的哭喊声一下子就蒙了，她扔掉簸箕疯也似的连爬带跑上了院坝。那一刻，高家表婶的哭喊已经不似人声了，米粒扑过去撞倒米兰，然后抢下她手里的砍刀一轮手扔到院子底下。米兰还不肯罢休，她喘着粗气，恶狠狠地还要往高家表婶身上扑。米粒也不知哪里来的力气，哭叫着用胳膊使劲按住米兰，又抢起一只手来扇了她两耳光。

米兰蓦地消停了，猛然惊醒似的，后脑勺重重地磕在地上，瞪着眼睛，无神地盯着灰暗的天空。

米粒把浑身颤抖的母亲扶进卧室。地上留下一摊殷红的血，让米粒不寒而栗。

十

这一年的冬天，雪一直下个不停。

高家表婶在异常安静的除夕前夜几乎听到了雪奔跑的声音，这声音夹杂在米粒轻轻的呼噜声中，像雨后一场突如其来风起云涌的大雾迅速地由远及近。她心里想，才停了一下午，怎么又来了？这天是破了哪！

她睡不着，索性披上棉袄下床。随着门被她轻轻打开，几滴雪花的冰凉一下子针一样扎在她的脸上，亲吻般地掠过她的肌肤，而她的心却升腾起一股近乎亲切的温暖的寒意。

　　皎洁的月光下，院坝、院坝边的树，还有更远处的树林、房屋，已成了一个银装素裹的童话世界。越过屋檐下的石阶，雪地上就有了咔嚓咔嚓的声音，高家表婶站在院坝素净的雪地中央，感觉到从未有过的精神和明净。她望向西角的那棵大核桃树，此时，这棵华盖倾覆的大核桃树秃枝被白棉花似的包裹，在月光的照耀下发出如处子般的圣洁光辉。而在那树下，高家表婶多么希望再一次让她看到灰衫挺拔的背影啊！可是，除了一小蓬一小蓬细碎的雪从臃肿的树枝上跌落，她没有捕获到任何特别的气息。

　　自打春夏之交和米兰闹了一场之后，她再没有梦到过自己的丈夫老高，这让她觉得有些沮丧——生活像忽然少了些啥，又说不出所以然。可是，她在这种糊涂中飞速地老去，原先不太丰满的脸庞现在更加瘦削，原先不太光洁的皮肤现在褶皱纵横，一块块的老年斑像个笑话似的疯狂地堆积在她的颧骨上。就连她以前引以为傲的满头乌发也在半年时间里变成惨淡的灰白。米粒曾提醒她说：妈妈你不该想太多的事，你该把自己收拾利落些！

　　高家表婶说，谁有那个心思呢！

　　她的心思确实管不了一些疲于应付的事情。她的心思都在儿女身上。米豆自打父亲去世就很少过问家里的事，他就是回家也不会耽误超过三十分钟，只看着自己母亲精神好就折身走了。米豆已经近四十岁了，可他依然没有长成男人成熟担当的心性，她一问他成家的事，他就不耐烦地说她啰唆，他说，你把自己养活好就行了，操心我干啥呢！

　　那就不操心吧！高家表婶看着儿子头也不回的背影长长地叹了一口气。可是，米粒也该出嫁了，在农村即使是女子离了婚嫁二家也比一辈子当老姑娘强。冬月初开的时候，米粒的对象把米粒接到他打工的城市玩了半个月，回来之后，沉静的米粒欢天喜地的，每天巴望着过年，过年放假了，她的对象就回来了。高家表婶想着，开春就给她们办了吧，上门不上门都遂米粒自己的意愿，也是拖不得了。米谷倒是每隔七八天就回来一次，她嫌母亲种的菜少，每次回来都从城里带些农村不易吃到的稀罕菜回来，让母亲变变口味。这份孝心真是让高家表婶始料不及。在高家表婶四

229

个儿女中，她原以为最贴心的当属性格温顺的米兰或者米粒，却没想到是以前看都不屑看她一眼的米谷，那个叛逆暴烈的米谷。特别是在米粒被她对象接走的半个月，她一个人突然变得六神无主，连吃饭的次数竟也能忘记。米谷打电话回来叮嘱她按时做饭吃，她听到米谷的声音禁不住几度哽咽，后来米谷就每两三天跑回来看她一次，直到米粒返家。

是什么让米谷这些年有了如此大的改变？高家表婶满心疑问，却从来没问过，她不敢问。害怕一问，这份亲热就没了。

米兰大半年没有露过面，她从最开始对这个女儿咬牙切齿的恨，到现在，也只剩下对女儿隐约的担忧。每每忆起米兰那天反常的样子，那样疯狂的表情与眼神，她心里像被块大石头压着。

高家表婶站在雪地里的双脚很快被冰凉的雪浸湿，这明月下流淌的凉气让她重重地打了两个喷嚏。明天就过年了！高家表婶折身进了门，把自己冻得有些哆嗦的双腿塞进温热的被窝。心里还想着，明天那三个在外头的都要回来给她们的父亲上坟了，这大雪铺天盖地，也不知进沟的路车开不开得进来。若是走路，得穿雨靴才行啊！

十一

米粒一大早起来看着门外雪地里一串脚印，惊讶地回头望了望躺在床上的母亲。

母亲自从父亲去世之后，行为愈加变得像父亲，每天沉默寡言的站在树下，望着小河、土地、麻柳和路延伸的尽头，一站一个多钟头。不在树下的时候，就坐在门槛上，望着那棵葱郁的老树被秋风扫落枯叶，被冬雪覆盖枝丫。米粒虽然不明白木然的母亲大脑深处涌动着怎样的熬煎和苦痛，但米粒知道，这次母亲所遭受的是双重打击，相比于父亲的病逝，大姐米兰对母亲的伤害似乎更大一些。母亲对于癌症晚期父亲所承受的苦痛是亲眼目睹并感同身受的，她曾不止一次地对米粒哭诉说，我要是得了像你爸爸那样的病，还不如自己想办法死了算了，劳累了一辈子临死还那样遭罪……所以米粒知道，母亲对父亲的病故至少是有心理准备的，她甚至会随着父亲的解脱而松一口气。而母亲对来自于自己女儿米兰的猜忌与责难却真的是猝不及防又痛彻心扉。

年轻时候的贪耍轻狂，生下米豆之后与父亲的分居，长年言语上的较劲，甚至打架……在父亲病重之时，对于过往的点滴，母亲未必在心里没有自责过。而随着时间的过去，夫妻之间那些家长里短和爱恨纠葛怕是早已在柴米油盐的生活中化作骨血相连的亲情。长期与母亲为伴的米粒，坚信母亲对父亲绝不会因为憎恶和厌烦而故意截断父亲的生命，相反，母亲甚至本着慈悲之心寄希望于道士，希望能寻找到其他力量帮助父亲赶走病魔，渡过劫难。

因为理解与领悟，米粒越发的舍不得离开母亲，离开这个家，她早已打定主意，以后再婚了也要住在这个家里，为母亲养老送终。

这是除夕的早晨，米粒看着眼前清新美妙的雪野，说不出的兴奋和激动。她一边用铁锨和扫帚把院坝的雪扫到树下堆着，一边大声唤妈妈出来，赶紧把火炉的柴火点着，烧旺些，她要贴春联和门神，她要在火炉上搅一团糨糊。

米豆和米谷一起回来了。米谷提着大大小小的塑料袋，给母亲捎回来各种卤菜、熟食和自己做的点心。米谷扛着一个纸箱，里面装了红酒和白酒以及鞭炮。高家表婶一看两个人的裤腿都被打得透湿，赶紧让他们先到火炉边烤烤，米谷说，不如一鼓作气先去给父亲上了坟再回来，便叫了米豆和米粒，带上香蜡火烛及父亲生前爱吃的一包卤肉。

高家表婶久久注视着三人溜溜滑滑往后山上爬的身影，若有所思。

下午三四点光景，米谷和米粒他们回来三下五除二就做好了一桌丰盛的菜。待要招呼米豆点鞭炮团年，却见高家表婶站在核桃树下望着山脚闷闷不乐。米谷大概猜到母亲的心事，便走过去揽着她的手臂，说：你别挂念她了，她……不回来也好，免得你们见了面生气。高家表婶冷笑着，愤懑地说：我挂念哪个？那个忘恩负义忤逆不孝的，哼，她把我看成坏人，看成仇人，我还敢生她的气？她没把我打死是我命大……

米谷就笑，说：看看看！！我就猜你挂念她，嘴上说得凶。你也别记她的气了，怄她的气也是白怄，她打你那是她脑壳糊涂着的——她得病了。上次跟你闹了之后，回去她天天喊头疼、失眠，最后去西安检查，医生说是狂躁型抑郁症。

高家表婶心里咯噔一下，一直挂在心里的疑问终于得到证实，那块沉甸甸的石头落了地，但又说不出的酸楚。她问：那是个啥病哪？米谷说：

就是脑子里头想事想多了，纠成一疙瘩化不开，伤了自己的心神，大脑就不听使唤，说话做事有时候就不受控制了。

高家表婶听了黯然神伤，嘴里嘟囔着说：那还不是疯了！那她打我的时候，务必就不清醒？说来说去，还不是心里怪我没照看好她爸爸……

这时米豆点燃了鞭炮，硝烟随着炸响腾空而起。艳红的纸屑欢腾着蹦起来又在烟雾中滚落一地。高家表婶弯腰拾起一枚没有炸开的炮粒，在手上捏了捏，仰起脸看着满树纷纷飘下的雪团，长长吐出一口浊气，猛然微笑着朝那枝丫间喊了一声：走哦！团年去哪——

十二

高家表婶对米兰的怒和怨，在年轮更迭的这一日戛然而止，就像要穿过年轮缝隙的一根笔直的绳子突然给打了个结。这之后，米谷、米粒和米豆也都跟商量好了似的，不再在母亲跟前提大姐米兰的名字，高家表婶的生活从表面看起来像是恢复到一种难得的平静当中。

冬去春来，高家表婶和女儿米粒一起日出而作日落而息，家门口的地陆陆续续种上了苞谷、花生、红薯、洋芋，一弯三四亩的水田租给了其他人，还有五六亩早先开挖的火地离家太远，也只能撂荒了。

这样的忙碌之余，高家表婶几乎要忘掉刚刚过去的悲戚了。然而，却不能够。每当她停下脚步，每当她捧着碗吃饭或者吃完饭闲庭信步的时候，她会不自觉的望向那一棵树的方向，她的脚步会不由自主地朝那儿走去，然后瞅着树丫一天天的就绿了，瞅着叶子撑起的巨伞慢慢遮蔽了头顶的天空。在一个人的绿境中，高家表婶偶尔会陷入一种冥想，她仿佛看见丈夫老高一会儿站在树下，一会儿突然和那粗大的树干融为一体，不分彼此。而只有她，能从树叶嗖嗖拂动的音韵里听到老高的叮咛，抑或是一两句撩拨她的玩笑。她也会在树下喃喃自语，说一些困扰她的烦心事，比如米粒和米豆的将来，比如荒掉的一块地，比如自己腿疼的毛病又犯了……

米粒可不愿意看到母亲这样跟一棵树絮絮叨叨。曾经亲历大姐米兰的疯狂，而后又知道了她的抑郁症之后，米粒感到恐惧，从未想过的精神疾病距离自己如此之近，也无法理解大姐因为父亲突然过世而郁积成疾，她像惊弓之鸟，担心身边的人会不会有一天也和大姐米兰一样变得陌生而暴戾。

米粒说：妈，你没事了就看电视吧，别一天到晚站在树底下。我一想起以前爸爸老是站在树底下，心里就瘆得慌。

那是你亲亲的老子！高家表婶一脸的愤慨。有啥害怕的？一个个没良心的……

这跟有没有良心是两码事！米粒不耐烦地打断母亲的话。人都过世了，你一天站在那儿念叨，有用吗？妈，

我只不过劝你莫老想爸的事、老想大姐的事，伤你自己的心！你想一下，如果大姐不要在爸爸的死上头钻牛角尖，也不至于得病吧？你要是不在这事上纠结，也不会怄气吧？再说，大姐跟你动手是她有病。米豆且不说，他现在吊儿郎当的样子，能养活他个人就不错了。我和二姐对你总该是孝顺的吧？你咋能一竹篙打一船人哪？

高家表婶脸色难堪地闭着嘴不吭声了，她忽然意识到自己刚才不过是想骂骂米兰而已，却怎么对米粒发火？她难过地看了米粒一眼，默默地走开了。但是她的内心，此刻是如此心神不宁，自己刚刚为什么那么不甘心的要骂米兰，这个倔强的女儿得了难治的病，自己是记仇呢，还是生气女儿没有回来？

她回头望了一眼那棵树，因为她觉得米粒的话是有道理的，生活需要遗忘，只有遗忘过去，才能放眼未来。如果她都不能释怀，女儿米兰又如何开释？如果女儿不能开释，会不会对她这个做母亲的一直愤恨下去？

她这样一想，心里又辛酸得不行，眼睛蒙眬得什么也看不见了。

这时，她脑海里突然燎起一团火，这团火让她冲动得想要做点什么。去城里看看米兰，看看她的病有没有好？还是去看看米豆，他有没有说下个媳妇？还是去后山看看老高，陪他坐一阵子？不，哪儿也不能去。去了能说什么呢？去了反倒给他们添麻烦。

她幽怨地望着那棵树伤神。她想电视里的人一遭受灾祸就失忆，失忆了多好，只看眼前，不用看身后了。自己这会儿要有个突然的什么事能让她失忆，也是最好不过的！还有这棵树，如果没有这棵树，给这院坝种一片开花的蕙草、栽上一两株月季，是不是更清爽一些？也能遂了米粒的意。米粒没有说错，看着它就跟看到了她们父亲的背影没啥两样，看不到了，也就没那么多没用的念想了。可是要是没有这棵树，老高想来看一看这个家的时候，他的魂魄会不会连个依附的东西都没有？何况，自己哪有

力气去锯倒一棵脸盆粗的大树呢？

高家表婶一个一个零星错位的念头一旦冒出来就无法收拾，明明脑子里比什么时候都清明，理出来的却是一团乱麻。

后来，她的决定渐渐清晰地从脑海中跳出来，她想烧死这棵树。

这棵树枝繁叶茂，当然一下是点不着的。高家表婶便想了个最省事的办法——以后每每扫院坝，她便把垃圾扫到树底下，为自己预谋的行动悄悄做准备。

而后在米粒出门的某一天，高家表婶真的点燃了树下的垃圾。但是，第一次并不怎么成功，因为垃圾里可以燃烧的东西太少，冒了个把小时的烟便自个熄灭了，硕大的树干上留下了一个碗大的黑色印记。高家表婶从房前屋后又搜罗来一些可以烧的东西，连带着树根周围的土皮堆起来，刚刚遮盖住被烧得炭化了的部位。又过了几天，当她再次点燃这一堆垃圾的那个早晨，天阴沉沉的，静得不起一丝风云。这一堆暗火闷着，一柱浓烟也从早冒到午后方才渐渐稀薄。这一次，树干被烧掉三分之一。

米粒从地里回来，自然很生气。她责问母亲说：一棵好好的树，每年还能结下不少核桃，你非要烧掉它做什么呢？

高家表婶支支吾吾地说：我看上头枝枝叶叶都快搭到房顶上了，要是把瓦扫下来可怎么得了，我们又上不了那么高的房！砍吧，又够不着。我想，烧一烧，它自己死了也好！

难怪大姐骂你狠呢！

米粒听了母亲的话，心里极不舒服。她盯着高家表婶看了好一会儿，不认识似的，但终究也不想跟母亲争辩什么，兀自走一边生闷气。

十三

米粒叫我去劝表婶的这天晚上，我跟我的父亲说了高家表婶想烧死树的事情，本以为我的父亲第一反应会骂她神经有问题，但其实并不是这样。

我的父亲非但没有骂高家表婶神经病，还表示出令我匪夷所思的理解。他沉吟半晌，说：一棵树，烧了也就烧了，院子看着敞阳也未尝不好。你表婶死了男人，女儿米兰又那样对她，她心事重，即使人死跟她没关系，可米兰的责怪让她心里始终有个疙瘩。我看，她想烧树就是假——

明知道米兰不让她动院坝里的树，她为啥还要去烧？秋月呀，你让米粒去看看米兰，到底是个啥情况。解铃还须系铃人呢！米兰一句话，可能你表婶心结就开了！

晚上，我又把这事跟杜伟说了，杜伟说：爸说的是一种可能，也有道理。但还有一种可能，就是表婶想断米兰的念想呢！表婶惦念亡人，是思念，毕竟老来伴嘛。可米兰因为惦念她爸爸而钻了牛角尖，这就不对了。表婶一把火烧了树，换个样子，不还是希望米兰能走出来？

第二日，我寻着米粒，把我爸和杜伟的话都跟她说了。她犹豫地说：秋月，那我大姐要问起怎么办？我说：她还不知道你妈妈要烧树的事呢，怎么会问！你先去看看她，看她的病好些没有。

没想到接下来的事情根本不用我们大费周章。米粒还没来得及进城，一日晚间大风，将这棵大核桃树半边枝丫刮倒，压住了院坝坎下的电线，导致全村停电。第二天一早村里的电工和县上电管站派来的人挨家挨户的顺着线路检查，中午，他们检查到了米粒家。电管站的人跟高家表婶和米粒说：你家这棵树影响大呢，上头的枝丫长太长了，我们光锯下风吹倒的还不行，这棵树长歪着呢！万一哪天这棵树再往下倒一点，会造成更大的安全隐患。为了线路安全起见，要把这棵树砍了。你看是我们帮你砍呢？还是你们自己砍？

猛地一说要把树砍掉，高家表婶又不舍了，犹犹豫豫地问，非要砍了？不砍不行啊？电工笑着说：我看树底下你们都烧了一截，我们这一砍还给你省事了呢，咋又舍不得？表婶不好意思地笑笑，说，我这个开春沤粪堆，堆得离树太近才烧成这样了。

电工一行四五个人都围着树看，有人比画着从哪里下锯比较好。表婶跟米粒使个眼色，将米粒拉到一边说，我的意思是今天让他们先不砍吧，明天我们自己砍。下午你去秋月那儿借电话打到米谷家，就说这树就要砍了呢，让她给米兰和米豆都说一声，顺便叫米豆立马回来一趟。

米粒很不情愿地说，妈，你不是要烧死这棵树嘛，今天让人家一锯多省事，你咋回事又不想砍了？还是说你怕米兰她们，所以还是不敢砍？

高家表婶不高兴地沉下脸，摇摇头，自己跟电工商量去了。因为牵扯到全村人用电问题，当然不允许耽误太久，被高家表婶磨半天，县电管所的人才勉强同意，最多再推迟一天，一定得把树放倒。

几个人一走，高家表姊催女儿米粒打电话。

后来，米粒坐在我家的沙发上跟我发牢骚，她说，秋月，你看我妈简直是老糊涂了，人家今天四五个小伙子在呢，树锯了也能顺顺当当收拾利落！她非要让米豆自己砍，那么大一棵树倒下来，没几个人把树丫砍掉，米豆他能拖得动啊？

我说，你妈就是太重情了，老人嘛，她这样安排肯定有她的用意在里头。你打电话顺便问问米兰是不是病好了，最好请米谷也回来一下。

米粒不明白。我又解释说，米兰病了这一年了吧，虽然她刻意要隐瞒着，但你这做姊妹的没有去望她一眼，也说不过去呀！如果她病好转了，也让她回来看看。至于米谷，你想想你还有多久就要准备结婚的事了？你不可能指望你母亲吧，你母亲拿主意，具体的事你就让米谷陪着你办，米谷办啥事想得周全又不会拖泥带水，你不指望她还能指望谁呢？

十四

米粒感激地说，秋月，你太好了！难怪我爸临过世的时候反复叮嘱我，要我遇到啥事找你呢！

我笑，真难得你爸如此看重我，可惜呀，很多心病还要心药医。你们家的问题，就是谁都没有站到你母亲的立场上想问题，没有替她想。

米粒说，我今天是来借你电话通知她们砍树的事。怎么说着说着，又说到我身上来了？我叹了一口气，说：砍树也好，烧树也罢，其实就不是个事儿！那棵树随着你爸爸的去世，他曾经站在树下的背影就被刻在你们的母亲，甚至你们的大姐、二姐和米豆的心上，就连你，米粒，你敢说你每次看到那棵树一点不怀念你爸？

米粒听完我的话，就捂着嘴笑。她说，秋月，还真是那么回事！你咋那么聪明，把啥事都看得透透的！

我说，因为我是旁观者呀！你没听说过吗？旁观者清！

据说那一夜，高家表姊一个人在树下痴痴地坐到半夜。第二天一大早，米兰、米谷和米豆都回来了。米兰没有提病的事，大概也不记得曾跟母亲动过手，她一上院坝亲亲热热叫"妈"叫"米粒"，让高家表姊和米粒着实惊讶了好半天才缓过劲儿来。

最让高家表婶高兴的是，米豆居然带回来一个挺着大肚子的女人，那女人腼腼腆腆，相貌清秀，高家表婶背过身问米谷，这女娃看起来是个老实人家的，米豆没哄骗人家吧？米谷说，米豆要是哄人家就不会带回来给你看了！你莫要小瞧你儿子呢！

高家表婶一听，跟捡了宝似的，高兴地跑前跑后忙不迭地给儿女们端茶递水，张罗吃的。

在一家人的见证下，米豆放倒了那棵树。那棵树伴着嗖嗖低吟缓缓倒下的时候，高家表婶手里端着两碗甜酒汤圆正走到屋檐下，那一瞬间，她看见一只长尾巴的大山雀从树冠华美的枝叶间飞出来，在院子上空悠然盘旋一圈，向后山隐没了踪迹。

她隐约也听到了一阵戏谑而爽朗的笑声。

哈！哈！哈！走了！走了……

那多么像丈夫老高的声音呀！高家表婶心里一颤。

都是照片惹的祸

一

肖云把广告样稿带回来刚放到办公桌上，总经理李同就过来了。

李同认真地看了看样稿，指着其中一张照片，问："你怎么还让他的照片在啊？新任局长是很注重细节的一个人，他若是看到岂不多心？"

肖云看了看，原来李同指的是上级单位刚刚调到二线的前任局长马立秋。肖云倒是知道这个情况，苦于新任局长王临峰刚上任也不过一个星期，压根还没有到下边单位来视察过，又哪里来的照片呢？而这次做系列成绩展板，也正是为了迎接这位新任王局长的光临指导。

"目前手头上没有王局长的照片，你看……"肖云看了看李同，他懒得去思考这些问题，作为私企的办公室主任，他更习惯于征询老板的意见。

李同刚走开两步，听到肖云问他，又退回来。他仔细看了看样稿上的照片，这是一个月前新工地开工剪彩之后他和局长马立秋以及县上其他领导一起查看工地的照片，背景是待开发的一片田地，有一堆的桑枝和苞谷秆子。马立秋刚好站在六七个人中间，在阳光下意气风发地指着什么在跟大伙儿讲。李同想了想，指着背景跟肖云说，把他人抹掉，剪贴苞谷秆的背景遮盖住就行了。

二

人走茶凉！

肖云坐下来，看着照片上的马立秋，脑海立即跳出这个词。

在肖云看来，李同有点小题大做。若新任局长能考虑到自己刚来，也不一定会那么在意单位以前的成果是谁的功绩。李同揣摩领导有这样细腻的心思，又有果断干练的手段，的确令他佩服，可往纵深里想，也让他心寒。人家前脚走后脚就被列入剔除行列，想一想，换谁都会有人情淡薄的凄凉之意，何况这个前任马局对李同的公司可以说是一手扶植，没有马立秋也没有这家公司今天这么大规模。

当然，对于公司的一步步壮大，李同自己也是使出了浑身解数。之前，李同也就靠三四个人在建筑市场包揽粉刷挣点小钱，后来通过人介绍才认识局长马立秋。李同硬是用锲而不舍的钉子精神，不停地约马立秋吃饭、打牌、出去旅游散心，有节没节都爱往马立秋家里跑，这份心意着实感动了马立秋。之后，在他的照拂下通过招商引资的渠道当上了老板，开了这家类似下属机构的私人企业。

就冲李同的眼力见儿，马立秋手里但凡有工程，少不了让李同去做。一来二去，交往的人大都买马立秋的面子拿李同当亲戚看待，李同的人际关系扎实了，公司也日渐顺风顺水。虽然公司有一半的欠款跟马立秋他们局里有关，但是李同知道局里确实是穷单位，好在马局的地位在那放着，想必也不成问题，只要手头能错开，拿到余下的欠款定是早晚的事。

马立秋平常工作雷厉风行也得罪了不少人，今年年初，县里人事大变动，加之年龄到了，马立秋一下子被调到一个无关紧要的部门挂了个顾问的空职，也就算退居二线了。这变化无论是对于马立秋还是跟他素来交好的人，都仓促了些。李同的功课做得再足，突兀地换个功课没做到的新领导，心里免不了七上八下。生怕这节骨眼上一不小心得罪了新领导，自己的主打产业泡汤不说，局里那一笔一笔欠款若是要不回来，那可就亏大了！

肖云完全了解李同的难处和想法，虽然心里鄙视这种过于明显的见风使舵，但该做的，还得按老板的意图做。

三

王临峰叫郭主任把关于李同公司的一系列资料拿过来，下午约了前局长马立秋喝茶，想再具体多了解一些局里的情况。明天想到李同公司去看看，也顺便检查一下正在建设的几个工程项目。

上任之前就风言风语的听说一些马局长和李同的关系。不过李同现任夫人的家庭背景好像和市里某个领导有密切关系，因此，王临峰要仔细了解李同这一两年的经营情况，以便日后在处理问题上能从容应对。

他仔细翻阅着郭主任递过来的一大沓资料，其中就看到了去年某水库工程开工典礼的照片和当时的新闻报道。

"这张照片照得挺好，小郭，是你的水平吧？"他叫小郭来看。

照片上，清晨的阳光刚好洒在马局长脸上，不仅把领导的气势凸显出来了，更难得的是，从马立秋洒满阳光的脸上，一眼可以洞见他的自信。

小郭也俯身过来看，一看便笑了："这是我照的，回来还给了李同他们办公室一张，都说这张照得好！其实，是阳光来得巧罢了，嘿嘿！"见王临峰凝视着照片微笑，小郭讨好地说："王局，以后您的形象包在我身上，咱局里的相机不错，照不好您罚我！"

王临峰笑了笑，翻过一页去，淡淡地说："这个倒没那么多讲究，宣传资料用嘛！宣传资料主要要突出政绩。咱们是做实事的人，宣传做了些啥事重要，突出亮点工作就行，而不是宣传某个领导开了啥会，讲了啥话！又不是明星，玩那些虚的干啥，咱不讲个人英雄主义！"

"局长说的对！"小郭有些尴尬，赶紧退了出去。

四

马立秋在市里看完龙舟赛回来，太阳正当空炙烈烈地烤着。同行的孙主任不解地问马立秋："你这么着急的回县里，莫不是有啥急事？"

本来市里几个朋友已经安排了晚宴，孙主任为了陪马立秋，不得不推辞掉了。

马立秋心里装着事，脸上却也不动声色，一路上打着哈哈，说一些无关紧要的话。回到县城，他让孙主任回办公室，自己驱车直奔李同的公司。

这事得从头天晚上说起。马立秋和市里几位领导一起，吃罢饭闲聊之际，便听人聊起有记者正在反映县上做的几起工程问题，其中，提到问题最多的几处都是他曾帮李同中标的工程。最严重的是记者手里已经掌握了一些问题比较突出的照片资料。讲这事的人还特别提到，记者是暂时压下来了，但市里准备不日即会派人到县上相关部门去逐一核实。这消息对马立秋来说，无疑是定时炸弹，而且是警示红灯已经亮起的定时炸弹。

幸亏他当时冷静，镇定自若地与一帮领导谈笑风生。等和那帮领导一分手，立即赶到自己的老上级家里，费了好大周折才搞到一份被压下来的记者报道。他考虑着，自己有必要拿着那份记者报道回去跟李同谈谈，立马对不合格的在建部分进行返工，特别是记者录下影像资料的部分工程，这样亡羊补牢或许还可以减少一些负面影响。否则一旦县上查下来，别说他这个已经退居二线的人保不了李同，就连李同以前在他手底下那些欠款的结算怕都会成问题。

按说，他已经退居二线，即使李同的工程出了问题别人也不会再拿他说事，但是这两年下来，马立秋不得不承认，李同确实把他当亲老子一样供着，李同的公司要是倒了，他觉得自己面子过不去。因此，对他来说，帮李同渡过眼前的难关，他是多少讲了点江湖义气。

李同听马立秋在电话里严肃地说找他有事，便知道事情不一般，惴惴不安地在大门口迎着。马立秋一跳下车，两人来不及寒暄，就一头钻进办公室。

马立秋把记者准备刊发的报道复印件给李同，李同只粗略地扫了一眼，额头上密密匝匝的汗就冒出来了。报道详尽真实地描述了工地现状，还有已建设部分质量效果低劣的照片。马立秋知道，这个问题工程也不能全怪李同，因为工程资金缺口大，李同也想了很多办法。但是技术不过关，就是实际存在的最大硬伤。马立秋给李同细细分析了利弊以及眼下的对策，李同表示，一定按他的指示组织人加班加点进行补救，只要能挽回公司的名誉，返工花多少钱他李同都认了。

等李同当着他的面一一把事情安顿妥当，马立秋才如释重负。

因为晚上答应了原单位新局长的邀约，所以在李同这里也不便多坐。喝了几口茶，马立秋就起身准备回自己办公室。

他走到大门口，刚好遇到广告公司的人把宣传栏板一块一块的卸下车来。肖云拿着一块宣传板正站在一旁，看到马立秋过来，急忙招呼："马局，您来了！马局也不坐一会儿再走？"马立秋笑了笑，对身后的李同说，"这小伙子是个好苗子，你要好好培养！"李同笑着说是。

马立秋突然注意到肖云手里的宣传板，站下细细地看了起来。他指着其中一张照片问肖云："这是去年水库开工典礼的吧？眼熟，呵呵！"肖云一看，有点慌张，愣了片刻，应道："是的，马局记性好！"

马立秋的目光细细在宣传板上搜寻了一遍，很奇怪居然没有发现有自己的身影，回过头又盯着中间那一张照片，怎么看怎么不顺眼，又说不出哪里不对。直起腰来一刹那，突然捕捉到李同眼里闪过的尴尬，心下一亮，自己不再是局长了，人家怎么会放自己照片上去呢？

但是，马立秋还是觉得奇怪，那天自己明明一直跟县上几位领导形影不离的，拍照的人怎么拍的时候单单漏了自己呢？

肖云见马局长迟疑，有点心虚，跟李同说："我下去办公室把宣传板先放好，明天早上再拿出来吧！"跟马局长欠了欠身，转身提着宣传板匆匆走开。

五

确切地说，马立秋是见到王临峰的一刹那，突然想清楚了肖云手里那个宣传板的问题，也想明白了自己为啥看照片会觉得怪怪的。

这让他的心像是被马蜂蜇了一下。但以他的定力，这种蜇疼很快就过去了。他笑着和王临峰一起走进茶室。

两人寒暄一番，茶道过场走完，王临峰便单刀直入地提到李同公司的问题。他客观了指出了李同公司成立后所做的贡献，但近一年来，因为质量问题备受争议的事实也越发突出。最后，王临峰话锋一转，说到目前市场招投标的虚假问题，客气地请马立秋谈谈好的建议和意见。

从王临峰的话里，马立秋知道了他的意图。一朝天子一朝臣，铁打的将士流水的兵，原有心维护李同的马立秋突然的感到无比的厌倦和乏味，甚至不想再提及李同。也许，终归是因为刚刚被宣传板上照片的事情落下了情绪——自己像是替人当了回奶娘，孩子喂大了，奶娘也该出门了。他也奇怪，自己本来不是小气人，怎么独对这件事情耿耿于怀呢？他端着茶杯暗自忖度，自己还是没有从刚刚退居二线的失落心态调整出来，被自己所熟知并倚重的人轻视，这感觉好比失去发肤一样令人心口生疼。只是此刻，他真的摸不清王临峰是否知道李同项目工程问题已经反映到市上这件事，如果王临峰早已获知信息，那么他马立秋是万万不能露出端倪让人抓住他袒护李同把柄的。既然自己奶娘的角色在人心里早已没了分量，又何必再替他人操这份闲心呢？

心上泄了气的马立秋，言语也没了锐气。

他打心眼里佩服眼前这个把自己挤走的王局，这样两个身份人的谈话，他自己都觉得自己绝对没有王临峰那种勇气和霸气。

后来离开茶室，马立秋握着王临峰的手，笑着说："局里那时候招商引资成立这家公司也是为了加快建设步伐，如果这个公司运行中出现弊大于利的情形，我想局里会有办法实行改革的。我是个隐退的兵了，意见和建议都谈不上，但我对局里是有感情的，局里的事情我还是很关心，也希望会更好！"

六

第二天一早，王临峰和书记一行先去局里几个大的建设项目看了看，随后到了李同公司，预备把存在的问题集中一下，然后针对问题进行座谈。

肖云一大早就把宣传板摆在了门口，此时，他和李同志忐忑不安地站在门口迎接。人都说新官上任三把火，李同的心是七上八下，就怕王临峰拿第一把火烧到自己身上。这一周以来，李同多方打听有关王临峰的一切，就是想找到突破口，但是，没有可靠的人能帮到他，关系好的几个人偶有认识王临峰的，都说是脾气古怪琢磨不透。也有人说，王某可是个硬骨头，不是轻易能下得了手的。这些话更刺激了李同的神经，让他如坐针毡。早在一两个月前，他就从马立秋那里听说，有人反映他的技术管理不到位，要换人接手局里的这项主要产业。昨晚马立秋送到的东西还被他锁在保险柜里，没来得及安顿下去。今天这一出戏，李同清楚，如果王临峰点头他就能化险为夷，如果王临峰不点头，他李同的公司也就算完了。

王临峰从车里下来，郭主任陪同，李同赶紧迎上去握手。王临峰说，"李总做得不错嘛，这办公区也挺气派的！"随后，便在宣传栏停下脚步看起来，一边看，一边点头。突然，他用手指着其中一张照片，在宣传板上敲了敲，示意跟前的小郭看。小郭一看，哭笑不得，回头就说肖云："肖主任真是技术好啊，啥活都能干！"

不等肖云和李同明白，王临峰和郭主任转身就往李同办公室走，李同赶忙躬身跟上。

肖云俯身仔细一看，原来他们刚指的照片还就是把前任马局长"蒸发"掉的那一张。

"他奶奶的，哪壶不开提哪壶！"肖云心下一沉。

座谈会上，王临峰把适才工地检查的情况和群众反映的情况毫不避讳地说了出来，连局里的书记都没料到王临峰会这么直接和尖锐。都说新官上任三把火，王临峰不是火，他更像一个雷管被点爆了，炸得到场的人有点蒙。但继而都自以为明白了领导所指，纷纷倒戈说工程之前是如何严要求，李同公司管理是怎样的不接受批评，不思悔改，只把李同批得是体无完肤。

李同有点始料不及。自己千小心万小心，怎么还是没揽住新任领导的心呢？甚至连解释的机会都没有。

等一个个发言结束，王临峰对接下来的工作没有立即断言，只让李同等候处理。对李同公司欠款的事情，王临峰说："该处罚的扣除，该给你的哪一天局里有了就给你了。"

李同红着脸追在王临峰身后，小心翼翼地问："王局，我承认，我们有一部分活没干好，我知道错了。能不能请王局再给个机会坐下来商量商量，关于怎么补救我一定听领导的。"

王临峰头也没回，笑着说："你的问题呀……不好说呀！当然，你也不要有啥思想负担，我们会去议一议再说。"

七

王临峰上车后一直没说话，走了很长一段路，看看身边的小郭，笑着问："郭主任，你是不是觉着我今天太严厉了些？"郭主任对王临峰点点头："有点，毕竟王局您是第一次到他们公司来。"王临峰表情凝重地说："做人要低调，人品要好。人品不好，啥事情都做不好。俗话说，不看人对己，要看人对人。马局对他可是不薄啊，这可是你们都知道——没有马立秋就没有他李同今天的公司。你看他李同怎么对待一手栽培他的人？吃水不忘挖井人哪！做啥工作，通过这些细节就能看出这个人咋样！"说完，把头靠在后椅背上，闭目养起神来。

"人家这不都是为了巴结你嘛！"小郭笑着说。说完又觉得这事真有点啼笑皆非，李同这回算是走麦城了。

意外之外

一

"不会出事的、不会出事的……"

那个下午，南江县医院的大门口，当大长腿的木兮嘴里反复念叨着这五个字，从出租车上一步跨下，飞也似的狂奔到住院部二楼普外的时候，她的脑海里时不时闪出一幅恶狼扑倒人之后鲜血淋漓的场面。她想不起来、也顾不上想那是哪个电影里的镜头，但这画面无疑徒增了她的恐惧，以至于冲上二楼，看到二姐木槿的刹那，竟然带着哭腔脱口而出叫了一声"妈——"

不是应该在手术室吗？在意识到自己叫错了之后，她的思维仍然在镜头记忆与现实之间足足徘徊了三秒。

三十分钟前，她接到二姐木槿的电话，说有人看见她们的母亲在通村路上被路旁看管工地的藏獒咬伤。木槿打电话那会儿，其实她自己也还没见着人，她着急忙慌的从县东头的中医院走出来，一面朝路上的出租车使劲招手，一面旁若无人义愤填膺的一遍遍在电话里跟弟弟妹妹复述母亲意外受伤的事。虽然兄弟姊妹几个既没有接到狗主人电话，也没人接到工地负责人电话，好在县城屁大点地方，而且就两家医院，所以，木槿在给弟弟妹妹报信的同时，不忘万分笃定的缀上一句："这家没有，我去那家，我一栋楼一栋楼的找！我就不信，那些个王八蛋能舍得把咱妈往外头大医院送！"

而木兮在听到母亲出了意外的刹那，两个耳朵嗡的一声响，脑子就木了。她的意识出现短暂的空白，很快，感觉头脑和身体似乎分离成了两个部分，突然变得懵懵懂懂的脑袋沉甸甸的，身子却似要飘起来，不是自己的一般，这也使得她的奔跑看起来更像是机械地被一种无形的魔力推动着，急速漂移。她的眼神和语言也陡然丢了魂似的，怎么也找不到焦点。

木槿站在走廊上同一个穿蓝夹克的小伙说话。听到木兮叫了一声"妈"，她诧异地转过脸来奇怪地望着木兮。

木兮从恍惚中回过神来。

"妈呢？"她再次紧张地问。

"在那儿！"木槿朝一旁的医生办公室努努嘴。木兮便扑了过去，半跪在母亲膝旁，扶住那只受伤的手臂。

母亲脸色蜡黄，抬起头看了木兮一眼，眼神亮了一下又很快萎靡地低下头。她的右手掌心托住受伤的左胳膊，一个拇指粗的窟窿从上到下赫然穿过她的左臂，朝下的窟窿眼除了涌出的血水，还看得见些许撕碎的肉屑在伤口边缘吊着。

木兮倒吸了一口冷气，触目惊心的血红让她的心一阵阵抽紧，禁不住眼泪就下来了。

母亲看她这样，努力挤出一丝笑来，轻声安慰她说："医生说一会儿就打疫苗呢！痛是痛，刚才痛过了，这会儿麻木了。刚才用水清洗过，过一会儿还要用药水清理伤口。"

一位坐在办公桌后面一直写着什么的医生听见她们的对话，抬起头来看了一眼木兮，说："我把要打的药单子开出来，你们去把费一交。还有，狂犬疫苗和破伤风肯定要打的，就是这个抗病毒和增强抵抗力的药比较贵，但你母亲是贯穿伤，比较严重，建议你们最好打上。"说完，又站起身，将一张犬伤注射清单隔着桌子递给木兮。

木兮望了望站在门口的木槿，扬了扬手中的单子。

木槿跑过来，指了指走廊一边靠墙站着的蓝夹克，说："负责的没来，他就一司机。出事了之后，工地让他送来的，可是他身上又没钱！刚刚我还在催他，让他赶紧给负责人打电话！"

蓝夹克拿着手机站在墙边，听见她们姊妹对话，自知理亏，红着脸半晌，吞吞吐吐地说："我们队长让我先送来，他说随后送钱过来。他说打一针，包扎了就回去……"

"离你说的受伤时间已经过去一个半小时了，这么严重的伤，还说什么打一针就回去的话？你赶紧催你们队长吧！"木槿不满地打断蓝夹克的话。转过头，气愤地跟木兮道："太不像话了！今天还是隔壁的魏表叔看见妈被他们拉走了，以为木林在老家呢，不知怎么把电话打到了木林那里。木林一听就急了呀，他赶紧打给我，我也不知道工地上的人把妈拉到哪家医院，我在中医院没找到，然后才打给你。你说他们那些人做事缺德不缺德，老太太这么大年纪了，万一有个三长两短咋办？到现在，负责人都不露面。"

木兮心不在焉地听木槿说完，再次抖了抖手中的药单，着急地对木槿说："疫苗要尽快……所以，我先去交了吧，好让妈赶紧清理伤口。"说完，转身就往楼下跑。

"哎……"木槿张嘴要阻止，一抬头，木兮已经冲下了楼梯。

"她可真是的！逞能呢！"木槿愣了一下，回头对着母亲悻悻地嘟囔，"再等等人家就到了，她去交了，人家来了不认账咋办？"

木兮和木槿一左一右架着母亲的两只胳膊。

伤口再次清洗过之后，医生把针头从伤口边缘插进她的肉里，如同打封闭针一样在肌肉里转动、推药。母亲哪受过这罪，身体忍不住跟筛糠一样抖动，刚开始还奋力咬着牙，等医生拔出针头换个方向再扎下去，她几乎本能地把头使劲往后仰，奋力躲闪着。

木兮便将她的头搂进怀里。

母亲还是憋不住，疼得喊出声来，嗓音都变了味："哎哟啊！哎哟……不打了……哎哟，这针不打了，疼死我了啊！"

木兮虽然没看见母亲流泪，但分明感觉到她浑身的颤动，就连那呻吟也像是从骨头缝里咬牙挤出来的。木兮眼眶里盈满了泪，握着她的手，摩挲着她的指尖，万般可怜地看着她。

"我觉得老妈好坚强！"木兮掰着母亲左手的中指。母亲的手指冰凉、粗糙又布满伤痕，母亲将无限凄苦的目光落到女儿身上，可是，疼痛让她没法专心，她浑浊而灰暗的视线毫无目标在病房游移。苏木说："你看老妈这个指头，去年也是这个时候受伤的！我记得，那天早晨七点多，老妈打电话说她在医院。我赶过来，医院还没有开门，她握着自己血肉模糊的手指站在诊室门口。她是头天下午修整菜园子搬一块大石头时，手持不住重量，往下放的时候，不小心砸伤了手指。十指连心呢，老妈竟然能坚持了一个晚上！若不是坚持不住了，她断然不会一早到医院。明明痛得龇牙咧嘴，她当时还跟我说'不要紧'，自己用灶灰抹过呢！"

　　木槿扫了一眼母亲的手指，苦笑了一下，说："忍嘛！身边没个人，她有啥办法。那时候说把木林留在县里找个工作，就这么一个儿子，结果不听啊，她和爸都由着木林使性子。现在呢，有事了还要靠我们这些女儿，儿子一点指望不到。"

　　母亲听见女儿的话颇不耐烦，脸色更难看了些，却咬着牙不喊了，只丝丝地抽着冷气，由着身体一阵阵战栗。木兮使劲用胳膊托着母亲赢弱而颤抖的身子，此时，她不能抱她，但她想把自己身体上的温暖哪怕传递给母亲一点点也好。

　　"这一针打完了要休息半个小时观察一下，再下楼去打破伤风针。"医生收了针管，木兮和木槿扶着母亲站起来。

　　她们姊妹扶母亲到过道上坐下，蓝夹克还在，而他们工地的负责人还没到。

　　木槿跟木兮努努嘴，生气地说："你看那工地上的人像话吗？我们都垫付了打针的钱，他们人还没到场。你看妈没一点力气，要是办了住院还可以躺下休息。现在呢，只能坐到这儿，她下午到现在一点都没有进食，扛不扛得住呢？木兮，咱怕是得找人催一下！"

　　木兮突然想起，自己同分管这起工程项目的一位姓罗的镇长曾同桌吃过饭，当时虽没留电话，但互加了微信的。于是，赶紧在微信通讯录里找，果真找到一个叫罗刚的人。

　　木兮微信过去，将情况简明扼要地介绍了一下，又留下自己的号码，客气地说了些请求帮助的话。没想到，这位罗刚倒是很快回过电话来，说："那家工地是四川一个工程队从铁路局承包下的项目，我马上给他们项目部负责人打电话！要是半小时还没有来，你可以选择打110报警或者干脆去个人到他们项目部施加点压力！"

　　木兮为难地说："罗镇长，现在距离我母亲受伤已经过了两个小时了，莫说住院的话，现在还是我们自己垫付在打疫苗呢，他们总归得到场吧！至于你说到项目部去闹一闹，施加压力，我们家根本没人手，也没精力呀！我妈被咬得这么严重，你说我们姊妹怎么敢离开？"

　　那位罗镇长也是血气方刚的年轻人，听完木兮的话，在电话那头骂道："这帮龟孙，太不像话了！要不，我这边再接着催他们项目部经理，你那边也打110报警，让警察催催他们！我就不相信，把他们逼不出来！”

时间一点一点走得很慢，木兮一会儿看看母亲，一会儿看看同样着急的木槿。110警务人员并没有预期的那样快，这让她有些恼怒。眼看半个钟头过去，遵照医嘱，到了该打破伤风的时间，木兮和木槿扶起母亲就往楼下走。

这时，一个身穿黑西装的男子从楼下走了上来。蓝夹克赶忙跑过来，叫了一声"经理"，又跟木兮介绍："这是我们徐经理。"

木兮火气腾地就上来了："你是经理？藏獒把我妈咬成这样，你们能从两点拖到现在！她那么大年龄了能受得了吗？"

"你喊啥？她那么大年龄怎么了？她那么大年龄我又不是没管，这不是来了吗！"

那位徐经理毫不示弱，抬眼不屑地看了木兮一眼，冷冷地说。说完，漫不经心地抽出一支烟来点着，若无其事地吐出一个烟圈。

他这样的态度，是木兮和木槿万万没想到的。

"你们管了啥呢？这都几个小时了？我妈药还没上呢！"木槿一旁帮腔道。

徐经理看了看木槿，指指坐在一边的母亲，说："我又没有跑，对不对？你们急什么急，我在做项目工地之前当了近十年医生，难道还不知道，狗咬了那能有啥？只要把疫苗打了啥屁事没有，你去问医生，对不对？我跟你们说，要不是她那么大年龄，若是年轻人的话我管都不管！"

他的话让木兮、木槿同时感到愕然和愤怒。

木兮涨红了脸，正欲同他理论，楼梯上又上来四五个警察。"刚才谁报案呢？"其中一个警察问道。

"是我！"木兮说，她用手指了指姓徐的经理，说："刚才他没来。两点钟我母亲受伤，只让司机送来，也没带钱。我们也等得着急，所以就报警了！"

"哦，来了就行了嘛！要是没来，我们来联系。既然来了，说明还是愿意负责，那你们自己协商就行了！"一个貌似队长的警察摘下眼睛上的墨镜，望了一眼木兮和木槿，淡然地说道。他的口吻表明，报警的行为完全是多此一举。

那位徐经理一听，马上一脸笑，掏出烟来给警察一个个的发："就是！就是！你们那么忙，就这么一点儿事嘛，不该麻烦你们领导，我知道你们每天都很忙的！"

一个警察发现了满脸不悦的木兮，低声问："受伤的人在哪里？"

木兮以为他们按惯例要询问受伤细节，忙指指胳膊挎着的母亲。小个子警察弯腰看了一眼，若无其事地直起身，只将木兮的电话记了下来。

那位徐经理继续跟几个警察叨叨："我们那只狗乖得很，平常也不叫。你不要去惹它，那个老人家经常去那附近捡菜叶子什么的喂鸡，离得近了点……"

木兮气急，抢白道："你胡说什么呢？每周我回去送菜，路过的时候，那狗就绷着铁链扑着咬着叫呢！再说了，今天我母亲是在通村路上被咬的，狗链子根本就是散开的！"

正说着，替母亲注射的医生走了过来，不满地看了一眼木兮，又看着那位徐经理，说："你们有完没完？没见受伤的老太太都支持不住了？赶紧注射破伤风，老人还疼着呢！"

"木兮，那你跟那个经理说清楚，我先扶着去注射。"木槿赶紧扶着母亲往楼下走。

警察见医生这样说，也匆匆要走。木兮诧异地问："你们就这样走了？连事情经过都不了解吗？那我报案……"她本想说：那我报案要你们警察来干什么呢？话到嘴边又觉得太无礼。

那位队长模样的警察说："你们该看伤的看伤，回头还是你们自己好好商量解决。"

说完，一挥手，几个警察鱼贯而出。

木兮望了望他们的背影失望透顶，也为自己的幼稚以及对"警察叔叔"的盲目信任而哭笑不得。木兮也知道，如今，重要项目工程的老板大都凭借四通八达的关系在本地立足。而她万万想不到的是，关系网干扰的速度早已超过她四十几年对社会关系的认知。就在她报警之后，便立即有人跟项目工地的老板报了信，几个电话一通转接，得到指示后才让这些个新招的协警出警来走走程序。

徐经理在医生办公室找了一张空椅子坐下来。

半刻钟工夫，医生跟木槿和母亲一道回来，见徐经理与木兮都在，便问："等会儿破伤风打完，还有一针。现在你们想好了没有，住院还是？"

徐经理不去看木兮和木槿，走到老太太跟前，弯着腰对老太太说："你女儿都在城里，不如打完针她们谁把你带回去住，账我来结，等你再打针的时候我再过来。"

"不行！"木兮和木槿急了，不约而同地喝止道。

母亲虚弱地睁开眼，看看木兮，又看看木槿，摇摇头，嗫嚅着说："我走不动了啊！我怕是要死在这里了。"

徐经理也急了，说："婆婆，怎么就不行了？狗咬伤的，你不要想得多恐怖，只要针打了就没事的！"

"什么没事的？！她都八十多了，不是小青年，你刚也听医生说了的。今天吓都吓得半死，你还说没事？万一半夜发烧或者出现其他什么紧急情况，你负责还是不负责？"木兮说。

"不可能发烧，狗咬的，怎么会发烧呢！"

徐经理沉下脸，态度强硬地说："要住院是你们的事，我不管！反正她打针的费我给你们。要住院你们自己住，我不负责。不服气你们去告，告赢了我给钱就是！"

"什么你不管？狗是你的你能不管？不管怎么说也要打消炎针的呀！不住院能行吗？"木槿气得恨不得眼睛喷出火来。

"你们也不要吵，好好说！"医生听不下去，站起来，同木兮姊妹和徐经理说，"你们可能还要做神经受损的检查，不做检查我还不敢下消炎药。我现在就去请骨科的主任来会诊一下，看看手臂情况咋样。"

看医生一走，徐经理也起身往外走。

木槿使了个眼色，木兮追出去。徐经理大步朝电梯走过去，木兮说："你就这样走啊？你叫什么名字？"

徐经理头也不回。木兮跟木槿说："他真走了……"

木槿不信，赶紧追下楼去看。

注射完最后一个破伤风针已是夜里七点半。

这期间，负责给母亲接诊的医生带来另一位老医生再次查验了伤口。随后建议木兮她们带老人去做一个肌电图检查。本地县医院没有这种检测仪器，只能去邻近的秦南市中心医院。

这期间，在黄镇长的催促下，项目部从工地上派来一位姓陈的带班班长来专门商讨住院的事。陈班长倒是和气之人，说话也没有徐经理的傲慢之气。

"老人那么大年纪了，害她受伤，确实对不起她。今天是意外，那只狗的链子下午确实是散开的，我们没有注意。之后，我也害怕呀，因为我老婆孩子也在工地呢！"陈班长恳切地跟木兮和木槿致歉，他一席话入情入理，说得木兮一点火气都没有了。

木兮说，如果晚上连夜去市里做肌电图，估计得依靠救护车，母亲晕车特别厉害，加之今天折腾这半天，体力肯定不支，害怕路上出意外。陈班长说，既然要做能否明天一早自己开车带下去，这样可以省一些费用。今晚先办留观，在医院住一晚，休息一下。

两人正说着，挨着木槿的母亲突然攥住木槿的胳膊，叫嚷着："我不行了，坐不住了，耳朵听不到了，浑身没力……"说着，就在他们几个面前瞬间瘫软下去。

"妈！"木兮扑过去，两姊妹把母亲扶起来，脸吓得煞白。这时，她们才发现母亲已经脸色发青。

医生让她们将人扶到诊疗室一张治疗床上躺下，然后跟护士交代立即取药急救。周围的空气顿然紧张起来，木兮、木槿和陈班长眼看着老太太呼吸变得急促、浑身筛糠似的抖得老高，一齐把求救的目光朝向医生。

"妈妈，你是不是冷啊？"木槿俯下身子很大声地问母亲。

"嗯！"母亲虚弱地点了一下头。

"护士，给老人家拿一床被子吧！"陈班长赶忙走到诊疗室门口叫。

"你们到现在没有办住院，我在哪里拿被子给你呀！"一个护士不满地嘟囔着。

陈班长一听，转身就往楼下跑，一会儿工夫便抱来一床军用被。

"让她休息一会儿，你们到外边来。"医生打完针，嘱咐木兮几个到走廊上等着。

木槿把木兮拉到一边，悄悄跟她商议：木林正在往回赶，已经走到秦岭半道上了。如果去市里的话，他在泉城不停，直接赶到秦南市。

"他回来又怎么样？帮不上什么忙，反倒乱发脾气添乱，你又不是不知道他的脾气，他能干什么事呢？倒不如让大姐木一回来。"木兮不高兴地埋怨道。

木兮奇怪，兄弟张木林、弟媳妇肖欢两人素来和二姐木槿不睦，这回怎么又联系上了。在木兮眼里，兄弟木林固执、霸道又没耐性，常常会把简单的事情搞复杂。但凡木林从省城回来休假，最后不是媳妇肖欢与家里人吵一架走人，就是木林和家里闹翻走人。几个月前木林回家过年就因为老人赡养问题与木槿各执一词生气走掉的。

"大姐倒是想回来，可她走得了吗？她大儿媳妇刚添二胎，专门把她叫过去带娃的，她能走得了？"木槿十分不满又万分无奈地跟木兮说，"要说大姐木一还真是，家里的事、母亲的身体，她哪里操心过，倒是我们……"

"算了，不说了。二姐，我去问下陈班长和医生，到底是今晚去秦南市还是明早去？问好了，你好跟木林说。"

木兮截断二姐木槿的话，转身朝医务室走。她知道，二姐木槿只要一打开话匣子就会翻来覆去说自己的功劳，这令她产生疲倦之感。

陈班长刚刚大概被老人的情形吓到，很是气馁，同意连夜去秦南市做肌电图。随后他又打电话让先前来的徐经理送钱过来，这边医生也赶紧帮着联系救护车和跟车医生。

木兮和木槿在秦南市医院找到急诊外科医生看过之后，才接到木林的电话。

木林说，他已经走到距离市区七八十公里的地方了，让木槿和木兮等他一下。

那会，二姐木槿正和木兮商量要不要再搭救护车回去。原来，肌电图是需要病人伤口稍微恢复消肿之后才能够精确检测，现在老太太的伤口渗着血水，局部又红又肿，肌电图根本没法做。建议治疗半个月之后再把伤者带来检查。好在心地善良的救护车司机没有立即往回走，一直还在门外候着消息。姊妹俩虽然都在心里责怪小地方的医生经验不足害人瞎跑，但也没法子，只有尽快回去办理住院，给老人打上消炎针才是正理。

"等还是不等？木林打电话来说，让我们等他，坐他车回去。"木槿问木兮。

木兮看了看坐在急诊室凳子上昏昏欲睡的母亲，又看了看表，为难地说："不等！你跟他打电话，让他往泉城开。妈到现在已经累得不行了。这会儿已是凌晨近两点，我们马上回去的话，能赶到四点回到泉城。她还可以在医院睡一会儿，天亮了办住院。"

木槿说："行，那咱们就走！唉，可把人倒腾死了。"

救护车在夜色中飞驰，许是都困倦不堪了，车上谁也不说话。

木兮坐在副驾驶上，几次眼皮只打架，却硬撑着，跟司机东扯西扯。走到半道上，木槿收到木林发脾气的信息，从隔窗上递过来，木兮扫了一眼，无非是"到了市区医院为什么又不检查？舍不得钱拉着老妈兜来转去""不就在市里住院又回县城干什么，一个个都是假孝顺！"之类的话，木兮苦笑了一下，递回给木槿，说："他真孝顺，让他明天守着妈妈好了！不理他，明天再解释吧！"

司机听到木兮的话，笑着叹息："如今这姊妹兄弟多了的，当老人的也跟着受罪呢！老人有事儿了，再赶上兄弟姊妹不一条心的，谁都怄气伤神。活人难哪！"

"可不是吗！"木兮苦笑。

凌晨三点刚过，救护车回到了住院部楼下。木槿和木兮扶着母亲回到楼上先前留观的床位，安抚母亲躺下，两人都又累又困。

木槿记挂着一大早要给自己一大家子人安顿早饭，所以无论如何要回家去。木兮一直守着母亲睡踏实了，自己才昏昏然睡去。

木兮迷糊中先是听到了自己的呼噜声，然后就感觉到有人在使劲地推搡她，她厌烦地甩了一下肩膀，嘟囔着："别动！"却又猛然清醒过来。

弟弟张木林丧着一张脸站在她身旁，不满地看着她。弟媳妇肖欢也一脸疲惫站在母亲床头。

"哦，木林到了，欢欢也来了！"木兮揉了揉眼睛，站起来跟两人说："连夜开车累了，要不你们先回家休息几个小时，早上怎么也等到八点多才能办住院手续。"

"我说你和二姐是咋回事呢？让你们在秦南等我们，偏不听！你说你们跑下去，啥屁事没办，转来转去又整回来。"对于木兮的关心，张木林并不领情，自打下午从省城出发到现在，他整整开了七八个小时的车，加上媳妇在车上时不时地抱怨，这窝了一肚子的火若是不发出来他就没法从这儿离开。

"是啊，木兮！"肖欢不满地看着木兮，"秦南毕竟是个市级医院，你们就是省钱不检查也可以就在市里住院呀，市里的医疗条件不比这县城好啊！再说了，不是有责任人嘛，又不用自己掏钱，对吧，木林？"

木兮心想：你两口子说的比唱的还好听，可只会卖嘴皮子。若真是在市里，照顾的事又哪里能指望你们？

木兮看了看轻声打着呼的母亲，有些负气地对木林说："是，我们到秦南是啥屁事没干！可怎么叫省钱不检查了？是人家秦南市中心医院急诊外科的医生说，要等半个月以后肌电图才能做得准确。那我们怎么办？疫苗打了，破伤风针剂也打了，你让我们在市医院做什么？治疗？住院？谁照顾？你木林照顾还是你媳妇回来照顾？我们工作都在县城，不可能都请假不工作了到市里去守着吧？！"

"照顾那都是其次的呀！妈的伤尽快好才最重要！"木林仍然不依不饶。

"说得轻巧。"木兮说，"妈一只手受伤啊！她吃饭，上厕所、喝水，这些都离不开人，什么叫'照顾是其次的'？县医院一样可以治疗！"

"反正我还是想让妈妈在秦南市级医院看伤。"木林说。

木兮知道这个弟弟的固执，小时候全家人都宠他，他很早就意识到自己是除父亲之外这个家唯一的男人，这一点令他感到优越，令他急于获得当家做主的话语权。凡是他想做主你又没让他做主的事情，他都会据理力争一番，被嫌弃的失落感时不时会逼迫他表现出令人不快的专横。

木林一米八的大高个就这么在木兮身后走来走去，晃得木兮心里焦躁而烦乱。

"我看你也是咸吃萝卜淡操心，她们都做主拉回来了，还说啥？我说不回来吧，你偏要回来！回来做什么？浪费汽油和过桥费呢！"肖欢没好气地跟木林发火，一扯放在床头的手提包冲出了病房。

这时，病房另一张床上的一位老太太被吵醒了，窸窸窣窣地坐起来，惊讶地看着木兮她们。

木兮叹了一口气，忍气吞声地压低了嗓门对木林说："你先回老屋睡觉，妈的大门钥匙在门角花盆靠墙的一面塞着。"

木林又俯身看了看母亲已经包扎了的手臂。他大概想母亲睁开眼看他一下，好让母亲知道他回来了，握着母亲的手紧了紧，一张嘴"妈"字还没完全喊出来，衣角就被木兮使劲一拽。

木林打开木兮的手，扭头就走出门去。木兮望着那吱呀打开的门，想起那会儿肖欢冲出去的样子，不禁笑了。心想，这两口子还真是一个德行呢！

木兮一大早买了粥来伺候母亲吃下。等和工地来的徐经理一块儿办完住院手续后，才猛然想起，医生叮咛过要给母亲抽血化验，是不能吃早饭的。

好在院已经住下来，消炎的针剂也已经挂上，也不着急一天半天的。可木兮发现，母亲一挂上吊瓶，还真的离不开人，或许是老人身体虚的缘故，每隔十几分钟就要上一次厕所。如此反复，木兮只好一直在床跟前坐着。

木兮原本没有跟单位领导请假，可是左等右等都不见二姐木槿和小兄弟木林，只好先请办公室的同事去人事科给她填个半天的请假单。她所在的环保局刚刚调整了领导，局长是新的，办公室主任也是新的，谁都知道"一朝君子一朝臣"和"新官上任三把火"的道理，加上环保局又是清闲单位，木兮那些个女同事哪个不是有点背景的？不是某县级领导的夫人，就是某局领导的亲戚、朋友、女儿。且不说这些人都长着眼色，就说木兮既没背景又没家底的可怜劲儿，她哪敢轻易造次，非往人家"一把火"上撞呢？可是，没人接替她，她就不敢走。

一直等到临近中午十二点，木槿、木林和肖欢才相约来到医院。木槿解释说，因为考虑到木林和肖欢两个昨晚也累了，索性让他们休息一阵子，醒来在她家吃过饭才来的。母亲一见木林，倒是惊讶得不得了，明明眼睛里是欢喜的，嘴上知说："你们啥时候回的呢？那么远，都跑回来做啥呢！"

木槿不乐意了，不满地剜了母亲一眼："妈，你这是什么话？从西安到这里也不过三个小时的路程，他跑回来做啥？他不回来，你就指望我们？我们是你女儿，他是你儿子，有义务回来照顾你。还有老大木一，她虽然不回来我们体谅她，但她不能理所当然！同样的儿女，真是远香近臭，啥事都要指望我们这些跟前的，还说我们不好！外头的回来看你一次，你就觉得好得很！"

木林脸上挂不住，刚要开口，被快嘴的媳妇肖欢胳膊肘使劲一捣。肖欢说："二姐，我们回都回来了，可不要说我们没管啊！儿子照顾是应该的，可木林工作在那边，也是没有办法的事！总不能把工作辞了，专门回来照顾老娘吧？"

"行了啊，你们莫吵！还让不让人吃饭？"木兮烦心地瞪了她们一眼。

母亲刚才还欢喜的表情瞬间变得很难堪。她紧紧地闭上嘴，用另一只胳膊撑着坐起来，对木槿递过来的饭也不接，固执地推辞着："我不吃，不想吃！"

木槿狠狠地将碗使劲掼到小桌上，咣啷一声响。母亲吓得一怔，脸瞬间转向一边，不看这些儿女。

"妈，你吃吧！别生气！"木林尴尬地将碗端起来递给母亲。

木兮无声地叹口气，心想："都说久病床前无孝子，这才第一天，都耐不住性子了。"因为惦记着自己未完成的工作，她把木槿端来的饭扒拉了两口，也顾不得母亲的情绪了，草草跟木林交代了两句就离开了。

木兮晚上陪床，睡得也不踏实。早上五点钟醒来，特意回了一趟家，将头天在陶瓷汤锅里慢炖的乌鸡汤带到医院。

母亲的手臂依然肿得老粗，手掌和手指看起来肿得比第一天更厉害，裹得厚厚的纱布却依然能看见渗出的血。木兮有些担忧地握了握母亲肿得透亮的手指，母亲安慰她说，医生来过，说手肿是正常的，等抽血化验了再开些药。

正说着，木林和肖欢就进门了。这两人大都市住习惯了，平常过节回老家待个三五天，也都有母亲照顾他们的饮食起居。这次住在老屋突然没了母亲的照顾，两人觉着啥啥都不方便，索性一大早赶到街上吃了早点就来医院。

木兮跟木林和肖欢交代了几句，匆匆提了包就要往单位赶。走到门口，碰上木槿又提了一食盒东西进来。木兮皱了皱眉："我把汤拿来了，你又提东西，妈妈哪里吃得了这么多！"木槿说："吃不完中午吃嘛，反正是保温桶。我熬的豆浆稀饭，买的豆沙包子。你要不吃点？"木兮摆了摆手。

木兮刚到单位一会儿就接到木槿的电话。那时木兮正在计算一份数据报表，木槿生气时的高喉咙大嗓门跟连珠炮似的，木兮想不听都难。"有红伤有肿胀就不能吃鸡肉喝鸡汤，那是发物，你不知道？早上你没看到妈妈手肿得那么厉害呀……"

木兮被木槿一阵凶，愣了好长时间，最后还是跟自己妥协了，一切以母亲伤好为原则吧，既然鸡汤是发物，以后不吃就对了，好在还有排骨、蹄膀可以炖汤！这样想着，叹了一口气，试图让心思再回到工作上来。

不知怎么，到了中午十一点多，木兮感到格外心神不宁。

熬到中午十二点到单位饭堂，木兮没一点胃口，但见菜很好，便想着让师傅装一盒，趁中午休息时间去医院转转。

木兮走到病房门口，便听到肖欢肆无忌惮地在跟母亲说着分割财产的事。

肖欢说："那些钱你现在不拿出来，都让木兮姐姐把持着，将来万一有啥事，还不得靠木林哪？木林他毕竟是你儿子，你身后事还要当儿子的办，是不是呀妈？"

母亲并没有吭声。木兮暗想：其实母亲最滑头呢！有时候听得见，只要不知道怎么回答的，一律装作听不见。

这时，木兮意外地又听见了木槿的声音："靠木林？！哼，欢欢不是我说你，你问木林，他能保证几个时候在老家？爸爸过世的时候，他作为唯一的儿子都没在跟前尽孝，还是我和木兮呢！依我说，屋里那些土地补偿费该分的就分！那么大年纪了，把着做啥？欢欢你不晓得哪，去年我说把我家旧房子装修一下，想问妈借三万块钱，结果她硬是不借给我，说是其他姊妹不同意。是谁不同意？借口！她就听木兮、听木一的话！木兮呢，假装好人。我就不相信，她不想老妈的钱？木一呢，要说还是这个家里的老大，可屋里有啥事她都不管！"

肖欢笑着说："分了也对！妈，我们和二姐跟你说这些，是为你好！你年龄大了，有时候脑壳里想不到那么多事呢，你不分，万一哪天守不住呢？你相信木林，以后有啥事我们也会养你。"

木兮听到这儿，深呼了一口气，强迫自己冷静下来。

"你们吃饭了没？我带了一大盒单位的饭菜来。"她很自然地推开病房的门，笑着大声招呼。

肖欢的脸一下子红了，惊慌地看了看坐在床边凳子上玩手机的木林。木槿表情极不自然地笑笑，说："都吃过了！我回去搅的苞谷糊糊，炒的土豆丝，都是妈爱吃的！吃了一大碗，不信你问妈！"

木兮的眼睛落在病床上的母亲身上，母亲侧身斜躺在被窝里，她听见木兮的声音，眼睛略微抬了一下，求救似的深深看了木兮一眼。看那眼睛红红的，明显哭过。

"我刚才还在跟妈妈说呢，不一定炖汤才有营养。吃这粗粮，妈妈还吃得多一些！对吧，妈妈！"二姐木槿表功似的说，"她刚刚吃了一大碗，肯定吃不下了。"

木兮笑笑，不知道说什么才好。

粗粮再好，可母亲身体受了重创，正是要补充营养的时候。

木兮注意到母亲手腕上固定的针头不见了。之前大夫看她手背一张皮，没一丁点脂肪，每次拔针都会留下一块淤青，便让护士将一个针头固定在手腕上。

木兮问："今天没打针啊？"

木槿说："因为光检查就做了一中午，本来化验个血，谁知又拍了一个啥胸片？所以没赶上打针。下午打，医生说，估计一点多就开始了。"说完，收拾起饭煲，对木林说，"木林下午守着，我下午就不来了。"

木槿一走，木兮转过身就对木林说："木林，你以后养不养妈是你的事，也轮不到我来管。但是当着妈的面儿，我要告诉你同肖欢的是，母亲的钱是她自己管着，压根也没在我手上……我想母亲现在头脑还清醒，她有能力自己管着，你们别费心思逼她了！"

肖欢难堪地分辩说："瞧你说的，我们可没有逼妈的意思！是二姐说妈的钱都是你把持的……她不说我们咋知道？"

木兮冷冷地望着木林说："那你呢？木林，你也觉得我把持着的，是吧？"

木林说："姐，从头到尾，我也没说过一句话。"

"你没说但你也没制止。妈若偏心，也是会偏心儿子，不会偏到我头上！"木兮冷笑着说。因为先前有过一次讨论，姊妹和弟弟、弟媳曾要求母亲提前把家里的现金财产分了，免得老人出了意外之后互相争执，当时只有自己坚决反对。现在，自己百口莫辩。

木兮冷静地坐了一会儿之后，对木林说："我中午在这里守两个小时，你们回去休息一会。两点到三点来就行！"

母亲见木林站在那里不说话，便也开口道："木林，你和肖欢回去吧！"

等木林拉着肖欢走了，母亲才转过身。

母亲叹息说："你看看，你看看，我还没死，她们就这么逼呢，也不嫌丢人哪！"见木兮沉默，知道她还在为刚才木槿和肖欢的话置气，到底忍不住，轻轻啜泣起来。

这时，旁边病床上的老婆婆开口说话了。她一开口说话木兮才清醒过来，感情连带自己和二姐、木林他们都忘了病房里还住着另一家呢！那个因哮喘而住院的老婆婆和她木讷得几乎没有言语的女儿。

老婆婆叹息说："你中午没在，她们都吵你妈妈，说她啥检查做得不对，说她吝啬得很，钱舍不得给儿女，硬是吵了一个中午。"

老婆婆的女儿也接过来话说："说肺部有啥吧，说得好吓人哦！那个说普通话的，是你的啥？你妈妈也吓到了，说血都抽不出来……"

木兮看着同病房的这些善良的人，看着她们对母亲同情的目光，心里五味杂陈。

母亲抹着眼泪说："我血都抽不出来了吗，怕是也活不长了。你让她们都莫来了，也别送饭了，把我当傻瓜一样凶啊！我真的吃不下，是龙肉我都吃不下去呢！"

木兮安慰母亲说："你也是胡思乱想呢，什么血都抽不出来了！你血压低嘛。"

"是真的呀！"母亲眼泪汪汪地比画着医生抽血的样子，说，"头两管抽满了，第三管硬是流不出来了，他硬是从我手腕上往下捋，才勉强抽满。我怕是这两天血流光了呢！"

木兮听了汗毛都竖起来了，便起身想去问问主治大夫搞清楚怎么回事。

突然又想起刚才老婆婆说的话，忙问："还有肺部是怎么回事呢？妈，你拿检测单子给我。"

母亲一边在枕头底下摸出检测报告单，一边说："我也不晓得医生是怎么给木林说的。检查单子拿回来，医生跟他们说，我也没听到。后来肖欢跟我说，说我将来恐怕会得跟你爸爸样治不好的瞎病，说我肺上有的地方变黑了……"说着情绪又激动起来，抖着肩膀，眼泪越发不止了。

"她胡说呢，你也信她？"木兮说母亲。

木兮仔细看了一下检测单，上面确实写着，有小的阴影面。

这时，负责护理的护士将针剂拿过来了。见老太太在抽泣，木兮又拿着报告单，心下便明白了几分，安慰说："你心情要放好啊，婆婆！莫怄气哟，怄气影响你身体恢复！"插上针头，又对木兮说："那个检测报告早上周大夫不是给你们屋里的人说了嘛，不要紧的！就是要给老人说，以后回家了，有感冒咳嗽了要及时治疗吃药。可能因为以前不注意，咳嗽时间长了，又不吃消炎药，引起肺部留下一些阴影。以后老人家要注意这方面。老年人有病了都爱拖！"

木兮感激地说了声谢谢，顺势安慰母亲说："你听到了吧，你肺没有大问题，你莫怕！人家说啊，就是你回家，以后再咳嗽也不能拖，感冒了就要及时吃药，你听到了吗？！"

母亲点点头，收敛了哭声。但是，恐惧并没有因此消散，她呆呆地长时间凝视着自己受伤的手臂，想着那个被纱布包裹着的被犬牙撕碎的伤口，仿佛无助地看着自己正在流失的生命。

木兮找到主治大夫，把母亲的情形跟他说了一下。大夫很爽快地跟木兮来看母亲。

几十年了，木兮从来没有看到过母亲突然如此的惶恐和无措，也从来没有如此明显地感受到人在近距离接近死亡的慌乱。就像此刻，她很着急地问："我这个手上都挤不出血了，是不是流太多了，我怕是活不长了呢。"

大夫听着就笑了，他握着母亲的手，说："你的手要不了多久就会长好的，就是身体太虚弱了。挤不出来血有多种原因，有可能你贫血，有可能是因为血液黏稠。总之，今天早上抽血是正常的。血液流得快慢跟你说的是两码事！"

大夫的解释让木兮很是糊涂，但母亲好像听懂了似的，她竟破涕为笑："哦，是两码事呀！那就好！那就好！"

木兮摇摇头，苦笑着说："我们话说一大箩筐，她也不信。你就说这么一句，她竟信了。"大夫也笑，说："我们每天要接触很多这样的老人，他们没有安全感。你母亲也一样，她信的不是我，是我身上的白大褂呢！"

下午，木兮提前请了两个小时的假，急急忙忙在市场买了些食材回去，炖了一小锅排骨山药汤，里面搁了玉米、胡萝卜，颜色看起来鲜亮诱人。

六点送到病房。木林不高兴地埋怨："我正准备说带妈妈出去吃呢，都饿得不行了。你炖汤也不晓得头天晚上炖，第二天一早拿过来。"

木兮笑着说："我下班之后还有许多事，经常一忙就忘了。"

盛汤的时候，才发现肖欢没有在。木林说："她去了二姐木槿家里。"木兮心里便不高兴。她觉得弟媳肖欢以前虽然也自私，但大大咧咧的性子挺好，现在变得待人这样刻薄，跟二姐的怂恿不无关系。

母亲很高兴吃这些汤汤水水的东西，加之木兮又买了锅盔，都是她喜欢的，所以吃得就多一些。木兮坐在床边，不时把母亲颤抖的手扶住送到嘴边，她一扶，母亲便嘟囔："不要紧！"木兮说："你年轻时候就是固执，到现在还是固执。你看，手这样抖，还不允许我碰。若是换了其他老年人，肯定顺其自然让儿女喂的。"母亲便笑："我不习惯……现在还能动，要是将来自己连吃饭都喂不到嘴巴里去了，那可咋办呀！"母亲一笑，脸上的容颜看着就好些。木兮一直盯着母亲一勺一勺香甜地吃着，忽然想起两天前母亲疼得龇牙咧嘴的样子，自己这好像是有生以来第一次如此全神贯注地对待母亲的身心健康，第一次如此认真地心疼母亲。

木林狼吞虎咽，一会儿两碗便下肚了。母亲这时的情绪完全松弛下来，她一边喝着汤，一边跟木林和木兮说："木林西安的工作重，依我说，我现在不要紧了，你和肖欢回去。"木林不乐意，说："专门回来陪你，你让我们回去？我要回去了，二姐更是要说我这当儿子的不孝顺了。"

木兮心想，感情回来不是照顾老娘来了，是做给人家看的！木兮虽然这样想，却也并没有说话。

父亲当年在世的时候，一直宠爱这个儿子。母亲也还是最心疼小儿子的，所以即使对儿媳有天大的不满，也一样会忍气吞声。当年木林结婚前，肖欢公然在亲戚朋友面前宣称，自己母亲死得早，不知道怎么跟婆家父母相处，更不习惯跟婆家父母住。气得母亲跟木林置了半年的气，最后为了木林高兴，还是一样的妥协了。

木兮收起碗筷端到水池去清理。在走廊上碰到来探视母亲的工地陈班长，手里拎着一箱牛奶和一兜水果。

"大姐，你们这么晚才吃饭呀！你妈妈呢？"陈班长笑着招呼。

"在呢！你进去吧！"木兮说。

这幢楼的下面是医院的停车场。木兮刷着碗从水池上方的窗口望下去，恰巧看到姓徐的经理开着皮卡正在倒车泊车，随后看他从车里下来，抬头向上望了望，大步走过来。

等木兮端着刷好锅碗走回来，却见那位徐经理站在虚掩的门口，侧耳倾听着什么。木兮就那样站在离门口两米远的走廊里，耐着性子静静地看着这个人，这时木兮注意到徐经理举着手机，似乎正在录音。足足过了四五分钟，木兮走到徐经理身后，见他仍然专注地倾听着什么，便故意挤开徐经理的身子走进屋，大声说："哎！徐老板来了，门口站了这么久，木林你们也不招呼人家进来！"

木兮这突然一挤，就把徐经理的手机一下子撞开了，啪的一声滑到病房的地板上。徐经理的脸一下子红得跟猪肝似的，表情尴尬地拾起手机装进裤兜里。又赶忙拿出烟来给木林，说："我是跟我陈哥一起来的，来看看老人家！"

木林看到木兮的眼神，大概猜出了什么意思，冷冷地盯着徐经理，烟也不接，问木兮说："他在门口站着做啥？门没关，也没锁。"

"哼！"木兮厌恶地哼了这一声，把余下的话隐了去，只顾将碗筷放进柜子。

陈班长本来坐在床边板凳上，看到气氛不对，赶紧站起身跟木林说："这是我们工地的徐经理，他具体负责这次婆婆被咬伤这个事！你可能比我们大一点点，我们就叫你哥吧！我们有啥做得不周到的地方，当哥的多包涵！"

木林说："没有啥，狗是你们工地的狗，被你们的狗咬伤，你们就得负责！没有啥说的！"

徐经理说："我们没有推脱责任，我是说，这个责任大家都负起来。"

木林恼火地瞪着他，生气地问："你这话啥意思？说明白！"

没想到徐经理也强硬起来，说："老人这么大年纪了，对吧？你们尽到监护责任了吗？准许她经常到路上去，就不怕她有危险吗？那里车又那么多……"姓徐的话还没说完，木林已经揪住了他的衣领，木兮一下子抓住了木林举起的拳头。

"木林，冷静点！这是病房！"木兮说。

"木林，你莫要动手！他说啥，你等他说去，他要是说不管我，我等两天直接到项目部去！挨天杀的，那条路我走了一辈子了，全村谁不从那里走，我就走不得？"母亲气急，坐起来大声骂道。

陈班长搂住木林的肩膀，说："都冷静点！这位大哥，我兄弟不会说话。"

"我说的是道理，对吧？我怎么不对了……"见徐经理还要辩解，陈班长过去一把扯着他往病房外边推。

木林说："叫我怎么冷静？我妈是在大路上走被你们的狗咬伤的，我们家土生土长在那里住了几十年，他给我扯什么监护责任？听说，村里之前还有三个年轻人受伤是吧？你要扯监护责任吗？他们也是身边没有家里人监护才被咬伤的吗？"

木兮看着徐经理也生气："你也是男人，你家也有父母、有爷爷奶奶，要是不被你们的狗咬伤，我们也不会麻烦你们。我妈吓都吓得半死了，好不容易这两天才缓过劲来，你们到底想干啥？刚才还在门外偷听，录音！有啥事不能正大光明的讲道理？到现在了，还要跟我们谈分担责任？！"

陈班长说："大姐，他肯定没有录音，可能他刚才就是站在门口！你们都不要生气了，本来我今天是高高兴兴来看婆婆的，怎么弄成这样？！"

木林气还憋在胸口上，用手指了指徐经理，看到母亲制止的眼神，赶紧又放下，什么也不说了。

木兮说："住院的费用没有了，要不，请陈班长去把费交了吧！谢谢你们今天来看我妈！"

陈班长叹了一口气，摆摆手，拉着徐经理走了。

木林站在门边，看他们确实走远了这才转过身，对母亲说："你看看，就这，你刚才还说要我回去！我要是回西安了，你们出院了，他护理费、后期医药费啥都不认账怎么办？"

木兮说："你能！你刚才要是一拳头打下去，能要的精神损失费都要不到了！还有啊，你们那会跟姓陈的在这说啥呢？那姓徐的可真在门口录音了。莫非他想打官司，收集证据？"

母亲说："也没有说啥，陈班长把我的伤口翻着看了一下，问我手指痛不痛，伤口痛不痛，手指头能不能伸直。伤口纱布包着，痛肯定痛啊，手指头现在没办法伸直嘛！"

木兮对木林说："如果就说了这些，他录音了也没啥！"

木林说："录音又怎么了！妈是他们的狗咬伤的，要打官司就打，难道我们还怕他们不成！"

"打啥官司！打官司缠人，给我把伤看好，再要点补偿就算了！"母亲烦躁不已。

木兮说："是啊，打官司说起来容易，可妈年纪大了，拖不起！加之我们各家有各家的事，就是你，木林，你和肖欢都不上班了？所以，能协商处理就协商吧！"

母亲叹了口气，说："唉！不晓得我要住多久呢？成天在这儿住着也不是办法呀！"

木兮说："你才住两三天就厌烦了？还早着呢！纱布都还没有拆

开呢！"

木林说："我还正想问你们呢，我问西安那边的医生，说是狗咬伤的尽量不要包扎。妈这个包了几天了，怎么还不拆？不行，我得去找大夫说一下！"

母亲说："下午清洗的时候我问了，大夫说还渗血就包，不渗血就可以不包了。今天洗的时候我看了，上面的伤口没有出血水，下面的伤口还在流。"

木兮说："木林，那你这会就别问了，明天拆开清洗的时候再看情况！还有啊，你和肖欢两个在这儿也确实没必要，我是说，妈伤好还有一段时间呢！你可以先和肖欢回去，等伤好了要最后和工地谈处理的时候你再回来，你说呢？"

母亲一口接过话："你说的要得！木林，你待在这儿，肖欢一个人在老家也不习惯，你们都回去。等最后看咋处理再给你打电话！"

木林沉吟了一会儿，说："那行，晚上我和肖欢商量一下。就怕她不愿意走！"

"那是为啥呀？"母亲问。

木林看了木兮一眼，对母亲说："早在两三个月之前，二姐就给我们打过电话，说你有八九万征地款存着，害怕最后你把不住。让我们回来商量着分了……这次回来之前，二姐也说，将就这次机会……"

"别说了！分，你们一人一万五，我去年都说要分的。你姐姐木兮说，要等我百年之后再提分家产的事，这样分了，说出去不好听，怕丢人呢！所以我就没有再提了。你们都要分，就分吧！"母亲恹恹地打断木林的话，平静地说。

木兮一听，没好气地说："分什么分！木林，你缺这点钱用吗？"

木林不高兴地说："我没说我缺这个钱！但缺不缺钱跟有没有权利分这个钱是两码事！"

木兮难过地沉默了。

母亲经常说自己是黄土埋到脖子上的人了，可是，就是这样活天数的老人依然得不到儿女的宽容、理解和呵护。谁都说母亲爱钱，可是木兮明白，老人爱的不是钱，而是积蓄带给她的安全感。她害怕自己老了、病了拖累儿女，害怕有一天离开这个世界，儿女为凑钱给她办身后事犯难，甚至闹矛盾。可是这样的道理又有几个儿女愿意去思索？在金钱利益面前，很多内心坚守的东西一旦放弃就会变得不可理喻。

木兮知道自己无论怎么解释，一母同胞的姐妹兄弟都还是会心存芥蒂。

但木兮仍幻想着能说服木林能跟自己站在一条战线上。

木兮把木林拉到过道上，苦口婆心地劝："我知道你们都说我把妈妈的钱把持着想独吞，其实，妈的存折她自己收着，不信你问！我再难，我也觉得自己比老人日子好过，毕竟我们还年轻，能挣！你想想，妈身体好就罢了，若是你现在把那点家底分了，等她有病住院的时候再让二姐大姐拿钱出来，她们愿意给妈治疗吗？还有你，你肯定没话说，但你敢保证肖欢愿意你拿钱出来给妈治病吗？这倒是其一，其二呢是怕人家戳脊梁骨，你们不怕，我怕！我怕人家说，自己娘还活着呢，后人就把家产分了！我丢不起这个人。"

木兮说到这儿，忍不住内心的酸楚。

等再平静了些，回到病房，木兮拍了拍母亲的手背，嘱咐道："分钱的事等你病好了再说！你一会儿再吃一遍药，我还有资料要加班。木林一会儿走的时候给妈把开水倒好！我晚一些就过来了。"

木林跟着她进屋，闷头坐到床边。

木兮红着眼，提起一兜子碗筷就往外走。才走到门口，又听到母亲的安慰："唉！你莫怄气！都是为我……我要是死了也就解脱了。"

木兮的眼泪夺眶而出。

第二天早上十点钟光景，木兮意外地接到母亲电话。先是絮絮叨叨地跟自己说起早上又被木槿和肖欢连骂带哄逼着要分钱的事，又说下午想回一趟家。

其实木兮早上不到七点就给木槿打过电话，说自己已经给母亲买了早餐。但木槿说自己已经装好了，反正拿到医院母亲不吃的话，还有木林可以吃，木兮也就不好再说什么了。她也知道母亲会因为二姐和弟媳妇的责难而遭罪，她想尽力去解救母亲，让母亲心里能舒坦一点，但作为妹妹，依然很多话无法在木槿面前说出口。

木兮跟母亲说："你就装作听不到吧！我中午吃饭的时间来接你，我们坐出租回去，你看看家里，再把你带回来。"

母亲说："你中午就不来了，木林说他带我回去，他有车呢，方便些。针打完了我们就走。"

"好吧！"木兮说，"那你回去了可别到处摸东西，小心细菌感染伤口。"

下午两点，木兮接到木林的电话，说母亲回去一趟之后就一直闷闷不乐，偷偷地擦眼泪，也问不出原因。肖欢在街上登了一个宾馆，既不在医院也不住老屋。

木兮六点下班直接去了医院。母亲果真脸色铁青，低着头红着眼坐在床上发呆。木林在病房的阳台上坐着玩手机，看到木兮来了立马起身要走，说是肖欢在宾馆等着他，闹着要一起去吃火锅呢。

木林一走，母亲招手让木兮坐到自己身边。

"怎么了？"木兮小声问。母亲话还没说，嘴一张，眼泪像洪水决堤汹涌而出。

"到底啥事嘛？你是要把我急死呢！"木兮见不得母亲哭，母亲一哭，她心就慌了。

母亲抹了一把眼泪，说："你爸屋里那个红箱子，你晓得的吧？箱子里一本书里头我夹了六千块钱，没有了！是哪个短命的做下的好事？一张都没有给我留哇……木兮，我都不想活了，没啥想头呢……"

木兮惊讶地张大嘴巴，一时之间，她也不知怎么安慰心碎的母亲才好。

"会不会有小偷？或者是你记错放到其他地方去了？"木兮握住母亲的手说。

"没有哇！没有哇……那个箱子钥匙就压在箱子和桌子之间的，外人不可能细细在屋里找。而且钱拿了，箱子还锁得好好的。"母亲说着，拼命地摇摇头。她一次一次抬起袖子去擦眼睛，压抑着哭泣，木兮握着她受伤的那只手能清晰地感受到她内心的难过。

母亲哑着嗓子，继续说："木兮，我晓得是谁拿了，其他的没有人回去过。但是我谁都不能说。我只给你说，这些钱是这两年我陆陆续续存下来的，有你大舅舅家三个儿子来看我时给的，有你姨娘家的几个来给我的，有你万林叔叔来看我给的，还有木一家我的大孙子给的……都是逢年过节给我的钱，我不舍得花。平日里你每个周买菜买肉回来，我也不用买啥，偶尔交个电费电话费，那都花得少。"

木兮明白了母亲所怀疑的人，但是也确实不能说，毕竟谁也没有亲眼见着。

"她可能是想着我活不了几天了，所以干脆把钱一把全抓走。不是钱多少的问题，是一家人不该这样昧着良心啊！"母亲捶胸顿足，"我想留到万一我有个三长两短，钱是现成的，用不着你们操心。可是谁晓得是给那些短命死的做好事了呢？"

木兮艰难地在脑海中吞咽着一些不堪细想的事实，然后思量着怎么给母亲开解。

"平常我经常劝你别在家里放太多现金，你不听啊！"木兮说。

母亲点点头，说："我哪晓得会出事呀！"

木兮说："这事要么像你说的，跟谁都不要提，打碎了牙往肚子里咽。要么就跟木林说清楚，让木林去问他媳妇。"

母亲摇摇头，渐渐冷静下来。

"刚才木林问我啥事我都不敢说。不能让他晓得，更不能报警！木兮，你想啊，万一木林相信媳妇不相信我咋办？"

木兮一想，也是。

"可是这样子装傻纵容她真的好吗？这几天她不还一样跟着老二起哄要分家产嘛！"木兮说。

"先不说！"母亲看着自己受伤的手臂，片刻，表情变得异常坚定。木兮看着沉默且一直想沉默下去的母亲，心里像打翻了五味瓶。

母亲手臂上的纱布已经除去，一个伤口已经开始愈合，一个伤口依然裂开着，涂过碘酒的地方看起来干爽许多。

这是住院的第五天。

木兮这天照例在早上五点赶回家，将米淘洗好，加了葡萄干、枸杞及几粒鲜玉米用文火熬上。

六点五十分，木兮打电话给二姐木槿，说自己熬了粥，二姐可以不送了。木槿说："好啊，那你多送点，把木林和肖欢的份儿也带上。我中午煮苞谷糊糊，炒洋芋丝，到时候给妈送过去。"

木槿不抢着送了，木兮倒是有点失落，心想着：你倒是去呀，我倒要看看，你当着我的面还能责骂母亲不！医生明明说要给母亲加强营养呢，早晚总给母亲送苞谷糊糊，真够做得出来！

木兮七点半将粥送到母亲病房，疲惫得不行，不停地打哈欠。母亲看到木兮这样，心疼地说："我住这里把你害苦了。如果木林不走的话，找个躺椅，让他晚上陪护。"

木兮伸了伸懒腰，说："自己的女儿，什么害苦不害苦的，快别说了。木林守夜？算了吧，几十岁的人了，你看整天坐在这儿就是玩手机、抽烟，做不了照顾人的事儿。"

母亲苦笑："管他看手机还是抽烟，只要下床的时候，有个人扶我一把就好。"

木兮摇摇头。

母亲喝了一口粥，说："你熬的粥好，稠稠的，香！"木兮又剥一个鸡蛋给母亲："好吃就多吃点，还有，一定要把鸡蛋吃了。医生说，你缺蛋白，每天至少两个鸡蛋，可以不吃蛋黄。"

母亲脸色像是已经平静了，这让木兮心里稍稍宽慰。但她还是给单位人事办公室打了一个电话，说有私事要办，晚一个小时到单位。她一直在纠结着，要不要瞒着母亲把丢钱的事问问木林？她希望自己的弟弟张木林还是明事理的人，即使自私，也不能丢了原则。

八点过了，木林和肖欢才姗姗来迟。肖欢说不想吃那些寡淡的粥或是鸡蛋，她想吃馄饨。木林让肖欢自己去。木兮看不惯肖欢的矫情，也坚定了要给她一个警告的想法。

等木林吃完，木兮使个眼色将他叫到走廊上。

木兮将母亲丢钱的事以及母亲最后对待丢钱这事的态度给木林一一说了，她让木林回忆回忆，他和肖欢两个回老屋住出门的时候有没有锁好门窗。木林听完，想起昨日母亲的情绪，心下便明白木兮的意思。他说："姐，我如果说我不知道这个钱，也没有拿，你相不相信？"木兮说："相信！"他点点头，最后跟木兮说："行，我中午瞅机会问问肖欢。"

中午，木林打电话给木兮，说母亲的伤口里面有轻微感染，大夫已经做了处理，这每天都要挤一挤伤口，再用碘酒擦的时候也要求仔细一些。说完这些，木林停顿了一会儿，然后叹了一口气，告诉木兮，那个钱是肖欢拿了。但现在她不愿意拿出来，说是已经打到她自己的账户，要清房贷利息用。木林说，他不想当着母亲跟肖欢吵。

木兮说："你这一问，让她晓得妈知道丢钱的事就行了，也就是点到为止。妈根本也没指望这个钱拿回来。这事到这就结束了，也不能让你大姐、二姐知道，妈现在这个样子，事情闹开了最恼气的是妈，甚至以后，你也再不要跟任何姐妹提起。你和她好好的过日子，别为这继续吵，没意思。"

木林说："我知道了，谢谢！这样，我和肖欢明天一早先回，等出院的时候有需要我再回来。若是工地上的人要赖，我也不是吃素的！"

又一个周末。

木林和肖欢天不亮就开车离开了县城，也不知是不是小两口闹别扭，竟没有到医院跟母亲道别。木兮到医院侍候母亲吃了早餐，才将木林和肖欢回省城的事跟她讲了。母亲听完，好半天没说话。她知道木兮这个女儿总是维护自己，一定跟木林说了丢钱的事。可木林被肖欢拿捏得死死的，木兮母亲想着就不舒服，毕竟木林是自己儿子，她并不想他一个大男人活得那般憋屈。

主治大夫过来为木兮母亲清洗伤口，再次用力将伤口里面的脓血硬挤出来，母亲疼得龇牙。好在脓血不多，感染得也不是很厉害，大夫说，现在打着消炎针，过两三天脓血没有了，伤口就会慢慢结痂。

大夫的话母亲每每听了都会轻松许多。她笑着对木兮说："只要这脓血干净了，我出院就快了！我在这里，把你们几个麻烦到啥都干不成呢！也害你恼气！"

"又这样说？自己的儿女，说什么麻烦不麻烦！"

木兮不喜欢母亲说那样生分的话，她不知道母亲从什么时候开始对自己儿女变得客客气气了，而且有时候分明感觉到母亲那种战战兢兢的畏惧心理。

记忆中的母亲是多么能干贤惠的人啊！村里但凡有啥红白喜事，总会第一个找母亲帮忙。而现在，或许因为年迈，儿女的事她做不了主了，就连自己的事也做不了主了，她怕听到儿女埋怨和责骂，好像那样她真是个没用的人了。她仿佛被一种无形的压力所胁迫，越发显得卑微而怯懦。

这日下午，在医院百无聊赖的木兮意外迎来一位客人。小宁是当地一个微信公众号的美女记者，与木兮曾在一些场合有过几次见面。小宁专程来了解木兮妈妈的受伤情况。原来，就在这一周之内，网上爆料全国多个地方连续发生狗伤人事件，山东电视台还报道省内某个村流浪狗将孩子活活咬死的新闻。小宁也是在朋友圈偶然知道了木兮母亲被大型犬咬成重伤的事，对于一个小县城来说，这类新闻少，却可以起到广泛的警示作用。

"现在报道有点不合适，因为我们这个事情还没有最后处理。"面对小宁提出的采访要求，木兮有点担心。

小宁说："木兮姐，其实报道的角度不一样，起到的效果就不一样。婆婆被咬成重伤这件事，看责任一方态度如何，如果态度不好并且有扯皮的嫌疑，我们的报道就能起到为受伤者扭转乾坤的作用，群众一监督，领导一重视，事情就能尽快处理；如果责任一方积极主动，也很配合，那就是两方皆大欢喜的社会正能量宣传。您想想是不是这个道理？"

木兮还在犹豫。旁边的母亲倒是很好奇，问小宁记者说："你写出去，能不能帮我主持公道？要是能帮我主持公道，我就跟你说。"

小宁说："可以呀，婆婆！您想想，要是大家都看到这个事了，他敢不承认吗？"

木兮笑着阻止说："妈，还是不要讲出去吧，你要讲了，到时候就有许多人知道这事。本来不晓得你住院的亲戚，可一下子都知道了呢！"

小宁说："好个木兮姐，你就别吓婆婆了，我会把照片打马赛克，而且也不用人名，这样可以吧！"

木兮母亲问："马赛克是啥？"

小宁和木兮都笑得不行。木兮说："妈，打马赛克就是把你脸遮住的意思，一遮住别人就认不出来了嘛！"

"那倒没有什么！我一不是见不得人，二不是造谣生事。我只是实事求是地讲事情经过。"木兮母亲说。

"那天中午一点多，我的外侄女打电话说，她要回山东婆家了，我放下电话就往山下走，想去送送她，顺便看一眼我那个大兄弟。那会儿太阳很大，明晃晃地照得人睁不开眼睛。工地上满都是水泥灰，脚底下的粉尘踩一脚立马满鞋面都是。所以，那天我一直盯着脚，尽量往灰尘浅一点的地方走。谁知道刚走到村道上，还没看清啥东西，一下子被扑倒了。我躲都没处躲啊！那畜生一口咬到我大腿上，我用这只手一挡，谁知它一口就咬住我胳膊。要不是工棚离得近，我就没命了。那几个小伙子听到我喊叫，飞扑过来把狗撵走了……你们不晓得，我那阵喊的都不是人声儿了！"说到这儿，母亲心有余悸，低下头看着自己的手臂，沉默了好一会儿。

母亲被自己的讲述再次带到令人恐怖的那一幕。

小宁问："然后呢？"

母亲喝了一口水，说："然后，他们扶起我，看到我手上的血顺着手流到地上，都吓住了，要立即送我到医院。我说：不行，我门还没锁呢。我就按住手上流血的窟窿往山上爬呀，一个小伙子就追着我，我说我要给我女儿打电话，他说来不及了，要马上去医院。他把门替我一锁，扶着我就走，走到山下，就把我塞进车里，开起就跑！"

木兮也是第一次听母亲这么详细地讲受伤经过，听着听着，便被母亲带进险象环生的现场，一阵阵紧张，一阵阵替母亲揪心，甚至感知到母亲当时那样的疼痛。

母亲继续说："走到路上，司机跟我说呀，他已经给他们负责人打电话了。他们负责人这会儿一时走不开。但他身上也没钱，只能先到医院去看，要是伤口不严重，打了疫苗包扎一下再把我送回来。结果我们到了医院，那个年轻的医生一看，就让司机把我带到水龙头底下，用肥皂水使劲地洗呀冲呀！我痛得整个身子站都站不住了，头也晕了，我说'我不洗了，你们又不给我治，我都要痛死了，你们还只管用水给我冲！'那个司机说，不是不给你治，是医生说必须拿肥皂水洗呢！洗了足足有十几分钟啊，我已经痛得头晕眼花了，他们才把我扶着坐下。过了一阵子，木槿和木兮才赶到。"

母亲一口气说完，摇了摇头，苦笑了一下。

小宁说："那后来呢？负责人多久才到，给你治了吗？"

母亲说："后来一直等，这不，木兮后来也到了，自己付了医药费先给我打疫苗和破伤风。等了两个多小时没有来，后来到了，又不同意我住院，木兮又找他们领导，最后再重新派了一个陈队长出面，答应我住院……这后头就让木兮给你讲吧！唉……啥都不说，把我吓狠了。"

木兮说："有啥好说的！姓徐的到了医院，我说他不该来晚了，他说我不该催。还说自己当了十几年医生的，啥都懂，这狗咬伤根本不算啥！打完疫苗，我看我妈支撑不住了，让他办住院，他说打完针让我们姊妹接回去住就行了，需要打针的时候再来。哎！说得多轻巧啊，我说接回去若有个三长两短谁负责？不但要住院，而且要陪护。他就生气了，说了许多难听的话——要住院是你们自己的事，我不管。又说你们姊妹那么多，自己护理就行了！还说幸亏你是老人，要是年轻人，他管都不管！总之，他把这些话说完就走了。后来我又找人打电话到项目部，他们又派了一个陈班长过来。人倒挺好呀，说话实在又在理，可人家说自己是管工的，特别忙，再后来就又换成姓徐的来。"

记者小宁把木兮和木兮母亲说的话整整记录了三页纸。后来，小宁问木兮手机里有没有母亲刚进医院时的伤口照片，木兮因为知道她要打马赛克的，所以就大大方方地传给她两三张。

小宁走后，木兮坐在床边一直盯着母亲看。母亲问："我脸上有啥呢？你一直盯着我看！"木兮含着泪不好意思地说："没啥，我就是觉着你好坚强！要是换了我，可能痛得哭天抹泪了！妈，你被司机拉到医院在水池子冲肥皂水的时候，哭了没有？"

母亲皱了皱眉头，说："没有吧，好像痛得都没有眼泪了，就知道龇牙咧嘴地喊呢！"

又一天过去了，木兮母亲的伤口又往小缩紧了一圈，原先的炎症也消除了。

木兮同往常一样是趁单位中午吃饭时间过来的。木槿在医院。木槿知道木林走了，当时就冲母亲发了一通脾气。母亲和木兮瞒着丢钱的事，自然也不能解释让木林走的原因。但脾气归脾气，该来她还是来，木兮对木槿的市井之气真是又爱又恨。

木兮一来，母亲就问她吃饭没有，让她把抽屉拉开，里面给她留着一个煮鸡蛋。大概早上伤口愈合情况的检查给母亲吃了一颗定心丸，她看起来心情轻松，气色也不错。木兮吃着鸡蛋翻着手机，听着木槿和旁边病床上的老太太闲扯。

一会儿，木槿过来碰了碰木兮的胳膊，木兮问："咋了？"

木槿附耳悄悄地说："谁来看妈妈还给了她一个红包，我看在她裤兜里装着呢！她把钱捏得紧的，生害怕谁问她要！"

木兮笑了一下，一口把半个蛋黄塞进嘴里，说："你管她谁给的呢！又不是没见过钱！"

木槿说："谁管她呢！我只不过有时候想着觉得心里窝火。"

木槿说着，声音一大，母亲便听见了半句，抬起头不高兴地看了木槿一眼。

"真的呀，你说我们那个时候，没上到学，为了吃饱饭下生产队干活，跟男人家一样的肩挑背扛，真是把苦吃够了呢！"木槿见另一个病床上的老太太和她女儿都转过脸来看自己，便再一次兴致勃勃地讲开了她的苦难史。木兮和母亲不约而同地对视了一眼，木兮无奈地摇摇头。

老太太说："那是呢，那个时候男女一样生产队下地做活路，女的做得多工分还是记得少。屋里要没个男劳力嘛，那就造孽了！"

木槿说："对呀，把人都累死了。我们大的为家里做贡献，让小的一个个上学，结果现在老的还嫌我们这些人没用，不待见我们，好事没我们的份，一有啥难事还要我们出头！落得啥好处了嘛，真是没意思呢！"

木槿说着后面算是进入了正题。话里话外的不满、怨气却都是说给母亲听的。

"二姐你又在翻旧账了！生在那个年代的人不都是那样嘛，哪天让妈颁个奖状给你！"木兮笑着说。

"哼！"木槿抱着胳膊，冷笑着说，"我翻旧账？你以为我愿意翻呢！是妈妈把我的功劳都忘了，你怕她还记得我的好？"

木兮一看木槿脸色不对，知道她的火气又上来了。瞅瞅母亲，母亲抿着嘴，沉着脸一声不吭。

木兮说："我们都记得你的功劳，也晓得你能干，妈妈她肯定也知道嘛！问题是，你现在说这样有啥用？"

"没啥用！"木槿不快地收拾自己的提兜，闷闷不乐地说，"反正我现在说话她也不听了，你们都嫌我啰唆，我不说了……爸走的时候我操持，我垫钱。等她走的时候，你看着，你们到时候莫要找我！"

木槿负气离开。木兮走过去把病房门关上，跟母亲说："她怪脾气，你别理她！"

旁边老太太没看明白怎么回事，问："那个女儿刚才还说得好好的，咋说走就走了呢？"

木兮苦笑了一下说："没事，怪脾气！"

母亲低下头去，深深地从胸膛挤出一声叹息。

木兮安慰母亲："你又不是不知道，她就是那么一个人！说来说去，还是没按她的意思分钱，故意找茬呢！"

母亲抬起红红的眼睛，说："我晓得。"

木兮叹息："老了老了，现在怕得罪女儿，怕哪一天饭吃不到嘴里了这些女儿不管。人哪，到老了难得有享福的命！"

旁边老太太说："你说的对，我们老了的人就是胆小，就是怕后辈人不理解。弄到跟仇人一样，怕哪天老得不能动了，连个依靠都没有！"

木兮下午在办公室收到小宁转过来公众号推送的新闻《藏獒咬伤八十多岁老人，狗主人声称若是年轻人就不管！》

木兮本来喝着茶呢，结果一看到标题惊讶得一口水喷到地上，半天没愣过神来。不过好在一看内容，还真是给母亲照片的头像打了马赛克。

木兮给小宁打过电话去："你这分明是标题党嘛！"

小宁赔着笑说："木兮姐，你的思想观念该进步了，不这样怎么让全城人民知道我们身边还有恶犬伤人呢？不这样怎么会让那些领导看到并重视咱人民群众安全呢？不这样怎么能让伤害婆婆的四川'舅老倌'紧张呢？"

木兮哀叹说："我就怕人家不是紧张，是愤怒！"

小宁说："你怕什么呀？木兮姐！"

木兮说："这不事情还没谈到那一步嘛，毕竟医药费人家付着，虽然说了些难听话，但他也推卸不掉责任啦！"

小宁说："木兮姐，没事的，内容没写什么出格的东西，也没有写不利于政府的话，有什么事你就往我们这公众号推，好不好？如果有人让删帖，我至少要拖两天，这样对你们事情处理真的有助推作用。这种事，我们公众号报得多了，你信我，没错！"

木兮苦笑着叹了一口气，说："好吧，幸亏没提我。"

不过，木兮还是陆陆续续收到了许多微信好友发来的问候信息。之前木兮曾在微信群里说过母亲被狗咬伤之后的感慨，大家也没觉着多严重，公众号推出母亲讲述受伤经过后，好多人都看着揪心了，也才知道伤得很严重。木兮大概浏览了一下留言，几乎都是一边倒的在骂养狗的工地，也有人在要求对伤者负责的同时，还要求对工地进行处罚。

就连木兮单位新来的局长也看到了这篇文章，特意把木兮叫到办公室，专门问了问情况。

尽管这样，木兮还是有点担心，舆论的风一旦刮起来就刹不住头，她害怕因为这个影响到最后的处理，毕竟母亲的后续治疗、精神补偿，都需要跟工地方商谈，既关系着母亲的利益，又关系着全家的和谐。而不团结的兄弟姊妹关系让木兮和母亲都同时感觉到，她们根本没有长久纠缠下去的勇气和精力，更不消说走法律程序的冗长繁杂。

万一工地的小陈或者徐经理看到这篇文章了会怎么办？

木兮打电话给木槿，想给妈叮咛一句什么，电话接通却又不知道该怎么说了。

木槿说："你干啥呢？妈这会儿睡了，刚做完理疗。医生来看过伤口了，让碘酒擦着就行，消炎药从明天开始停了，医生说停药看看反应……喂，木兮，你等一下……好了，来人了，我不跟你说了……"

木兮问："谁来了？"话没说完呢，木槿那头电话却挂断了。

木兮又打过去，木槿接了，说："咋了你？"

木兮急了，小声叮嘱木槿："要是铁路上的来了，你给妈提醒，他们问啥话就说耳朵听不到，千万别乱回答！要问你啥话，你也说不知道，听懂没？"

木槿一个字没说就挂断了电话。

但木兮分明在电话中听出那边有徐经理的讲话声，兀自又悻悻地想：好在跟小宁讲述的内容是真实的，那些难听话徐经理也确实说过，就是曝光媒体，他能奈何？

其实木兮的担心确实是多余的。后来等人家走了，木槿打电话说，人家两个来就是提了些东西，看了看伤口愈合情况，嘱咐老妈好好休息，别的啥话都没说。

"呵呵，我是怕他们指责妈不该跟外界媒体记者说那些。"木兮解释说。

木槿道："他们今天来肯定也是看到了媒体的文章，只不过他们肯定不敢说什么了。也顺便来探视一下，表示他们在负责任，这就说明他们兴许有点害怕了，盼着妈早点出院把事情了结呢！"

接下来两天，因为停了药，母亲除了涂涂碘酒基本无事可做。

停药的第二天下午，先是工地的小陈拎着一大袋营养品来把木兮母亲探视了一番，临走的时候跟木兮母亲赔着笑脸叮咛了又叮咛，说极有可能他们项目部的最高领导要来医院探望并了解情况，请老母亲务必帮他和徐经理说两句好话。若是老母亲有一丁点意见，有可能他们会受到很严重的处罚。

木兮母亲笑着说："你确实做得好，我肯定不会昧着良心说，你放心。那个姓徐的之前说了些过头的话，现在这一阶段倒没说啥了。"

小陈说："他年龄小，不懂事。婆婆，您这么大年纪了，不要跟他一般见识，我们对您也不会说不管。"

老母亲善良了一辈子，自然不会与这些年轻小伙子为难说他们的不是，但要让她说好或者是怎样夸赞，老母亲也不会轻易应允。

小陈和那位徐经理自然明白这一点，他们要的不仅仅是这个结果，他们就想着受伤的老母亲或者作为家属能在领导面前夸他们两句，这样大概就能抵消即将面临的处罚。

所以，那天下午，小陈和姓徐的经理不知从哪里找来她们姊妹的电话号码，轮番给木槿、木兮做思想工作，一口一个大姐大姐的叫着，请她们在领导来医院时，不论姊妹谁在场，请替他们美言几句。木槿也打电话给木兮，说，既然他们都说到这儿了，咱们也不要说一些过分的话。木兮就乐了，木兮说："小陈倒罢了，那个姓徐的刚开始那么嚣张，现在也服软了？！但是你别忘了，妈的事还没处理呢，医院的护理费、伙食费、营养费尚且不说，这些是必需的。单是手臂神经检查，他们去不去给妈做？还有，若是手臂神经确实受损，后期疗伤他们怎么负责？这一系列的问题还没有解决，我们怎么可能一味的说好！他们提出解决方案，我们同意了，我们也好把妈接回去调养啊！问题是他们现在根本没有提后期怎么解决的事。"

"那我们呀怎么说？"木槿问。

木兮说："人家怎么问，咱们怎么答。人家没问的，咱们也不要多说。实事求是的去回答，准没错。"

木兮怕母亲说错话让人拿住把柄，特意赶到医院嘱咐母亲，针剂的药停了并不意味着伤好了，手臂神经还没有检查，目前小手指还是僵硬着不能自如地弯曲和伸展，而且手掌边缘麻木，所以，有可能治疗、恢复、调养还需要很长时间。

那日晚间，病房果真来了四位高高大大的中年汉子，恰好木槿和木兮都在。一位姓黄的大高个儿自称是项目部总经理，姓黄，他让母亲详详细细把受伤经过讲了一遍，后来又问起当时住院的情景。

说到现在的伤口状况，木兮替母亲做了介绍。那四个其中的一位说："既然现在停了药，那就说明伤口恢复得差不多了，应该可以去检查手臂神经了。这样吧，明天我们这边派一个人开车，带着老人家去秦南中心医院做手臂神经检查。检查了，大家心里才能放得下来，老人家心里也是个安慰。是我们工地的安全管理疏忽给老人家身体带来伤害，生活带来不便，理应负责。"

临走，那几位负责人一一跟母亲鞠躬致歉，和她握手，让她好好休养。到最后一个握手的离开，母亲突然就感动了，坐在床边的凳子上红着眼睛沉默了许久。

木兮遵照木林临走的吩咐把母亲第二天要去安康做检查的事告诉了他。木林怪木兮不该这么晚才说，弄得他时间很仓促，也怪母亲不该闹出院。

他说："手还没有恢复呢，你出院着急回家做什么呢？要是回去又化脓了怎么办？"

木兮母亲从木兮手中要过电话来，跟木林解释说："工地的人也是刚刚才来谈的这个事，人家一走你木兮姐就打给你，你怪她做啥？再说，伤口都在开始愈合了，医院也停药了，伤是要慢慢养的，我待在这里做什么！我就是跟你说一声，你也不用陪我们去检查，有一个人跟着就行了！明天要是检查没啥要紧的，我回来也就办出院了。赔偿的事，再跟工地上的人商量。"

木兮母亲说完，那头木林半天没吭声。

木兮这边不敢挂机，怕木林误会，等了好久，木兮听到木林负气地说："反正我说啥你都不听，也没当我是你儿子！你就听姐姐她们的……不要我陪算了，以后家里啥事我都不管了！你们都想得简单，等你出院了，工地上的人那么轻易给你掏钱养伤？"

木兮想再给他解释一下的，他却自己挂了电话。木兮说："他那么大一个人了，总是歪曲家里人的好意！妈，你听听他的话，好像跟个要奶吃的孩子似的，要争宠呢！"

木兮母亲摇了摇头，对这个儿子，她也不知道说什么好了。年轻时候接连生了三个女儿之后，木兮父亲着急得不得了，那时候生产队活路苦又吃不饱饭，总想着有个儿子长大成人之后能顶一把力。后来果真让他们盼来了，中年得子，两口子高兴得不得了，一门心思宠着这么个宝贝疙瘩，他的姐姐们没有吃过的东西都留给他吃了，没有穿过的的确良也是第一个给他做新衣裳了，但木家压根儿没想到后来政策变了，木林种不种地也变得不再重要。木林当年也算争气，初中毕业很顺利地考上中专进了一所铁路工程学校，毕业后，他被分到了西安。

那时候，木兮妈妈就想，这个儿子算是白养了呀！都说老来依靠，他在西安工作了咋依靠去？

当时，木兮她们几个姐姐就笑啊，说："木林将来发达了，爸妈可以去省城享清福了！"

木兮爸爸说："呸！金窝银窝不如自家狗窝，我两个把你们都送出去了，如今有吃有穿，干啥非要过秦岭去遭洋罪看人脸色去？！"

后来果真是指望不住。木林娶了长安县的一个姑娘，在单位贷款买了房，别说孝顺老人，为了还房贷连自个儿生活都搞不好。偏偏媳妇肖欢玩性大，又没个正式工作，换了几家商场跳来跳去，挣那一点工资还不够她买衣服。因为肖欢身体原因，两个人至今还没个孩子。更让木兮母亲心焦的是，木林原本在家人面前好强霸道习惯了，这些年在媳妇的教唆下，竟没了一点质朴气，做事不靠谱不说还死爱争面子。这两年嫉妒心渐长，不仅做事冲动，而且口无遮拦。

木兮母亲想着这个让她挂怀的小儿子，又是一阵压抑地叹息。

木兮嘟囔："那到底是让他直接去安康？还是干脆不让他去？"

母亲像是没听到，或许她无法回答木兮。她满是愁苦的一张脸转向窗外，出神地望着远处某个建筑的窗户。

第二天一大早，木兮请了假陪同母亲去秦南市中心医院。本来她对跟新领导请假犯怵，想让木槿陪着去，毕竟木槿不用上班，有的是时间。谁知夜里一联系木槿，木槿直接就拒绝了。想必是因为跟母亲提了数次分钱的事一直没有得到答复，木槿说："侍候了这么久我也跑烦了，不要啥事指望我，老娘心里惦着谁让谁陪着去好了！"

木兮听了很无语，感情母亲心里就只有我了……

木兮心里也烦，但她必须压着这种烦躁。每当对姊妹失望透顶的时候，木兮总能找出一点义不容辞的责任感来给自己打打鸡血，让自己慷慨激昂一回。现如今，眼看着木一指望不上，木槿指望不上，而自己又是姊妹中唯一吃公家饭的人，别的三个都可以说不管，唯独她不能说这话呀！

本以为铁路上会派个更得力的人陪她们母女两个去做检查，结果早上临走，才知道仍然是徐经理。

这令木兮感到郁闷，上车后闭着眼睛，话都懒得说。母亲因为贴了晕车的耳贴，一上车后就昏昏沉沉地睡起来。

木兮最终是被一阵手机铃声震醒的。木林到底还是不放心，他说他已经到了秦南中心医院。那会儿木兮他们的车也正好拐向医院楼下，木兮叫醒母亲。

木林果然等在一楼挂号大厅，他提前已经打听清楚，市中心医院分区设立了两个骨科诊室，但两个诊室只有一台做肌电图的监测仪器，现在骨一科十二楼放着。

"挂专家号的时候，你直接说做肌电图检测！"木林拍了拍徐经理的肩膀。徐经理点点头，直接挂号去了。木林看着徐经理走开，赶紧把母亲和木兮扯到一边，低声问木兮："做肌电图的那里你没有熟识的人？打个招呼？"木兮迟疑了一下，摇摇头说："没有！有个熟人在骨二科，骨二科在高新区那边呢，这边是骨一，不认识人。"木林说："那你打个电话呀，请他给这边说一声！"木兮说："不好吧？我不好意思说。"木林不高兴地说："这是不是你亲妈？你看这徐经理是善茬吗？妈这手，医生说狗咬伤潜伏期可长了，将来有啥事，他能安安心心给认了吗？还有住院这段时间的护理费啥的，他能安安心心给认了？"木兮为难地说："那好吧，我只能问问！"

木兮母亲听了姐弟俩的对话，紧皱眉头，焦虑地望着木兮。她也担心了，自己怎么样尚且不说，这段时间为了护理自己，几个女儿都不得安宁，无论如何这护理费得让工地上的人掏了。得给牢骚满腹的木槿分一点，她那么爱钱，为了一丁点钱都能说翻脸就翻脸的人；得给木兮分一点，虽然她最懂事，什么都不计较，但木兮天天晚上到医院陪床，而她自己每晚要上四五趟厕所，自己都嫌弃自己，木兮倒能次次都起来扶自己。昨天那些个领导看起来说得那么好，可交办到这姓徐的手上，要真的耍赖，自己又到哪里找哪些个信誓旦旦的领导去，甚至连名字都不知道。木兮母亲想着这些，兀自走到一边候医区凳子上坐下，她怨恨自己真是老了，若是体力跟得上她一定不会这么窝囊，大不了到工地一坐，不吵不闹都让包工程的那些个老板害怕。现在不行了，现在浑身没气力，折腾不了！

木兮看着母亲心事重重的样子，又看着徐经理正朝他们走过来，只好跟木林说："等会上去了，我打电话，问问他能不能给检测。"

整个十二楼都是检测区，大医院果真候诊都一样，走廊两侧密密麻麻坐满了手上攥着票单等候叫号的人。趁着这机会，木兮走到走廊尽头的卫生间给骨二那位医生朋友打了个电话，木兮的这位朋友是骨二的专家，两人七八年前在一次学术交流会上认识，因为当时很谈得来，木兮和他相互留了电话，加了QQ，偶尔发消息问候一下。木兮在电话里委婉表达了想请他为母亲检测的意思，朋友急匆匆地说，自己马上要上一台手术了，没空多聊。不过，肌电图仪器检测谁操作都一样，拿到检测结果，他可以帮着看或者仔细解释。只要伤口红肿得不厉害，基本上检测数据都是很准确的。

木林见木兮在走廊一头迟迟不过来，便吩咐母亲坐好，自己去看看。

徐经理将检测单递进去排号，出来看木林和木兮都不在，便在木兮母亲身边挤着坐了下来。

做检测的是位漂亮的女大夫。木兮母亲不安地在一张铺着蓝色无菌纸的床上躺下，看着这位女大夫将一些管线压在自己的手指和手臂上，顿时将头转过来，紧张地望着木兮。木兮点点头，镇定的眼神看着母亲安慰说："不要紧的，你听大夫叫你怎么做就怎么做！"

一回头，看见徐经理站在身后，却不见木林。

木兮急忙走出去找，却见他在走廊一旁心不在焉的站着，脸色难看得很。

"人家在检测了，你不去听听大夫怎么说，一会儿你又不安心了。"木兮走过去，拉了一下木林的胳膊。自打刚才木兮跟他将医生朋友的话原原本本说了，他就这副德行。"人家说的是实话，有些事不是人熟就能做。他若能帮着把检测结果解释清楚，说不定对我们有利呢？你让全世界都围着你转吗？人家又不欠你的！"木兮那会没好气地顶了这个任性的弟弟两句。

木林挡了一下木兮的手，扭身不悦地走进检测室。

大夫已经将手臂和手指上连着的线管拔下来，一边把打出来的检测报告单递给木兮，一边解释说："受伤胳膊的神经是有损伤的，只是损伤程度不是很大，数据值跟正常数据值的十七到三十还差三个点。至于还有多久恢复，或者能否恢复就不好说了，你们可以拿着这个报告单到骨二去找医生看看手臂骨伤，他们通过看你的伤口恢复情况和这个检测报告判断一个大概恢复期以及神经修复手术等方面的情况。"

木林听了大夫的话，一抹欣喜的神色一闪而过，他一把从木兮手里拿过检测报告单细细地看。徐经理等木林看过，接过单子用手机拍了照片。

木兮知道木林的意思，却也装作不明白，扶起母亲往外走。

"有了这个，反正大夫也说明白了，不用再去找医生看了吧？"徐经理拿着检测单问木兮。

"当然要去，不去我们怎么知道能不能恢复？多久恢复？"不等木兮开口，木林抢先说道。

"那你们要说去，就去吧！"徐经理冷冷地说。说完也不看木兮、木林，跟门口的护士打听了一下路线，径直往外走。

这时，一直在检测室门外坐着的一个中年妇女笑着问木兮："你妈妈这个是怎么受伤的呀？"木兮说："看工地的藏獒咬伤的，快好了。"那妇女指指木兮母亲，说："难怪呢！那会你们不在，你妈妈坐在这里，刚才走了的那个人跟你妈妈说，让她别听你们两个的，他说他给你妈妈一千块钱营养费就行了。"

木兮惊讶地看着母亲，说："妈，你怎么跟他讲？"

木兮母亲摇摇头说："我没有理他。他还问，你们哪个对我好，哪个对我不好。我说，我的儿女对我都挺好。他又说，他出门包活路不容易，也没有挣到钱，让我可怜他体谅他。"

木兮松了一口气，说："妈，你不理他就对了！"

木林听了母亲的话依旧不放心，叮咛说："你可千万不敢收他的钱，收了就说不清了。"

木兮母亲摇了摇头，问木兮和木林："那我们现在去啥地方看？"刚才大夫的话，她没怎么听懂，只知道还要去其他地方找医生看。

木兮为了让母亲放心，说："就是这家医院的一个分院，恰好一个熟悉的专家在，我们现在可以去问清楚到底有没有后续治疗。"

母亲听了，神情松懈下来。

木兮给朋友打了一个电话，很不巧的是他下了手术台又要赶去参加一个汇报会，好在他说，已经安排坐诊专家帮他们看，让木兮拿着检测报告直接过去。

"找熟人给妈看看，也只是让妈对自己的伤到底长没长好心里有底，让她安心、放心。你们别指望人家说什么离谱的话，毕竟有检测单在这儿呢！"为了不让木林和母亲对熟人产生不该有的奢望，木兮还是提前给母亲和木林打了打预防针。

木林冷笑着说："我就知道指望不上你！反正妈也不是我一个人的妈，你胳膊肘不往里拐，就是帮人家工地上。多要点钱也是为了妈！"

木兮说："你别拿妈说事儿！多要的钱妈一分也不会用，不信你问妈！"

木兮母亲听着姐弟两人斗嘴，很是烦心，叹了一口气，挣脱木兮挽着的胳膊，蹒跚着独自往外走。

果然，骨二科接待木兮他们的专家一听说她们是泉城来的，立马点点头，对照检测单非常仔细地查看了伤势愈合情况，之后，对她们说，神经没有断，但确实损伤了，如果要知晓损伤程度还需要探测手术，如果不进行探测手术就必须要加强营养，休养三个月到半年时间再来查看恢复情况，如果神经依旧没有恢复好，就必须经过手术修复。

徐经理一听，脸色变得特别难看，问医生："手术修复需要多少钱？"

医生说："那不好说，需要探测了之后才知道要修复多少。"

木林不经事，听医生这么一说，竟有些喜形于色。

木兮反感地瞪了木林一眼。

母亲很是疲惫，出来医院，她坚持让木林直接回省城西安上班，不必跟着自己和木兮回泉城。木林对母亲的固执也没奈何，只得先她们一步走了。

再踏上返程，徐经理阴郁着一张脸一言不发。木兮和母亲坐在后排也各自想着各自的心事。

对于这个结果，木兮倒是很意外，她知道母亲的手承不住重量，甚至连喝水的玻璃杯都把持不住，但没有想到恢复期要这么长。她不知道，这个医生说的话是朋友关照的结果，还是说母亲的手臂神经真的需要半年恢复？那母亲还要在医院继续住下去吗？

而木兮母亲想：回去下午就把出院手续给办了，她再也不想在医院多待一天了，既然医生说要加强营养回家慢慢养着，那就回家养着吧！反正诊断结果出来了，姓徐的也听着呢，他总不敢红口白牙的再胡说出了院再不管之类的混账话了！至于明年……明年假如还活着的话，自己既不想再养鸡，也不想再种菜园子了，自己也想吃两天现成的。要是那样的话，自己该跟着谁呢？

想着想着，她们俩各自都走了神。

小车在沉闷的空气中驶上高速路。木兮手机突然收到一条信息："无大碍，可以出院慢慢调养，神经恢复慢，老人年龄大，三个月若能恢复就很好了。可与第三方协商即可！"

木兮心里顿时畅快许多，她侧目看了看母亲，母亲已然入睡。

后　记

　　许多作家为了写作专门去挂职体验生活，或者租房暂居一段时日。而对于我这种在乡镇上班的写作者来说，省去许多为体验而体验的麻烦。不过，也因此有人说，因为我生活在那样一个小圈子，所以写作一定有局限性！这一点，我不否认，眼界的局限是难免的，好在一个好的创作一定是来源于生活但高于生活。我的同事有的是在乡镇工作三十多年的老干部、有的是刚考进来的公务员或者事业岗，我接触最多的是形形色色的村支部书记、主任，再下来就是村民。放在省市格局，可以说我每天所面对的都是和我一样的小人物。可这世上，有多少这样的小人物呢？假如换个思维，这似乎又不是一个小圈子。

　　对于小人物，小心态构成了他们迥异的生活态度，这些小心态无论是丑恶还是美好，恰恰是人性当中最真实的一面。我身处小人物之中，自然感受颇多，内心渴望创作的欲望也因此愈加强烈。这本中短篇小说集多是展现小人物生存、生活、情感状态，他们或阿Q式的抗争最后不得不妥协、或甘于平淡却受人欺辱、或自私狡黠中透出一点良善、或阳光心态下的积极生活，有时运好的，有时运不好的，有夹着尾巴做人的，有锋芒毕露的……当我退出来，以写作者理性的观照去看这些小心态，禁不住悲哀，很多如缚蚕之茧。所以创作时，有一种悲情在里面。有时候很无奈，有时候会提心吊胆，因为我不想设置情节，我只想让故事顺着更真实的路径逐一铺陈，即便谁都渴望故事有更美好的结局，但在某些情境下，我的笔墨不得不戛然而止。

　　《船娘》和《竹子开花》有山村记忆在其中。《船娘》的故事是一次坐长途班车途中听来的。故事的主人公秀芝是一位很亲切的农村妇女的形象，她就像山里石头上的蒲草，你先是看到她平凡中的坚韧、而后是她

285

的勤劳善良，只有当风不经意吹过，你才会发现她隐藏压抑的美丽、浪漫。《竹子开花》是真真切切留在我童年记忆里的一桩误食农药的惨剧。还有今年新创作的《牛二告状》《火棘红遍》《莫事》均取材于乡村。因为近两年自己曾参与到脱贫驻村干部队伍当中，遇到过许多令人感动的人和事，有的人看似默默无闻，普通的掉到人堆里找不着，可人家就透着一股子厚道和豁达，他们热爱土地，不怕吃亏，对美好生活又充满虔诚的向往。一个乡村往往因为有几个这样的人而总跟阳光普照似的，有些不寻常。《烧死一棵树》和《意外之外》是写老人与家庭的故事，看似很琐碎，我是以它们来寄托一种普通家庭里的温情、惆怅和眷念，以及对已逝生命的哀绝与叹息。疲倦的时候我们总是沉溺于盛着老人温度的港湾，而我们日复一日渐长的烦躁、冷漠、淡然，甚至戾气，又总是悄无声息地削弱着那份温度。当一家人的歌哭笑骂渐行渐远，留给我们记忆里的最后镜头，就是一个人漫长孤寂的老去。网络意味着知识信息的爆炸，因为隔着屏，许多人把网络当成了法外之地，肆意在上面涂抹、宣泄，也因此出现一些无视道德评判的人在网络上演种种闹剧、丑剧。《苏木不是药》的故事正是在这种大背景下发生，一位手无缚鸡之力的老人卷入网络舆情的漩涡，是人的问题？还是社会的问题？令人深思。

这本书七月成集，工作忙碌，校正拖沓至11月底方才完成。交付出版之际，我听见时间的叹息和自己内心长舒的一口气：因为热爱，所以书写。虽然我拙劣的文笔无法穷尽这世间多样的人生，但是，祈愿这一年我讲述过的人、写过的村庄和走过的路，都能洒满沉静细碎的阳光。